Zhongguo
Gudai
Wenlunshi

中国古代文论史

（第2版）

教育部教学改革重点项目
——「文化原典导读与本科人才培养」成果

教育部新文科研究与改革实践项目
——「文史哲拔尖创新人才培养创新与实践」成果

曹顺庆　李　凯　主　编
杨红旗　周世伟　副主编

高等院校汉语言文学专业系列教材

重庆大学出版社

内容提要

本书对中国古代文学理论的发展历史、基本特点、重要文论家和重要文论篇目进行了简要而全面的介绍。本书的主要特色是:一、重视原典本身。本书以原典为基本内容,核心是为读者提供材料,让读者掌握第一手文献;为了帮助读者读懂原典,提供了题解和注释。二是史论结合。本书既有大量原典文献,又简要叙述了中国古代文学理论发展史,改变传统"文论选"和"文论史"分离的状况,将二者有机结合。三是提供了延伸思考,以便读者进一步思考和学习,同时也可以检测阅读和学习的效果。本书适用于喜爱中国传统文化、中国古代文学、文学理论、美学的各种读者,尤其适宜作为"中国语言文学"本科生和研究生"中国古代文论"教材。

图书在版编目(CIP)数据

中国古代文论史/曹顺庆,李凯主编.—2版.—重庆:
重庆大学出版社,2023.3
汉语言文学专业系列教材
ISBN 978-7-5689-3778-8

Ⅰ.①中⋯ Ⅱ.①曹⋯②李⋯ Ⅲ.①中国文学—古代文论—
文学思想史—高等学校—教材 Ⅳ.①I209.2

中国国家版本馆 CIP 数据核字(2023)第 041342 号

中国古代文论史(第2版)
主 编 曹顺庆 李 凯
责任编辑:李桂英 版式设计:贾 曼
责任校对:谢 芳 责任印制:张 策
*
重庆大学出版社出版发行
出版人:饶帮华
社址:重庆市沙坪坝区大学城西路 21 号
邮编:401331
电话:(023)88617190 88617185(中小学)
传真:(023)88617186 88617166
网址:http://www.cqup.com.cn
邮箱:fxk@cqup.com.cn(营销中心)
全国新华书店经销
重庆市国丰印务有限责任公司印刷
*
开本:787mm×1092mm 1/16 印张:18 字数:335千
2023 年 3 月第 2 版 2023 年 3 月第 4 次印刷
ISBN 978-7-5689-3778-8 定价:58.00 元

总序

这是一套以原典阅读为特点的新型教材,其编写基于我担任"教育部教学改革重点项目:文化原典导读与本科人才培养"和"教育部国家级教改项目:文史哲拔尖创新人才培养研究"的理论探索与长期的教学实践。

大学肩负着文化传承与创新、人才培养、科学研究、社会服务、国际交流合作的重要使命。近年来我国高等教育取得长足进步,已建成世界最大规模高等教育体系,2021年在学总人数超过4430万人。然而,尽管我们高校的学生数量在世界上数一数二,但是人才培养质量仍然不尽如人意,拔尖人才、杰出人才比例仍然严重偏低。半个多世纪来,中国在人才培养质量上,没有产生一批堪与钱学森、钱三强、王国维、鲁迅、钱钟书等人相比肩的学术大师。

钱学森提出"为什么我们的学校总是培养不出杰出人才?"这个著名的"钱学森之问",体现的问题是当代教育质量亟待提高。其根本原因,就是学生基础不扎实,缺乏创新的底气和能力。人才培养的关键还是基础,打基础很辛苦,如果不严格要求,敷衍了事,小问题终究会成为大问题。基础不牢,地动山摇,基础精通,一通百通。基础就是学术创新的起点,起点差,就不可能有大造化、大出息,就不可能产生真正的学术大师。怎样强基固本,关键就是要找对路径,古今中外的教育事实证明,打基础应当从原典阅读开始,一步一个脚印地扎扎实实前进。中华文化基础不扎实的现象不仅仅体现在文科,我国大学的理、工、农、医科文化素养同样如此。

针对基础不扎实问题,基于培养一批拔尖创新人才的教学理念,我主编了这套以原典阅读为特点的新教材,希望能够弥补我们的教育体制、课程设置、教学内容、教材编写等方面的不足,解决学生学术基础不扎实,后续发展乏力这个难题。根据我的观察,目前高校中文学科课程设置的问题可总结为四个字:多、空、旧、窄。

所谓"多"是课程设置太多,包括课程门类数多、课时多、课程内容重复多。不仅本科生与硕士生,甚至与博士生开设的课程内容也有不少重复,而且有的课程如"大学写作""现代汉语"等还与中学重复。而基础性的元典阅读却反而被忽略，陷入课程越设越多，专业越分越窄，讲授越来越空，学生基础越来越差的恶性循环。其结果就是，不仅仅一般人读不懂中华文化原典，就连我们的大学生、研究生和一些学者文化功底也堪忧。不少人既不熟悉中华文化原典，也不能够用外文阅读西方文化原典，甚至许多大学生不知道十三经（十三经包括《周易》《尚书》《诗经》《周礼》《仪礼》《礼记》《春秋左传》《春秋公羊传》《春秋谷梁传》《论语》《孝经》《尔雅》《孟子》）是哪十三部经典，也基本上没有读过外文原文的西方文化经典。就中文学科而言，我认为对高校中文课程进行"消肿"，适当减少课程门类、减少课时，让学生多有一些阅读作品的时间，改变中文系本科毕业的学生读不懂中国文化原典，外语学了多少年，仍没有读过一本原文版的经典名著的现状，这是我们进行课程和教学改革的必由之路和当务之急。

　　所谓"空"，即我们现在的课程大而化之的"概论""通论"太多，具体的"原典阅读"较少，导致学生只看"论"，只读文学史便足以应付考试，而很少读甚至不读经典作品，即使学经典的东西，学的方式也不对。比如，《诗经》、《论语》、《楚辞》、唐诗宋词，我们多少都会学一些，但这种学习基本上是走了样的，不少课程忽略了一定要让学生直接用文言文来阅读和学习这样一种原典阅读规律，允许学生用"古文今译"读本，这样的学习就与原作隔了一层。因为古文经过"今译"之后，已经走样变味，不复是文学原典了。以《诗经·关雎》为例："关关雎鸠，在河之洲，窈窕淑女，君子好逑。"对这几句，余冠英先生译为："水鸟儿闹闹嚷嚷，在河心小小洲上。好姑娘苗苗条条，哥儿想和她成双。"余先生的今译是下了功夫的，但无论怎样今译，还是将《诗经》搞成了打油诗。还有译得更好玩的："河里有块绿洲，水鸭勒轧朋友；阿姐身体一扭，阿哥跟在后头。"试想，读这样的古文今译，能真正理解中国古代文学吗？能真正博古吗？当然不可能。诚然，古文今译并非不可用，但最多只能作为参考。这种学习方式不仅导致空疏学风日盛，踏实作风渐衰，让我们丢失了文化精髓。不能够真正理解中华文化原典，也就谈不上文化自信。针对这种"空洞"现象，我们建议增开中国古代原典和中外文学作品阅读课程，减少文学概论和文学史课时。倡导启发式教育，让学生自己去读原著，读作品。在规定的学生必读书目的基础上，老师可采取各种方法检查学生读原著（作品）情况，如课堂抽查、课堂讨论、诵读、写读书报告等。这既可养成学生的自学习惯，又可改变老师满堂灌的填鸭式教育方式。

　　所谓"旧"，指课程内容陈旧。多年来，我们教材老化的问题并没有真正解决，例如，现在许多大学所用的教材，包括一些新编教材，还是多年前的老一套体系。陈旧的教材体系，造成了课程内容与课程体系不可避免的陈旧，造成了学生培养质量上不去这个严重问题,这应当引起我们的高度重视。

"窄",也是一个亟待解决的问题。自 20 世纪 50 年代以来,高校学科越分越细,专业越来越窄,培养了很多精于专业的"匠",却少了高水平的"大师"。现在,专业过窄的问题已经引起了教育部的高度重视。教育部"新文科"的提出,就是要打破专业壁垒和限制,拓宽专业口径,加强素质教育,倡导跨专业学习,培养文理结合、中西相通、博古通今的高素质通才,新文科正在成为我国大学人才培养模式的一个重要改革方向。中文学科是基础学科,应当首先立足于培养基础扎实、功底深厚、学通中西的高素质拔尖人才。只要是基本功扎实、眼界开阔的高素质的中文学科学生,相信不但适应面广,创新能力强,而且在工作岗位上更有后劲。

基于以上形势和判断,我们在承担了"教育部教学改革重点项目——文化原典导读与本科人才培养"和"教育部国家级教改项目:文史哲拔尖创新人才培养研究"的教改实践和研究的基础上,立足"原典阅读"夯实基础,培养功底深厚、学通中西的高素质拔尖人才,编写了这套原典阅读新型教材。这套教材特色鲜明、立意高远、汇集众智,希望能够秉承百年名校的传统,再续严谨学风,为培养新一代基础扎实、融汇中西的高素质、创新型中文拔尖创新人才而贡献绵薄之力。

本教材共 17 部,分别由一批学科带头人、教学名师、著名学者、学术骨干主编及撰写,他们是:四川大学文科杰出教授、教育部社科委员、985 创新平台首席专家项楚教授,四川大学文科杰出教授、欧洲科学与艺术院院士、长江学者特聘教授、国家级教学名师曹顺庆教授,原伦敦大学教授、现任四川大学符号与传播研究中心主任赵毅衡教授,四川大学文学与新闻学院学院院长、国家级万人计划领军人才李怡教授、长江学者特聘教授、国家级万人计划教学名师傅其林教授,以及著名学者冯宪光、周裕锴、阎嘉、谢谦、刘亚丁、俞理明、雷汉卿、张勇(子开)、杨文全,以及干天全、刘荣、邱晓林、刘颖等教授。需要特别指出的是,本系列教材在主编及编写人员的组织遴选上不限于四川大学,而是将国内外高校中一些有专长、有影响的著名学者邀请来一起编写。如韩国佑松大学副校长甘瑞媛教授、四川师范大学文学院原院长李凯教授、西南交通大学艺术与传播学院原院长徐行言教授、西南民族大学文学院原院长徐希平教授、重庆西南大学文学院原副院长肖伟胜教授、成都理工大学传播科学与艺术学院院长刘迅教授、西南财经大学人文学院原副院长邓时忠、成都信息工程大学人文学院院长廖思湄教授等。

本系列教材出版以来,被多所高校选作本科生、研究生的教材,或者入学考试的参考书目,读者反响良好。在出版社的倡议和推动下,我们启动了这 17 部教材新版修订编写工作。此次修订编写依然由我担任总主编,相信通过这次精心的修订,本系列新版教材将更能代表和体现新文科教学的需要,更好地推进大学培养优秀拔尖创新人才的教学实践。

　　路虽远,行则将至。事虽难,做则必成。是为序。

2022 年 12 月于四川大学新校区寓所

序言

　　中国古代文论史(亦称中国文学批评史)其源远,其流长,其体大,其义精,其辞美。中国古代文论早在先秦时期便已滥觞,后人踵武前贤,赓续其脉,终蔚为大观,既有如刘勰所著体大思精的《文心雕龙》,亦有诸如钟嵘《诗品》、严羽《沧浪诗话》、陈骙《文则》、王国维《人间词话》等专攻一体之作,还有评点及大量散见于诸如日记、尺牍、序跋、注疏之中的精妙之论。中国古代文论根深叶茂,义理深广精微,用辞考究典雅、准确传神,既是华夏文脉之体现,亦是后人镜鉴之宝藏。

　　中国古代文论虽源远流长,但首先对其进行现代学术史观照的却非中国学人,而是被称为日本近代"中国文学研究第一人"的铃木虎雄,铃木所著《中国诗论史》堪称中国文学批评史之雏形,是书不但早于国内陈钟凡、郭绍虞、罗根泽、朱东润、方孝岳、傅庚生诸家,而且部分著述(如陈钟凡《中国文学批评史》)借鉴铃木之书也有迹可循。草创时期的"中国文学批评史"(此学科建立之初多以"中国文学批评史"称之,并无"中国古代文学理论"之说)为本学科发展奠定了良好基础。新中国成立至新时期以前,由于时代环境所致,中国古代文论研究步履维艰,但郭绍虞、罗根泽等依然有所创获,其中郭绍虞主编的《中国历代文论选》(三卷本)与"中国古典文学理论专著选辑"影响较大。

　　新时期以来,中国古代文论研究得以深入推进,首先,大量文论史(或批评史)类著述不断涌现,尤其以王运熙主编的《中国文学批评通史》与罗宗强主编的《中国文学思想通史》为代表;其次,文论选本也不断面世,既有通史文论选,如郭绍虞主编的《中国历代文论选》(四卷本);亦有断代文选,如曹顺庆主编的《两汉文论译注》;再次,文献资料的整理、校勘、训释、考辨也成果丰硕,如郭绍虞的《沧浪诗话校释》、杨明照的《文心雕龙校注拾遗》等,而考辨则以关于"二十四诗品"与司空图关系之争论最为引人注目;最后,专题讨论走向深入,如范畴研究、文学观念辨析与个案讨论全面展开。与此同时,在学科称谓上也更趋多元化,"中国文学批评史""中国文学理论史""中国文学理论批评史""中国古代文论""中国古代文论史"等称谓并行,称谓的多样化既是学科繁荣发展的表现，同样也可能意味着学科发展的混乱与无序。

伴随着中国古代文论研究的持续深入，出现了大量中国古代文论史相关教材，很多教材还是名校名家组织编撰，并冠以各种教学改革成果称号，这些教材已经为我国高校学生培养工作与弘扬传统文化做出了诸多贡献。但翻检当下普遍使用的教材，我们认为它们普遍存在以下弊端或不足：首先，最为严重的问题在于，很多教材为保证理论体系的完整性，知识性介绍占据了教材的绝大部分篇幅，而原典材料严重不足，这直接导致了教材内容的空洞乏味，进而影响学生的学习兴趣、学识修养与学理判断。笔者曾指出中国当下是一个"没有学术大师的时代"，其中极为重要的原因在于课程内容设置方面空洞的"概论""通论"过多，而原典导读类课程太少，最终造成学生"既不博古，也不通今；既不通中，也不贯西"（参见《"没有学术大师时代"的反思》，载《湖南师范大学学报》，2005 年，第 3 期）。其次，部分教材内容相对老旧。很多教材囿于成见，评价有欠公允，如郭绍虞主编的《中国历代文论选》（一卷本）是目前中国古代文论教学最为通用的选本类教材，该书虽以原典选篇为基本导向，并附有名家注释，但是有些说法带有较为明显的时代印迹（如以政治作为文论判断标准时而可见），不利于学生准确理解原典的文化内蕴。再次，很多教材是著者个人学术观念的体现，持论偏向明显，甚至为一家之言，作为个人学术成果尚可，但作为教材则显然不妥。

有鉴于此，结合我们在中国古代文论领域长期的教学经验，深感编撰一部从实际教学时间和重难点出发，以"回到原典"为总体思路，并辅以导读性文字教材的迫切性。本书作为"教育部教学改革重点项目——文化原典导读与本科人才培养"系列教材之一，在编撰中贯彻以下基本精神：第一，回到原典是基本原则。回到原典可有效避免"概论"类教材的空洞弊病，使学生充分阅读、理解原典，领略其内蕴与魅力，而不是记住大量名词与论点成为"记忆机器"；第二，所有导读文字也以原典为基础，围绕原典精神内涵展开，而不强制断以己意，也不刻意注重知识的完备性与体系性而与原典相剥离；第三，所有注释均以释义为主，并辅以相关原典材料作为阐释依据，既可更大程度上保证释义的准确性，也可拓展学生的知识面；第四，每篇选文后均附以"延伸思考"，设置问题围绕所选原典展开，并适当引导学生进行学术思考，在保证教学效果的同时，注意培养学生的学术研究意识。

我曾随杨师明照先生治中国古代文论，先生教学均以原典为本，本人教学也承续先生此法，且有所创获，故此书编撰既有感于当下中国古代文论类教材之弊，也有弘扬"原典教学"之旨意。

是为序。

前言

正如本系列教材总主编曹顺庆先生所言,中国当代是一个没有学术大师的时代。当然,这不仅仅是曹顺庆先生个人的看法,也是中国当代学术界之"痛"。这里,我们不拟展开造成这一沉重话题原因的分析,只是想,不能再把这一自身之痛带给下一辈学人。中国教育界长期在讲教育的重要性,中国家长一直担心孩子输在起跑线上,再加上中国几千年来崇文重教的文化传统,我们对教育的重视程度不可谓不够,但是,我们应该怎样教育学生,我们拿什么来教育学生,我们要求学生成为什么样的人? 这对百多年来浸染了欧风美雨的中国来说,已经成为大问题。作为高校教师,我们不得不再次审视自己多年来从事的这项工作。好在越来越多的人已经认识到这一问题的严重性,也有越来越多的人在积极思考,努力行动。本书的编写也可以说是在为改变目前的现状做出一点儿小小的努力。

本着让学生主动阅读、学会阅读、学会思考、学会生活的教育理念,本着以阅读原始文献培养学生阅读能力的教育途径,本着"老师少讲,学生多读"的教学原则,《中国古代文论史》的编写贯彻"三重视"原则:

一是重视原典本身。本书以中国古代文论原典为基本内容,中心是为读者提供原始材料,让读者掌握第一手文献;为了帮助读者读懂原典,教材在原典前提供了简要的"题解",对所选原典的作者、主要内容进行简要叙述;在原典之后加以简要注释,以帮助读者解决阅读中的语言文字障碍问题。

二是重视史论结合。长期以来,高校和学术界将"文论选"和"文论史"分离,使原本应该合在一起的东西一分为二,结果是,读了"文论选"却没有形成文论史的概念和线索,读了"文论史"却缺乏具体文论原典的材料印证。为了消除这一弊病,20 世纪 90 年代以来编写的"中国古代文论史",一般在历史叙述之后附录了部分文论原典,但是仍然是"以叙述为主,以原典为辅"。本书编写完全体现"原典第一"原则,即主要提供大量原典文献,简要叙述中国古代文学理论发展史,真正实现"以史带论",以材料呈现理论观点。

三是重视检测学习效果和引发进一步思考。本书在每篇原典之后提供了"延伸思考",一方面是为了检测阅读和学习的效果,另一方面是引发读者进一步阅读和思考,让读者把阅读的兴趣和能力进一步延伸到其他原典和问题中去。

根据上述理念和原则,本书的编写体例是:"导论"部分简要介绍了中国古代文学理论的发展历史、基本特征和学习方法,然后根据中国古代文学理论发展的历史分期,分七章介绍不同时期的文论原典。在这七章中,首先是"题解",简要介绍原典的作者、写作背景、主要内容、历史地位和影响等,其次是原典材料本身,再次是注释,最后是延伸思考。为了加强培养学生阅读原典的能力,原典本身和注释采用繁体字排版。我们希望通过上述编写体例能够有效提高学生阅读中国古代文学理论原典的能力,也有助于"古代汉语""中国古代文学"以及其他中国传统文化类课程的学习。同时,这种体例的安排也充分考虑到作为教材使用时老师的主动性和选择性。

本书得到四川省和云南省多所高校从事"中国古代文学理论"教学和研究同仁的大力支持。职责和编写分工是:

主编:

曹顺庆(四川大学杰出教授、长江学者、文学与新闻学院学术院长):序言、第三章《毛诗序》

李凯(西南民族大学中国语言文学学院教授、博士生导师):第一章、第三章司马迁和王逸

副主编:

杨红旗(西华师范大学文学院教授、图书馆馆长、硕士生导师):第八章刘熙载、陈廷焯、梁启超、王国维

周世伟(宜宾学院文学与新闻学院教授、党支部书记):第五章

编委:

邓国军(内江师范学院教授、硕士生导师):第六章严羽、元好问、张炎、钟嗣成

翁礼明(内江师范学院教授、硕士生导师):第二章

何忠盛(绵阳师范学院文学与新闻学院教授、博士):第八章金圣叹、李渔、王夫之、叶燮、王士禛、袁枚、姚鼐

王琴(乐山师范学院文学与新闻学院副教授):第四章曹丕、陆机、钟嵘、萧统、萧绎

许劲松(四川音乐学院副教授、博士):第四章刘勰、第七章

吴远稳(玉溪师范学院讲师、博士):第六章欧阳修、苏轼、李清照、朱熹

本书选目和提纲由李凯提出初步意见,曹顺庆先生最终确定,统稿和初审由李凯负责,曹顺庆先生终审。

　　本书编写得到四川大学文学与新闻学院、西南民族大学中国语言文学学院、西华师范大学文学院、内江师范学院文学与新闻学院、绵阳师范学院文学与新闻学院、乐山师范学院文学与新闻学院、四川音乐学院戏剧影视文学系、玉溪师范学院文学院等单位领导和重庆大学出版社领导的大力支持。本书参考了众多专家的成果，特致谢忱！欢迎读者提出宝贵意见。

编　者

二〇二二年七月十日

目录

1

目录

第一章 导 论

　　"中国古代文论"是"中国古代文学理论"的简称。所谓"文学理论",是对一切文学现象(活动)进行抽象思考的结晶。通俗地说,文学理论就是对文学有系统的理性认识。中国书面文学出现很早,中国古代文学理论的产生也同样很早。约在公元前6世纪,即春秋时代即已开始。中国古代文学理论是指从春秋开始直到清朝结束的文学理论,时间长达两千多年。为了对中国古代文学理论的发展有较为完整的认识,我们对中国古代文学理论的发展历史进行简要的叙述,并就中国古代文学理论的特点以及本课程的学习方法进行简要说明。

第一节　中国古代文学理论发展简史

　　中国古代文学理论的历史分期,通行有两种划分方法:一是按照事物发展的一般进程,即按照事物发展的起始、发展、结束或完成三个大阶段进行。郭绍虞先生所著《中国文学批评史》即如此。郭先生在《中国文学批评史·自序》中说:"我以为自古代至北宋,恰恰成为文学批评之分途发展期。在此分途发展期中的前一时期——自周、秦至南北朝,是文学观念由混而析的时期;而其后一时期——自隋、唐以至北宋,却又成为文学观念由析而返于混的时期。所以自表面看来,似乎一个是演进而一个是复古。即就这两个时期的文学理论而言,也似乎前一个时期重在新变,而后一个时期重在则古。"郭先生在"总论"的第一章中又说:"既讲整个的中国文学批评史,总得划分几个时期。关于这个,只能就文学批评本身的演进,以为分期的标准。至于各个派别的不同的主张,只能在分期中间分别述之,而不能有明显的时代的区分。大抵由于中国的文学批评而言,详言之,可以分为三个时期:一是文学观念演进期,一是文学观念复古期,一是文学批评完成期。自周秦以迄南北朝,为文学观念演进期。自隋唐以迄北宋,为文学观念复古期。南宋、金、元以后直至现代,庶几成为文学批评之完成期。"

当然,郭先生在此三期之下,还是按照历史朝代进行分析的。第二种分期方法是直接根据中国历史朝代的先后顺序,只是在朝代的组合关系上发生一些变化。(见下表)

著者(编者)	书名	分期
郭绍虞著	中国文学批评史	周秦、两汉、魏晋南北朝、隋唐五代、北宋、南宋金元、明代、清代
罗根泽著	中国文学批评史	周秦、两汉、魏晋六朝、隋唐、晚唐五代(未完)
敏泽著	中国文学理论批评史	先秦、两汉、魏晋南北朝、隋唐五代、宋金元、明清、旧民主主义革命
张少康、刘三富著	中国文学理论批评发展史	先秦、汉魏六朝、唐宋金元、明清、近代
王运熙、顾易生主编	中国文学批评通史	先秦两汉、魏晋南北朝、隋唐五代、宋金元、明代、清代前中期、近代
蔡镇楚著	中国古代文学批评史	先秦、两汉、魏晋六朝、唐代、宋代、金元、明代、清代
李建中主编	中国古代文论	先秦、两汉、魏晋南北朝、唐宋金元、明清、近代
王汝梅、张羽主编	中国文学批评史	先秦、两汉、魏晋南北朝、隋唐、宋金元、明朝、清朝、鸦片战争至五四运动
蒋凡、郁源主编	中国古代文论教程	先秦两汉、魏晋南北朝、唐宋金元、明清、近代
李壮鹰、李春青主编	中国古代文论教程	先秦、两汉、魏晋南北朝、隋唐五代、宋金元、明代、清代、近代
李铎编著	中国古代文论教程	周汉、魏晋南北朝、唐宋、金元明、清代

从表中可以看出,中国古代文学理论发展史的分期,少者分为五段,多者为八段。除先秦、两汉、魏晋南北朝的分期相对独立外,唐宋金元明清的分合尤为复杂。因此,有的文学批评史著作直接以人为纲,按照时间先后顺序排列,不分朝代(当然,背后还是按照中国历史的先后顺序),如朱东润先生的《中国文学批评史大纲》、方孝岳先生的《中国文学批评》。上述关于中国古代文学理论发展历史的分期,虽然表面看来颇为不同,但实际上是根据中国古代文学理论的历史发展和地位进行分期的。不同朝代的分合之间,显示了著者对中国古代文学理论发展的不同认识。

一、先秦

先秦时期是中国古代文学理论的奠基期(滥觞期)。这一时期,文学理论还没有完全独立出来,而是文学、历史、哲学混融在一起,因此,纯粹谈论文学的见解还不多,作者也不纯然是文艺家,而是哲学家、历史家等。同时,长篇大论讨论文艺的著述和专篇讨论文艺的也很少,多是片言只语。但是不能就此认为先秦时期的文学理论成就不高,恰好相反,它是中国古代文学理论发展最重要的时期之一,因为后世中国古代文学理论的思想基础和主要问题都是在该时期内提出的。因此，我们所谓的"奠基期"，包含了两层意思：一是指奠定了文学理论的哲学基础。中国传统思想的核心包括儒家、道家和佛教。真正本土的文化传统是儒家和道家，佛教从东汉才开始传入中国，对中国文化发生全面深刻的影响更在佛教被中国化之后。后世中国古代文学理论家和作家尽管受到佛教的影响，但是影响最大的仍然是儒家和道家思想。二是指提出了中国古代文学理论的基本问题。提出这些基本理论的主要是儒家和道家。在儒家和道家之外，《诗经》中关于诗歌创作动机的表露，《左传》《战国策》《国语》中关于艺术活动的记载，诸子百家中的墨家、法家等都对文艺表示了一定看法，但这些不是该时期最主要的文学理论。核心还是道家的老子、庄子，儒家的孔子、孟子、荀子关于文学和艺术的见解。

　　道家的开创者老子，著有《老子》五千言。道家哲学的核心范畴是"道"。老子所谓的"道"，是指天地万物运行的规律。"道"衍生天地万物，"道"运行于万物之中。有天道、地道、人道，还有自然之道，而自然之道为最高。道家认为一切事物的发展都是辩证的，凡事凡物都是相辅相成，如高下相倾、音声相随、长短相形、美丑相伴。道家反对一切人为，要求回归到自然、原始、素朴。在文学理论方面，老子提出的"涤除玄览"、虚实相生、大音希声、大象无形等对后世都有重要影响。庄子进一步发展了老子的思想。庄子的文艺思想主要包括：自然说——认为"自然"是最高的境界，"天地有大美而不言"，天籁之音是最美的；提出了创作的虚静说、心斋坐忘、物化等理论；在语言和意义的关系上提出"言不尽意"，主张"得意而忘言"。此外，《庄子》一书汪洋恣肆、浪漫奇诡的文风对后世也产生了重要影响。

　　儒家的开创者孔子重视人文教化，强调培养君子人格，因此，他特别重视艺术对人格和道德养成的价值。在《论语》一书中，孔子谈到了多方面的文学理论。首先是强调文学的价值，如"兴观群怨"说、"事父事君"以及在政治、外交等方面的作用；"文质彬彬"的君子观也间接涉及文学作品内容和形式完美结合的问题；提出"尽善尽美"的批评标准；强调文学要中正和谐，如"乐而不淫，哀而不伤"，要"放郑声"。孟子继承并发展了孔子的思想，提出"仁政"学说，由此在文学艺术上要求君王"与民同乐"，体现了一定的民本思想。孟子最主要的贡献是关于文学接受和文学批评的见解，核心是"知言养气""知人论世""以意逆志"三大主张，尤其是"知人论世"和"以意逆志"成为中国古代文学接受和阐释最重要的主张。荀子处于战国末期，其思想主要是儒家，但也吸收了别的学派的思想。在文学理论方面，荀子强调儒家之道对文学的重要作用，倡导文章要原道；主张艺术（包括文学）表达人的自然感情，通过艺术可以除恶扬善、化性起伪。他的《乐论》对后世的音乐理论有很大影响。战国末期的《易传》融合儒家和道家思想,提出了不少有价值的认识,如修辞立诚、阳刚阴柔、变化发展、言意关系、观物取象、言辞枢机、见仁见智、人文化成以及辩证的思维方法等。儒家和道家,前者倡导"仁",后者强调"道";前者关注现实社会和人类自身,后者关注天地之道;前者强调文学艺术的教化道德功能,后者强调文学的自然之美;前者重视语言的作用,要求立言尽意,后者则认为语言不能传达精妙之意,主张得意忘言。表面看来,儒家和道家颇为不同,但实际上二家既相反又相成,共同构成了中国古代文学理论的主体。

墨子从小生产者的立场出发,否定艺术的价值,同时提出"言有三表",后者有理论贡献。法家从功利主义出发,反对文人和艺术,这种看法是狭隘和错误的。

总之,先秦时期的文学理论不仅较为丰富,而且为后世文学理论的发展奠定了思想基础。中国后世的文学理论总体上不超出儒道两家的基本范围,当然佛教传入之后有所变化。

二、两汉

两汉是中国古代文学理论发展的演进期。所谓"演进",是指中国文学理论在缓慢发展。这种发展是相对先秦时期的文学理论而言的。关于两汉文学理论的基本特征,现在学界普遍认为这是一个文学理论的"经学"时代。所谓"经学",是指五经之学,指专门研究儒家经典的学问。因为文字书写以及理解的不同,形成了古文经学和今文经学两大派别,古文经学和今文经学对文学的理解也有部分差异,但经学总体上强调文学的经世治国、道德教化的作用。

汉代的文学理论主要围绕对《诗经》《楚辞》以及屈原、汉赋的评论和认识而展开。围绕《诗经》研究和传授,形成了著名的《毛诗序》,其中,《毛诗大序》对先秦和汉初的儒家诗学进行了全面总结,在《今文尚书·尧典》以及《左传》《庄子》《荀子》等基础上强调"诗言志",一方面肯定诗歌、音乐、舞蹈等艺术都是情志的表达,另一方面又提出"发乎情,止乎礼义",体现出儒家对文学表现情感的两面性;通过对"风""雅""颂"命名的分析,指出文学艺术与时代、政治的密切关系,强调了文学的道德教化作用。汉代著名思想家董仲舒在文学理论方面也有突出的贡献,他对天人之间交相感应进行了全面的论证,同时援引"诗无达诂"一语说明文学接受的主体性,这两个重要观点对后世都有重要的影响。

如果说《毛诗序》直接提出了儒家对文学的要求,那么在对《楚辞》和屈原的评价上,后世则根据儒家思想来对《楚辞》和屈原进行褒贬。褒扬者以淮南王刘安、司马迁、王逸为代表,他们全面肯定屈原的人格和作品的伟大,其依据就是王逸所提出的"依经立义"。对屈原和《楚辞》进行否定,或者说在肯定中有否定的主要是西汉末期的扬雄和东汉的班固。扬雄同情屈原的人生遭遇,但反对屈原沉江的行为;班固高度赞扬《离骚》等作品的艺术成就,但是对屈原显暴君过、怨刺君上的行为提出批评,认为屈原没有做到明哲保身。汉代诸家对屈原和《楚辞》的评价,齐梁时期的刘勰在《辨骚》中进行了总结。两汉理论家通过对《诗经》《楚辞》以及屈原的评价,一方面显示了儒家思想在汉代的统治地位和指导作用,另一方面也确立了中国古代文论话语生成的最重要原则和机制——"依经立义"。

关于汉赋的评价,主要是扬雄和班固二人所表达的观点。扬雄本人是汉代著名的大赋作家,他本来很看重赋的讽谏作用,但是他看到赋所起的作用实际上是"劝百而讽一",于是认为赋的创作是"雕虫篆刻""壮夫不为"。当然他也没有完全否定赋的地位和价值,特别区分了"诗人之赋"与"辞人之赋",认为前者是"丽以则",即漂亮而又符合儒家中正典雅的原则;后者"丽以淫",即虽然漂亮但是过分,没有做到中正典雅。班固认为赋可以"润色鸿业","或以抒下情而通讽谕,或以宣上德而尽忠孝",是"雅颂之亚"。他批评枚乘、司马相如、扬雄等人的赋作"竞为侈丽闳衍之词,没其讽喻之义",但又认为司马相如的赋作同《诗经》的讽谏没有差异。在看似矛盾的评价中,班固充分肯定了汉大赋出现的必要性和价值,但同时又批评汉大赋过分华美的文辞掩盖和遮蔽了赋的讽喻价值。大赋代表作家司马相如在《答盛览问作赋》中提出了著名的"赋家之心"和"赋家之迹"。他说:"合綦组以成文,列锦绣而为质。一经一纬,一宫一商,此作赋之迹也。赋家之心。苞括宇宙,总览人物。斯乃得之于内,不可得而传。"根据我们的理解,赋家之迹是具体作赋的技法方面,要求赋具有和谐华美的形式,涉及语言、声韵、文章结构;而"赋家之心"则是作家的主体修养,这种修养是指要有总览宇宙、人、社会的胸襟和气魄,也包含了对宇宙、人、社会的深刻观察和体验。

除围绕上述三大文学现象的评论而提出的文学理论外,司马迁在继承《诗经》、屈原等人的基础上,结合自身遭遇,提出著名的"发愤著书"说,提出了中国的文学创作动机理论。扬雄的文学理论更为丰富全面。他在荀子原道理论的基础上,明确提出要原道、尊圣、宗经;他十分强调文学作品的内容和形式的完美结合,提出"绷中彪外"的主张;他强调文学的讽谏讽喻功能,倡导文学要干预现实政治;他提出心声心画的主张,强调文学表达真心真情;同时他从变异的角度肯定了文学的发展变化,倡导文学的进化观念,这对后来的王充有影响。

汉代较为独特的文学理论家是王充。王充反对东汉甚嚣尘上的谶纬之学,写作《论衡》一书,以"疾虚妄"为总纲,谈及不少文学理论的主张,归纳起来,主要有四个方面:反对虚妄,提倡真实;强调文学作品的内容和形式要完美结合;认为文学创作要具有惩恶扬善的现实功能;主张文学进化论,肯定文学发展史的必然趋势。表面看,王充反对儒家,但实际上他仍然受到儒家文艺思想的重要影响。

三、魏晋南北朝

魏晋南北朝是中国古代文学理论发展的高峰期。这一时期不仅理论家众多,理论观点丰富,出现了文学理论和诗学专著,更重要的是体现了文学的自觉,对文学自身特征有了较为清晰的认识。该时期包含时间长、朝代多,从曹魏到陈朝,前后经历了六个历史朝代,持续近四百年。魏晋文学理论的最初开创者是魏文帝曹丕。曹丕著有《典论》一书,其中《论文》为论述文学的专篇。在批评文人相轻的基础上,他总结了文学批评的两种错误态度:一是文人相轻,二是崇远贱近、向声背实,提出了文学评论的正确态度是相互敬重,审己度人。在此基础上,他提出了文体论的见解,认为文章"本同而末异","盖奏议宜雅,书论宜理,铭诔尚实,诗赋欲丽",这是中国古代文学理论史上第一次对文体进行区分,并指出各种文体的不同特征,特别值得关注的是对"诗赋"提出"丽"的要求,显示了文学自觉时代的到来。文学又特别强调天才和个性,于是曹丕对"文气"特别关注,一方面他认为"文以气为主",是作家的天才、气质、个性决定了文学风格,同时又认为这种"气"是先天决定的,父亲不能遗传给儿子,哥哥不能转移到弟弟。文气说涉及文学风格与作家气质、个性的关系,也涉及强调作家创作才能不同于一般的才能,特别是不同于儒家强调的道德修养。这里所说的"气"与孟子所说的"养气"的"气"完全不同。最后,曹丕对文章的地位和价值给予了高度肯定,提出文章具有"经国之大业、不朽之盛事"的地位和价值。总之,曹丕《典论·论文》中提出的批评论、文体论、文气说、文学价值论这些重要的观点,不仅显示出魏晋时代的新特质,也具有很高的理论水平和创新价值。

西晋的陆机既是著名的诗人,也是重要的文艺理论家。他的《文赋》以"赋"的形式来专门讨论文学问题。《文赋》的核心是讨论文学创作过程和创作思维。陆机不仅明确将文学创作过程划分为三个阶段——物、意、文——即创作的准备阶段、构思阶段、表达阶段,而且认为"意不称物、文不逮意"是创作中的两大难题。在创作的准备阶段,陆机明确提出"伫中区以玄览,颐情志于典坟",即深入观察和阅读书籍是创作材料积累的两条基本路径。材料准备之后,文学创作即进入构思阶段。关于构思,陆机认为要"收视反听,耽思傍讯,精骛八极,心游万仞"。"收视反听"是指作家要集中心思,进入虚静的心理状态;"耽思傍讯"是指深入思考、广泛搜求;"精骛八极,心游万仞"是指构思中的想象具有超越时空的特征。陆机对想象的特征进行了更为细致的分析,指出想象"情曈昽而弥鲜,物昭晰而互进","观古今于须臾,抚四海于一瞬"。在对构思和创作思维进行深入分析之后,陆机用大量篇幅对表达的原则、方法、技巧等进行具体的探讨。最后对灵感和文学的功能进行了论述和分析。在论述表达的过程中，陆机在曹丕的基础上详细分析了十种文体的特征，特别是"诗缘情而绮靡"对诗歌本质特征的认识，对后世产生了重要影响。

齐梁时期的文学理论更是发展到一个高潮。不仅出现了两部文学理论专著，还更为明显地出现文学自觉时代对文学的认识。刘勰的《文心雕龙》和钟嵘的《诗品》，前者"笼罩群言""体大而虑周"，是中国古代文学理论史上第一部专著；后者"深溯流别""思深而意远"，专门论述五言诗。《文心雕龙》全书五十篇，除《序志》篇外，可分为四个部分，一是文学的枢纽，包括《原道》《征圣》《宗经》《正纬》《辨骚》前五篇，对文学的本源、创作、发展进行了较为深入的分析；二是文体论和文学史论，从《明诗》以下二十篇专论文体，既讨论文体的流别、特征和创作风格等，又是独立的分体文学史论；三是自《神思》以下十九篇，专门讨论文章的创作，包括创作方法、技巧、思维、材料、结构、语言运用等诸多方面的内容，属于专门的创作论；四是《时序》以下五篇，讨论文学的发展等。《文心雕龙》涉及文学的本质论、创作论、作品论、批评论、发展论。总之，《文心雕龙》是一部真正的"文学概论"，也是世界上最早的"文学概论"。研究《文心雕龙》的学问被称为"龙学"，四川大学杨明照先生即为著名的龙学专家。钟嵘的《诗品》又称为《诗评》，隋唐之后，《诗品》之名流行。《诗品》是中国第一部真正意义上的"诗学"，专门讨论五言诗。全书分为三卷，论汉魏晋至宋齐梁时期八代共 122 位诗人（"古诗"按一人计算），分列上中下三品。在《诗品序》中，钟嵘提出了一系列诗学主张，其中包括：诗歌是表达情感的艺术；情感产生于外物（包括自然和社会境遇等）的激发；优秀的诗歌要具有"滋味"；要创造出具有"滋味"的诗歌，一方面是综合运用兴比赋的手法，另一方面是"直寻"。钟嵘还提倡诗歌创作要具有天才，反对过分用典（"掉书袋"），反对以声韵等限制诗歌的自然之美。钟嵘的诗学思想一方面受到儒家的影响，另一方面则受到道家思想的影响，如他强调的"自然英旨""直寻"等都受到道家的影响。

南朝时期著名的文学理论家还有沈约、萧统、萧绎、萧纲等。沈约是南朝著名的历史家和文学家。他在文学理论史上最重要的贡献是在《宋书·谢灵运传论》中提出"四声八病"说。中国是一个诗歌的国度，诗歌创作蔚为兴盛。诗歌本身是语言的艺术，因此，重视语言声韵成为诗歌艺术的一个重要方面。南朝对诗歌音韵的重视是多方面因素促成的，佛经转读和诗歌本身的发展是重要因素。所谓四声八病，"四声"是指汉语的平上去入四种声调；"八病"是指诗歌创作应避免的八种声韵上的毛病，即平头、上尾、蜂腰、鹤膝、大韵、小韵、旁纽、正纽。四声八病的理论主张对促进唐代近体诗的形成有重要作用。

三萧之中,萧统不仅著有诗文,还编撰了流传至今的最早一部诗文总集——《文选》。在《文选·序》中,萧统对文学的起源、发展、作用、具体文类的产生以及本书选录宗旨、编辑体例等进行了分析和说明。萧统引用《易传》"观乎天文,以察时变,观乎人文,以化成天下",肯定文学具有重大意义。在谈及文学发展时,萧统肯定文学是发展进化的,犹如积水成冰,冰寒于水,文学发展是踵事增华、变本加厉。在论述具体文类的产生时,萧统充分肯定了诗歌的抒情本质,同时说明文学与社会、政治之间的密切关系。萧统不仅看到文学的重大现实意义,也看到了文学所具有的审美愉悦功能,"心游目想,移晷忘倦"就是强调文学的审美快感。萧统文论中最为后世所看重的是关于选文的标准,即"综辑辞采""错比文华""事出于沉思,义归乎翰藻"。"辞采""文华""翰藻"都是强调语言的文采华美,同时萧统认为"事""义"(文章的内容和主题等)不仅要具有华美文采,还要深入思考。当然,萧统的重心还是在文学的形式方面,而这正是魏晋南北朝时期文学自觉的重要表现。无论是曹丕强调的"诗赋欲丽",还是陆机强调的"诗缘情而绮靡"、刘勰强调的"情采"兼备,以及这里萧统所强调语言的华美,其实都是认为文学必须美,特别是语言形式之美。由此,萧统主编的《文选》就不收录儒家经典("经")、以"立意为宗"的诸子以及"记事之史、系年之书",也就是说在古代四部分类的图书目录之中,只有集部,即今天的文学部才全部收入,至于史部,只有"综辑辞采,错比文华,事出于沉思,义归乎翰藻"的赞论序述才能收入。可见,萧统的文学观已经近似于狭义的文学观了。

针对南朝时期的文笔之争,梁元帝萧绎在《金楼子·立言》中说:

古人之学者有二,今人之学者有四。夫子门徒,转相师受,通圣人之经者,谓之儒。屈原、宋玉、枚乘、长卿之徒,止于辞赋,则谓之文。今之儒,博穷子史,但能识其事,不能通其理者,谓之学。至如不便为诗如阎纂,善为章奏如伯松,若此之流,泛谓之笔。吟咏风谣,流连哀思者,谓之文。而学者率多不便属辞,守其章句,迟于通变,质于心用。学者不能定礼乐之是非,辩经教之宗旨,徒能扬榷前言,抵掌多识,然而抱源知流,亦足可贵。笔退则非谓成篇,进则不云取义,神其巧惠,笔端而已。至如文者,惟须绮縠纷披,宫徵靡曼,唇吻遒会,情灵摇荡。

对于什么是"文",萧绎的看法较为典型地代表了时代的精神。"绮縠纷披"是指文采华美,"宫徵靡曼,唇吻遒会"是音韵和谐,"情灵摇荡"则是内心情感的激荡。总的来看,萧统和萧绎都在极力区分"文"与"非文"的区别,或者说狭义之文学与广义之文学的区别。

相比南朝,北朝多为少数民族政权,其文学创作和文学理论的成就不高。由南朝而入北朝的颜之推是一个代表。颜之推的文学理论主要见于《颜氏家训·文章》中。

简而言之,颜之推的文学主张主要有以下四端:一是对文学作品结构的分析,认为文学作品是一个有机整体。他说:"文章当以理致为心肾,气调为筋骨,事义为皮肤,华丽为冠冕。"二是文章源出五经,认为各种具体文类都出自五经,这实际上是宗经思想的具体化。三是强调文学天才。他认为:"学问有利钝,文章有巧拙。钝学累功,不妨精熟;拙文研思,终归蚩鄙。但成学士,自足为人。必乏天才,勿强操笔。"四是强调文人的道德修养。他在《文章》篇中对历代文人不良的操行品德进行了严厉的批评。

四、隋唐五代

隋唐五代是中国古代文学理论的发展期。所谓发展,具体体现为以下几个方面:第一是文学理论的思想基础更为多元,在传统的儒家和道家之外,佛教影响于文学理论更为明显;第二是文学理论更加细化,特别是在诗学方面,即不仅诗歌创作的技巧、技法等更加深入细致,而且在诗歌的本质和审美认识方面也更深入,比如意境理论的出现和深化;第三是在诗文理论之外,出现了词学理论;第四是该时期内的文学理论明显体现出复古的特点,不管是陈子昂、李白等人的"汉魏风骨"的主张,白居易关于诗歌"六艺"的认识,还是韩柳的古文运动,都倡导恢复先秦两汉的传统。由于隋朝国祚短促,还未及展开文化建设就被唐朝取而代之,而五代是一个混乱而短促的时代,因此,所谓隋唐五代,中心在唐代。唐代文学理论主要包括诗学和散文理论两大部分。诗学包括初唐时期的陈子昂,盛唐时期的李白、杜甫、王昌龄、殷璠,中唐时期的皎然、刘禹锡、白居易、元稹,晚唐时期的司空图等。散文方面则以韩愈、柳宗元的古文运动理论为主。

陈子昂作为初唐著名诗人,既有优秀的诗歌创作,更在批判齐梁诗风的基础上倡导"汉魏风骨"和"风雅兴寄"。前者倡导刚健有力的风格,后者强调比兴手法的运用和诗歌的政治寄托。盛唐时期的李白既倡导汉魏风骨,也倡导"清水出芙蓉"的自然清新,显示出李白受到儒家和道家两方面思想的影响。杜甫在《戏为六绝句》中较为集中地表达了他的诗学主张。杜甫持发展和辩证的观点来看待齐梁以及初唐四杰的历史地位,强调"不薄今人爱古人,清词丽句必为邻""别裁伪体亲风雅,转益多师是汝师"。此外,杜甫在诗歌技法方面还发表了他的看法。盛唐时期的殷璠编有《河岳英灵集》的诗歌选本,集中入选的作品起自开元二年(公元714年),终于天宝十二年(公元753年)。殷璠提出了著名的"兴象"说。所谓"兴象"是指诗歌中完整的审美意象。"兴象"一方面是具象、形象,另一方面是具有让人回味的余韵。殷璠所谓的"兴象"已经和王昌龄所说的意境十分接近。王昌龄也是一位著名诗人。他的《诗格》作为当时学诗者的入门书籍,不仅谈到了大量的诗歌创作技巧,更提出了诗歌审美的意境论。

在《诗格》中,王昌龄提出"诗有三境":"一曰物境,欲为山水诗,则张泉石云峰之境,极丽绝秀者,神之于心,身处于境,视境于心,莹然掌中,然后用思,了然境像,故得形似。二曰情境,娱乐愁怨,皆张于意而处于身,然后驰思,深得其情。三曰意境,亦张之于意而思之于心,则得其真矣。"此外,王昌龄还有"三格"之说:"诗有三格:一曰生思,久用精思,未契意象,力疲智竭,放安神思,心偶照境,率然而生。二曰感思,寻味前言,吟讽古制,感而生思。三曰取思,搜求于象,心入于境,神会于物,因心而得。"三境、三格之说都是从创作角度来分析的。中唐时期围绕文学的复古革新,白居易倡导恢复汉代以来的儒家诗学传统,韩柳倡导恢复先秦两汉以来的散文传统。白居易的《与元九书》集中表达了他的诗学主张。首先,白居易充分肯定了诗歌的抒情本质。他说:"感人心者,莫先乎情,莫始乎言,莫切乎声,莫深乎义。诗者:根情,苗言,华声,实义。"一方面,白居易认识到情感为诗歌的根本;另一方面,他也认识到诗歌是有机构成,认为情感、语言、声韵、事义共同组成了诗歌。其次,白居易特别强调诗歌的现实政治功能,他认为"文章合为时而著,歌诗合为事而作",应该起到"补察时政""泄导人情""救济人病,裨补时阙"的作用。由此,他以"六义"为标准,对此前的中国诗歌史进行了评价,认为是一代不如一代。白居易所谓的"六义"与《毛诗大序》的六义含义不同,他侧重于比兴,而对比兴的要求又只是讽谏和寄托的政治功能。由于白居易过分强调诗歌的现实功能,特别是干预政治的功能,因此,他对中国诗歌发展史以及具体诗人的评价是狭隘和偏激的。最后,白居易强调诗歌创作应该有为而作。白居易认为诗歌应该"为君为臣为民为事为物而作,不为文而作"。总之,白居易反对"嘲风月,弄花草"的无病呻吟之作,要求诗歌有充实的内容、现实的承担。白居易的诗学是汉代《毛诗大序》的进一步发展,但更为狭隘。白居易不是不懂诗歌艺术,相反,作为唐代最著名的诗人之一,他不仅创作出大量优秀的诗歌作品,也充分认识到自己广为流传的诗歌是闲适诗、杂律诗,至于他最看重的讽喻诗反而没有多少人喜欢。这说明白居易的诗学主张在当时是要有意起到纠偏的作用。中唐另一著名诗论家是皎然。皎然著有《诗式》一书。其书籍命名之意同王昌龄的《诗格》,都是为当时学诗者指示门径。皎然虽身为和尚,但是该书却以儒家和道家思想为宗。他说:"夫诗者,众妙之华实,六经之菁英,虽非圣功,妙均于圣。"皎然诗学以意境为核心,谈及多方面的主张。首先,关于"意"与"境"的关系。皎然认为"诗情缘境发""缘境不尽曰情",这说明"境"是基础,但"境"为"情"而生设。其次是倡导言外之意。他说:"若遇高手如康乐公,览而察之,但见情性,不睹文字,盖诗道之极也。"所谓"但见情性,不睹文字"就是庄子的"得意而忘言",不要执着于文字之表,而应该透过文字看到诗人表达于文字之外的"情性"。最后,关于诗歌的创作,皎然谈到取境问题,他关注到诗歌创作难易两种不同情况。针对不要

"苦思"之说,他认为:"夫不入虎穴,焉得虎子?取境之时,须至难至险,始见奇句。成篇之后,观其气貌,有似等闲,不思而得,此高手也。有时意静神王,佳句纵横,若不可遏,宛若神助。"一方面是取境求难求高,但结果应该是有似等闲。这里实际上涉及中国古代对诗法的认识。作诗不能无法,但又必须不露痕迹,由人工而达天工。此外,皎然对诗歌的风格还有不少好的见解,对文学的发展规律也有探讨。

中唐时期文学理论的另一重要方面是散文理论。以韩愈、柳宗元为代表,掀起了一场名义上为恢复古文实际上为复兴儒教的运动。古文运动的主要理论倡导者是韩愈。他的散文理论集中于《答李翊书》一文中。文中首先谈到如何做人的问题,要求作家首先必须具有高尚的仁义道德的修养,因为"仁义之人,其言蔼如"。这实际上是儒家一直强调的原道、宗经、征圣、养气的意思。于是韩愈进而提出"气盛言宜",认为"气盛则言之短长与声之高下者皆宜",也就是作家个人道德修养达到了一定高度之后,写出来的文章自然就很好。在关于散文具体创作方面,韩愈提出"惟陈言之务去",强调语言的创新。韩愈不仅是著名散文家,也是著名诗人,因此他也有诗学理论。在《送孟东野序》中,他提出了著名的"不平则鸣"说。这篇序是写给老朋友孟郊的。孟郊命运不济,终身坎壈。为了安慰这位老朋友,韩愈写下了这篇著名文章。文中所说"不平则鸣","不平"是诗人在现实生活中受到不公正待遇在内心产生的愁苦愤懑之情。韩愈在《荆潭唱和诗序》中说:"夫和平之音淡薄,而愁思之声要妙;欢愉之辞难工,而穷苦之言易好。"从孔子提出"诗可以怨"到屈原提出"发愤以抒情",最后司马迁明确提出了"发愤著书"说。所有这些理论都肯定了诗文抒发怨愤之情的正当性和合法性,都肯定了怨愤、愁思、悲苦这类消极情感的表达比喜乐这类积极情感的表达更容易受到读者的喜爱,引发读者的共鸣。与韩愈共同倡导古文运动的柳宗元同样是一位著名诗人和散文家。二人的文学理论主张大体相同,柳宗元的理论不及韩愈全面,但在某些方面却更为深入,比如在"明道"这一理论方面,柳宗元的论述更为明确和深入。在《答韦中立论师道书》中,他说:"始吾幼且少,为文章,以辞为工。及长,乃知文者以明道,是固不苟为炳炳烺烺,务采色、夸声音而以为能也。凡吾所陈,皆自谓近道……"于是宗经、征圣成为学文的最好途径:"本之《书》以求其质,本之《诗》以求恒,本之《礼》以求其宜,本之《春秋》以求其断,本之《易》以求其动,此吾所以取道之原也。"柳宗元比韩愈视野更开阔,在强调"文以明道"的同时,他还主张博采诸子、史家著作。他说:"参之谷梁氏以厉其气,参之孟、荀以畅其支,参之庄、老以肆其端,参之《国语》以博其趣,参之《离骚》以致其幽,参之太史公以著其洁,此吾所以旁推交通而以之为文也。"不仅如此,柳宗元所谓的"道"也不完全同于韩愈的"道"。他在《报崔黯秀才论为文书》中说:"道假辞以明,辞假书而传,要之之道而已耳。道之及,及乎物而已耳,斯取道之内者也。"这里所谓的"道"就不仅指儒家之道,还是现实事物之道。所谓"及物"就是要接触现实。柳宗元也强调作家的修养,但他更看重创作时的严肃态度:"故吾每为文章,未尝敢以轻心掉之,惧其剽而不留也;未尝敢以怠心易之,惧其弛而不严也;未尝敢以昏气出之,惧其昧没而杂也;未尝敢以矜气作之,惧其偃蹇而骄也。"在去掉各种不良的创作态度和心理之后,写出来的作品自然就会更好。此外,柳宗元还在《杨评事文集后序》中区分了诗歌与文章的性质和功用:"文有二道:辞令褒贬,本乎著述者也;导扬讽喻,本乎比兴者也。著述者流,盖出于《书》之谟、训,《易》之象、系,《春秋》之笔削。其要在于高壮广厚,词正而理备,谓宜藏于简册也。比兴者流,盖出于虞夏之咏歌,殷、周之风雅,其要在于丽则清越,言畅而意美,谓宜流于谣诵也。"这里的说法近似于南北朝的文笔之分,大要在强调文学和非文学的区别。当然,柳宗元的认识没有超过南北朝时的水平,但在当时还是有积极作用的。

晚唐最重要的诗学家是司空图。司空图在为人上严守儒家倡导的君臣之道,但在诗学上却崇奉道家。他的诗学较为明显地体现出道家思想的影响。司空图的诗学主要包括三个方面:第一,诗歌本质和审美标准——韵味说。对诗歌意境的特殊性质,司空图在盛唐王昌龄、中唐皎然和刘禹锡的基础上进行了更深入的探讨。在《与李生论诗书》中,他从文学接受的角度,将"味"作为诗歌审美的根本法则,他说:"文之难,而诗之难尤难。古今之喻多矣,而愚以为辨于味而后可以言诗也。江岭之南,凡足资于适口者,若醯,非不酸也,止于酸而已;若鹾,非不咸也,止于咸而已。华之人以充饥而遽辍者,知其咸酸之外,醇美者有所乏耳。"这里所强调的咸酸之外的"醇美"之味,是指意境的特殊内涵——具有丰富的审美韵味。司空图的"韵味"说,本于钟嵘的"滋味"说,但有明显的发展和深化,他比钟嵘更自觉地把"味"作为论诗的原则和评诗的标准。司空图在《与极浦书》中说:"戴容州云:'诗家之景,如蓝田日暖,良玉生烟,可望而不可置于眉睫之前也。'象外之象,景外之景,岂容易可谈哉!""韵外之致""味外之旨""象外之象""景外之景",这"四外"说都是在论述意境的特殊性质。细而言之,"韵外之致"是指意境作品表层文字覆盖下的无穷情致,"味外之旨"侧重指意境作品所具有的启人深思的理趣,而"象外之象"和"景外之景"则是指意境作品三层描绘的形象之外还能让鉴赏者联想到但又朦胧模糊的多重境象。第二,诗歌创作论——"思与境偕"。司空图在《与王驾评诗书》中说:"长于思与境偕,乃诗家之所尚者。"这里既是在讲意境的基本性质,也是在谈诗歌的创作。"思与境偕"中的"思"是指创作主体即诗人的主观情思;"境"则是激发诗情意趣并且表现之的创作客体境象。"境"与"思"偕往,就是强调作者主观情思与客观物象之间要相交相融,合二为一,从而创造出诗歌的意境。这一理论远溯刘勰的"神思"之说,近宗皎然的"诗情缘境发",后启明代谢榛和王夫之等人关于情景关系的论述。第三,诗歌风格论。20 世纪 90 年代,复旦大学陈尚君、汪涌豪二位先生曾对《二十四诗品》的著作权有过怀疑,但尚未取得学界的一致认同。这里仍然将《二十四诗品》归于司空图名下。在《二十四诗品》中,司空图提出了极为丰富的诗歌风格论。对其所论列的二十四种诗歌风格,他既欣赏"雄浑",也欣赏"冲淡";既赏识"纤秾",又赏识"自然",但是结合他自己隐居山林的生活实际和作品风格,他似乎更心仪以王维、韦应物为代表的清淡诗风,这与他崇奉道家美学的精神是一致的。

五代时期战乱频仍,朝代交替频繁,故文学艺术的发展也受到很大影响,但词却逐渐兴盛起来,特别是南唐和前蜀、后蜀成为词创作的兴盛之地,出现了众多名篇名家。其中五代时期赵崇祚所编辑的《花间集》对后世影响很大。欧阳炯为《花间集》所作的序成为第一篇词学专论,在中国文学理论发展史上具有重要地位。作为词学史上第一篇词学专论,它表达了如下的词学观点:第一,揭示了词作为新兴文学体式的基本特征,这就是:文采华美、韵律和谐。换言之,语言之美和韵律之美是"词"这种文学体式最重要也是最突出的特征。文章关于词的合乐性的认识很准确地指出了词作为音乐文学最根本的特征;第二,揭示了词的基本发展过程,说明从西王母宴会之歌到楚国"阳春白雪""下里巴人",一直到汉代乐府、晋朝文人、南朝民歌、宫体诗以及唐代以来的青楼酒馆歌舞酒宴的繁盛,是词兴起的文学之源和社会根源;第三,倡导诗客曲子词,即倡导"言而有文,秀而且实",一方面是语言华美,另一方面具有较为充实的内容。尽管这些所谓充实的内容在今天看来仍然较单薄,甚至有些浮浅,但相比民间俗词来讲,其内容还是丰富得多。

五、宋金元

宋金元时期是中国古代文学理论继续发展的时期。继续发展的表现,一是儒释道三家思想在文学理论的指导方面都有突出表现,特别是中国化佛教——禅宗的发展和兴盛对宋代诗学具有重要影响,苏轼和严羽是突出的代表;二是各种文体的文学理论都有长足的进步,除了此前的诗文理论,词学尤为兴盛,李清照、王灼、姜夔、张炎等人都对词提出了自己的见解;三是在具体内容方面也有深化和发展,比如关于文道关系,不仅有理学家与古文家的差异,即使在古文家中,欧阳修、王安石与"三苏"也有很大不同,再比如宋代诗学中"点铁成金""夺胎换骨"以及"活法"诸说对诗歌创作的具体探讨也深入细致;四是在各种艺术门类的比较研究方面有了进步,突出者为文学与音乐、文学与绘画之间的比较研究。在本阶段中,宋代是重点,金朝受宋代影响很大,而元代的文学实践已经发生了重大转移,在诗文理论之外,小说和戏剧文学的理论逐渐出现。

　　欧阳修是宋代诗文革新的领袖。宋初古文的复兴和发展不仅需要矫正"时文"以去掉晚唐五代以来卑弱不振、华丽骈偶的文风,而且还面临着清除宋初古文中另一种不良倾向——险怪,因此,宋代古文运动所针对的既有中唐韩柳以来的旧弊病,也有宋初古文运动出现的新流弊。柳开、王禹偁、穆修是宋代古文运动的先驱,但是成就和影响都不大。直到欧阳修,宋代古文才真正确立起来。欧阳修的古文理论与宋初诸家有所不同。首先,在"文"与"道"的关系上,欧阳修继承韩愈,重申了"道"对"文"的重要性,提出"道胜者文不难而自至"(《答吴充秀才书》),并以扬雄、王通模拟经典为反例,反对"道未足而强言",反对片面追求文辞。针对当时文士学"道"而溺于"文"的习气,欧阳修并没有像道学家那样鼓吹重道轻文乃至"作文害道",而是将"道"作为文人的基本修养,主张充"道"而为"文"。他说吴充文章"辞丰意雄,沛然有不可御之势",说明他立论的着眼点主要在"文"方面。其次,欧阳修对"道"提出了不同的认识,更注重"道"的实践性、社会性内容。他反对文士"弃百事不关于心",只在古人书籍中求道,而不是在生活实践中"充道"。因此,他同意吴充的看法——"终日不出轩序而不能纵横高下皆如意者",并以孔、孟、荀奔波于事而入"道胜"之境、立"不朽"之言为例来加以说明。欧阳修从生活实践方面谈论创作主体的修养,明显继承了唐代柳宗元的"明道"思想,并对王安石、三苏等的古文理论有影响。"穷而后工"是欧阳修最重要的诗学理论。在《梅圣俞诗集序》中,欧阳修将作家的生活境遇、情感状态与诗歌创作相联系,说:"见虫鱼草木风云鸟兽之状类,往往探其奇怪;内有忧思感愤之郁积,其兴于怨刺,以道羁臣寡妇之所叹,而写人情之难言。"这里涉及文学创作中的两个问题:一是诗人如何与对象建立起审美关系,能够从对象上获得情感的激发和感动;二是诗人内心情感的郁积有助于诗人写出更为曲折入微而又带有普遍性的人情。"穷而后工"是对司马迁"发愤著书"和韩愈"不平则鸣"的进一步发展,其内涵虽基本一致,但是侧重点有所不同。此外,欧阳修还是"诗话"这一重要理论表述方式的开创者,《六一诗话》是第一部以"诗话"命名的著作。所记梅尧臣谈诗一节,实际上也代表欧阳修的观点:"若意新语工,得前人所未道者;斯为善也;必能状难写之景如在目前,含不尽之意见于言外,然后为至矣。"这既是对诗歌层次的分类,也是上承唐人提出的意境理论。

　　北宋另一位重要文学理论家是苏轼,他具有全面才能,其文学理论也丰富多彩。苏轼的思想多元,既受儒家的影响,也心仪庄子,喜爱禅宗,总体来讲,苏轼受到道家和禅宗的影响更深刻。其主要文学理论包括:一是自然说。这既可以说是苏轼的文艺本质观,也可以说是文学创作论。苏轼反对务奇求深和雕琢经营,要求行文自然:"如行云流水,初无定质,但常行于所当行,常止于所不可不止,文理自然,姿态横生。"(《答谢民师书》)"不能不为之为工也。"(《江行唱和集叙》)反映在具体的形象描写上便是"随物赋形",强调主体与创作对象构成一种顺应而自然的关系。就诗而言,在《书黄子思诗集后》里,他推崇"苏、李之天成,曹、刘之自得,陶、谢之超然",也是讲诗歌创作要自然天成,冥于造化。二是创作论。苏轼的创作论包含了多方面内容,如关于创作心理的虚静观。在《送参寥师》一诗里,苏轼借用佛教"空静"观说诗:"欲令诗语妙,无厌空且静,静故了群动,空故纳万境",诗中说明了文学创作为什么要"空"和"静"。关于创作的构思,苏轼继承了庄子的"物化"思想,认为"其身与竹化,无穷出清新"(《书晁补之所藏与可画三首》)。在谈文同画竹时提出"成竹在胸"的理论。这些都是在强调构思过程中主体和客体之间要相互交融,意象才能生成。苏轼本来是在论画,但这些道理是与诗文相通的。在创作技巧方面,他提出了"知"与"能"、"道"与"艺"的关系,认为真正的创作是"道"与"艺"的完美结合,即"有道有艺。有道而不艺,则物虽形于心,不形于手"。苏轼还对创作过程中的语言表达予以高度重视,为此,他提出了"了然于心"与"了然于口与手"的问题。《答谢民师书》中说:"求物之妙,如系风捕影,能使是物了然于心者,盖千万人而不一遇也,而况能使了然于口与手者乎?"由此,他对孔子的"辞达而已"做出了新解,认为文章能够做到"辞达"并不容易,相反要有相当高的技巧才能做到。三是形神理论。苏轼发挥了前人关于"传神"的美学思想,从诗与画的共通规律入手,探讨形似与神似的关系,强调艺术地表现客观对象时,要"得其意思所在"。(《传神记》)即要以典型化的"形"来集中传达出客体之物的生命内涵"神"。他讲"常形"与"常理",并赞美文与可画竹的神妙(《净因院画记》),也是在说明艺术家的天才正在于通过对特殊的"形"的描写表现出其内在的"理",从而达到传神的目的。旁及书法,他也是推崇"远韵",评钟、王书法:"萧散简远,妙在笔画之外。"(《书黄子思诗集后》)苏轼对形、神关系的见解和他对言、意关系的见解是相辅相成的。《东坡文谈录》中说:"意尽而言止者,天下之至言也,然而言止而意不尽,尤为极致",故而他十分赞赏司空图"味在咸酸之外"的诗歌美学思想。在诗歌创作风格上,苏轼推崇"枯淡"。他所谓的"枯淡"是指"外枯而中膏,似淡而实美"(《评韩柳诗》),"发纤秾于简古,寄至味于淡泊"(《书黄子思诗集后》)。苏轼父亲苏洵和弟弟苏辙也有不少关于文学的见解,而且三苏的文艺思想也颇多共同之点,比如三人都强调文学应该"有为而作",都要求文学求"真",文学风格应该具有多样性。黄庭坚和苏轼被称为宋诗风格的奠定者。黄庭坚与苏轼亦师亦友,但是在文学理论方面二人的主张颇不一致,黄庭坚受儒家文艺思想影响较深,比如他反对苏轼"以骂詈为诗",倡导儒家的温柔敦厚的诗学观念;在创作的技巧技法方面,根据惠洪的记载,他提出了"点铁成金""夺胎换骨"之说,强调作诗"无一字无来处"。

北宋时期诗文理论而外,词论是一个重要的方面。苏轼虽无具体论词的专文,但是从其言论中可以看到,他推崇豪放词,也认同清新婉丽的词风。对苏轼以诗为词的做法,陈师道表示反对,晁补之和王灼表示肯定,特别是王灼《碧鸡漫志》一书作为词学专著,更是充分肯定了苏轼词的革新意义。李清照《论词》是针对以苏轼为代表的豪放派词的创作和观点而发的。其核心观点是词"别是一家"。所谓"别是一家"就是强调词就是词,它不同于诗。具体来说,词的特别和特殊首先是声韵、声律上的要求。在《论词》中,李清照力主要严格区分词与声的界限。其次,词还有自身的特殊审美要求。李清照认为,词的审美要求主要有勿"破碎",有"铺叙",讲"故实",格调高雅、典重。典雅之美的追求,也可看作李清照词学观的综合体现。

南宋文学理论主要包括以朱熹为代表的理学家文论、严羽为代表的禅宗文论,此外,江西诗派的主张、张戒的《岁寒堂诗话》以及张炎的词论都具有较高成就。朱熹是南宋理学的代表人物,他在继承和发展周敦颐、二程(程颢、程颐)等人思想的基础上,创立了体系较为完整的理学学派。在文学思想上,朱熹虽继承了北宋道学家的基本观点,但由于他的学识和文学修养较高,他对文学的看法更为通达,不像北宋道学家们那样贬低甚至否定文学存在的价值,而是谈到了不少文学的规律。在"文"与"道"的关系上,他主张文道一体。针对唐代李汉的"文者,贯道之器"说,他提出了批评,说:"不然。这文皆是从道中流出,岂有文反能贯道之理?……若以文贯道,却是把本为末,以末为本,可乎?"(《语类》)在另一处,他针对苏轼的话说:"道者文之根本,文者道之枝叶。惟其根本乎道,所以发之于文皆道也。三代圣贤文章,皆从此心写出,文便是道。今东坡之言曰:'吾所谓文,必与道俱。'则是文自文而道自道,待作文时,旋去讨个道来入放里面,此是他大病处。"(《语类》)实际上,朱熹反对的是将"文"与"道"分离开来,他强调的是"文""道"要一体。他所反对的只是空洞无"道"的文:"今人作文,皆不足为文,大抵专务文字,更易新好生面辞语,至说义理处,又不肯分晓。观前辈欧、苏诸公作文,何尝如此?"(《语类》)总之,朱熹强调文道一体,道重于文,当然他也不认同二程"作文害道"。诗论方面,朱熹倡导诗歌表达"高明纯一之志"。他在《答杨宋卿书》中说:"熹闻诗者,志之所之,在心为志,发言为诗。然则诗者,岂复有工拙哉?亦视其志之所向者高下如何耳。是以古之君子,德足以求其志,必出于高明纯一之地,其于诗固不学而能之。……近世作者,乃始留情于此,故诗有工拙之论。而葩藻之词胜,言志之功隐矣。"在他看来,诗之优劣高下,完全要"视其志之所向者高下如何",而古之作者所表达的,都是合乎大道、义理的"高明纯一"之志,至于后世作者们所津津乐道的诗之格律、用韵、属对、比事、遣辞之类工拙问题,则不必去关注。他在《答巩仲至》一文中追述了诗歌发展的历史，提出了所谓"三变"说，也明显地流露出贵远贱近、排斥近体诗艺术价值的偏激倾向。但从朱熹的另一些言论看，他并不是不懂诗歌的审美特征，也不是不重视。在《诗集传》的序言里，他充分肯定了诗言情的本质特征，特别是他对诗歌的"兴"的审美特征予以了高度重视。朱熹体认到诗歌之"兴"与《易》之"立象以尽意"相通，都是借特定的"象"来暗示、象征不想直说或不能直说出的"意"，而从鉴赏的角度说，对诗歌这种"兴"的特征，则不能去作理性剖析，而应该反复"涵咏"，时间长了，自然就能"见得条畅浃洽"，即感受到了其中的审美意味。朱熹关于诗歌创作时主体的心灵要"虚静"的论述，也十分精彩。

严羽是南宋时期一位重要的诗学家。他的《沧浪诗话》是宋代诗话中理论成就最高的一部。全书分为五个部分，分别是"诗辨""诗体""诗法""诗评""考证"。其中"诗辨"理论成就最高。严羽诗学的核心是探讨诗之为诗的特殊本质。这是针对北宋苏轼、黄庭坚以来，特别是江西诗派、四灵诗派等的诗歌弊端而发的。他从学诗的"识"入手，认为诗人必须先有"识"，这种"识"其实就是对诗歌的审美判断，对诗歌本质特征的认识。那么，诗人的"识"从何而来呢？严羽认为，诗人必须有一个"熟参"的过程。所谓熟参，就是以古代优秀的诗人诗作为学习榜样，"先须熟读《楚辞》，朝夕讽咏，以为之本；及读《古诗十九首》，乐府四篇，李陵、苏武、汉魏五言皆须熟读，即以李杜二集枕籍观之，如今人之治经，然后博取盛唐名家，酝酿胸中，久之自然悟入。"熟参或熟读，只是方式或手段，目的是要"悟"。由此，严羽提出了著名的妙悟说。严羽说："大抵禅道惟在妙悟，诗道亦在妙悟。"妙悟也可以说是悟妙，即真正领悟诗歌的妙处何在。总之，"识""熟参""妙悟"都从创作主体——诗人的角度来分析的。那么，对诗歌本身的特殊性，严羽又是如何认识的呢？严羽提出了"兴趣"说。严羽推崇"盛唐气象"，而"盛唐诸人，唯在兴趣。羚羊挂角，无迹可求"。这种盛唐诗歌的妙处在于"莹彻玲珑，不可凑泊，如空中之音，相中之色，水中之月，镜中之象，言有尽而意无穷"。严羽所谓的"兴趣"，一方面是有"兴"，可以兴发读者的审美想象，一方面是具有趣味，即具有令人回味不尽的审美韵味。因此，严羽此论是对钟嵘的"滋味"说和司空图的"韵味"说的继承和发展，是对诗歌审美特征的认识。本着这样的认识，严羽反对宋人"以文字为诗，以议论为诗，以才学为诗"，他提出了"别材别趣"的观点。所谓"别材"，可以进行两方面的理解，一是指诗歌的材料，二是指诗人的才能；所谓"别趣"是指诗歌具有特别、特殊的审美趣味。仔细分析，"别材"和"别趣"之间既有联系又有区别。"别材"侧重于强调诗人的主体方面，"别趣"侧重强调作品，因为有诗人的"别材"，所以才有作品的"别趣"。"别材别趣"说曾经引发过后人的误会，但严羽本人的论述是十分辩证、全面的，他说："夫诗有别材，非关书也；诗有别趣，非关理也。而古人未尝不读书,不穷理。"总之,从苏轼开始,宋人借禅喻诗、借禅论诗遂成风气,严羽是其中最杰出的代表。

由宋入元的张炎是一位很有成就的词人,也是著名的词论家。他在《词源》中提出的理论观点主要有三个:首先是确立了"雅正"的审美标准。《词源》的序中开宗明义地说:"古之乐章、乐府、乐歌、乐曲,皆出于雅正。"他所说的"雅正",指典雅醇正。其中既有传统儒家诗教的道德伦理规范,也包含了宋代对词的审美要求。其次,张炎提出了"清空"的审美要求。《词源》中说:"词要清空,不要质实。清空则古雅峭拔,质实则凝涩晦昧。姜白石词,如野云孤飞,去留无迹;吴梦窗词,如七宝楼台,眩人眼目,碎拆下来,不成片断。此清空、质实之说。"这在词论史上是颇为新鲜的理论,也是他着力进行阐发的思想。最后,张炎提出了"意趣"的审美要求。"意趣"和"清空"关系很密切,是指上乘词作中所蕴涵着的丰富的审美情趣。要言之,张炎所说的"清空",主要就是指意境作品的特殊风格;而他所说的"意趣"就是指词中的意境美。张炎是在词学领域中继承并发展了诗学领域中率先提出的意境理论。

作为少数民族政权,金朝在文化和文学上师法唐宋,元好问就是著名代表。元好问是金代诗坛杰出的诗人,也是重要的诗论家,他所著《论诗三十首》绝句,上继杜甫的《戏为六绝句》,下开清代王士禛、袁枚等人的续作,影响深远。《论诗三十首》按时间顺序评论自汉至宋诗史上有代表性的诗人和诗歌流派,在具体评论中显示了作者的诗学主张:一是主张真情实感。首先是真情问题,他认为好诗必是真情诚意的抒发,如第五首和第九首,前者肯定阮籍,后者批评陆机,而第六首更直接嘲讽潘岳的诗品与人品分裂的情况,第十一首突出强调诗人要亲临现场,眼见为实。二是崇尚清新自然之美。如第四首评陶诗,第七首评北朝民歌《敕勒歌》,第二十九首推崇谢灵运的千古名句"池塘生春草",都显示了这一主张。三是崇尚雄浑刚健的风骨之美。如第二首评汉魏风骨,第三首评晋朝和晚唐温李,第七首赞《敕勒歌》,第二十四首批评秦观等,都是环绕同一宗旨而展开的论述。当然,元好问主张阳刚壮美的诗风没有错,但是过分贬低阴柔之美的诗风却是偏颇的。

元代的诗文理论相对来说成就不高。其中由宋入元的诗论家方回较为突出。方回的主要观点见于其大型唐宋律诗选本《瀛奎律髓》。方回在文学理论上的主要观点,一是倡导"格高",二是强调情景合一。关于"格高"的理解,诸家不同。张少康先生认为:"纯正的思想内容和老成的艺术境界之融合,是方回所提倡的'格高'之基本含义。"关于诗歌中的情景关系,方回在批评宋代周弼所编《三体唐诗》时提出的虚实定法时说:"景在情中,情在景中,未易道也。"这说明在方回看来,所谓虚实或者情景的关系并不是有什么固定的格式,关键在于二者的结合问题,最好的方式是情景二者的融合。这一思想影响到后来谢榛、王夫之对情景关系的论述,在诗学上具有重要价值。

元代开始出现小说和戏曲创作的高潮,特别是戏曲一开始即达到高峰,因此,元代在诗文理论之外,对小说和戏曲也有一定的认识。元代小说理论主要体现为两个方面,一是"评点"这种批评形式开始出现,二是开始了对话本小说的批评。评点最初是从诗文开始的,尤其是宋代以来的散文评点,如吕祖谦的《古文关键》、楼昉的《崇古文诀》、谢枋得的《文章轨范》等。方回和刘辰翁都是宋末元初的著名评点家,尤其是刘辰翁所评九种诗文中,包含了《世说新语》这一古代的志人小说,可谓初步接触到小说的一些特征。罗烨在《醉翁谈录》中涉及对小说的有关认识,如认为小说具有很重要的社会作用,小说家具有多方面的才能,说话这种艺术具有强烈的艺术感染力等。在戏曲或者戏剧文学方面,胡祗遹的看法具有代表性。在《赠宋氏序》中,胡祗遹认为"乐与政通,而伎剧亦随时所尚而变""以一女子而见万人之所为,尤可以悦耳目而舒心思"。前句"乐与政通"说明杂剧与政治的密切关系,后句则说明杂剧的表演具有审美愉悦和心理泄导的功能。在《黄氏诗卷序》中,他提出了艺人的"九美",涉及演员的长相、风度、技巧、修养等多方面的素质要求。钟嗣成的《录鬼簿》是一部记录戏曲作家和作品的杂著,主要是戏曲史料,其中涉及少数理论的认识。元代另一位重要的戏曲理论家是杨维桢。他在《周月湖今乐府序》中说"宜其于文采音节兼济而无遗恨也",要求文采和音节兼具。在《朱明优戏序》中,他提出了戏剧的讽谏作用。

六、明代

明代是中国文学理论的"复古"期。所谓复古,主要是指在诗文理论方面主张师法秦汉、唐朝。但是明代文学理论也有新变的理论主张,不仅在诗文理论方面,在戏剧和小说理论方面也有明显的进步。

明代复古派的理论家主要有前后七子中的李梦阳、何景明、李东阳、王世贞、谢榛以及魏晋派的杨慎,创新派的理论家主要是李贽和公安三袁。戏剧理论方面,则主要是以汤显祖为代表的临江派与以沈璟为代表的吴江派之争,另外,徐渭的戏剧理论也很有特色。小说方面,则主要是针对元、明几部著名长篇小说和话本小说展开的讨论,李贽、蒋大器、天都外臣、冯梦龙都对小说发表了不少见解。

相比所谓的前后七子领袖,曾经是后七子之一的谢榛的诗学具有较高价值。谢榛的理论主要包括:一是情景关系。谢榛认为"诗乃模写情景之具",因而"作诗本乎情景"。情和景二者应该互相融合,而二者的融合取决于"情景适会"(《四溟诗话》卷二)。二是诗歌的构成要素。谢榛认为诗歌有体、志、气、韵四个要素。他还提出诗歌有兴、趣、意、理四格。三是强调感兴在创作中的作用。他称"诗有天机",以"不立意造句,以兴为主,漫然成篇"为创作至境。四是关于诗歌鉴赏。谢榛认为"诗有可解,不可解,不必解",认识到审美鉴赏与一般理解的差异。

在文学革新理论方面,李贽及其影响下的公安三袁是主要代表。李贽是明代中后期著名思想家,也是反儒家的代表人物,其所借重的思想资源,一是道家,一是禅宗。李贽的文学理论以童心说最著名。李贽认为"童心"不仅是创作的源泉,也是评价一切作品的标准。李贽主张文学要表现童心。所谓童心即真心,是不受"道理闻见"即儒家思想熏染之心。只要有童心,"无一样创制体格文字而非文者","天下之至文,未有不出于童心焉者也"。在童心说的基础上,李贽高度肯定通俗文学。他认为《西厢记》《水浒传》等都是"天下之至文"。基于同样的道理,李贽主张文学发展是革新进化的,后代的文学在不断发展,也比前面的文学更好,在李贽看来,甚至当时的八股文都值得肯定。李贽借评价《水浒传》充分肯定了"发愤著书"的意义,认为《水浒传》就是发愤之作。受到李贽的影响,公安三袁在童心说的基础上提出了性灵的主张。袁宗道、袁宏道、袁中道三弟兄皆为湖北公安县人,故称为公安三袁。三袁之中,以老二袁宏道为代表。公安派的主张是:第一,"独抒性灵"。所谓"性灵"就是真性情。袁宏道认为当代诗文不可能传世,原因就在于缺乏性灵,或者说缺乏一个"真"字,而民歌表现了真感情,因此能流传于后世,他说:"其万一传者,或今闾阎妇人孺子所唱《擘破玉》《打草竿》之类,犹是无闻无识真人所作,故多真声。"这与李贽站在童心的基础上肯定通俗文学是一样的道理。袁宏道的第二个诗学主张是肯定文学的发展革新。从创作主体而言,"变"是"真"的必然结果。"真则我面不能同君面,而况古人之面貌乎?"从时代、社会的变迁来看,文学的变化也是必然的,"文不能不古而今也,时使之也"。公安派的创作和诗学主张风行天下之后,其浅俚的弊端也逐渐暴露出来。袁中道力图纠正公安派末流的弊端。他从主性情与主法律两者的交替互变来说明这一问题,这其实是对格调与性灵二说的一种调和。

唐顺之是唐宋派的散文家之一,他在散文理论方面主要有两大观点,一是关于文章之法。二是关于"本色"。唐顺之论文章之法,主要见于其所编的《文编》自序和《董中峰侍郎文集序》。《文编》是唐顺之编纂的一部散文总集,在自序中,唐顺之主要谈到有法与无法的关系,他说:"汉以前之文,未尝无法,而未尝有法,法寓于无法之中,故其为法也,密而不可窥。唐与近代之文,不能无法,而能毫厘不失乎法,以有法为法,故其为法也严而不可犯。密则疑于无所谓法,严则疑于有法而可窥,然而文之必有法,出乎自然而不可异者,则不容异也。"(《董中峰侍郎文集序》)进而,唐顺之认为"开阖首尾经纬错综"为文章之法,这其实是明代八股文所注重的文章之法,唐顺之本人是明代最著名的八股文作家之一,因此,他所认识到的行文布置之法也就不奇怪了。但是,唐顺之在强调文章之有法的同时,认为文章最终还要"寓于无法之中"。唐顺之认为,唐以来的文章是有法可循的,而秦汉文章"法寓于无法之中",故学文者应该从唐宋文章入手。唐顺之的本色论主要见于《答茅鹿门知县第二书》。文中所谓"真精神与千古不可磨灭之见"就是他所谓的"本色"。本色的特点是真,本色有高卑之分。有"千古不可磨灭之见"就是本色高。由此本色,"但直抒胸臆,信手写出……便是宇宙间一样绝好文字"。唐顺之的本色论已经近于李贽、公安三袁之论。在明代前后七子派之外,竟陵派是一个重要的诗派。钟惺是竟陵派的代表之一。钟惺和谭元春编有《诗归》五十一卷,作为该派学诗的门径。在《诗归序》中,钟惺认为:"引古人之精神,以接后人之心目,使其心目有所止焉。"在此前提下,应该把握真诗。"真诗者,精神所为也。察其幽情单绪、孤行静寄于喧杂之中,而乃以其虚怀定力,独往冥游于寥廓之外。"这其实是针对前后七子只取古人"极肤极狭极熟者"而发,他们要另辟蹊径,这种新的蹊径就是所谓"幽情单绪、孤行静寄",这其实是一种较为褊狭、孤僻的审美取向。

　　明代中叶之后,民歌非常繁荣。民歌来自民间,情感真挚,语言朴素,故引起文人的重视。又由于明代复古派的兴盛,有感于文人诗文的虚假,反而对民歌给予了高度评价,如李梦阳、何景明、袁宏道等等。其中,专门从事民歌收集、整理和评价的是冯梦龙。冯梦龙重视小说、戏曲和民间文学,他编辑有著名的小说"三言"(《喻世明言》《警世通言》《醒世恒言》),编有散曲集《太霞新奏》,民歌方面有《童痴一弄·挂枝儿》《童痴二弄·山歌》。冯梦龙认为《诗经》中风雅部分大都是民间歌谣,孔子收录整理,说明民歌是具有价值的,但是从此以后,由于文人士大夫的轻视,民歌得不到重视。冯梦龙认为,民歌存在的价值有以下两个方面:一是"情真而不可废","但有假诗文,无假山歌",这就充分认识到真情是诗歌的本质特征。由于民歌具有情真的特点,因此也就有存在和流传的价值;二是认为"借男女之真情,发名教之伪药",也就是民歌具有揭发名教的虚伪性这一作用。总之,冯梦龙对民歌的重视以及由此认识到诗歌所具有的抒情本质,虽从理论上并无多大新意,但就当时的时代来说,仍然具有重要价值。

　　戏曲和小说理论是明代文学理论的重要组成部分。明代中后期,戏曲理论批评有了很大发展,出现了不少戏曲批评家和著作。其探讨核心问题是本色和文采的问题。元、明以来,戏曲创作中本存在着重本色和重文采两种不同的审美倾向。到明代,以汤显祖为代表的临川派主张才情和文采,而以沈璟为代表的吴江派重本色。汤显祖是著名的戏剧家,其"临川四梦",特别是《牡丹亭》,代表了明代戏曲创作的最高成就。汤显祖注重戏曲文学本身的思想和审美价值,认为"凡文以意、趣、神、色为主",因此,汤显祖强调戏曲表达真实感情,强调戏曲应该像诗文一样具有华美文采,但是汤显祖忽略了戏曲的舞台性特征,其剧本更多是案头文字,而非演戏之本。与汤显祖的戏曲主张相对立的是本色论。戏曲来自民间,本身要进行舞台演出,因此,戏曲具有民间化和舞台化的特点。重本色者较多地注意和体现了戏曲的这些特征。主张"本色",前有何良俊。他对《西厢记》崇尚辞藻华美("全带脂粉")、《琵琶记》卖弄学问("专弄学问")提出了批评。他认为"情词易工",戏曲的感人力量来自其浓郁的情感。何良俊也很重视戏曲的音律,主张"宁声叶而辞不工,无宁辞工而声不叶"(《曲论》),在工文辞与谐音律两者之间,他更强调后者。这对后来的吴江派产生了重要影响。徐渭也主张"本色"。他提出"本色"与"相色"两个相对立的概念,认为本色就是"正身",也就是其本身所原有的样子;相色就是"替身",是外在赋予的样子。本色符合戏曲本质的审美特征,相色则不符合戏曲本身的审美特征。徐渭说:"曲本取于感发人心,歌之使奴、童、妇、女皆喻,乃为得体",这里所谓"得体"即是本色,具体包括两点:一是感发人心,一是通俗。他对邵璨《香囊记》等追求华藻、填塞典故进行了抨击,谓其"如教坊雷大使舞,终非本色"。李贽论戏曲主张自然化工之美,反对人为雕琢,也是对本色理论的新发展。王骥德对吴江、临川两派的戏曲理论进行了综合,认为"大抵纯用本色,易觉寂寥;纯用文调,复伤雕镂"。他认为吴江派主法,临川派重趣,各有所偏,要求"法"与"词"两者兼具。他主张戏曲作家应多读书,"博搜精采,蓄之胸中",但他又反对"卖弄学问,堆垛陈腐",主张将这两者统一起来,途径就是把古人之书融会贯通,消化吸收,取其"神情标韵"。他重视戏曲的结构问题,主张作曲如人之造宫室,先有整体结构,然后才可以动笔。《曲律》论及了作曲的各方面问题,对清初李渔的戏曲理论产生了重要影响。明代戏曲的两派之争,各有其合理之处,但都存在片面性。因此王骥德的主张应是最全面的,也是值得肯定的。

明代的小说创作兴盛,出现了众多优秀长篇小说和短篇小说,因此,对小说的认识较之宋、金、元就更加明晰、丰富。明代小说理论较为集中地探讨了以下理论:一是关于小说的地位和价值。戏曲和小说由于来自民间,一向被认为是小道,非正宗,不登大雅之堂,换言之,小说根本不可能与诗文同日而语、平起平坐。因此,明代小说理论家首先就是要为小说正名,提高小说的地位。他们认为小说具有劝善惩恶的社会作用,因此,小说也应该像诗文那样受到人们的重视和肯定。张尚德认为小说可以"裨益风教",可一居士认为"三言"可以"醒世""警世""喻世",绿天馆主人说"虽小诵《孝经》《论语》,其感人未必如是之捷且深也",认为小说所起到的教育作用甚至比《孝经》《论语》还大。同时,部分小说理论家还揭示了小说作为文学的独特的审美效果,如绿天馆主人说:"试令说话人当场描写,可喜可愕,可悲可涕,可歌可舞;再欲捉刀,再欲下拜,再欲决脱,再欲捐金;怯者勇,淫者贞,薄者敦,顽钝者汗下。"这就说明当时已经认识到小说的道德教育作用是和审美作用集合在一起的,实际上指出了小说具有寓教于乐的作用。二是关于小说的真实性问题。明代小说理论家讨论的焦点集中于艺术真实与生活真实的关系问题。明人对此的认识有一个发展过程。蒋大器认为《三国演义》"事纪其实,庶几乎史",这是强调历史小说与历史的一致性,而对其差别则几乎没有意识到。张尚德所谓"羽翼信史",也是强调小说对历史的辅助作用,目的是帮助读者更好地认识历史,也是把小说和历史看成一类。袁于令对正史和具有小说性质的逸史做出了明确区分,认为正史传信,贵真实,而逸史传奇,贵虚构。容与堂本《李卓吾先生批评〈忠义水浒传〉》回评中指出"《水浒传》事节都是假的,说来却似逼真",触及艺术虚构与真实性的关系问题。冯梦龙集中讨论了小说的真实与虚构问题,提出"事真而理不赝,即事赝而理亦真",已经完全接触到历史真实与艺术真实之间的辩证关系了。无碍居士认为,无论小说中事件是真实的还是虚构的,其体现的思想和道理都应是真实的。明代后期,好奇崇异之风盛行,在小说中也表现出好奇之风,这主要表现在追求题材与情节的奇异,这其实是一种浪漫主义倾向,《西游记》是这种倾向的代表。明代小说理论家称此种浪漫主义倾向为"幻",袁于令主张"文不幻不文,幻不极不幻",对"幻"特别推崇。他们对浪漫主义中的真实性问题也有所认识,袁于令认为"极幻"中含有"极真",睡乡居士认为应该"幻中有真",所写内容虽非现实中所有,但应该符合现实生活的逻辑。以《西游记》为例,"师弟四人,各一性情,各一动止,试摘取其一言一事,遂使暗中摹索,亦知其出自何人",符合现实中人物的性格逻辑。这种观点初步认识到了浪漫主义作品的艺术特征。三是关于人物性格塑造问题。容与堂本《李卓吾先生批评〈忠义水浒传〉》回评中指出"《水浒传》文字妙绝千古,全在同而不同处有辨",把《水浒传》的巨大艺术成就和不朽魅力归结为人物性格的塑造,这就把人物性格塑造放到了小说创作和批评的中心位置。人物性格"同而不同",在"同"中显示出共同性,在"不同"中显示出人物个性,这实际上接触到典型人物的问题。上述诸观点对明末清初的小说理论批评家金圣叹的小说理论批评产生了深刻的影响。明代小说理论对小说的通俗化问题也有相当的论述。其肯定小说的通俗化也是立足于小说的社会作用,认为天下"文心少,里耳多",要发挥小说的教育作用,就必须使之通俗化。

七、清代

清代是中国古代文学理论的全面总结期和转换期。所谓总结期,是指清代初期和中期对中国古代文学理论进行全面总结的时期;所谓转换期,是指清代后期中国古代文学理论受到西方文学理论的影响,开始向现代转换。纯粹的中国文学理论在清代晚期已经不复存在,从此中国文学理论开始走向中西文论的化合时期。

　　清代初期和中期对中国古代文学理论的总结是全面的,一方面是指各种文体的文学理论都在此期内得到总结,另一方面是指各种理论内容在此期内得到总结。诗歌、散文、小说、戏剧文学乃至中国特有的赋、词、曲等文体理论也得到了总结。诗歌方面,王夫之、叶燮以及清代的四大诗学是代表;散文方面,桐城派文论和章学诚的文章理论是代表;小说方面,金圣叹对小说的评价达到了一个新高度;戏剧文学方面,李渔和焦循的戏剧文学包括戏曲的理论也很丰富。

　　清朝初、中期出现了两大诗学家,一是王夫之,一是叶燮。王夫之是著名的哲学家,也是一位重要的诗学家。王夫之的诗学主要包括:一是关于诗歌的本质。王夫之特别强调诗歌的抒情性,认为"关情是雅俗鸿沟,不关情者貌雅必俗"(《明诗评选》卷六王世懋《横塘春泛》评语),他反对七子派以摹拟格调而掩没性情,肯定性灵派的抒写真情,但他又对诗歌的情感进行了严格的规范,认为"诗言志,非言意也;诗达情,非达欲也"(《诗广传·邶风》),要求诗歌的情感符合儒家诗教精神。他反对诗歌单言理,也反对诗歌单叙事,认为诗歌无论是论理还是叙事,都必须以情贯之,因为诗歌本质上是抒情的。二是关于情景的关系。王夫之重视诗歌意境的创造。他在哲学上推崇气本论,认为情、景之间有必然的感应关系。"景以情合,情以景生,初不相离,唯意所适",二者的结合是一种必然关系。他认为诗歌中情和景结合的方式有三种:最高是"妙合无垠";其次是"景中情",在写景当中蕴涵有情;再次是"情中景",在抒情过程中能让人见到形象。情和景之间的密切关系,这是自盛唐以来即有的认识,王夫之的贡献在于对情景二者之间组合关系的具体分析以及层次的界定。三是关于诗歌创作的现量说。在诗歌创作上,王夫之强调主体创作过程的当下性与自发性,他借用佛学概念提出了诗歌创作的现量说。现量有二义:一指现在,就是主体置身于当下的情境中,写眼前景,道心中情。写"当时现量情景"(《明诗评选》卷四皇甫涍《谒伍子胥庙》评语),也就是传统诗论所说的"即兴"。一指现成,指的是创作过程的自发性,所谓"一触即觉,不假思量计较",是说创作过程有其自身的运动规律,"落笔之先,意匠之始,有不可知者存焉",这一过程是自发完成的,"笔授心传之际,殆天巧之偶发,岂数觏哉!"现量说的核心是强调诗歌创作的当下性和自发性,它是对钟嵘"直寻"说以及历代关于兴会说的总结。四是诗歌接受论。王夫之对诗歌鉴赏也发表了重要见解。他特别强调接受者的能动作用,"作者用一致之思,读者各以其情而自得",读者在欣赏过程中不仅可以而且应该从自己的角度去体验和理解。这是对孟子"以意逆志"说的进一步发展。叶燮是清代,也是整个中国古代最重要的诗学家之一。其《原诗》是继《文心雕龙》之后理论性和体系性最强的一部诗学著作。《原诗》之"原"为"探究",义同刘勰、韩愈之"原道"之"原"。《原诗》旨在探寻诗歌的原理,为诗歌创作寻找一条正确的道路。叶燮的诗学主要分为诗歌创作论和发展论两大部分。关于创作论,叶燮首先把创作分成"在物者"与"在我者",又把"在物者"分为理、事、情三个方面,把"在我者"分为才、胆、识、力四个要素。"以在我者四,衡在物者三,合而为作者之文章。"也就是对诗歌创作主体与创作客体各自构成要素和相互关系的分析。简单地说,一首诗歌的出现,有赖于创作主体和创作对象之间构成密切的关系。在文学发展观上,叶燮首先反对明代以来的复古观念,认为文学始终处于变化之中,他说:"盖自有天地以来,古今时运气数,递变迁以相禅。古云:'天道十年而一变。'此理也,亦势也。无事无物不然。宁独诗之一道,胶固而不变乎?"在叶燮看来,天地之道是变,而诗歌作为天地之一物,当然也是如此。但是诗歌之变不是无因而至,诗歌之变首先有因袭、继承的问题,"各有所因,而实一一能为创"。创就是新变,但新变的基础是"因",即继承。在承认诗歌之因袭变革的基础上,叶燮进一步认为"变"是往前发展,是越来越好,而非越来越差。他说:"上古之音乐,击土鼓而歌《康衢》;其后乃有丝竹匏革之制,流至于今,极于九宫南谱。声律之妙,日异月新,若必返古而听《击壤之歌》,斯为乐乎? ……大凡物之踵事增华,以渐而进,以至于极。故人之智慧心思,在古人始用之,又渐出之;而未穷未尽者得后人精求之,而益用之处之。乾坤一日不息,则人之智慧心思必无穷与尽之日。"本着这种朴素的进化论和文学发展观,叶燮提出了文学发展的正变说。所谓源流正变,是古人对文学发展关系的一种认识。正变之分来自对《诗经》正风和变风的认识。叶燮在此做出了新的理解,他说:"历考汉魏以来之诗,寻其源流升降,不得谓正为源而长盛,变为流而始衰。惟正有渐衰,故变能启盛。"叶燮的意思,一方面是反对所谓正为盛、变为衰之说,而认为变有盛衰,正也有盛衰;另一方面是认为变并非坏事,相反,变和正是相互依存的关系。

清朝四大诗学是王士禛的神韵说、沈德潜的格调说、袁枚的性灵说、翁方纲的肌理说。神韵说是在继承钟嵘、司空图、严羽等人之说基础上提出的。所谓"神韵",是指诗歌所具有的特殊的审美韵味。关键是诗歌如何获得神韵? 王士禛认为,就诗歌表现的对象而言,应该做到司空图所说的"不着一字,尽得风流",他自己所谓的"兴会神到"。就诗歌本身的神韵而言,王士禛认为诗歌具有"清"和"远"的境界,即为有神韵。清是清洁、清新,与污浊相对立,指的是一种人生情趣和审美情趣;远是指玄远,也就是超越。总之,清远是一种特别的审美情趣。诗人如何获得神韵呢? 王士禛认为"舍筏登岸,禅家以为悟境,诗家以为化境,诗禅一致,等无差别"。也就是诗人要创作出具有神韵的诗歌,首先要有一个妙悟的过程,最终则是妙悟之境。沈德潜是叶燮的学生,诗学受到叶燮的影响,他提倡温柔敦厚的诗教。沈德潜在《明诗别裁集序》中说选诗的原则是:"皆深造浑厚和平渊雅,合于言志永言之旨,而雷同沿袭浮艳淫靡,凡无当于美刺者,屏也。"他在《清诗别裁集序》中也说:"唯祈合乎温柔敦厚之旨。"在重订《唐诗别裁》时,沈德潜说:"诗教之尊,可以和性情,厚人伦,匡政治,感神明","作诗之先审宗指,继论体裁,继论音节,继论神韵,而一归于中正和平"。沈德潜后一段话对诗歌的功能及其构成要素进行了全面的分析。沈德潜所谓的格调与明人所论格调并不一致,主要包括两个方面,即体裁和音节。体裁是诗歌的艺术表现形式及技巧,音节是诗歌的语言组合模式及其具有的音乐美。当然,在体裁和音节中,还应该包含温柔敦厚的诗教功能。袁枚的性灵说是针对沈德潜的格调说而发的。袁枚所谓的性灵,就是指的人的自然本性,就是真。他说:"人之才性,各有所近。假如圣门四科,必使尽归德行,虽宣尼有所不能",又说"千古文章传真不传伪"。沈德潜认为诗歌要关乎人伦日用,而袁枚认为:"诗者,由情生者也。有必不可解之情,而后有必不可朽之诗。情所最先,莫如男女。"他不仅肯定男女之情的表达,还为艳诗进行辩护。性灵说的另一方面是主张艺术变革、艺术创新。袁枚主张在学古中求变,在继承中创新。他说:"有性情,便有格律,格律不在性情之外。"性灵说的第三方面是主张风趣。风趣不同于趣味,不同于神韵,而具有轻松、活泼、诙谐的特点。这也是针对沈德潜强调诗歌政教的严肃面孔而提出的。翁方纲的肌理说产生的背景是乾嘉时期的汉学和宋学之争。翁方纲本人是重要的考据家,但是他不轻视义理之学。所谓肌理说就是将义理、考据、辞章三者相统一。具体说来,肌理说包括两个方面,一是"义理",二是"文理"。翁方纲说:"义理之理,即文理之理,即肌理之理。"(《言志集序》)又说:"《易》曰'君子以言有物。'理之本也。又曰'言有序',理之经也。"(《杜诗"熟精文选理""理"字说》)"言有物"是就诗歌内容而言,"言有序"是就诗歌形式而言。其《诗法论》从诗法角度分析了"义理"与"文理"的关系。他分诗法为"正本探源之法"和"穷形尽变之法",前者涉及诗歌内容问题,后者涉及诗歌的表现形式和技巧。翁方纲的诗学主张有矫正王士禛神韵说流于玄虚之弊。

　　清代的散文理论以桐城派和章学诚的观点具有代表性。方苞是桐城派的创立者。他提出了"义法"说,"义即《易》之所谓'言有物'也,法即《易》之所谓'言有序'也,义以为经而法纬之,然后为成体之文"(《又书〈货殖列传〉后》)。义即"言之有物",是对文章内容的要求,法即"言之有序",属于文章组织结构方面的要求,二者应该很好地结合起来。刘大櫆继承和发展了方苞的义法说,提出"义理、书卷、经济者,行文之实;若行文自另是一事","文人者,大匠也;神气、音节者,匠人之能事也;义理、书卷、经济者,匠人之材料也"(《论文偶记》)。他把文章分为表现对象(义理、书卷、经济)和表现形式(神气、音节)两个方面,认为文人的真正本领在于运用形式来表现对象的艺术能力。刘大櫆提出文章是由神气、音节、文字三者构成,而三者地位不同,他说:"神气者,文之最精处也;音节者,文之稍粗处也;字句者,文之最粗处也。然论文而至于字句,则文之能事尽矣。盖音节者,神气之迹也;字句者,音节之矩也。神气不可见,于音节见之;音节无可准,以字句准之。"(《论文偶记》)他突出了艺术形式的地位,把注意力集中在艺术形式方面,从字句、音节、神气方面研究散文艺术问题。在神气音节说的基础上,刘大櫆进一步提出了因声求气的理论主张,核心是强调诵读,通过文字音节来领会文章的神气,这是学习作文的重要门径。姚鼐是桐城派形成的关键人物,也是桐城派文论的总结者。乾隆时代有所谓考据之学和义理之学,前者继承了汉代经学的传统,后者则继承了宋代程朱理学的传统。由于统治者的提倡等各种原因,考据学在当时盛极一时。方苞、刘大櫆、姚鼐都信奉程朱理学,但姚鼐处于考据学盛行的时代,在信奉理学的同时也吸收了考据学的观点,他提出"义理、考据、文章"三者统一的理论就体现了这种倾向。在刘大櫆神气音节说的基础上,姚鼐提出散文具有"神、理、气、味、格、律、声、色"八个要素。前四者是"文之精",后四者是"文之粗"。八者当中,后四者是具体的、有法可执的,而前四者则是可感而不可执的,寓于后四者之中。通过对格、律、声、色的讲求,可以在神、理、气、味方面达到所要追求的效果。姚鼐另一重要的理论贡献是对文学风格的分析。他把文章的风格分为阳刚与阴柔两个基本类型,认为二者皆是美的,同时他认为应该阳刚阴柔兼济。阴阳刚柔理论来源于《周易》,在刘勰那里得到系统总结。章学诚是著名的史学家,但同时发表了不少文学的见解。章学诚的文学观是广义的文学观,他提出的"六经皆史"的著名学说是就内容而言的;就形式而言,也可谓六经皆文。章学诚的文学观念与桐城派基本一致,他说:"义理不可空言也,博学以实之,文章以达之,三者合于一,庶几哉!"(《文史通义·原道下》)义理、博学、文章三者合一,就是桐城派义理、考据、辞章三者合一的看法。不过,章学诚的义理与桐城派不一样,他所谓的义理并非程朱理学的义理,而是事物内在的原理、规律。他认为文章以明道为目的,以学问为基础,于是有著述之文与文人之文的区别,他说:"文人之文与著述之文,不可同日而语也。著述必有立于文辞之先者,假文辞以达之而已。譬如庙堂行礼,必用锦绅玉佩,彼行礼者,不问绅佩之所成,著述之文是也。锦工玉工,未尝习礼,唯藉制锦攻玉以称功,而冒他工所成为己制,则人皆以为窃矣。文人之文是也。故以文人之见解而议著述之文辞,如以锦工玉工议庙堂之礼典也。"章学诚的意思是贬斥文人之文。章学诚还充分认识到文学的形象性特征。他指出《易》之象与《诗》之比兴具有相同之处,都是借形象来喻理或抒情。进一步,章学诚还认识到文学形象是人心营构之象,而人心营构之象又取法于天地自然之象,这就说明了艺术形象不仅是人的创造之物,更是来自自然、社会。章学诚还认为文学作品应该是"公言",不应该"私据为己有",这是强调文学的公共作用。章学诚还特别强调作家的文德,即要求作家在写作时应有严肃认真的态度。

清朝初中期的文学理论总结还体现在小说和戏曲理论的全面总结。金圣叹是小说理论的杰出代表,也是中国小说理论批评史上最有成就的批评家。他把中国古代文艺美学传统应用到小说领域,继承前代小说理论批评的成果,开创了小说理论批评的新局面。约而言之,金圣叹小说理论的核心是探讨小说作为文体的特殊性,这些特殊性包括创作才能的特殊性、创作手法的特殊性、人物塑造的特殊性。为此,他首先区分了才人作书与圣人作书:"圣人之作书也以德,古人之作书也以才。"这其实是对传统文学理论强调作家道德为先的反拨,强调文人具有特殊的才能。其次是通过比较史书与小说的区别,说明小说这种文体的创造具有特殊性,这就是小说的虚构性特征。他指出《史记》是"以文运事",《水浒传》是"因文生事"。所谓"以文运事",是指用文字来记录历史事实,它必然受到历史事实本身的制约,不能随意发挥;而"因文生事"却不同,作者可以根据艺术的需要进行自由的虚构,而这种虚构性更可以发挥作者的艺术创造才能。由此,金圣叹认为《水浒传》高于《史记》。第三是关于人物性格的塑造。金圣叹非常重视小说对人物性格的塑造,并进而提出小说应该写出人物个性,这实际上接触到典型的创造。他指出《水浒传》中人物性格有鲜明的个性,"写一百八个人性格,真是一百八样";另一方面,在个性当中也概括了一类人的共同性,"任凭提起一个,都似旧时熟识"。体现了共性的个性就是典型性格。

在戏曲和戏剧文学方面。李渔和焦循是代表。李渔的《闲情偶寄》是一部杂著,包括词曲部、演习部、声容部、居室部、器玩部、饮馔部、种植部、颐养部八个部分,内容涉及戏曲、歌舞、建筑、园林、饮食等等,其中涉及戏曲的部分是词曲部、演习部。词曲部主要论述创作理论,演习部主要论述戏曲表演及导演问题。词曲部又分六个部分:结构第一、词采第二、音律第三、宾白第四、科诨第五、格局第六,这些论述包括了戏曲的结构、语言、对话、音乐等问题。李渔的戏剧文学理论涉及戏剧文学作为叙事文学的三大主要问题:第一是结构。李渔认为戏曲创作要"立主脑"。所谓主脑,是指一部戏曲的主要人物和中心情节。"此一人一事,即作传奇的主脑也。"传奇有众多的人物和事件,但都要围绕中心人物和中心事件来展开。一部作品是由众多的人物和情节构成的一个整体,在这个整体当中,各情节、人物之间互相关联,应该互相照应,不能互相矛盾。在创作中,剧作家要有通盘考虑,精心布局。李渔称为"密针线"。李渔还认为,一部作品应该线索分明,不应该头绪纷繁,有过多枝蔓,而应该突出主线。第二是关于戏曲的真实性问题。戏曲或者戏剧文学涉及历史事实与艺术真实的关系问题。在《审虚实》部分,李渔着重论述古今题材的处理问题,涉及戏曲的真实性。"传奇无实,大半皆寓言耳",指出了戏曲作品的虚构特征。李渔虽然对戏曲的虚构性特征有所认识,但对艺术创作可以打破历史的真实还是认识不够。第三是关于戏曲人物塑造的典型化问题。李渔在论述戏曲的人物塑造时,指出:"欲劝人为孝,则举一孝子出名,但有一行可纪,则不必尽有其事,凡属孝亲所应有者,悉取而加之,亦犹纣之不善不如是之甚也,而居下流,天下之恶皆归焉。"要使人物有典型性,就把此类人物所应有特征都集中到一人身上。这触及人物塑造的典型化问题。《花部农谭》是焦循的一部戏曲论著,对清代中叶扬州流行的若干地方戏曲剧目做了考证和分析,对当时被士大夫所轻视的所谓花部十分重视。当时是"梨园共尚吴音",但焦循却独重花部。其理由焦循谈了三点:一是认为在声腔上,吴音即昆曲"繁缛",而花部声调更具有慷慨动人的特点;二是吴音曲文艰深,"听者茫然不知所谓",花部却语言通俗,妇孺能懂,受到观众的喜爱;三是吴音内容狭窄,多男女猥亵之作,但花部内容丰富,尤多忠孝节义。当然,焦循为花部所作的辩护,有的理由今天看来并不充分,但焦循在当时能够充分认识到地方戏的价值,这就难能可贵了。

清朝晚期,中国的社会、政治以及文化开始出现大河改道的局面,文学理论的发展也呈现出新局面。晚清文学理论的发展主要表现出两个方面的特点,一是继续对中国传统文学理论进行总结;二是开始接受西方的文化和文学、文学理论的影响,出现了中国古代文论的转换或者说走上西化路程。而后者是整个晚清文学理论的主要方面。刘熙载是晚清时期总结中国古代文学理论的重要理论家。《艺概》是刘熙载的一部杂著,包括《文概》《诗概》《赋概》《词曲概》《书概》《经义概》。前四者属于文学,后面则是书法和学术。因此,《艺概》实为一部艺术史论著。刘熙载对所论述的每一种文体进行了历史研究,又根据时代先后对代表作家进行分析,最后对该文体的艺术特征进行了总结。刘熙载对文学的认识有以下几个方面:一是认为文学的本质是心学,文学是作家之心与外物激荡的产物;二是认为文学创作有两种不同的方法,一为"按实肖象",一为"凭虚构象",这基本上涉及文学的写实和浪漫两种最基本方法;三是在艺术方法论上重视辩证思维。刘熙载论词的观点颇为时人和后人推重,比如关于词曲发展的正变问题。

清朝初中期出现了所谓词学中兴的局面,及至晚清,词学也较为兴盛。除前面提及的刘熙载外,陈廷焯、谭献、况周颐、王鹏运、朱祖谋、王国维等有词学论述。这里只对陈廷焯作简单介绍。陈廷焯著有《白雨斋词话》,他论词倡导沉郁说。"沉郁说"的内涵,一方面与传统诗学的"温柔敦厚"有联系,即要求词内容忠厚、温厚和平;但同时他将传统诗学中的"怨"引入沉郁中,这对沉郁是一个新的发展。"沉郁说"的另一方面涉及创作,陈廷焯将沉郁与"兴"相联系,认为:"所谓沉郁者,意在笔先,神余言外。写怨妇思妇之怀,寓孽子孤臣之感。凡交情之冷淡,身世飘零,皆可于一草一木发之。

而发之又必若隐若见,欲露不露,反复缠绵,终不许一语道破。"又说:"所谓兴者,意在笔先,神余言外,极虚极活,极沉极郁,若远若近,可喻不可喻,反复缠绵,都归忠厚。"这是强调词应该具有含蓄、悠远的意境之美。尽管龚自珍具有近代启蒙思想家的身份,但是其文学理论主要还是呈现出中国传统的特征。《书汤海秋诗集后》是龚自珍为好友汤鹏的诗集所写的后记。文中主要表达了三点意见:一是认为诗歌以表达真情实感为内容,是诗人真实个性的体现。这一观点是龚自珍所概括的汤鹏"诗与人为一"的核心所在,也是对传统诗学理论的继承和发展。二是龚自珍提出了新的论诗标准——"完",并以此概括说明汤鹏诗歌的基本特点。所谓"完",一方面是指作者的情志、个性在诗歌中得以充分展示,另一方面是指诗歌在有限的文字中须寓含丰富的内容、深长的情致,可使人"于所不言求其言",具有言有尽而意无穷的艺术韵味。三是继承传统的诗人合一的观点,认为诗如其人,诗能展现作者的真实感情和个性。

　　真正体现出大河改道特色的文学理论是梁启超和王国维二人的文学理论。作为维新派思想家,梁启超积极倡导"诗界革命""文界革命""小说界革命",以与其社会政治改良思想相呼应。"诗界革命"主张将"新思想""新境界""新语句"与传统诗歌的"旧风格"相结合;"文界革命"的核心在于提倡大量引进"新名词",以"俗语文体"表达"欧西文思"。两者的最终落足点都是通过文学改良来改良民族精神,改造国民和社会。梁启超的小说理论主要体现在《译印政治小说序》(1898)、《论小说与群治之关系》(1902)、《告小说家》(1915)等文中。梁启超"小说界革命"的思想首先来自从创作实践层面对传统小说的总结和评价。在《论小说与群治之关系》中,他指出传统小说是"吾中国群治腐败之总根源",种种阻碍中国社会发展进步、使中国积弱衰微的落后思想观念如"状元宰相之思想""佳人才子之思想""江湖盗贼之思想""妖巫狐鬼之思想"等皆来自传统小说;而这与他在《变法通议》《译印政治小说序》等文章中称旧小说内容无非"海淫海盗"的认识局限相一致。最终梁启超提出革新小说的必要性和紧迫性。梁启超推导出的结论在当时具有积极意义,但其对传统小说的否定和抹杀却是片面的,这不仅表现在颠倒混淆了小说创作与现实生活的辩证关系,而且表现在以偏概全地评价内容丰富、题材多样的传统小说。其次,梁启超"小说界革命"的思想也来自从理论层面上对小说感化人心作用的分析和认识。在中国小说理论发展史上,梁启超发前人所未发,结合小说读者的阅读心理,深入分析了小说特有的移人性情、动人心魄的艺术感染力——熏、浸、刺、提。他对四者的论述虽与传统小说理论具有一定的内在联系,但显然更为系统和深入;他对文学表情作用的充分认识尤其对叙事文学理论做出了必要的补充。

　　如果说梁启超的文学理论虽然已经接触到西方文化但还不够深入的话,那么,王国维的文学理论和美学思想则更为鲜明地体现出西方的影响。王国维的文学理论集中在词学和小说理论两个方面。王国维的小说理论集中体现在《红楼梦评论》一书中,他借用爱德华·布洛的心理距离说分析《红楼梦》所描写的人的欲望以及人对欲望的解脱,用亚里士多德和叔本华的悲剧理论分析并揭示《红楼梦》的悲剧价值和审美魅力。王国维更有影响的理论是《人间词话》,《人间词话》的理论核心是"境界"说。一是关于"境界"的美学特征。王国维总结了古代诗学中有关意境的论述,认为"境界"具有"言外之味,弦外之响",一如宋代严羽所说的"兴趣"、清代王士禛所说的"神韵",皆体现出"言有尽而意无穷"的美学特色。二是指出"境界""意境"具有真实自然之美,即"大家之作,其言情也必沁人心脾,其写景也必豁人耳目。其辞脱口而出,无矫揉妆束之态。以其所见者真,所知者深也。诗词皆然。持此以衡古今之作者,可无大误矣"。"能写真景物、真感情者,谓之有境界。否则谓之无境界。"不仅要求作品内容方面的情景之真,而且要求艺术表现方面自然传神,造语平淡,尽弃人为造作的痕迹。唯有如此,作品方能具有"不隔"的自然真切之美。"不隔"的思想吸纳了西方重视艺术直觉作用的美学思想的影响,同时更是与中国古代文艺美学思想,如钟嵘的"直寻"、司空图的"直致"、严羽的"妙悟"、王夫之的"现量"、王士禛的"神韵"等理论一脉相承。三是分境界为"有我之境"和"无我之境"。王国维说:"有我之境,以我观物,故物皆着我之色彩;无我之境,以我观物,故不知何者为我,何者为物。古人为词,写有我之境者多,然未始不能写无我之境,此在豪杰之士能自树立耳。"王国维引用西方美学思想中有关优美与壮美的区分,概括说明这两种境界的基本形态的美学特点:"无我之境,人惟于静中得之。有我之境,于由动之静时得之。故一优美,一宏壮也。"总之,《人间词话》对以意境为中心的中国古典文艺美学思想进行了全面总结,又体现出西方美学思想渗透影响的明显痕迹,因而标志着中国古代文学理论进行现代转换的开端。

第二节 中国古代文学理论的基本特征

中国古代文学理论作为中国人对中国文学实践的认识,是和中国人的哲学思想、思维方式、话语方式以及中国文学的具体特征密切相关的,因此,考察中国古代文学理论的特征就应该从上述方面来认识。根据我们的粗浅理解,中国古代文学理论具有如下特征:

第一,中国古代文学理论的哲学基础。中国古代文学理论以儒家、道家、佛教为思想基础,尤其是儒家和道家贯穿了整个中国古代文学理论史,佛教则从魏晋之后影响文学理论,特别是唐宋之后更为深入。中国古代文学理论家的哲学思想既有单一的来源,如坚持儒道释三家之中的某一家,还有多元的思想基础,兼容儒道,甚至兼容儒释道三家,如刘勰、苏轼、叶燮等。由于思想多元,因此,在中国古代文学理论史上出现相互争论的局面,出现一个文学理论家思想庞杂乃至自相矛盾的情况。这些都是正常的,而且正是这种复杂性造成了中国古代文学理论的丰富性。

第二,中国古代文学理论的思维方式特征。中华民族强调直觉思维,重视整体思维。重视整体思维,显示出中国古代文学理论家在认识文学这一活动或现象时,很少孤立地看待文学,而是把文学放到人类整个活动乃至整个世界当中来认识,总是把文学与人类社会、自然密切相连,肯定文学在天地之间、人类社会中的重要价值。即就文学理论本身而言,也是从整个文学活动的系统来加以认识,而绝少纯粹从文学活动的某一个方面着眼。当然,这不排除某些理论、概念、范畴和理论家集中于某一活动要素来认识。重视直觉思维的特征,说明中国古代文学理论家不擅长直线型的逻辑分析,而更重视经验、感悟;重视结论的提出,而较为忽视结论得来的分析过程。当然,这也仅就大体而言,事实上中国古代文学理论家也不乏逻辑缜密的理论家,比如刘勰、严羽、叶燮等人。中国古代重视直觉和整体的思维方式,直接影响中国古代文学理论的方法论系统,这些方法论系统构成了中国古人认识文学的独特之处,如强调辩证思维,强调具体分析,强调理论和实际的联系,强调系统分析等。

第三,中国古代文学理论的话语特征。中国古代文学理论的话语特征包括话语意义的生成机制、生成方式、表述方式等多方面。中国古代文学理论的话语生成的机制和方式是汉代所确立的"依经立义"。"依经立义"不仅是儒家文论话语生成的机制,也是整个中国文论话语的生成机制,无论儒家诗学话语系统、道家诗学话语系统还是禅宗诗学话语系统,都是如此。依经立义的话语生成机制体现为中国古代文学理论的概念、范畴、命题呈现一以贯之的历史传统,体现为复古的话语方式,体现出中国文论话语的多义性特征。话语表述方式具体呈现为文论的语言表述和文体。中国古代文学理论的著述多为笔记、短札,少有长篇大论,至于自成体例的专著更是稀少。一般认为,魏晋时期中国出现自成体系的理论专著,这就是空前绝后的《文心雕龙》。后世的理论专著也极稀少,但是由此认为中国古代文论缺乏系统性则是不准确的。应该说,中国文论是自成系统的,只是这种系统与西方有差异。中国古代文论更多的表述形式是序跋、笔记、书信、诗话、评点等。这一点与中国古代文学理论多为创作经验相关,也与中国古代文学理论重视整体思维和直觉思维相关。一般认为中国古代文论话语具有诗性特征,这种诗性特征表现为思维方式和理论形态等多个方面,比如批评文体的文学化、话语方式的诗意性、文论范畴的经验归纳性质等。

第三节　中国古代文学理论的学习方法

要学好中国古代文学理论,应该注意正确的方法和步骤:

第一,要将中国古代文学理论和中国文化、中国文学密切联系。学习中国古代文学理论,不能就文学理论篇章的语言来进行简单的理解,而是必须和中国文化、中国文学的实际相结合。这一方法可谓之理论联系实际。表面看,这一方法显得很空泛,实际上它是准确理解中国古代文学理论的最重要的方法。比如我们读《毛诗大序》第一段:"《关雎》,后妃之德也,风之始也,所以风天下而正夫妇也,故用之乡人焉,用之邦国焉。风,风也,教也;风以动之,教以化之。"按照学生的古文阅读水平,这些文字也许不难理解,但是,我们进一步问:《关雎》赞美的后妃之德是指什么? 它为什么要放在《国风》的第一篇? 所谓"正夫妇"是要给普通夫妇树立什么样的榜样? 为什么《关雎》要在乡人集会和邦国相交的时候演奏?"风"为什么是教育、教化?《诗经》的教育、教化又有什么作用? 上面所提的这些问题,如果我们不了解儒家文化,不了解汉代经学,不了解中国古代妇女的地位,很难透彻地理解这一段文字的真正含义。至于将中国古代文学理论的学习和中国古代文学作品相结合,也是同样的道理。比如我们要完整理解刘勰《辨骚》篇的内容,如果不对屈原及其《离骚》有深入的理解,我们很难领会刘勰之前和刘勰是如何具体评价屈原和《离骚》的,这种评价是否正确,它在中国文学理论史上又具有怎样的地位。诸如此类,例子很多,仅举一例,即可见到前面多谈的理论联系实际的重要性。

第二,历史地、辩证地看待中国古代文学理论的价值和地位。所谓历史地看待,一是要充分认识到任何一种理论、一个概念或者范畴的提出、发展都是有历史过程的,二是要认识到每一种理论、每一个概念、范畴在历史上的真正内涵、价值,既不拔高,也不随意贬低和附会。所谓辩证地看待,就是既要肯定一种理论、一个概念、一个范畴的价值和地位,又要看到它的历史局限性。比如《文心雕龙》,既要看到其理论的成就,又要看到它存在的不足。

第三,要用比较的视野来学习中国古代文学理论。这种比较,既有中国和外国的比较,也有中国不同时期文学理论家之间的比较,还有跨学科的比较。当今世界,全球一体化已经成为不争的事实,学习中国古代文学理论,一方面是为了更好地理解中国优秀的文化遗产,以增强我们的民族自信心和文化创造力,另一方面也只有通过比较的方式才能真正认识到中国文化、文学的博大精深。比如,我们要认识陆机文学理论的价值,不把陆机放到世界范围比较,我们就不知道陆机的《文赋》到底在人类文学理论史上具有怎样崇高的地位;我们要认识刘勰《文心雕龙》的地位和价值,也只有把它同世界上最有名的亚里士多德的《诗学》相比,才能看出它的世界性意义。

第四,一定要认真阅读原典本身,领会文学理论原典的真正含义。中国古代文学理论原典因用古代汉语写作,因此,阅读文字本身就有一定难度。要读懂这些文字,需要加强对古代汉语、古代文学的学习。具体步骤是,首先不妨多读几遍原文,然后结合注释逐句翻译,其次归纳总结一篇文章的主要内容,最后把同一个时代或者同一个问题、概念、范畴综合起来看,这样就能较好地把握一篇文章的具体内容了。另外,中国古代文学理论的话语表述和思维方式与今天都有一定差异,因此,不能简单地就文字表面进行理解,而要深入进去;也不要简单地把中国古代文学理论同现代文学理论比附,即以今律古,更不能简单地以西律中。

第二章　先　秦

尚书·舜典

　　《尚书》据说是上古时代的典籍。本文选自《古文尚书·舜典》,是综合先秦时代文艺思想的重要文献之一。文章涉及了多方面的文学理论,核心是"诗言志"的问题。

　　"诗言志"是有关诗歌功能和作用的命题。在《舜典》之前,《左传·襄公二十七年》提出"诗以言志",《庄子·天下》提出"诗以道志",《荀子·儒效》提出"诗言是其志也",可以说"诗言志"是对这些论述的总结。对"诗言志"这一命题的理解,关键是"志",汉代赵岐认为"志"乃"心所念虑"(赵岐注《孟子·公孙丑》),郑玄认为"志"为"心意所趣向"(郑玄注《礼记·学记》);唐代孔颖达认为:"在己为情,情动为志,情、志一也。"(《左传·昭公二十五年》)。今人杨树达先生认为"志"字从"心","心"用语言表达出来,即为"志";朱自清先生在《诗言志辨》中将"诗言志"称为中国古典诗论的"开山的纲领"。尽管"诗言志"这一命题的理解可谓众说纷纭、见仁见智。一般认为"志"与人的思想、情感、意愿相关,"诗言志"意指诗歌(文学)是诗人(作家)的政治理想、社会担当、人生态度、艺术感悟和审美情趣的表达和呈现。"言志"说成为儒家学派正统的诗论观点,对后世文学理论批评产生了极其深刻的影响。

　　帝曰:"夔! 命汝典樂①,教冑子。直而溫②,寬而栗③,剛而無虐④,簡而無傲⑤。詩言志⑥,歌永言⑦,聲依永⑧,律和聲⑨,八音克諧⑩,無相奪倫,神人以和。"夔曰:"於! 予擊石拊石,百獸率舞⑪。"

——節選自《十三經注疏·尚書正義》

注释

①汝：你。典樂：主管樂舞。　②直而溫：正直而溫和。　③寬而栗：寬弘而莊嚴。
④剛而無虐：剛毅而不苛刻。　⑤簡而無傲：簡易而不傲慢。　⑥詩言志：以詩來表達作者的志意。　⑦永：長。此句謂歌聲宛轉而曼長。　⑧聲：五聲，即宮、商、角、徵、羽。此句謂樂聲之曲折高低依此長言。　⑨律和聲：用律呂來調和歌聲。　⑩八音：是指遠古時期的八種樂器，即金、石、土、革、絲、木、匏、竹。克：能。　⑪於，音 wū；石，這裏指磬；擊石拊石，是指敲打"磬"這種樂器；率，全都，相率。

延伸思考

1.你如何看待朱自清先生说"诗言志"为中国诗学"开山的纲领"这一说法？
2.本文鲜明体现出儒家诗学的特征，请分析其具体表现。

论语（选录）

孔子（前551—前479年）是中国古代最伟大的思想家、哲学家和教育家，集上古思想文化之大成，系儒家学派创始人，也是重要的文学理论家。孔子将仁政、礼乐思想运用于文学理论的建构之中，形成了以"诗教"为核心的文学理论思想体系，奠定了儒家文学理论的话语系统。

《论语》是记录孔子及其弟子言行的语录，集中体现孔子的政治主张、伦理思想、道德观念和艺术见解。《论语》中广泛涉及文学艺术的功能、价值以及艺术与人生的关系问题，为后世儒家文学理论奠定了基础，确定中国古代文学理论的基本话语规则。

《论语》在中庸的人生哲学基础上提出了艺术追求和谐美的思想。以"乐而不淫，哀而不伤"作为文学艺术的审美理想，为了实现和谐美的审美理想，孔子主张节制情感，反对文学过分地宣泄情感。"恶紫之夺朱也，恶郑声之乱雅乐也。"孔子对"紫"和"郑声"的批评以及对"朱"和"雅乐"的肯定都是基于他的中和美的艺术主张。《论语》还非常重视文学艺术的社会功能，"乐云乐云，钟鼓云乎哉？"这是孔子对没有社会价值的艺术作品提出的批评意见。孔子认为文学艺术具有很强的社会价值，可以"授之以政"

"使于四方""事君事父",即达到补察时政的目的;也可以"兴、观、群、怨",即达到审美、认识、交流和泄导人情的目的。在孔子看来,只要充分发挥文学艺术的社会功能,就可以实现心灵淳和、天下安宁的社会政治局面。孔子还根据充分发挥文学艺术的社会功能,建立和谐社会的政治理想,提出了"无邪"的审美标准,"无邪"即"归于正",也就是文学艺术在内容和价值取向上要符合儒家的礼学精神,使之服务于礼乐教化和治国安邦。

子曰:詩三百,一言以蔽之,曰:思無邪。(《為政》)

子曰:《關雎》樂而不淫^①,哀而不傷^②。(《八佾》)

子謂《韶》^③,盡美矣,又盡善也。謂《武》^④,盡美矣,未盡善也。(《八佾》)

子曰:質勝文則野,文勝質則史^⑤,文質彬彬^⑥,然後君子。(《雍也》)

子曰:興於詩,立於禮,成於樂。(《泰伯》)

子曰:誦《詩》三百,授之以政,不達^⑦;使於四方,不能專對^⑧;雖多,亦奚以為?(《子路》)

顏淵問為邦,子曰:行夏之時,乘殷之輅,服周之冕^⑨,樂則韶、舞。放鄭聲^⑩,遠佞人。鄭聲淫,佞人殆^⑪。(《衛靈公》)

子曰:辭達而已矣。(《衛靈公》)

不學詩,無以言。(《季氏》)

子曰:小子何莫學夫詩? 詩可以興,可以觀,可以群,可以怨。^⑫邇之事父,遠之事君;多識於鳥獸草木之名。(《陽貨》)

子曰:惡紫之奪朱也,惡鄭聲之亂雅樂也,惡利口之覆邦家者。(《陽貨》)

——選自《十三經注疏·論語注疏》

注释

①淫:過分。　②傷:害,此指對人的身心造成損害。　③《韶》:傳說堯舜時代的歌舞。　④《武》:據說是頌美周武王伐紂的歌舞。　⑤質:樸;文:文采;野:鄙野;史:宗廟之祝史,這裏引申為浮華。　⑥彬彬:猶班班,物相雜而這均勻之義。此句謂文采與實質配合恰到好處。　⑦達:通達。　⑧專對:獨自應對。　⑨时:时令;輅:大車之

名;冕:祭祀時所用的礼帽。　⑩放:禁絕、擯棄。　⑪殆:危险。　⑫興、觀、群、怨:興為感發人的志意,觀是認識社會政治的變化,群是和諧、溝通人際關繫,怨是抒發對統治者的怨怒。指文學藝術的多種功能。

延伸思考

1.孔子关于文学的认识有什么特点?
2.试分析孔子关于文学功能的看法有何利弊。

孟子(选录)

　　孟子(前372—前289年),名轲,邹国人。孟子是战国时期伟大的思想家、政治家、文学家,儒家学派的杰出代表。他继承并发展了孔子的仁爱、礼乐的思想。在政治上主张法先王、施仁政、民贵君轻、与民同乐。

　　孟子的政治理想是"王道",而实现"王道"的途径则是"仁政"。孟子以"性善论"著称于世,其政治理想、道德学说和文论见解都是从"性善论"演绎出来的。孟子将实现仁政、王道的政治理想寄托于改善"人心"之上,他主张通过"养心""养气"的方法来找回失落的良心善性,使君王以"不忍人之心"而行"不忍人之政",从而实现天下一统、和谐共生;使每个人都具备"富贵不能淫,贫贱不能移,威武不能屈",从而实现正心、知性。将对人的道德情操的提升视为实现仁政、王道的灵丹妙药,因此,在文学思想上孟子将"知言养气""充实之谓美"作为重要的文学评论标准。

　　孟子对后世文学理论发展产生深远影响的观点是:以意逆志和知人论世。

　　在《孟子·万章》中,孟子针对咸丘蒙对《诗·北山》的错误理解,指出要准确理解作品,就应该以意逆志。"以意逆志"说历来有两种不同的理解:第一,以汉代赵岐和宋代朱熹为代表,认为"以意逆志"中"意"是指读诗者之"意",即读诗者对诗篇的理解,并以此去求取诗人之"志"。赵岐说:"志,诗人志所欲之事。意,学者之心意也。"朱熹说:"当以己意逆取作者之意,乃可得之。"第二,以清代吴淇为代表,认为"意"是指诗篇中客观存在的"意"。吴淇说:"不知志者古人之心事,以意为舆,载志而游,或有方,或无方,意之所到,即志之所在,故古人之意求古人之志,乃就诗论诗,犹之以人治人也。"对这两种不同的理解,当代学者多数认为,"意"为读者之意。

　　与以意逆志说相关的另一观点是知人论世说。如果说以意逆志说是从读者认识水平、人生阅历、审美情趣、思想境界的角度去解读作品,那么知人论世说则是从作者的人生经历、道德水平、时代背景的角度去解读作品。孟子将以意逆志说与知人论世说相互关联,说明他在文学阐释理论方面达到了很高的成就,既注意到还原作品产生的历史场域,又能兼顾读者的接受过程的期待视野;既避免了将文学当作历史来阅读,又避免了文学阐释的随意性。

　　"敢問夫子惡乎長?"曰:"我知言,我善養吾浩然之氣。"①"敢問何謂浩然之氣?"曰:"難言也。其為氣也,至大至剛②;以直養而無害,則塞於天地之間。其為氣也,配義與道;無是,餒矣。是集義所生者③,非義襲而取之也。行有不慊於心,則餒矣。我故曰:告子未嘗知義,以其外之也。必有事焉,而勿正,心勿忘,勿助長也。……"何謂知言?"曰:"詖辭知其所蔽,淫辭知其所陷,邪辭知其所離,遁辭知其所窮④。生於其心,害於其政;發於其政,害於其事。聖人復起,必從吾言矣。"(《公孫丑上》)

　　咸丘蒙曰:"舜之不臣堯,則吾既得聞命矣。詩云:'普天之下,莫非王土;率土之濱,莫非王臣。'而舜既為天子矣,敢問瞽瞍之非臣如何?"曰:"是詩也,非是之謂也,勞於王事而不得養父母也。曰:'此莫非王事,我獨賢勞也。'故說詩者,不以文害辭,不以辭害志;以意逆志⑤,是為得之。如以辭而已矣,《雲漢》之詩曰:'周餘黎民,靡有孑遺。'信斯言也,是周無遺民也。"(《萬章上》)

　　孟子謂萬章曰:一鄉之善士,斯友一鄉之善士;一國之善士,斯友一國之善士;天下之善士,斯友天下之善士。以友天下之善士為未足,又尚論古之人⑥。頌其詩,讀其書,不知其人,可乎? 是以論其世也。是尚友也。(《萬章下》)

　　仁言不如仁聲之入人深也⑦,善政不如善教之得民心也。善政民畏也,善教民愛之,善政得民財,善教得民心。(《盡心上》)

——選自《十三經注疏·孟子注疏》

注释

①知言:盡心知性;浩然:盛大流行的樣子。 ②至大:初無限量;至剛:不可屈撓。
③集義:積累正義。 ④詖:偏陂;淫:過分;邪:邪僻,不合正道;離:與正道分離;遁:
逃避。 ⑤文:文字;辭:語言;志:文意;逆:求取。 ⑥尚:上。 ⑦仁言:仁厚之言;
仁聲:有仁之實而為眾所稱道者也。

延伸思考

1.有人认为应将孟子"以意逆志"和"知人论世"相结合,你的意见如何?
2.试以具体作品为例,说明什么是"知言",如何"知言"。

老子(选录)

老子(约前580—约前500年),姓李,名耳,字聃,楚国苦县厉乡曲仁里
人,周守藏室之史。老子是中国伟大的哲学家和思想家。老子思想的核心
命题是"道","道"具有"独立不改,周行而不殆"的永恒意义。

《道德经》是中国历史上第一部完整的哲学著作,也是道家哲学思想的
重要来源。"道"作为哲学命题具有丰富的内涵。

首先,"道"是宇宙万物的本源。"道生一,一生二,二生三,三生万物。
万物负阴而抱阳,冲气以为和。"这说明"道"是最高的哲学范畴,即"有物混
成,先天地生。寂兮寥兮,独立而不改,周行而不殆,可以为天下母。吾不知
其名,字之曰道。""道"独立于世界之外,但决定着自然和人类社会的基本
秩序。

其次,"道"是"无"与"有"的对立统一。"道可道,非常道;名可名,非
常名。无,名天地之始;有,名万物之母。故常'无',欲以观其妙;常'有',
欲以观其徼。"这种对立统一、相反相成的朴素辩证思想对文学理论发展产
生了极其深刻的影响,文学理论发展过程中产生一些重要命题都与此相关,
如虚实、刚柔、正奇、美恶、损益、阴阳、盈虚、兴废、难易、强弱、长短、枉直等。

最后,"道"具有尚柔、虚静的特征。"反者道之动,弱者道之用。""弱"
之所以成为"道"的外在功用的原因,在于柔能克刚、主柔实刚,老子以水为
喻来说明柔能克刚的原理,"天下莫柔弱于水,而攻坚强者莫之能胜,以其

无以易之。"显然,"柔"不是目的,"克刚"才是目的。"尚柔"对雄浑的文艺观产生了极大的影响。与尚柔相关的哲学命题是"虚静",老子说:"致虚极,守静笃,万物并作,吾以观复。"在老子看来,只有"虚"才能容纳万物,只有"静"才能观照天地,因此,虚静是体认世界本原的前提条件。"虚静"对虚实相生的文艺理论观念产生了直接的影响。"道"对宇宙人生的洞见成为中国古代文论的重要理论源头。道家文学思想与儒家文学思想相互补充、交相辉映,共同铸就中国文艺理论的独特景观。

道可道,非常道;名可名,非常名①。無,名天地之始;有,名萬物之母。故常無欲,以觀其妙;常有欲,以觀其徼②。此兩者同出而異名,同謂之元。元之又元,眾妙之門③。(《第一章》)

天下皆知美之為美,斯惡已;皆知善之為善,斯不善已。故有無相生,難易相成,長短相較④,高下相傾⑤,音聲相和,前後相隨。是以聖人處無為之事⑥,行不言之教⑦,萬物作焉而弗辭,生而不有,為而不恃⑧,功成而弗居。夫唯弗居,是以不去⑨。(《第二章》)

不尚賢⑩,使民不爭⑪;不貴難得之貨,使民不為盜;不見可欲⑫,使民心不亂。是以聖人之治,虛其心⑬,實其腹;弱其志,強其骨;常使民無知無欲⑭,使夫知者不敢為也。為無為⑮,則無不治。(《第三章》)

天長地久。天地所以能長且久者,以其不自生⑯,故能長生。是以聖人後其身而身先⑰,外其身而身存⑱。非以其無私邪?故能成其私⑲。(《第七章》)

——選自《諸子集成·老子道德經》

注释

①可道之道,可名之名,指事造形,非其常也。故不可道,不可名也。　②妙:微之極也;徼:如終也。　③兩者:始與母也;元:冥也。　④長短相較:長短相比較而顯出長與短。　⑤傾:這裏也是相互比較、相互依存的意思。　⑥無為:因順自然,不妄為。　⑦不言:不發號施令,不用政教。　⑧恃:依仗。　⑨不去:謂功績不會失去。　⑩不尚賢:不推崇賢德之人。　⑪不爭:不爭功名。　⑫可欲:適合欲望的東西。　⑬虛其心:使民心清虛、無欲。　⑭知:通智。知識、智巧。　⑮為無為:以無為的心態

做事。　⑯自生:為自己而生。　⑰後其身:使其身體居後。　⑱外其身:把自身置於度外。　⑲成其私:成就自我。

延伸思考

1.老子文论体现的辩证方法十分突出,试以文学的创造为例加以分析。
2.什么是"涤除玄览"? 为什么要"涤除玄览"?

庄子(选录)

　　庄子(约前369—约前286年),名周,战国时代著名思想家。在哲学上庄子继承并发展了老子的哲学思想,认为宇宙的本体是"道",文学艺术的审美价值源于对"道"的体认和诠释。

　　庄子文学理论的核心思想是他对语言、文字、文本的消解。庄子的话语方式往往通过寓言来表述他的哲理思考。庄子借轮扁之口,阐述了对语言、文字表意功能的质疑。庄子在"言"与"意"之间进行思辨性分析虽然有些极端,但也不无道理。因为"言"不能尽"意",因此庄子主张"得意忘言"。

　　庄子还继承并发展了老子的审美心胸理论,将老子"涤除玄览""心居玄冥,览之万物"的理论阐述发展为"心斋""坐忘"的具体操作方法。以"虚以待物""堕肢体,黜聪明,离形去知"作为排除利害观念、达到自由境界的前提条件,将道家的审美自由境界学说发展成为一个完整的体系。

　　夫子曰:夫道,淵乎其居也,漻乎其清也。金石不得,無以鳴。故金石有聲,不考不鳴。萬物孰能定之! 夫王德之人,素逝而恥通於事,立之本原而知通於神。故其德廣,其心之出,有物採之。故形非道不生,生非德不明。存形窮生,立德明道,非王德者邪! 蕩蕩乎! 忽然出,勃然動,而萬物從之乎! 此謂王德之人。視乎冥冥①,聽乎無聲。冥冥之中,獨見曉焉;無聲之中,獨聞和焉。故深之又深而能物焉②,神之又神而能精焉③。故其與萬物接也,至無而供其求④,時騁而要其宿⑤,大小,長短、修遠。(《天地篇》)

　　世之所貴道者,書也⑥。書不過語,語有貴也;語之所貴者,意也。意有所隨;意之所隨者,不可以言傳也。而世因貴言傳書,世雖貴之,猶不足貴也。為其貴非其貴也。故視而可見者,形與色也;聽而可聞者,名與聲也。

悲夫！世人以形色名聲為足以得彼之情[7]。夫形色名聲果不足以得彼之情，則知者不言，言者不知，而世豈識之哉！（《天道篇》）

桓公讀書於堂上，輪扁斲輪於堂下[8]，釋椎鑿而上，問桓公曰："敢問公之所讀者，何言邪?"公曰："聖人之言也。"曰："聖人在乎?"公曰："已死矣。"曰："然則君之所讀者，古人之糟粕已夫！"桓公曰："寡人讀書，輪人安得議乎？有說則可[9]，無說則死！"輪扁曰："臣也以臣之事觀之：斲輪[10]，徐則甘而不固[11]，疾則苦而不入[12]；不徐不疾，得之於手而應於心，口不能言，有數存焉於其間[13]；臣不能以喻臣之子[14]，臣之子亦不能受之於臣，是以行年七十而老斲輪。古之人與其不可傳者死矣，然則君之所讀者，古人之糟粕已夫！"（《天道篇》）

——選自諸子集成本《莊子集解》

注释

①冥冥：幽暗深遠。　②物：產生萬物。　③神：玄妙；精：成精氣。　④無：道體虛寂。　⑤騁：馳騁，縱放；要：總，求；宿：會聚，歸宿。　⑥書：載錄於書籍。　⑦得彼之情：得到客觀世界的實情。　⑧輪扁：製造車輪之人，名扁；斲：這裏指制作車輪的砍削。　⑨說：說得有理。　⑩斲輪：砍削輪孔。　⑪徐則甘而不固：輻條滑利進入而不牢固。甘：滑。　⑫疾則苦而不入：輻条艱澀难进。苦：澀。　⑬數：術，技巧。　⑭喻：曉，使明白。

延伸思考

1.比较庄子言意观与儒家言意观的异同。
2.分析"天籁"为什么是最高的境界。

易传（选录）

《易传》是对《易经》进行解释和发挥的论文集。《易经》是中华民族智慧的结晶，被誉为"群经之首""大道之源"。《易经》含盖万有、纲纪群伦，是传统自然哲学的本源；《易经》广大精微、包罗万象，亦是中华民族伦理秩序的源头活水。《易传》产生于战国中后期，出于孔门后学之手。《易传》包括《彖传》上下篇、《象传》上下篇、《系辞传》上下篇、《文言》、《说卦传》、《序卦传》和《杂卦传》共计十篇，亦称"十翼"。《易传》虽是《易经》的解释性文本，但自成体系，具有丰富而深刻的哲学思想。《易传》提出的文学思想极其丰富，并对后世产生了极大影响。主要文学思想有：

（1）辩证思想。在中国哲学史上，《易传》所体现的辩证思想是传统辩证法的重要源头之一。首先，从动态上讲，"八卦相荡"构建起万物生生不息的宇宙秩序，从天地、日月、寒暑等自然现象到男女、吉凶、贵贱等社会现象，都是宇宙秩序动态发展的结果。其次，从静态上讲，"一阴一阳"是永恒不变之"道"，由"阴阳"派生一系列相互关联、相互依存、相互区隔的哲学范畴，这些哲学范畴对文学理论影响最深远的是刚柔。以"刚"和"柔"及其派生的范畴来评论作品和作家是历代文论家最常用的艺术标准。

（2）观物取象。观物取象虽然是直接就八卦和六十四卦的来源而言，但其实也包含着所有符号的产生及文学艺术的创造。文学艺术虽为人心营构之象，但不是凭空产生的，总有现实和自然的来源。这启发后世作家和艺术家们取法自然，以天地为师，从自然和社会中获取创作的材料和情思。

（3）立象尽意。立象尽意的哲学命题有两个源头，其一，是古代观物取象的传统，"古者包牺氏之王天下也，仰则观象于天，俯则观法于地，观鸟兽之文与地之宜，近取诸身，远取诸物，于是始作八卦，以通神明之德，以类万物之情。"观物取象的认知方式既是"易"象产生的方式，也从文化源头上注定了"象"在文学艺术创造上的重要地位。其二，是源于"书不尽言""言不尽意"的困境，"子曰：'书不尽言，言不尽意。然则圣人之意，其不可见乎？'子曰：'圣人立象以尽意，设卦以尽情伪，系辞焉以尽其言。变而通之以尽利，鼓之舞之以尽神。'"显然，作者对"言""意"关系进行了深入的思考，由于"言不尽意"，圣人"立象以尽意"也只是权宜之计，不得以而为之的方法。但这里提出了一个非常重要的理论问题，即"象"比"言"在表"意"的功能上更具有优越性。"立象尽意"的理论受到历代文论家的认同和发挥，刘勰"独照之匠，窥意象而运斤""神用象通，情变所孕"都对"象"的价值给予了高度肯定。后来"意"和"象"联用，形成文论史上"意象"理论。

（4）修辞立诚。修辞立诚是《文言》中提出的一个文学理论命题，其基本内涵是文学语言的水平与作者的德性修养直接相关，语言文字水平不是艺术技巧问题，而是从作者的道德品质中派生出来的，充分强调艺术家自身修养的重要意义。"君子进德修业。忠信，所以进德也；修辞立其诚，所以居业也。""将叛者其辞惭，中心疑者其辞枝，吉人之辞寡，躁人之辞多，诬善之人其辞游，失其守者其辞屈。"显然，《易传》人品与诗品的统一绝对化，将艺术作品的审美价值完全等同于艺术家的思想修养。

（5）见仁见智。此虽为如何理解卦象而言，实际上可以理解为对所有符号的理解，自然也包括文学艺术的符号。见仁见智与断章取义、以意逆志等重要命题一起，成为中国古代主要的文学接受理论，特别是为文学接受具有主体性提供了重要依据。

（6）言行枢机。《系辞上下》对言语的重要价值，尤其是对社会治理的价值进行了高度的肯定，不仅指出言行是枢机，更强调言辞可以鼓动天下，这对包括文学在内的语言艺术的地位进行了充分肯定。

（7）忧患意识。《系辞》在推测《周易》的产生时代以及具体爻卦的组合时，多次提到"忧患"一词。这一思想不仅是针对《周易》的制作而言，还对后世的文学艺术创造提出了明确的要求，这就是作者始终应该表达的忧患意识。

此外，所选材料中还谈到道器关系、旨远辞文、原始要终等思想。

子曰：君子進德修業。忠信，所以進德也；修辭立其誠，所以居業也。（《乾文言》）

坤，至柔而動也剛①，至靜而德方②，後得主而有常③，含萬物而化光④。坤道其順乎？承天而時行⑤。積善之家，必有餘慶；積不善之家，必有餘殃。臣弒其君，子弒其父⑥，非一朝一夕之故，其所由來者漸矣⑦，由辯之不早辯也⑧。（《坤文言》）

天尊地卑，乾坤定矣。卑高以陳，貴賤位矣。動靜有常，剛柔斷矣⑨。方以類聚，物以群分，吉凶生矣⑩。在天成象，在地成形，變化見矣⑪。是故，剛柔相摩，八卦相盪⑫。鼓之以雷霆，潤之以風雨，日月運行，一寒一暑。乾道成男，坤道成女。乾知大始，坤作成物⑬。乾以易知，坤以簡能⑭。易則易知，簡則易從。易知則有親，易從則有功。有親則可久，有功則可大。可久則賢人之德，可大則賢人之業⑮。易簡而天下之理得矣。天下之理得，而成位乎其中矣⑯。

聖人設卦觀象，系辭焉而明吉凶。剛柔相推而生變化。是故，吉凶者，失得之象也;悔吝者,憂虞之象也[17];變化者,進退之象也;剛柔者,晝夜之象也。六爻之動,三極之道也[18]。是故,君子所居而安者,《易》之序也;所樂而玩者,爻之辭也[19]。是故,君子居則觀其象而玩其辭;動則觀其變而玩其占。是以自天佑之,吉無不利。

象者,言乎象者也[20]。爻者,言乎變者也[21]。吉凶者,言乎其失得也。悔吝者,言乎其小疵也。無咎者,善補過也。是故列貴賤者存乎位,齊小大者存乎卦,辨吉凶者存乎辭,憂悔吝者存乎介。震無咎者存乎悔[22]。是故,卦有小大,辭有險易。辭也者,各指其所之。

《易》與天地准,故能彌綸天地之道[23]。仰以觀於天文,俯以察於地理,是故知幽明之故。原始反終,故知死生之說。精氣為物,遊魂為變,是故知鬼神之情狀[24]。與天地相似,故不違[25]。知周乎萬物,而道濟天下,故不過[26]。旁行而不流,樂天知命,故不憂。安土敦乎仁[27],故能愛。範圍天地之化而不過,曲成萬物而不遺,通乎晝夜之道而知,故神無方而《易》無體[28]。

一陰一陽之謂道。繼之者善也,成之者性也[29]。仁者見之謂之仁,知者見之謂之知,百姓日用而不知,故君子之道鮮矣[30]。顯諸仁,藏諸用,鼓萬物而不與聖人同憂[31],盛德大業至矣哉!富有之謂大業,日新之謂盛德,生生之謂《易》,成象之謂乾,效法之謂坤[32],極數知來之謂占,通變之謂事,陰陽不測之謂神。

夫《易》廣矣,大矣!以言乎遠則不禦,以言乎邇則靜而正,以言乎天地之間則備矣[33]。夫乾,其靜也專,其動也直,是以大生焉[34]。夫坤,其靜也翕,其動也辟,是以廣生焉[35]。廣大配天地,變通配四時,陰陽之義配日月,易簡之善配至德。

子曰:"《易》其至矣乎[36]!聖人所以崇德而廣業也[37]。知崇禮卑,崇效天,卑法地[38]。天地設位,而《易》行乎其中矣。成性存存,道義之門[39]。"

聖人有以見天下之賾,而擬諸其形容,象其物宜,是故謂之象[40]。聖人有以見天下之動,而觀其會通,以行其典禮,系辭焉以斷其吉凶,是故謂之爻。言天下之至賾,而不可惡也;言天下之至動,而不可亂也。擬之而後言,議之而後動,擬議以成其變化[41]。

"鳴鶴在陰,其子和之。我有好爵,吾與爾靡之[42]。"子曰:"君子居其室,出其言善,則千里之外應之,況其邇者乎? 居其室,出其言不善,則千里之外違之,況其邇者乎㊸? 言出乎身加乎民;行發乎邇,見乎遠。言行,君子之樞機㊹。樞機之發,榮辱之主也。言行,君子之所以動天地也,可不慎乎㊺?"

"同人先號咷而後笑㊻。"子曰:"君子之道,或出或處,或默或語,二人同心,其利斷金。同心之言,其臭如蘭㊼。""初六,藉用白茅,無咎㊽。"子曰:"苟錯諸地而可矣。藉之用茅,何咎之有? 慎之至也。夫茅之為物薄,而用可重也。慎斯術也以往,其無所失矣㊾。"

"勞謙,君子有終。吉㊿。"子曰:"勞而不伐,有功而不德,厚之至也,語以其功下人者也。德言盛,禮言恭。謙也者,致恭以存其位者也㈤。"

"亢龍有悔㈥。"子曰:"貴而無位,高而無名,賢人在下位而無輔,是以動而有悔也㈦。"

"不出戶庭,無咎㈧。"子曰:"亂之所生也,則言語以為階。君不密則失臣,臣不密則失身,幾事不密則害成。是以君子慎密而不出也㈨。"

子曰:"作《易》者其知盜乎?《易》曰:'負且乘,致寇至㈩。負也者,小人之事也;乘也者,君子之器也。小人而乘君子之器,盜思奪之矣。上慢下暴,盜思伐之矣。慢藏誨盜,冶容誨淫57。《易》曰:'負且乘,致寇至。'盜之招也58。"

……

《易》有聖人之道四焉:以言者尚其辭,以動者尚其變,以制器者尚其象,以卜筮者尚其占59。是以君子將有為也,將有行也,問焉而以言。其受命也如響,無有遠近幽深,遂知來物。非天下之至精,其孰能與於此?

……

是故法象莫大乎天地;變通莫大乎四時;縣象著明莫大乎日月;崇高莫大乎富貴;備物致用,立成器以為天下利,莫大乎聖人60;探賾索隱,鉤深致遠,以定天下之吉凶,成天下之亹亹者,莫大乎蓍龜61。是故天生神物,聖人則之;天地變化,聖人效之;天垂象,見吉凶,聖人象之;河出圖,洛出書,聖人則之。《易》有四象,所以示也;系辭焉,所以告也;定之以吉凶,所以斷也62。《易》曰:"自天佑之,吉無不利63。"子曰:"佑者,助也。天之所助者,順也;人之所助者,信也64。履信,思乎順,又以尚賢。是以自天佑之,吉

47

無不利。"

子曰:"書不盡言,言不盡意⑥。"然則聖人之意,其不可見乎?子曰:"聖人立象以盡意,設卦以盡情偽⑥,系辭焉以盡其言,變而通之以盡利,鼓之舞之以盡神。乾坤,其《易》之縕邪?乾坤成列,而《易》立乎其中矣。乾坤毀,則無以見《易》。《易》不可見,則乾坤或幾乎息矣。

是故形而上者謂之道,形而下者謂之器⑥,化而裁之謂之變,推而行之謂之通,舉而錯之天下之民謂之事業。是故夫象,聖人有以見天下之賾,而擬諸其形容,象其物宜,是故謂之象。聖人有以見天下之動,而觀其會通,以行其典禮,系辭焉以斷其吉凶,是故謂之爻。極天下之賾者存乎卦,鼓天下之動者存乎辭,化而裁之存乎變,推而行之存乎通,神而明之存乎其人。默而成之,不言而信,存乎德行。(《繫辭上》)

八卦成列,象在其中矣;因而重之,爻在其中矣;剛柔相推,變在其中矣;系辭焉而命之,動在其中矣⑥。吉凶悔吝者,生乎動者也;剛柔者,立本者也;變通者,趣時者也⑥。吉凶者,貞勝者也;天地之道,貞觀者也;日月之道,貞明者也;天下之動,貞夫一者也⑦。夫乾確然,示人易矣;夫坤隤然,示人簡矣⑦。爻也者,效此者也。象也者,像此者也。爻象動乎內,吉凶見乎外,功業見乎變,聖人之情見乎辭⑦。天地之大德曰生,聖人之大寶曰位,何以守位,曰仁,何以聚人,曰財。理財正辭,禁民為非曰義⑦。

古者包犧氏之王天下也,仰則觀象於天,俯則觀法於地,觀鳥獸之文與地之宜,近取諸身,遠取諸物,於是始作八卦,以通神明之德,以類萬物之情⑦。

……

是故《易》者,象也⑦;象也者,像也⑦。象者,材也,爻也者,效天下之動者也⑦。是故吉凶生而悔吝著也。陽卦多陰,陰卦多陽,其何故也⑦?陽卦奇,陰卦耦,其德行何也?陽一君而二民,君子之道也;陰二君而一民,小人之道也⑦。

《易》曰:"憧憧往來,朋從爾思⑧。"子曰:"天下何思何慮?天下同歸而殊塗,一致而百慮。天下何思何慮?日往則月來,月往則日來,日月相推而明生焉;寒往則暑來,暑往則寒來,寒暑相推而歲成焉。往者屈也,來者信也,屈信相感而利生焉⑧。尺蠖之屈,以求信也;龍蛇之蟄,以存身也。精義入神，以致用也；利用安身，以崇德也[82]。過此以往，未之或知也；窮神知化，德之盛也。"

……

子曰："小人不恥不仁，不畏不義，不見利不勸，不威不懲。小懲而大誡，此小人之福也。《易》曰：'履校滅趾，無咎。'此之謂也。善不積，不足以成名；惡不積，不足以滅身。小人以小善為無益而弗為也，以小惡為無傷而弗去也，故惡積而不可掩，罪大而不可解。《易》曰：'何校滅耳，凶[83]。'"

子曰："危者，安其位者也；亡者，保其存者也；亂者，有其治者也。是故君子安而不忘危，存而不忘亡，治而不忘亂。是以安身而國家可保也。《易》曰：'其亡其亡，系於苞桑[84]。'"

子曰："知幾其神乎？君子上交不諂，下交不瀆，其知幾乎！幾者，動之微，吉之先見者也。君子見幾而作，不俟終日。《易》曰："'介於石，不終日，貞吉。介如石焉，寧用終日？斷可識矣！君子知微知彰，知柔知剛，萬夫之望[85]。'"

子曰："顏氏之子，其殆庶幾乎？有不善，未嘗不知；知之，未嘗復行也。《易》曰：'不遠復，無祇悔，元吉[86]。'"

天地絪縕，萬物化醇；男女構精，萬物化生。

《易》曰："三人行，則損一人；一人行，則得其友。言致一也[87]。"

子曰："君子安其身而後動，易其心而後語，定其交而後求；君子修此三者，故全也。危以動，則民不與也；懼以語，則民不應也；無交而求，則民不與也；莫之與，則傷之者至矣。《易》曰：'莫益之，或擊之，立心勿恒，凶[88]。'"

子曰："乾、坤，其《易》之門邪？乾，陽物也；坤，陰物也。陰陽合德而剛柔有體，以體天地之撰，以通神明之德[89]。其稱名也雜而不越，於稽其類，其衰世之意邪[90]？"

夫《易》，彰往而察來，而微顯闡幽[91]。開而當名辨物，正言斷辭則備矣[92]。其稱名也小，其取類也大，其旨遠，其辭文，其言曲而中，其事肆而隱[93]。因貳以濟民行，以明失得之報[94]。

《易》之興也，其於中古乎？作《易》者，其有憂患乎[95]？是故《履》，德之基也；《謙》，德之柄也；《復》，德之本也；《恒》，德之固也；《損》，德之修也；

《益》,德之裕也;《困》,德之辨也;《井》,德之地也;《巽》,德之制也⑯。

……

《易》之為書也不可遠,為道也屢遷,變動不居,周流六虛,上下無常,剛柔相易,不可為典要,唯變所適⑰。其出入以度,外內使知懼⑱。又明於憂患與故,無有師保,如臨父母⑲。初率其辭而揆其方,既有典常⑳。苟非其人,道不虛行。

《易》之為書也,原始要終以為質也㉑。六爻相雜,唯其時物也㉒。其初難知,其上易知;本末也㉓。初辭擬之,卒成之終㉔。若夫雜物撰德,辯是與非,則非其中爻不備㉕。噫,亦要存亡吉凶,則居可知矣㉖。知者觀其彖辭,則思過半矣㉗。

二與四同功而異位,其善不同;二多譽,四多懼,近也㉘。柔之為道,不利遠者;其要無咎,其用柔中也㉙。三與五同功而異位;三多凶,五多功,貴賤之等也。其柔危,其剛勝邪㉚?

《易》之為書也,廣大悉備:有天道焉,有人道焉,有地道焉。兼三才而兩之㉛,故六;六者非它也,三才之道也。道有變動,故曰爻;爻有等,故曰物;物相雜,故曰文㉜;文不當,故吉凶生焉㉝。

《易》之興也,其當殷之末世,周之盛德邪?當文王與紂之事邪?是故其辭危㉞。危者使平,易者使傾㉟;其道甚大,百物不廢。懼以終始,其要無咎。此之謂《易》之道也。

乾,天下之至健也,德行恒易以知險㊱。夫坤,天下之至順也,德行恒簡以知阻。能說諸心,能研諸侯之慮,定天下之吉凶,成天下之亹亹者㊲。是故變化云為,吉事有祥;象事知器,占事知來㊳。天地設位,聖人成能。人謀鬼謀,百姓與能㊴。八卦以象告,爻彖以情言,剛柔雜居,而吉凶可見矣。變動以利言,吉凶以情遷,是故,愛惡相攻而吉凶生,遠近相取而悔吝生,情偽相感而利害生㊵。凡《易》之情,近而不相得則凶,或害之,悔且吝。將叛者其辭慚,中心疑者其辭枝㊶;吉人之辭寡,躁人之辭多㊷;誣善之人其辭遊,失其守者其辭屈㊸。(《繫辭下》)

——選自《十三經注疏·周易正義》

注释

①至柔而動也剛：《坤》雖至柔,然動而有變,變則為剛。　②至靜而德方：至靜:因靜而陽動。德方:《坤》之恩德因陽動而流布於四方。　③後得主而有常:《坤》性陰故"先迷",動而未震,故曰"後得主"。　④含萬物而化光:地道能藏,故能含萬物。化光:化成萬物,其德廣大。　⑤承天而時行:天行四時有節,《坤》能順承天道。承:承接、順應。　⑥"臣弒其君"二句:弒:下殺上,幼殺長,謂之弒。這裏言臣下殺害君王、兒子殺死父親等悖逆之事。　⑦其所由來者漸矣:漸,漸進,逐步發展。指上面所說臣弒君,子弒父這類事情是慢慢積累、逐漸形成的,非一朝一夕之故。　⑧由辯之不早辯也:辯通辨,分辨。這是由於應該早就認識分辨清楚但卻沒有能做到。　⑨"動靜"二句:陰陽動靜都有一定規律和表現形式,剛柔的性質也就以此而分別。常,規律。斷,分別。　⑩"方以類聚"三句:方:此指道術、思想觀念等。物:指具體事物。王弼、韓康伯注:"方有類,物有群,則有同有異,有聚有分也。順其所同則吉,乖其所趣則凶,故吉凶生矣。"　⑪"在天成象"三句:象、形同義。天地的形象都體現著陰陽變化之理,故云"變化見矣"。　⑫剛柔相摩:指陰陽交感。蕩:指推移變化。　⑬"乾知"二句:乾德作為體現於萬物的創始,坤德作為體現於生成萬物。大始,太始。　⑭"乾以"二句:乾德以平易而顯示智慧,坤德以簡單而顯示效能。　⑮"易則易知"以下八句:由"易"之平易簡單而可推至崇高、偉大,使人際關係親近、事業發揚光大。　⑯"易簡"三句:是從哲學的角度對自然、社會現象進行高度概括的基礎上說的,因而也包括一切人、一切行為、一切事情。成位,確定地位。其中,指天地之中。　⑰憂虞:憂愁驚懼。　⑱三極:天、地、人三才。　⑲玩:玩味、品味。　⑳"象者"二句:卦辭為一卦總說。　㉑"爻者"二句:爻辭是說明事物各種變化。　㉒"是故列貴賤者"五句:存:在。位:爻位。齊:正。"憂悔"句:擔心"悔""吝"之象的,應注意預防小失。介,纖介,指細小。　㉓"《易》與天地准"二句:准:等同,准擬。彌綸:包涵。　㉔"精氣為物"三句:精氣:陰陽凝聚之氣。遊魂:魂氣遊散所生變異。　㉕"與天"二句:言通於"易"理者思想合於自然的規律,所以行為、言論皆不違反它。　㉖不過:無偏差。過,錯,差失。　㉗安土敦乎仁:安土:安處其原來之地。敦:厚,此處用為動詞。　㉘"範圍天地之化"四句:知:通"智"。神無方而易無體:思想的活動沒有固定的套路,易理的變化不定於格式。王弼、韓康伯注:"'方'、'體'者,皆係於形器者也。神則陰陽不測,易則唯變所適,不可以一方一體明。"　㉙"繼之者善"句:之:指"道"。善:指乾道而言。性:就坤道而言。　㉚"仁者"四句:言仁者以"仁"見,故所見者皆為"仁";智者以"智"而見,故所見者皆為"智"。百姓每天都在生活、經歷,卻不知其中蘊含的

"道"，所以，全面理解君子之道的人就很少了。　㉛"顯諸"三句：道顯於仁德,而潛藏於日用。鼓動萬物,使之生生化育,但自然而行,不似聖人因憂患而努力。　㉜"成象"二句：成天之象的稱作"乾",效地之法的稱作"坤"。　㉝"以言乎遠則不禦"三句：不禦:無止境。邇:近。備,齊,全。　㉞"夫乾"二句：其靜也專:當它靜的時候專一而含養萬物。其動也直:它動的時候正直無阻。大生焉:從中生出強大的氣魄。

㉟"夫坤"二句：翕:閉。辟:開。廣:寬弘。以上通過乾坤兩卦之特質道出了陽剛與陰柔兩種氣質、風格的表現。　㊱《易》其至矣"句：《易》的道理真是至大至善啊!

㊲崇德而廣業：崇,高。廣,推,擴。提高其道德修養,擴展其事業成就。　㊳知崇禮卑：智慧以崇高為貴,禮節以謙虛為貴。　㊴"成性"二句：反復積累、形成美善的德性,是達到道和義的門戶。存存,存之又存,指不斷涵養。　㊵"聖人有以見天下之賾"三句：賾(zé)幽深奧妙。"而擬"二句:用具體形象的事物來象徵、表現幽深奧妙的道理。物宜,指各種事物所反映出的幽深道理。　㊶"擬之而後言"三句：在心中先將幽深之理比擬為物象,然後用言語表述出來。通過"擬議""言動",於是變化就出現了。　㊷"鳴鶴在陰"四句：見《中孚》卦九二爻辭。　㊸"君子居其室"八句：孔子這段話論述言語的社會影響力。一方面強調語言的導向性,另一方面說明語言可能帶來的結果和後果。也可引申為文學的功能。　㊹君子之樞機：君子門戶開闔的機要。樞,戶樞,即門戶的轉軸。機,門橛。此強調君子言行都是關鍵,必須慎言謹行。

㊺"言行"二句：這裏將言和行放到同等的重要性上來評價,認為一個人的語言表達可以達到感天動地的效果。　㊻"同人先號咷而後笑"：《同人》九五爻辭。此乃孔子斷章以取義。　㊼"同心之言"句：臭:氣味。孔穎達《正義》:"言二人同齊其心,吐發言語,氤氳臭氣香馥如蘭也。"　㊽"初六,藉用白茅"：《大過》初六爻辭。原意為將白茅墊於祭品之下,則無咎。　㊾"苟錯諸地而可矣"八句：(祭品)直接放在地上,也無不可,今用白茅墊在下面,則會還有什麼害處? 這是極為謹慎的表現。茅本是不值錢的東西,但可用於很重要的場合。按這樣的辦法謹慎從事,便沒有什麼事辦不成。

㊿"勞謙,君子有終。吉"：《謙》九三爻辭。勞謙:勤勞而謙恭。有終:能始終持守。

(51)"勞而不伐"幾句：伐:自誇其功。德:以為有德。　(52)"亢龍有悔"：《乾》上九爻辭。亢龍:指勇猛高飛的龍。亢,高。　(53)"貴而無位"四句：此與《乾文言》重出。　(54)"不出戶庭"：《節》初九爻辭。　(55)"亂之所生也"六句：孔子從縝密的方面闡發爻辭之義,而尤重視語言,以為不當言者絕對不能言。　(56)"負且乘"二句：《解》六三爻辭。

(57)"慢藏誨盜"二句：孔穎達《正義》:"若慢藏財務,守掌不謹,則教誨於盜者使來取此物。女子妖冶其容,身不精愨,是教誨淫者使來淫己也。以比小人而居貴位,驕矜而不謹慎,而致寇至也。"　(58)盜之招也：招來盜搶。　(59)"以言"句：從事於言辭之事的人重視辭令。《易》本為卜筮之書,但孔子論其四方面功用,列言辭於第一,列卜筮於最末,可見其對語言的重視。　⑥"是故"五句:這裏列舉的"法象""變通""崇高"等反映作者重視"象",推崇變通、崇高,也重視致用。　⑥"成天下之亹亹"二句:亹亹(wěi):勤勉奮進。其功用能鼓勵人努力奮進的,沒有超過蓍龜的。西漢嚴君平"有邪惡非正之問,則依蓍龜為言利害。與人子言依於孝,與人弟言依於順,與人臣言依於忠,各因勢導之以善"。　⑥四象:指少陽、老陽、少陰、老陰。　⑥"自天佑之"二句:《大有》上九爻辭。意思是:從上天降下佑助,則吉祥而無所不利。　⑥"天之"二句:天所幫助的人,是順從正道的。孔子解釋表面上以"天"為主宰,實質上是"人決定論"。人順從了規律,上天便加以佑助。　⑥書:書面文字。言:指想要說的話。意:指作者的思想。孔子注意到文字與言語之間、言語與思想之間的距離。　⑥"立象以盡意"二句:用象徵的辦法盡可能完美地表達意思。情偽:真偽。　⑥"是故形而上者"二句:形:事物的形體。道:事物運動變化的規律及人們對這些規律的認識和理論。這裏指主導形體運動的精神因素。器:指物質實際存在的形體與狀態。　⑥"八卦"四句:八卦創成,形成系列,對事物的象徵意義就包含在其中了;根據八卦形成重卦,三百八十四爻的象徵也就在其中了;陰陽剛柔相推,變化就在其中了;同各卦、爻的象徵意義相應系以文辭,告人以何去何從,行動就體現在其中了。剛柔,即陽爻、陰爻。

　⑥立本:即立體。馬其昶《重定周易費氏學》曰:"剛柔者,陰陽之凝而成質者也。卦為體,故曰立本。"趣時:根據具體形勢、環境、條件進行調整。"趣"通"趨"。　⑦"吉凶"四句:吉凶的規律是守正者勝,天地的道理說明正者被人觀仰,日月運行的道理說明愈正則愈光輝,而天下之動,由能統一者加以統一。貞,正。　⑦"夫乾確然"四句:乾:天。確:剛健貌。坤:地。隤(tuí):柔順貌。　⑦"聖人"句:指聖人借卦爻辭而表現自己的思想與情感。辭,指卦爻辭。　⑦理財:治理財務。正辭:正確使用語言。"正辭"主要指法律、訓令語言表達,但包括賦詩言志。　⑦"仰則觀象於天":包犧氏:即伏犧氏。地之宜:適應生長於大地之物。類:分類。此說明八卦的來源是仰觀俯察、取法天地的產物,八卦的作用是"通神明之德""類萬物之情"。　⑦《易》者,象也:《周易》是象徵符號。　⑦象也者,像也:像:即《系辭上》說的"擬其形容,象其物宜"。

　⑦"象者,材也"二句:象:指卦辭。材:通"裁",判斷之義。"爻也"句:六爻變化多端,這是仿效天下事物變化不居的實際。　⑦"陽卦多陰"三句:八卦之中,乾坤為純,乾為純陽,坤為純陰,震、坎、艮為陽卦,均一陽二陰。巽、離、兌為陰卦,均一陰二陽。故曰"陽卦多陰,陰卦多陽"。　⑦"陽一君而二民"四句:陽卦中一陽爻,為君長;二陰爻,為民眾。一君統其眾,上得民心,故曰"君子之道"。陰卦二君長而一民,二君相爭,民無所從,故曰"小人之道"。　⑧"憧憧往來"二句:《咸》卦九四爻辭。言頻繁往

來,朋友便會順從而與你合好。憧憧,往來不絕的樣子。思,語助詞。　㉛"往者"三句:往者前屈而後退,來者伸而前進。在進退斟酌當中,利益就產生了。信,通"伸"。

㉜"精義入神"二句:精義:通曉事物之義理。入神:進入神妙的境地。朱熹《本義》:"因言屈信往來之理,而又推以言學亦有自然之機也。精研其義,至於入神,屈之至也,然乃所以為出而致用之本;利其施用,無適不安,信之極也,然乃所以為入而崇德之資。內外交相養,互相發也。"　㉝"小人不恥不仁"段:"履校滅趾,無咎"為《噬嗑》初九爻辭。履:草鞋,此處用為動詞,腳著之意。校:木制刑具,加於手者名"梏",加於足者名"桎",加於頸者名"枷",通名之曰"校"。滅趾:磨掉了腳趾。雖磨掉腳趾並加桎,但未作刖刑(砍足),則無大咎。小懲而大誡:受到小的懲罰卻接受大的教訓,則是小人之福。後所引為《噬嗑》上九爻辭。何:"荷"之借,肩上扛著(加於頸)。滅耳:磨去了耳朵。言常服枷刑,以至於磨去了耳朵。"善不積,不足以成名;惡不積,不足以滅身。"是極為深刻的箴言。　㉞"危者,安其位者也"段:引文為《否》九五爻辭。苞:叢生。爻辭是說:如果心中常自警:"將會滅亡,將會滅亡!"這樣就會像系於桑樹叢中一樣牢靠。此段孔子發揮居安思危之意。居安思維或者憂患意識為儒家重要詩學精神,由此帶給作家強烈社會責任感和政治干預意識。　㉟"知幾其神乎"段:幾:微,事物初顯徵兆。"動之"二句:事物發展的細微的動向,是吉事開始的先兆。作:行。俟:等待。引文為《豫》六二爻辭,意為堅固如石,則不終日而事可成,守正則吉。孔子說明"見機而作"的道理。　㊱"顏氏之子"段:顏氏之子指顏回。殆:大概。庶幾:接近,差不多。連下文,指道德的完美。引文為《復》初九爻辭。孔子說明"過而能改"的道理。　㊲"天地絪縕"段:絪縕又作"氤氳",此處指陰陽二氣交融之狀。化醇:化而至於醇厚。男女:代指陰陽兩性。構:交合。引文為《損》六三爻辭。孔子用以說明同心相應之理。　㊳"君子安其身而後動"段:易其心而後語:平和其內心然後說話。《重定周易費氏學》引《朱子語類》:"不學《詩》無以言,先儒以為心平氣和則能言。"引文為《益》上九爻辭。此孔子說明君子應重言重行以得民心。　㊴"以體"二句:以劃分天地的創造,以合於神明之德性。體,劃分。撰,造作,引申為撰述。　㊵"其稱名也"四句:其:指《易經》。稱名:指卦爻辭。雜而不越:繁多但不混亂。於(wū):發語詞。稽:考求。類:事類系統。此說明名實之間應該相符,內容和表達條理清晰。　㊶微顯:朱熹《本義》作"顯微"。　㊷"開而"二句:闡發《周易》符合名稱且辨析清楚,語言正確決斷,豐富全面。　㊸"其稱名也小"二句:卦爻辭所稱述物名一般都比較細小,但所喻事類卻很大。文:有文采。"其言"二句:它的語言曲折卻切中事理,其所稱說的歷史典故顯露直接而寓意隱微深刻。此數句雖就卦爻辭而言,實可推至對語言文學的要求,語言簡約而表達豐富,意義深刻遠大、文辭華美,語言婉曲而中事理,事實宏富

而表義含蓄。　⑭"因貳以濟民行"二句:貳:陰陽。言通過《周易》揭示的陰陽變化之理,可以助民之行,使之明確事物吉凶得失的效驗。　⑮"《易》之興也"二句:中古:商代。其有憂患:大概是有憂患吧。這是對《周易》產生的時代和主題的推測。充分肯定了《周易》具有的憂患意識。　⑯"是故《履》"九句:從道德方面闡發《履》《謙》《復》《恒》《損》《益》《困》《井》《巽》九卦含義。《履》之義為"禮",為道德的基礎。《謙》卦象徵謙虛,為掌握道德的權柄。《復》卦含有歸復陽剛正道之義,為道德之根本。《恒》卦象徵持久,能持久則德固。《損》卦象徵減損,要時時反省修養善德。《益》卦象徵增益,增其美德則使道德得到充裕。《困》卦象徵窮困,窮困之時方辨道德。井以水養人,猶如人以德施人。"地",高亨《周易大傳今注》疑為"施"字。《巽》卦象徵退讓,能退讓則制約其德。以上九卦與道德的各種聯繫說明《周易》包含豐富的道德內涵,提醒人要重德修德,此對文學創作也具有重大意義。　⑰"周流六虛"五句:六虛:即六爻。典要:典則綱要。唯變所適:只有變化所指示才是結果。此謂《周易》通過六爻變化顯示出變化之道,因之應"唯變所適"。　⑱"出入以度"二句:出外入內皆須有標準,知所畏。　⑲"明於憂患與故"三句:故:舊事。鑒史知今,通鑒資治,此包含對以往故事的瞭解。"無有師保"二句:假定沒有師保等尊長教誨,也仍然好像父母在身邊隨時謹慎警懼。　⑳"初率"二句:先遵循卦爻辭的辭義而後揣度其義理。典常:原則與規律。　㉑原始要終以為質:原:推原,研究。要:歸納。質:指卦體,此句言《易》是推求事物的起始,歸納事物的結果而成卦體系統。　㉒"六爻相雜"二句:六爻的陰陽相錯綜,卦象、爻象之義是由時間和物象二者所決定的。　㉓初:初爻,說明事物產生初始的意義,為一卦之本。上:上爻,說明事物發展結尾階段的情況,為一卦之末。事之初始難識,至其末則事態明瞭,故曰"其初難知,其上易知"。㉔"初辭"二句:初爻之辭乃擬其事物之開始,上爻之辭乃定事之結局。初辭,初爻之辭。擬之,比擬事物的狀況。卒,終,指上爻之辭。　㉕雜物撰德:錯雜剛柔物象,撰述陰陽德性。辯:通"辨"。中爻:指二至五爻。　㉖"亦要存亡吉凶"二句:要:把定,掌握。居:平居無為。此承上句言中爻同樣決定存亡吉凶的規律,平時情況也可由此推定。　㉗"知者觀其彖辭"二句:知(zhì)者:聰明人。彖辭:指卦爻辭。思過半:理解、領悟一半以上了。　㉘"二多譽"三句:近也:四爻近於五爻,九五為君象。言近於君則凶。　㉙"柔之為道"四句:遠者:有遠大志向的人。其要無咎:其要旨在於求得沒有過錯。其用柔中:其功用在於柔和守中。　㉚"其柔危"二句:此就三、五爻而言。處此位置,剛者勝而陰柔者危。　㉛兼三才而兩之:指重卦。三才,天、地、人。㉜"爻有等"四句:等:類,指陰、陽。物:物象。因陰陽之爻相雜,故形成《易》卦之文。錯雜成文成為後世對廣義"文"的理解,包括天文、地文、人文。　㉝"文不當"二句:文理當與不當顯示出吉凶之差別。　⑭其辭危:言《易》卦爻辭含有危懼之義。危,臨高恐懼之義。此言因作者處於憂患警懼之中,故爻辭呈現出危懼警惕之意。　⑮"危者使平"二句:此說明事物的轉變之道,處高危因能時時警惕而獲平安,處平地反而因疏忽大意而遭致失敗。　⑯"乾,天下之至健也"三句:健,剛健。恒易以知險:行事能恒久平易,而且知危險之所在。　⑰"能說諸心"四句:能說諸心:能使人心情愉悅。說,同"悅"。能研諸侯之慮:司馬光《溫公易說》據王弼《例略》引文以為"侯之"二字衍。成天下之亹亹:成就天下勤勉於事者的事業。朱熹《本義》:"說諸心者,心與理會,乾之事也;研諸慮者,理因慮審,坤之事也。說諸心,故有以定吉凶;研諸慮,故有以成亹亹。"　⑱"變化云為"二句:云為:有為。祥:徵兆。　⑲"百姓與能":與能:同"為能"。創成《周易》而施其功用。　⑳遠近相取而悔吝生:爻位相距或遠或近在其相應相比的當中產生悔、吝的結果。遠,指爻位相距遠。近,指爻位相距近。此說明事物相互關係。　㉑"將叛"二句:言將要背叛的人其言辭中不由自主地會帶有慚愧語調,心中遊疑不定者言詞散亂無章。　㉒"吉人"二句:吉善之人言辭少而精要,浮躁的人話多而繁雜。　㉓"誣善"二句:污蔑善良者的人說話遊移不定,失操守職責者說話吞吐含糊。以上六句論各類人言辭的特點,同時說明語言表達的結果實質是由人的內心和品德所決定的。此對後世"文如其人"之說有重要影響,也與孟子"詖辭知其所蔽,淫辭知其所陷,邪辭知其所離,遁辭知其所窮"相一致。

延伸思考

1.儒家与道家在文学功能的认识上有何不同？
2."修辞立其诚"的内涵是什么？为什么"修辞"必须"立诚"？
3.比较刘勰《文心雕龙·原道》与《系辞上下》的相同处。

第三章 两 汉

毛诗大序

  《诗经》传到汉代,有齐、鲁、韩、毛"四家《诗》",后三家亡佚,《毛诗》独存,故虽四家《诗》皆有序,而《毛诗序》影响最大。《毛诗序》分为《大序》和《小序》,今本《毛诗》各篇之首有一主要解说《诗》旨、作者与创作年代的简短序文,是为《小序》;而《毛诗》首篇《关雎》序文之后,有一段具有极强概括性、统摄性的文字,对《诗》之特征、内容、类别、表现手法及功用均有精练概括,后世称为《大序》。有关《毛诗序》诸问题从古迄今争论不休,至今仍莫衷一是,被四库馆臣称之为"说经之家第一争诟之端",争论主要集中于《序》之作者、大小《序》之划分及尊《序》、存《序》与疑《序》、反《序》乃至废《序》之争。

  《毛诗序》作为儒家文论话语的典范形态,是汉儒承续先秦儒家文艺思想的基础上,结合汉代社会与思想实际而形成的理论结晶,是中国文论史上第一篇诗歌专论,并影响中国文论、美学、经学两千多年,时至今日依然是解《诗》的重要参照。《毛诗序》"情志合一"说确立了中国文学的抒情言志传统;"变风""变雅"说、讽谏说与美刺教化说系统论述了文艺与社会之关系;"六义"说是对《诗经》体裁与表现手法进行的提炼。当然,如果用今天的文艺观来衡量,由于文化传统与时代环境等因素的影响,以儒家"诗教"为核心的《毛诗序》也存在不少弊端,如"发乎情"却在根本上须"止乎礼义"无疑是对文学审美功能的削弱;《小序》以美刺解《诗》也较多牵强附会之处。

  《關雎》,后妃之德也[①],風之始也[②],所以風天下而正夫婦也[③]。故用之郷人焉,用之邦國焉④。風,風也,教也;風以動之,教以化之⑤。

詩者,志之所之也⑥,在心為志,發言為詩。情動於中而形於言⑦,言之不足故嗟歎之,嗟歎之不足故永歌之,永歌之不足,不知手之舞之,足之蹈之也⑧。

情發於聲,聲成文謂之音⑨。治世之音安以樂,其政和;亂世之音怨以怒,其政乖;亡國之音哀以思,其民困⑩。故正得失,動天地,感鬼神,莫近於詩⑪。先王以是經夫婦,成孝敬,厚人倫,美教化,移風俗⑫。

故詩有六義焉:一曰風⑬,二曰賦⑭,三曰比⑮,四曰興⑯,五曰雅⑰,六曰頌⑱。上以風化下,下以風刺上,主文而譎諫⑲,言之者無罪,聞之者足以戒,故曰風。至於王道衰,禮義廢,政教失,國異政,家殊俗⑳,而"變風"、"變雅"作矣㉑。國史明乎得失之迹,傷人倫之廢㉒,哀刑政之苛,吟詠情性,以風其上,達於事變而懷其舊俗者也㉓。故變風發乎情,止乎禮義㉔。發乎情,民之性也;止乎禮義,先王之澤也㉕。是以一國之事,繫一人之本,謂之風;言天下之事,形四方之風,謂之雅㉖。雅者,正也,言王政之所由廢興也。政有小大㉗,故有小雅焉,有大雅焉。頌者,美盛德之形容㉘,以其成功告於神明者也。是謂四始㉙,詩之至也㉚。

然則《關雎》《麟趾》之化㉛,王者之風,故繫之周公。南,言化自北而南也㉜。《鵲巢》《騶虞》之德㉝,諸侯之風也,先王之所以教,故繫之召公。《周南》《召南》㉞,正始之道㉟,王化之基。是以《關雎》樂得淑女,以配君子,憂在進賢,不淫其色;哀窈窕,思賢才,而無傷善之心焉,是《關雎》之義也㊱。

——選自《十三經注疏·毛詩正義》

注释

①《關雎》:《詩經·國風》首篇篇名。后妃:《禮記·曲禮》:"天子之妃曰后",此處指文王之妃太姒。德:孔穎達疏云"德者,得也,自得於身,人行之總名,此篇言后妃性行和諧,貞專化下,寤寐求賢,供奉職事,是后妃之德也"。《關雎》實為戀歌,此論明顯與詩旨有違。 ②風:指《詩經·國風》,《關雎》為《國風》首篇,故曰始。 ③風天下:"風"作動詞,去聲,教化之意。正夫婦:使夫婦之道歸於正。 ④郷:周朝行政單位建制中以"一萬二千五百家"為鄉(《周禮》),鄉人:普通百姓。"用之鄉人焉":孔穎

達《正義》釋為"令鄉大夫以教其民也"。邦國:諸侯國。"用之邦國焉":孔穎達《正義》釋為:"令天下諸侯以之教其臣也。"　⑤風,風也:前一個"風"為名詞,後一個"風"為動詞,去聲。動:感動。化:感化、教化。　⑥志:包括情感與思想懷抱。所之:《說文解字》:"之,出也",所之:所出、所往。　⑦中:內心。形:表現;形於言:表現於語言。　⑧嗟歎:感歎。永:長。永歌:引聲長歌。　⑨聲成文:聲音錯雜而成美妙的音樂。此處"文"為廣義,即多樣化的統一,《國語》有"聲一無聽,色一無文",此之謂也。聲之文由宮、商、角、徵、羽五聲交織而成。　⑩政和:政治和順。政乖:政治乖戾。困:窘迫。　⑪正得失:考見政治得失。莫近:莫過,沒有什麼能超過。　⑫以是:用這個。經:常道,此處用作動詞。經夫婦:使夫婦之道入於正常。厚人倫:使人倫習俗淳厚。　⑬風:此處有三層意思:其一是與雅頌同為《詩經》體裁;其二是諷刺、諷諫;其三是教化。　⑭賦:詩歌表現手法,主要特徵為鋪陳直敘。鄭玄注《周禮·大師》云:"賦之言鋪,直鋪陳今之政教善惡";劉勰《文心雕龍·論賦》云:"賦者,鋪也;鋪采摛文,體物寫志也";朱熹《詩集傳》云:"賦者,敷也,敷陳其事而直言之也。"　⑮比:詩歌表現手法,與現代修辭手法中的比喻相近。鄭玄《周禮·大師》注引鄭眾語:"比者,比方於物也。"鍾嶸《詩品序》云:"因物喻志,比也。"朱熹《詩集傳》:"比者,以彼物比此物也。"　⑯興:詩歌表現手法,即起興,兼有發端與比喻雙重作用。鄭玄注《周禮·大師》云:"興,見今之美,嫌於媚諛,取善事以喻勸之";何晏《論語集解》引孔安國言:"興,引譬連類";《文心雕龍·比興》云:"興者,起也";朱熹《詩集傳》言興"先言他物以引起所詠之辭也"。興之界說,自古而今爭論紛紜。　⑰雅:詩歌體裁。雅即正,符合規範之意。梁啟超《釋四詩名義》云:"大小雅所合的音樂,當時謂之正聲。……'雅'與'夏'古字相通……雅者即夏音,猶中原正聲云爾",下文"雅者正也"可能由此引申而來。　⑱頌:詩歌體裁。周王朝(包括魯宋)祭祀所用樂舞詩歌,主要是歌頌祖先神靈。《文心雕龍·頌贊》云:"頌者,容也,所以美盛德而述形容也";摯虞《文章流別論》云:"其稱功德者謂之頌。"　⑲譎諫:勸諫時不直言過失,而是隱約其詞。《毛詩》鄭玄箋云:"譎諫,詠歌依違不直諫",依違,隱諱之意。　⑳王道衰:指周王朝的衰頹。國異政:諸侯國各行其政。殊俗:風俗變異。　㉑變風、變雅:變與正相對,時世由盛而衰,政教綱常崩壞,詩歌也隨之變化,反映變亂社會的詩稱之為"變風""變雅"。鄭玄《詩譜序》云:"故孔子錄懿王、夷王時詩訖於陳靈公淫亂之事,謂之變風、變雅。"

㉒國史:王室的史官。是時史官負責採集詩歌,令樂官演唱。《毛詩正義》:"國史者,鄭(玄)答張逸云:'國史采眾詩,時明其好惡,令瞽矇歌之,其無作主者,皆國史主之,令可歌'。"得失之跡:國家政治好壞之事蹟。人倫:合乎禮義等級關係及與之相適應的倫理道德。　㉓達:通達。事變:社會政治之變。舊俗:先王之俗,也就是所謂太

平盛世之俗。　㉔發乎情,止乎禮義:此即主張用倫理規範來節制情感。紀昀《雲林詩鈔序》云:"發乎情,止乎禮義二語,實探風雅之大原。"　㉕澤:恩澤,恩惠。　㉖"是以一國之事"六句,《毛詩正義》云:"詩人覽一國之意以為己心,故一國之事系此一人使言之也。但所言者,直是諸侯之政,行風化於一國,故謂之風,以其狹故也;言天下之事,亦謂一人言之,詩人總天下之心、四方風俗以為己意,而詠歌王政。故作詩道說天下之事,發見四方之風,所言者乃是天子之政,施齊正於天下,故謂之雅,以其廣故也。"孔穎達認為,如果詩只說某一諸侯國之事,其內容較為狹小,所以名之曰"風";如果詩所言天下之事,表現四方風俗,內容廣泛,則被稱為"雅"。　㉗政有小大:孔穎達《毛詩正義》云:"王者政教有小大,詩人述之亦有小大,故有小雅焉,有大雅焉。小雅所陳,有飲食賓客,賞勞群臣,燕賜以懷諸侯,征伐以強中國,樂得賢者,養育人材,於天子之政,皆小事也。大雅所陳,受命作周,代殷繼伐,荷先王之福祿,尊祖考以配天,醉酒飽德,能官用士,澤被昆蟲,仁及草木,於天子之政,皆大事也。"　㉘形容:孔穎達《毛詩正義》云:"形容者,謂形狀容貌也。"　㉙四始:指風、小雅、大雅、頌,而陳奐《詩毛氏傳疏》認為,此為總論全詩,風、大雅、小雅、頌皆以文王詩為始:"《關雎》風始,《鹿鳴》小雅始,《文王》大雅始,《清廟》頌始。"　㉚至:頂點,極點。詩之至:詩之理盡極於此。　㉛《麟趾》:《周南》最後一首詩。麟,傳說中的靈獸,天性仁厚,乃仁德象徵。《詩·麟趾·序》以為"《麟之趾》,《關雎》之應也。《關雎》之化行,則天下無犯非禮,雖衰世之公子皆信厚如麟趾之時也"。　㉜化自北而南:周王朝統治者從北到南施行教化。《毛傳》"謂其化從岐周被江、漢之域也"。《詩·廣漢·序》:"廣漢,德廣之所及也,文王之道被於南國,美化行乎江漢之域。"　㉝《鵲巢》是《詩·召南》首篇,《騶虞》是《詩·召南》最後一篇。《小序》指出"《騶虞》,《鵲巢》之應也。《鵲巢》之化行,人倫既正,朝廷既治,天下純被文王之化,則庶類蕃殖,搜田以時,仁如騶虞(義獸名),則王道成也"。騶虞:傳說是一種義獸,或指人,王先謙《詩三家義集疏》指出"《魯》說曰:'騶者,天子之囿也。虞者,囿之司獸者也'"。　㉞周南、召南:說《詩》者於此爭議頗多,一般認為,南是商代諸侯國名,由周公與召公分而治之,故稱周南與召南。其地域大致在今湖北、河南一帶。　㉟正始:《毛詩正義》云:"《周南》《召南》二十五篇之詩,皆是正其初始之大道,王業風化之基本也。"　㊱憂在進賢:"憂"原作"愛",據《四部叢刊》本及《文選》本改。窈窕:美好貌。無傷善之心:《毛詩正義》曰"《論語》云:《關雎》樂而不淫,哀而不傷,即此序之義也"。

延伸思考

1.如何看待以《毛詩序》為核心的儒家詩教在中國文論史上的地位與作用?

2.举例说明《小序》以美刺解诗的牵强附会之弊。

3.举例说明如何界定与区分《诗经》中的"赋、比、兴"。

太史公自序（节选）

◉司马迁

司马迁（前145—?），字子长，左冯翊夏阳人，西汉著名史学家、文学家，著有《史记》一书，传见《汉书》卷62。《史记》为中国第一部纪传体史书，既是优秀的史书，也是著名的文学作品，鲁迅赞誉为"史家之绝唱，无韵之《离骚》"。

《太史公自序》全面交代了司马迁写作《史记》的动机、目的、原则和体例。选录部分集中回答了自己写作《史记》的动机，从中体现了司马迁的文学观念。概括起来，有两点值得特别关注：一是关于著述的目的。司马迁通过对五经内容特别是对孔子作《春秋》的分析，认为所有的写作都应该"善善恶恶、贤贤贱不肖，存亡国，继绝世，补敝起废"，起到有助于政治、伦理教化等作用，这与《毛诗大序》强调文学功能是一致的；二是关于"发愤著书"说。这是关于文学创作动机的认识，它上承孔子"诗可以怨"、屈原"发愤以抒情"，结合历史上著述者的情况和自身的遭遇，明确提出文学创作的动机就是"发愤"——抒发怨愤之情。这种"怨愤"来自社会、时代和自身的境遇。该观点对刘勰、钟嵘、韩愈和欧阳修等人有很重要的影响，"不平则鸣"和"穷而后工"等在此基础上提出。

太史公曰：先人有言：自周公卒五百歲而有孔子。孔子卒後至於今五百歲，有能紹明世①，正《易傳》，繼《春秋》，本《詩》《書》《禮》《樂》之際，意在斯乎，意在斯乎，小子何敢讓焉②？

上大夫壺遂曰③：昔孔子何爲而作《春秋》哉？

太史公曰：余聞董生曰④："周道衰廢，孔子爲魯司寇，諸侯害之，大夫壅之。孔子知言之不用，道之不行也，是非二百四十二年之中，以爲天下儀表，貶天子，退諸侯，討大夫，以達王事而已矣⑤。"子曰："我欲載之空言，不如見之於行事之深切著明也⑥。"夫《春秋》，上明三王之道，下辨人事之紀，別嫌疑，明是非，定猶豫，善善惡惡，賢賢賤不肖，存亡國，繼絕世，補敝弊起廢，王道之大者也。《易》著天地陰陽四時五行，故長於變；《禮》經紀人倫，故長於行;《書》記先王之事,故長於政;《詩》記山川谿谷禽獸草木牝牡雌雄,故長於風;《樂》樂所以立,故長於和;《春秋》辨是非,故長於治人。是故《禮》以節人,《樂》以發和,《書》以道事,《詩》以達意,《易》以道化⑦,《春秋》以道義。撥亂世,反之正,莫近於《春秋》。《春秋》文成數萬,其指數千⑧,萬物之散聚,皆在《春秋》。《春秋》之中,弑君三十六,亡國五十二,諸侯奔走不得保其社稷者,不可勝數。察其所以,皆失其本已。故《易》曰"失之毫釐,差以千里⑨。"故曰"臣弑君,子弑父,非一旦一夕之故也,其漸久矣。"⑩故有國者,不可以不知《春秋》,前有讒而弗見,後有賊而不知。爲人臣者,不可以不知《春秋》,守經事而不知其宜,遭變事而不知其權⑪。爲人君父而不通於《春秋》之義者,必蒙首惡之名;爲人臣子而不通於《春秋》之義者,必陷篡弑之誅,死罪之名。其實皆以爲善,爲之不知其義,被之空言而不敢辭⑫。夫不通禮義之旨,至於君不君,臣不臣,父不父,子不子。夫君不君則犯,臣不臣則誅,父不父則無道,子不子則不孝。此四行者,天下之大過也。以天下之大過予之,則受而弗敢辭。故《春秋》者,禮義之大宗也。夫禮禁未然之前,法施已然之後,法之所爲用者易見,而禮之所爲禁者難知⑬。

壺遂曰:孔子之時,上無明君,下不得任用,故作《春秋》,垂空文以斷禮義,當一王之法⑭。今夫子上遇明天子,下得守職,萬事既具,咸各序其宜,夫子所論,欲以何明?

太史公曰:唯唯,否否⑮,不然。余聞之先人曰:"伏羲至純厚,作《易》八卦。堯、舜之盛,《尚書》載之,禮樂作焉;湯、武之隆,詩人歌之;《春秋》采善貶惡,推三代之德,襃周室,非獨刺譏而已也。"漢興以來,至明天子獲符瑞,封禪⑯,改正朔⑰,易服色⑱,受命於穆清⑲,澤流罔極,海外殊俗,重譯款塞⑳,請來獻見者,不可勝道。臣下百官,力誦聖德,猶不能宣盡其意。且士賢能而不用,有國者之恥;主上明聖而德不布聞,有司之過也。且余嘗掌其官,廢明聖盛德不載,滅功臣世家賢大夫之業不述,墮先人所言,罪莫大焉。余所謂述故事,整齊其世傳,非所謂作也;而君比之《春秋》,謬矣。

於是論次其文。七年,而太史公遭李陵之禍,幽於縲紲㉑,乃喟然而歎曰:是余之罪也夫!是余之罪也夫!身毀不用矣!退而深惟曰㉒:夫《詩》、《書》隱約者,欲遂其志之思也㉓。昔西伯拘羑里,演《周易》㉔;孔子厄陳、蔡,作《春秋》㉕;屈原放逐,著《離騷》;左丘失明,厥有《國語》㉖;孫子臏腳,而論兵法㉗;不韋遷蜀,世傳《呂覽》㉘;韓非囚秦,《說難》《孤憤》㉙;《詩》三百篇,大抵賢聖發憤之所爲作也㉚。此人皆意有所鬱結,不得通其道也,故述往事,思來者。於是卒述陶唐以來,至於麟止,自黃帝始㉛。

——選自《史記》卷一百三十

注釋

①紹:繼承、承續。　②小子何敢讓焉:小子,司馬遷自指;讓,辭讓,推讓。意思是一定要完成父親司馬談的志願,繼孔子而做史。　③壺遂:天文學家,漢武帝時和司馬遷共同制定太初曆。　④董生:即董仲舒先生,司馬遷曾從其受學。董仲舒,廣川人(今河北景縣),西漢經學家,著有《春秋繁露》,《史記》卷121、《漢書》卷56有傳。⑤是非句:指孔子作《春秋》。是非:褒貶。《春秋》記錄的時間上起魯隱公(前722年),下迄魯哀公十四年(前481年),共242年。　⑥子曰句:意思是與其空發議論,不如通過《春秋》記錄君王的作爲而暗寓褒貶更爲深切著明。　⑦道化:道,論述、闡發;化,變化,指《周易》闡述了天地陰陽四時五行變化之理。　⑧文成二句:這裏指董仲舒《公羊春秋》文字有幾萬字,經義闡釋,條例極繁,旨意很多。　⑨失之毫釐二句:今本《周易》無此文,見《易緯·通卦驗》,又見《禮記·經解》,文字略有出入。⑩漸:事物的開始。"臣弒君"等四句見《周易·坤文言》,文字有節省。　⑪守經事二句:"經""宜"都是正常的意思,"變""權"都是變化的意思,這是對舉成文。　⑫其實三句:意思是有的人認爲自己是本著善心去做的,但由於不明義理而做錯了,以至於在《春秋》中留下不好的記錄。　⑬夫禮禁未然之前四句:這是講禮和法的不同使用和效果。中國古代強調禮法結合,但禮在前,法是不得已而用之。　⑭當一王之法:孔子沒有當君王,但是他通過《春秋》的褒貶來代替君王的政令,故有此說。　⑮唯唯,否否:唯唯是應諾,否否是懷疑。意思是司馬遷認爲壺遂的說法既對也不對。　⑯封禪:封爲祭天,禪爲祭地。古代帝王在名山舉行隆重的祭祀典禮,向天地稟告自己所成就的功業。司馬相如著有《封禪書》。　⑰改正朔:改,訂;正朔指曆法,意思是改訂曆法。"正"爲一年開始,"朔"爲一月之初。　⑱易服色:易,改變。服色,古時王朝所定車馬祭牲的顏色。漢初尚黑,漢文帝時改用黃色,漢武帝從之。　⑲穆清:本指天空的清穆之氣,這裏指代天。　⑳重譯款塞:重,多次;譯,翻譯,意指遙遠國家語言不通,須經過多次翻譯才能聽懂。款,叩,拜。塞,邊境。全句意思是遙遠的國家對大漢帝國表示臣服。　㉑幽於縲紲(léi xiè):幽,禁。縲紲,捆綁犯人的繩索,這裏指囚禁之所。

㉒深惟:惟,思考。　㉓夫《詩》、《書》隱約二句:遂,實現、成功。二句意思古人著述詞意隱約,是為了完全表達自己的情思。　㉔西伯句:西伯,即周文王姬昌。據說周文王曾被殷紂王囚禁在羑里,推演八卦成為六十四卦。據傳伏羲造八卦,文王推演至六十四卦。伏羲之卦稱為經卦,文王六十四卦為重卦。　㉕孔子句:厄,困。孔子被困于陳、蔡。意思是孔子曾因被困于陳、蔡而寫作了《春秋》。　㉖左丘失明二句:《國語》據說為左丘明所作,與《左傳》相表裏,被稱為《春秋外傳》。　㉗孫子二句:孫子即孫臏,戰國時齊人,軍事家,著有《孫臏兵法》。該書失傳很久,1972年在山東臨沂銀雀山西漢墓中被發現。　㉘不韋二句:呂不韋,秦莊襄王、始皇時丞相。呂不韋集門客撰寫《呂氏春秋》一書,為雜家著作。不韋撰書事在遷蜀前。　㉙韓非二句:韓非,戰國時韓人,法家集大成者。《說難》《孤憤》為《韓非子》中篇名。韓非此二文寫于入秦前,事見《史記·老莊申韓列傳》。　㉚《詩》三百篇二句:詩三百篇指《詩經》,今傳《詩經》共305首,這是舉其成數。發憤,抒發怨憤。意思是《詩經》中的篇章都是聖賢抒發怨憤而寫作的。　㉛卒述陶唐三句:這裏指《史記》記錄的時間範圍,從黃帝開始到漢武帝為止。

延伸思考

1.关于"五经"内容的分析,中国古代典籍中还有哪些论述?

2.司马迁"发愤著书"说影响了后世哪些文论观点?

3.结合具体作品分析"发愤著书"理论的合理性。

超　奇

●王　充

王充(27—约97年),字仲任,会稽上虞人(今浙江上虞县)。东汉唯物主义思想家、文学批评家。王充出身"细族孤门",自小聪慧好学,博览群书,擅长辩论,曾从师班彪。做过郡功曹、州从事等州郡小官,后罢官还家,专意著述。汉和帝永元年间,病死家中。王充代表作品《论衡》(今存84篇)是中国历史上一部重要的思想著作。

《论衡》一书虽然是哲学著作,但涉及不少文学思想,主要有:

第一,提倡真实,反对虚妄。王充自己说《论衡》的写作主旨是"疾虚妄"。虚妄相对的是真实。从自然论出发,王充强调万事万物要验之事实,因此,对文章之"增"与"虚",他都反对,如《语增》《儒增》《艺增》。当然对此二者,他还是有所分别的,完全反对"虚",认可某种程度的"增",如《艺增》中也认识到文学夸张的价值。

第二,提倡实用,强调劝善惩恶。王充强调文章要发挥现实作用:"为世用者,百篇无害;不为世用者,一章无补。"(《自纪篇》)从实用性出发,他强调文章的内容和形式要统一,做到表里一致、内外相符,《超奇》篇对此多次言及,如"文由胸中而出,心以文为表""实诚在胸臆,文墨著竹帛,外内表里,自相副称,意奋而笔纵,故文见而实露也","精诚由中,故其文语感动人深"。

第三,提倡独创,反对复古。《超奇》篇把文人分为儒生、通人、文人、鸿儒四种,特别看重"超而又超""奇而又奇"的鸿儒,因为鸿儒能够"抽列古今""纪著行事",有益于"治道政务"。王充反对评价文章以高古为上的崇远贱近的不正确态度,认为后世的文章越来越好,不是越来越差。这是正确的文学发展观。

通書千篇以上,萬卷以下,弘暢雅閑,審定文讀①,而以教授為人師者,通人也。杼其義旨②,損益其文句,而以上書奏記,或興論立說、結連篇章者,文人、鴻儒也。好學勤力,博聞強識,世間多有;著書表文,論說古今,萬不耐一③。然則著書表文,博通所能用之者也。入山見木,長短無所不知;入野見草,大小無所不識。然而不能伐木以作室屋,採草以和方藥④,此知草木所不能用也。夫通人覽見廣博,不能掇以論說⑤,此為匱生書主人⑥,孔子所謂"誦《詩》三百,授之以政不達"者也⑦,與彼草木不能伐採,一實也。孔子得《史記》以作《春秋》⑧,及其立義創意,褒貶賞誅,不復因《史記》者,眇思自出於胸中也⑨。凡貴通者,貴其能用之也。即徒誦讀,讀詩諷術,雖千篇以上,鸚鵡能言之類也。衍傳書之意,出膏腴之辭,非俶儻之才,不能任也。夫通覽者,世間比有⑩;著文者,歷世希然。近世劉子政父子、楊子雲、桓君山⑪,其猶文、武、周公並出一時也⑫;其餘直有,往往而然,譬珠玉不可多得,以其珍也。

故夫能說一經者為儒生,博覽古今者為通人,采掇傳書以上書奏記者為文人,能精思著文連結篇章者為鴻儒。故儒生過俗人,通人勝儒生,文人逾通人,鴻儒超文人。故夫鴻儒,所謂超而又超者也。以超之奇,退與儒生相料⑬,文軒之比於敝車,錦繡之方於縕袍也⑭,其相過,遠矣。如與俗人相料,太山之巔塍,長狄之項蹠,不足以喻⑮。

故夫丘山以土石為體,其有銅鐵,山之奇也。銅鐵既奇,或出金玉。然鴻儒,世之金玉也,奇而又奇矣。奇而又奇,才相超乘,皆有品差。儒生說名於儒門⑯,過俗人遠也。或不能說一經,教誨後生。或帶徒聚眾,說論洞溢,稱為經明。或不能成牘,治一說。或能陳得失,奏便宜⑰,言應經傳,文如星月。其高第若谷子雲、唐子高者⑱,說書於牘奏之上,不能連結篇章。或抽列古今⑲,紀著行事,若司馬子長、劉子政之徒,累積篇第,文以萬數,其過子雲、子高遠矣。然而因成紀前,無胸中之造。若夫陸賈、董仲舒⑳,論說世事,由意而出,不假取於外,然而淺露易見,觀讀之者,猶曰傳記㉑。陽成子長作《樂經》㉒,楊子雲作《太玄經》,造於眇思㉓,極窅冥之深,非庶幾之才㉔,不能成也。孔子作《春秋》,二子作兩經,所謂卓爾蹈孔子之跡,鴻茂參貳聖之才者也。

王公問於桓君山以楊子雲㉕。君山對曰:"漢興以來,未有此人㉖。"君山差才㉗,可謂得高下之實矣。采玉者心羨於玉,鑽龜能知神於龜㉘。能差眾儒之才,累其高下,賢於所累。又作《新論》,論世間事,辯照然否,虛妄之言,偽飾之辭,莫不證定。彼子長、子雲論說之徒,君山為甲。自君山以來,皆為鴻眇之才,故有嘉令之文㉙。筆能著文,則心能謀論,文由胸中而出,心以文為表。觀見其文,奇偉倜儻,可謂得論也。由此言之,繁文之人,人之傑也。

有根株於下,有榮葉於上;有實核於內,有皮殼於外。文墨辭說,士之榮葉、皮殼也。實誠在胸臆,文墨著竹帛,外內表裏,自相副稱。意奮而筆縱,故文見而實露也。人之有文也,猶禽之有毛也。毛有五色,皆生於體。苟有文無實,是則五色之禽,毛妄生也。選士以射,心平體正,執弓矢審固,然後射中。論說之出,猶弓矢之發也。論之應理,猶矢之中的㉚。夫射以矢中效巧,論以文墨驗奇。奇巧俱發於心,其實一也。

文有深指巨略,君臣治術,身不得行,口不能泄㉛,表著情心,以明己之必能為之也。孔子作《春秋》,以示王意㉜。然則孔子之《春秋》,素王之業也㉝;諸子之傳書,素相之事也。觀《春秋》以見王意,讀諸子以睹相指㉞。故曰:陳平割肉,丞相之端見㉟;叔孫敖決期思,令尹之兆著㊱。觀讀傳書之文,治道政務,非徒割肉、決水之占也。足不強則跡不遠,鋒不銛則割不深^③。連結篇章,必大才智鴻懿之俊也。

或曰:著書之人,博覽多聞,學問習熟,則能推類興文。文由外而興,未必實才與文相副也^③。且淺意於華葉之言,無根核之深^③,不見大道體要,故立功者希。安危之際,文人不與,無能建功之驗,徒能筆說之效也。

曰:此不然。周世著書之人,皆權謀之臣;漢世直言之士,皆通覽之吏,豈謂文非華葉之生根核推之也^④? 心思為謀,集扎為文,情見於辭,意驗於言。商鞅相秦,致功於霸,作《耕戰》之書。虞卿為趙,決計定說,行退作春秋之思,起城中之議^④;《耕戰》之書,秦堂上之計也。陸賈消呂氏之謀,與《新語》同一意^④。桓君山易晁錯之策,與《新論》共一思。觀谷永之陳說,唐林之宜言,劉向之切議,以知為本^④。筆墨之文,將而送之,豈徒雕文飾辭,苟為華葉之言哉? 精誠由中,故其文語感動人深。是故魯連飛書,燕將自殺^④;鄒陽上疏,梁孝開牢^④。書疏文義,奪於肝心,非徒博覽者所能造,習熟者所能為也。

夫鴻儒稀有,而文人比然,將相長吏,安可不貴? 豈徒用其才力,遊文於牒牘哉? 州郡有憂,能治章上奏,解理結煩^④,使州郡連事。有如唐子高、谷子雲之吏,出身盡思,竭筆牘之力,煩憂適有不解者哉^④? 古昔之遠,四方辟匿^④,文墨之士,難得紀錄,且近自以會稽言之。周長生者,文士之雄也。在州,為刺史任安舉奏;在郡,為太守孟觀上書,事解憂除,州郡無事,二將以全^④。長生之身不尊顯,非其才知少、功力薄也,二將懷俗人之節,不能貴也^⑤。使遭前世燕昭,則長生已蒙鄒衍之寵矣^⑤。長生死後,州郡遭憂,無舉奏之吏,以故事結不解,征詣相屬,文軌不尊,筆疏不續也^⑤。豈無憂上之吏哉? 乃其中文筆不足類也。

長生之才,非徒銳於牒牘也,作《洞曆》十篇,上自黃帝,下至漢朝,鋒芒毛髮之事,莫不紀載,與太史公《表》、《紀》相似類也。上通下達,故曰《洞曆》。然則長生非徒文人,所謂鴻儒者也。

前世有嚴夫子^⑤,後有吳君高^⑤,末有周長生。白雉貢於越,暢草獻於宛^⑤,雍州出玉,荊、揚生金。珍物產於四遠幽遼之地,未可言無奇人也。孔子曰:"文王既沒,文不在茲乎^⑥!"文王之文在孔子,孔子之文在仲舒,仲舒既死,豈在長生之徒與? 何言之卓殊,文之美麗也! 唐勒、宋玉,亦楚文人也,竹帛不紀者,屈原在其上也。會稽文才,豈獨周長生哉? 所以未論列者,長生尤踰出也。九州多山,而華、岱為嶽;四方多川,而江、河為瀆者,華、岱高而江、河大也。長生,州郡高大者也。同姓之伯賢,舍而譽他族之孟[57],未為得也。長生說文辭之伯,文人之所共宗,獨紀錄之,《春秋》記元於魯之義也[58]。

俗好高古而稱所聞,前人之業,菜果甘甜;後人新造,蜜酪辛苦。長生家在會稽,生在今世,文章雖奇,論者猶謂稚於前人。天稟元氣,人受元精,豈為古今者差殺哉? 優者為高,明者為上。實事之人,見然否之分者,睹非,卻前退置於後,見是,推今進置於古,心明知昭,不惑於俗也。班叔皮續《太史公書》百篇以上,記事詳悉,義淺理備[59],觀讀之者以為甲,而太史公乙。子男孟堅為尚書郎[60],文比叔皮[61],非徒五百里也,乃夫周、召、魯、衛之謂也。苟可高古,而班氏父子不足紀也[62]。

周有鬱鬱之文者,在百世之末也[63]。漢在百世之後,文論辭說,安得不茂? 喻大以小,推民家事,以睹王廷之義。廬宅始成,桑麻纔有,居之歷歲,子孫相續,桃李梅杏,菴丘蔽野[64]。根莖眾多,則華葉繁茂。漢氏治定久矣,土廣民眾,義興事起,華葉之言,安得不繁? 夫華與實,俱成者也,無華生實,物稀有之。山之禿也,孰其茂也? 地之潟也,孰其滋也[65]? 文章之人,滋茂漢朝者,乃夫漢家熾盛之瑞也。天晏,列宿煥炳;陰雨,日月蔽匿。方今文人並出見者,乃夫漢朝明明之驗也。

高祖讀陸賈之書[66],歎稱萬歲;徐樂、主父偃上疏,征拜郎中[67],方今未聞。膳無苦酸之肴,口所不甘味,手不舉以啖人。詔書每下,文義經傳四科[68],詔書斐然,鬱鬱好文之明驗也。上書不實核,著書無義指,"萬歲"之聲,"征拜"之恩,何從發哉? 飾面者皆欲為好,而運目者希;聞音者皆欲為悲[69],而驚耳者寡。陸賈之書未奏,徐樂、主父之策未聞,群諸瞽言之徒,言事粗醜,文不美潤,不指所謂,文辭淫滑,不被濤沙之謫[70],幸矣! 焉蒙征拜為郎中之寵乎?

——選自《論衡校釋》

注释

①讀:句讀,斷句。　②杼:通"抒",發揮。　③耐:通"能"。　④和:調和。

⑤掇:拾取,選取。　⑥此為匿生書主人:"生"疑衍。匿書主人,指藏書者,後世譏為"兩腳書櫥"。　⑦"孔子所謂"句:引文見《論語·子路》:"子曰:誦詩三百,授之以政,不達;使於四方,不能專對,雖多,亦奚以為?"　⑧《史記》:泛指各種歷史著作。　⑨眇:通"妙",精深。　⑩比有:比比皆是,言其多。　⑪"近世"句:劉子政父子:指劉向與他的兒子劉歆。劉向(前77—前6年),原名劉更生,字子政,沛郡豐邑(今江蘇省徐州市)人。文學家、目錄學家。劉歆(前50—23年),字子駿,京兆郡長安縣(今陝西省西安市)人。經學家。揚雄(前53—18年),字子雲,蜀郡郫縣(今四川省成都市郫都區)人。漢朝辭賦家、思想家、語言學家。桓君山:桓譚(約前24—56年),字君山,沛國相(今安徽省濉溪縣西北)人。著有《新論》二十九篇,早佚。　⑫"其猶"句:好比周文王、周武王、周公同時出現。　⑬相料:相比較。　⑭"文軒"二句:文軒指裝飾豪華之車。縕袍:亂麻舊絮製作之袍。文軒與敝車、錦繡與縕袍相差很遠。　⑮"太山"三句:巔埵:山頂和山腳。長狄:傳說中古代一個北方民族,人長得很高。項蹠:脖子、腳下。此用泰山之山腳和山頂、巨人的脖子和腳之間的距離比喻鴻儒與俗人的巨大差距,不可比擬。　⑯說名:名,字。此謂儒生可以解釋經典的字義。　⑰奏便宜:因宜而上奏。　⑱谷子雲、唐子高者:谷子雲即谷永。谷永(?—前11年),本名谷並,字子雲,京兆長安(今陝西省西安市)人。西漢時期官員,衛司馬谷吉之子。唐子高即唐林。唐林(約前33—24年),沛郡(治今安徽濉溪)人,以明經飭行顯名。仕王莽封侯,數上疏諫正,有忠直節。著有文集一卷。　⑲抽列:抽通籀,諷誦。抽列古今,指閱讀古代文獻而論列。　⑳陸賈、董仲舒:陸賈(約前240—前170年),漢初楚國人,西漢思想家、政治家、外交家,著有《新語》。董仲舒(前179—前104年),廣川(河北省景縣廣川)人,西漢哲學家,著有《春秋繁露》。㉑傳記:此謂對古代儒家經典的解釋稱為傳或記。　㉒陽成子長:又作陽成子張,名衡,蜀郡人,王莽時為講樂祭酒。　㉓造於眇思:"眇"原作"助",據孫詒讓《劄迻》說改。　㉔庶幾之才:賢才的代稱,語出《論語·先進》對顏淵的讚揚。　㉕王公問:"公"後原有"子",刪。王公即王莽。　㉖君山對曰:《太平御覽》是百三十二引《新論》:"揚子雲何人耶?答曰:才智開通,能入聖道,漢興以來,未有此人也。"　㉗差才:評論人才。　㉘鑽龜:古者占卜,以文火熏烤龜甲以求坼兆,名為鑽龜。　㉙嘉令之文:美好之文。嘉、令,皆美好之意。　㉚中的:射中靶心。的:靶子、目標。　㉛口不能泄:"泄"原作"絏",據孫詒讓說改。口不能泄,即口不能言。　㉜以示王意:以顯示王道之意。　㉝素王之業也:素王,沒有職位之王,指孔子。素王之業指孔子作《春秋》以為王法。　㉞讀諸子以睹相指:讀諸子之作可以看到作相的宗旨。指通旨。　㉟"陳平割肉"句:陳平,漢初丞相。《史記·陳丞相世家》載陳平年輕時賣肉公平,因此有宰製天下的才能。　㊱"叔孫敖決

期思”句:“尹”原作“君”,據孫詒讓說改。叔孫敖即孫叔敖,春秋時期人。期思:楚國邑名。《淮南子·人間訓》:“孫叔敖決期思之水,而灌雩婁之野,莊王知其可為令尹也。” ㊲銛:鋒利。 ㊳未必實才與文相副也:“與”原作“學”,據黃暉說改。此假設疑問之詞,謂未必實才與文章相符合。 ㊴核:通荄,根。 ㊵“豈謂”句:豈能說榮華之文不生於根荄而喻之? ㊶“行退作春秋之思”二句:黃暉《論衡校释》作“行退作□□□□。《春秋》之思,起(趙)城中之議”,疑有脫文。 ㊷“陸賈消呂氏之謀”句:指陸賈出謀劃策消滅呂后勢力,和他寫作《新語》同出一心,以此證明著書之人的實才與文章相副。 ㊸知:通智。 ㊹“魯連飛書”二句:據《史記·魯仲連傳》:燕將佔領齊國聊城,田單攻之歲餘不下,魯仲連以書信曉之,燕將自殺。 ㊺“鄒陽上疏”二句:據《史記·鄒陽列傳》,鄒陽被人嫉妒而下獄,於獄中上書梁王,獲救並得到梁王重視。 ㊻解理結煩:剖析義理,了結煩亂之事。 ㊼適:一本作“遏”,為“曷”之誤。句謂煩憂之事又怎麼能得不到解決呢? ㊽辟匿:偏僻隱蔽。 ㊾二將以全:指任安、孟觀二人得以保全。 (50)“二將”句:謂任安、孟觀二人同俗人一樣,沒有能夠使周長生尊貴。 (51)“使遭”二句:假設周長生碰到燕昭王那樣的人,就應該受到鄒衍一樣的寵遇了。 (52)筆疏不續也:指後來者不能承續周長生具有的文字水準了。 (53)嚴夫子:指嚴忌,本姓莊,避明帝諱改姓嚴。漢代辭賦家。 (54)吳君高:“高”原作“商”,據孫詒讓說改。吳君高,即吳平,會稽人。 (55)“白雉”二句:《韓詩外傳》卷五:“成王之時,有越裳氏重九譯而至,獻白雉於周公。”暢:同鬯。鬯草即香草。宛當為“鬱”,指漢代鬱林郡。 (56)“孔子曰”句:見《論語·子罕》。 (57)“同姓之伯賢”二句:指不讚揚同族之賢反而去讚美別人,即貴遠賤近之意。 (58)“《春秋》”句:指《春秋》以魯國年號為紀元,孔子為魯國人,故以魯為紀元。 (59)義浹理備:“浹”原作“淺”,於義不通,據黃暉說改。 (60)男孟堅為尚書郎:孟堅,班固字。班固(32—92年),字孟堅,扶風安陵(今陝西省咸陽市)人。東漢史學家、文學家。 (61)叔皮:班彪之字。班彪(3—54年),字叔皮,扶風安陵(今陝西省咸陽市)人,東漢著名史學家、文學家。 (62)“苟可”二句:句謂如果以高古為上,那麼班氏父子就不值得讚揚了。意思是反對以高古作為標準。 (63)“周有鬱鬱之文者”二句:《論語·八佾》:“周監於二代,鬱鬱乎文哉!”句謂周代燦爛的文化來自於繼承夏商二朝。 (64)菴丘蔽野:指樹林果木遮蔽了山坡、郊野。菴同掩。 (65)“地之溈也”二句:“溈”原作“瀉”,據劉盼遂說改。句謂假如是鹽鹼地,又怎麼能長出穀物呢? (66)“高祖”句:《史記·酈生陸賈列傳》載:“陸生乃粗述存亡之徵,凡著十二篇。每奏一篇,高帝未嘗不稱善,左右呼萬歲,號其書為《新語》。” (67)“徐樂”句:《史記平津侯主父列傳》載:漢初,齊人主父偃、嚴安和趙人徐樂上書高祖,“書奏天子,天子召見三人,謂曰:公等皆安在?何相見之晚也!於是上乃拜主父偃、徐樂、嚴安為郎中"。　⑱文義經傳四科：句義不明。　⑲聞音者："聞"原作"文"，據黃暉說改。
⑳不被濤沙之讁：指被貶謫到邊遠之地。海邊和沙漠，皆邊遠之地。

延伸思考

1.王充为什么要将一般文人分为四种,这表达出什么样的文学思想?
2.阅读王充《论衡·艺增》,谈谈他对文学虚构性特征的认识。

楚辞章句序

◉王　逸

　　王逸,生卒年不详,字叔师,南郡宜城人。所著《楚辞章句》为现存最早的《楚辞》注本。事迹见《后汉书》卷八十《文苑传》。

　　本文是对屈原其人其文的全面评价。两汉之时,围绕先秦的《诗经》《楚辞》以及汉代赋文学创作展开了激烈的讨论,由此形成了汉代文论的主体内容。在经学中心主义的笼罩之下,汉代文论都带有浓厚的儒家色彩。在对屈原其人其文评价上,形成了鲜明的两派:一是以淮南王刘安、司马迁和王逸为代表,全面肯定屈原伟大的人格和杰出的艺术成就;另一派为扬雄和班固,二人对屈原的创作及其成就都充分肯定,但对屈原的为人,扬雄有微言,认为屈原没有必要自杀,班固则认为屈原没有明哲保身,并且显暴君过,有怨上的情绪,屈原作品与儒家经典不符。后刘勰在《辨骚》中对汉代六家评论进行了总结。王逸此文即针对班固所作的反驳,认为屈原为忠贞爱国、爱君为民,其作品也是完全符合儒家经义的,因此予以全面肯定。本文最重要的观点是"依经立义"说。所谓"依经立义"是指根据儒家经典来确立写作的原则。曹顺庆先生认为,"依经立义"是中国文论话语最主要的生成方式。

　　昔者孔子叡聖明哲,天生不群,定經術,刪《詩》《書》,正《禮》《樂》,制作《春秋》,以爲後王法。門人三千,罔不昭達①。臨終之日,則大義乖而微言絕②。

　　其後周室衰微,戰國並爭,道德陵遲,譎詐萌生。於是楊、墨、鄒、孟、孫、韓之徒③,各以所知著造傳記,或以述古,或以明世。而屈原履忠被讒,憂悲愁思,獨依詩人之義,而作《離騷》,上以諷諫,下以自慰④。遭時闇亂,不見省納⑤,不勝憤懣,遂復作《九歌》以下凡二十五篇。楚人高其行義,瑋其文采,以相教傳。

至於孝武帝,恢廓道訓,使淮南王安作《離騷經章句》⑥,則大義粲然。後世雄俊,莫不瞻慕,舒肆妙慮,纘述其詞⑦。逮至劉向典校經書,分爲十六卷。孝章即位,深弘道藝,而班固、賈逵復以所見改易前疑⑧,各作《離騷經章句》。其餘十五卷,闕而不說。又以"壯"爲"狀",義多乖異,事不要括。今臣復以所識所知,稽之舊章,合之經傳,作十六卷章句⑨。雖未能究其微妙,然大指之趣略可見矣。

且人臣之義,以忠正爲高,以伏節爲賢。故有危言以存國,殺身以成仁。是以伍子胥不恨於浮江,比干不悔於剖心,然後忠立而行成,榮顯而名著。若夫懷道以迷國⑩,詳愚而不言⑪,顛則不能扶,危則不能安⑫,婉娩以順上,逡巡以避患,雖保黃耇⑬,終壽百年,蓋志士之所恥,愚夫之所賤也。

今若屈原,膺忠貞之質,體清潔之性,直若砥矢⑭,言若丹青,進不隱其謀,退不顧其命,此誠絕世之行,俊彥之英也。而班固謂之露才揚己,競於群小之中,怨恨懷王,譏刺椒、蘭,苟欲求進,強非其人,不見容納,忿恚自沈⑮,是虧其高明而損其清潔者也。昔伯夷、叔齊讓國守分,不食周粟,遂餓而死,豈可復謂有求於世而怨望哉⑯?且詩人怨主刺上曰:"嗚呼小子,未知臧否。匪面命之,言提其耳⑰。"風諫之語,於斯爲切。然仲尼論之,以爲大雅⑱。引此比彼,屈原之詞,優游婉順,寧以其君不智之故,欲提攜其耳乎?而論者以爲露才揚己,怨刺其上,強非其人,殆失厥中矣。

夫《離騷》之文,依託五經以立義焉。"帝高陽之苗裔",則"厥初生民,時惟姜嫄"也⑲;"紉秋蘭以爲佩",則"將翱將翔,佩玉瓊琚"也⑳;"夕攬洲之宿莽",則《易》"潛龍勿用"也㉑;"駟玉虯而乘鷖",則"時乘六龍以御天"也㉒;"就重華而陳詞",則《尚書》《咎繇》之謀謨也㉓;登崑崙而涉流沙,則《禹貢》之敷土也㉔。故智彌盛者其言博,才益多者其識遠。屈原之詞,誠博遠矣。自終沒以來,名儒博達之士,著造辭賦,莫不擬則其儀表㉕,祖式其模範,取其要妙,竊其華藻。所謂金相玉質,百世無匹,名垂罔極,永不刊滅者矣㉖。

——選自《四部叢刊》本《楚辭》卷一

注释

①罔不昭達:罔,無。昭達,明白通曉。　②臨終二句:語本劉歆《移讓太常博士書》:"及夫子殁而微言絕,七十子喪而大義乖。"乖,背離。　③楊、墨、鄒、孟、孫、韓之徒:楊朱、墨翟、鄒衍、孟軻、荀卿、韓非。之徒,這些人。　④獨依詩人之義三句:語本《史記·屈原傳》:"國風好色而不淫,小雅怨誹而不亂,若《離騷》者,可謂兼之矣。"詩人指《詩經》作者。詩人之義,指抒寫怨誹之情用以諷諫。　⑤遭時闇亂二句:闇亂,指君王昏聵,朝政混亂。省納:採納。　⑥孝武帝三句:淮南王作《離騷傳》事見《漢書·淮南王安傳》。　⑦舒肆妙慮二句:指漢代模擬學習屈原而寫作辭賦的人,書寫情懷,繼承了《離騷》的體制。　⑧班固、賈逵:班固(32—92年),東漢辭賦家、史學家。字孟堅,扶風安陵(今陝西咸陽)人。賈逵(30—101年),字景伯,扶風郡平陵縣(今陝西省咸陽)人。東漢經學家、天文學家。　⑨作十六卷章句:王逸《楚辭章句》十七卷,宋代洪興祖認為第十七卷為王逸之子王延壽所作。　⑩懷道以迷國:意思是懷有才能卻不貢獻於國家。　⑪詳愚:詳通佯。佯愚,假裝愚笨。　⑫顛則不能扶二句:語本《論語·季氏》:"危而不持,顛而不扶,則將焉用彼相矣!"這裏是指臣下不能對國家有所幫助。　⑬雖保黃耇:雖,即使;黃耇:黃為黃髮,耇為年老。意思是即使能夠平安活到年老。　⑭直若砥矢:語本《詩經·小雅·大東》:"周道如砥,其直如矢。"砥矢比喻公平正直。　⑮班固謂八句:語見班固《離騷序》,文字略有不同。　⑯昔伯夷、叔齊四句:伯夷、叔齊事見《史記·伯夷傳》。　⑰嗚呼小子四句:見《詩經·大雅·抑》。《毛詩序》以為衛武公諷刺周厲王之作。小子指厲王。臧否,臧為好,否為壞。⑱仲尼論之二句:指孔子刪訂《詩經》時將此詩收入《大雅》之中。　⑲帝高陽之苗裔二句:前句為《離騷》文。高陽為顓頊稱號,苗裔為子孫,屈原自稱為高陽氏後代。後句為《詩經·大雅·生民》文。厥,其。初,始。時,是。姜嫄,高辛氏之妃,后稷之母。意思是周族後代皆為姜嫄所生。　⑳紉秋蘭以為佩二句:前句為《離騷》文。紉,貫串。佩,身上佩飾之物。後句為《詩經·鄭風·有女同車》文。將,且。瓊琚,佩玉名。㉑夕攬洲之宿莽二句:前句為《離騷》文。攬,采。宿莽,經冬不死的香草。後句見《易·乾》初九,潛龍,龍潛於地下,意指還不到時候。　㉒駟玉虬而乘鷖二句:前句為《離騷》文。駟,四匹馬駕的車,這裏用作動詞,"乘"或"駕"的意思。玉虬:白色的龍。鷖,五彩鳳。後句見《易·乾》象辭。御天,登天。　㉓就重華而陳詞二句:前句為《離騷》文。重華,舜名。陳,述。後句見《尚書·皋陶謨》。咎繇,即皋陶。謨,謀。㉔登崑崙而涉流沙二句,前句綜括《離騷》中"邅吾道夫崑崙兮""忽吾行此流沙兮"二句。後句見《尚書·禹貢》:"禹敷土,隨山刊木,奠高山大川。"敷,分佈。　㉕莫不擬

则其仪表:拟则,效法。仪表,形式。　㉖刊灭:磨灭。

延伸思考

1.为什么说"依经立义"是中国文论话语的生成方式?

2.从先秦元典中找一找"子曰、诗云"的例子,说明它们的作用。

第四章 魏晋南北朝

典论·论文

◉曹 丕

曹丕(187—226年),字子桓,沛国谯(今安徽亳州)人,即魏文帝。《三国志·魏志》卷二有传。明张溥辑《汉魏六朝百三名家集》有《魏文帝集》二卷。

《典论·论文》是一篇开文学批评风气的重要论文。主要谈到了四个方面:文学的价值问题;作家的个性与作品的风格问题;文体问题;文学批评态度的问题。"盖文章,经国之大业,不朽之盛事"的提出,显示了文学从经学的附庸独立出来的事实。这种认知既是文学创作繁荣后的结果,也显示了人的主体意识觉醒后,希望以文字流传千古以不朽的追求。所以曹丕抬高文学地位的论述不仅是个人之私见,更是时代之共识,充分说明了魏晋南北朝乃文学的自觉时期。其他关于作家个性与风格的联系、文体的共性与特性以及批评态度的论述,虽然只是简略提及,但对后代影响很大。

文人相輕,自古而然。傅毅之於班固①,伯仲之間耳,而固小之②,與弟超書曰③:"武仲以能屬文為蘭臺令史④,下筆不能自休。"夫人善於自見,而文非一體,鮮能備善,是以各以所長,相輕所短。里語曰:"家有弊帚,享之千金⑤。"斯不自見之患也。

今之文人,魯國孔融文舉,廣陵陳琳孔璋,山陽王粲仲宣,北海徐幹偉長,陳留阮瑀元瑜,汝南應瑒德璉,東平劉楨公幹。斯七子者⑥,於學無所遺⑦,於辭無所假⑧,咸以自騁驥騄於千里,仰齊足而並馳⑨,以此相服,亦良難矣。蓋君子審己以度人,故能免於斯累而作論文。

王粲長於辭賦，徐幹時有齊氣[10]，然粲之匹也。如粲之《初征》《登樓》《槐賦》《征思》[11]，幹之《玄猿》《漏卮》《圓扇》《橘賦》[12]，雖張、蔡不過也[13]。然於他文，未能稱是。琳、瑀之章表書記[14]，今之雋也[15]。應瑒和而不壯，劉楨壯而不密[16]。孔融體氣高妙，有過人者，然不能持論，理不勝辭，以至乎雜以嘲戲[17]。及其所善，楊、班儔也[18]。

常人貴遠賤近，向聲背實，又患闇於自見，謂己為賢。

夫文本同而末異[19]，蓋奏議宜雅，書論宜理，銘誄尚實，詩賦欲麗。此四科不同，故能之者偏也；唯通才能備其體。

文以氣為主，氣之清濁有體[20]，不可力強而致。譬諸音樂，曲度雖均，節奏同檢[21]，至於引氣不齊[22]，巧拙有素，雖在父兄，不能以移子弟[23]。

蓋文章，經國之大業[24]，不朽之盛事[25]。年壽有時而盡，榮樂止乎其身，二者必至之常期，未若文章之無窮。是以古之作者，寄身於翰墨，見意於篇籍，不假良史之辭，不託飛馳之勢，而聲名自傳於後。故西伯幽而演《易》[26]，周旦顯而制《禮》，不以隱約而弗務[27]，不以康樂而加思[28]。夫然則古人賤尺璧而重寸陰，懼乎時之過已。而人多不強力，貧賤則懾於饑寒，富貴則流於逸樂，遂營目前之務，而遺千載之功，日月遊於上，體貌衰於下，忽然與萬物遷化[29]，斯志士之大痛也。

融等已逝，唯幹著論，成一家言[30]。

——選自《文選》卷五十二

注釋

①傅毅：（？—89年），字武仲，扶風茂陵人。東漢文學家。《後漢書》卷八十上《文苑傳》有傳。　②小之：輕視他。　③超：班超，字令升，班彪少子。　④以能屬文為蘭臺令史：屬，連綴；屬文，即寫作。蘭臺，漢代宮中藏書之處，後置蘭臺令史，掌書奏。　⑤里語曰三句：《東觀漢記》卷一《光武帝紀》：“帝聞之，下詔讓吳漢副使劉禹曰：城降，嬰兒老母，口以萬數，一旦放兵縱火，聞之可為酸鼻。家有弊帚，享之千金。”極言重視己物。　⑥斯七子者：文中所舉七人，後世稱為建安七子或鄴下七子。⑦於學無所遺：無所不學。遺，餘留。　⑧於辭無所假：假，借，言不借助於前人已有文辭，能自創新辭。　⑨仰：依靠。毛萇《詩傳》：“田獵齊足，尚疾也。”這句說七子之才並駕齊驅。　⑩齊氣：齊地舒緩的生活壞境影響到作家的個性和作品風格，使得徐幹

個性及作品帶有舒緩的特徵。　⑪如粲之《初征》句：《初征賦》《槐賦》見於嚴可均輯《全後漢文》。《登樓賦》見《文選》。《征思》已佚。　⑫幹之《玄猿》句：《圓扇賦》見嚴可均輯《全後漢文》。《玄猿賦》《漏巵賦》《橘賦》已佚。　⑬張、蔡：張衡、蔡邕。張衡有《西京賦》《東京賦》《南都賦》《述志賦》《思玄賦》。蔡邕有《述行賦》。　⑭琳、瑀之章表書記：曹丕《與吳質書》："孔璋章表殊健，微為繁富。""元瑜書記翩翩，致足樂也。"章、表、書、記為四種文體。　⑮雋：同"俊"。　⑯劉楨壯而不密句：鍾嶸《詩品》稱劉楨"氣過其文，雕潤恨少"，可參看。　⑰嘲戲：嘲弄、戲耍。孔融《與曹公書》有"武王伐紂，以妲己賜周公"句，就是嘲戲曹丕取袁紹兒媳甄氏為妻之事。　⑱楊、班句：揚雄有《解嘲》，班固有《答賓戲》，是"嘲戲"之作中的上品。　⑲本同末異：本：指一切文章的共同性；末：指不同文章的特殊性。　⑳氣之清濁有體："氣"，本為哲學名詞，此處指作家的氣質。"清濁"，指風格的特點："清"，近於剛健；"濁"，近於柔弱。本文所說的"齊氣"，就屬於柔濁的一種。　㉑節奏同檢：音調緩急的度數為節。檢，法度。　㉒引氣：引，猶言運行，指吹奏時的氣息的使用。　㉓雖在父兄二句：李善注："桓子《新論》曰：惟人心之所獨曉，父不能以禪子，兄不能以教弟也。"　㉔經國：治國。

㉕不朽之盛事：《左傳·襄公二十四年》："太上有立德，其次有立功，其次有立言，雖久不廢，此之謂不朽。"文章屬於立言範圍之內，所以說是不朽之盛事。　㉖西伯幽而演易：《史記·太史公自序》："昔西伯拘羑里，演《周易》。"　㉗隱約：窮困。　㉘加思：加，移。加思，謂轉移著述的念頭。　㉙遷化：猶言死去。　㉚唯幹著論二句：徐幹著有《中論》一書。曹丕《與吳質書》："偉長獨懷文抱質，恬淡寡欲，有箕山之志，可謂彬彬君子者矣。著《中論》二十篇，成一家之言，辭義典雅，足傳於後，此子為不朽矣。"

延伸思考

1. 比较曹丕与曹植对文学地位的论述有何不同并分析其原因。

2. 结合你了解的作品，分析曹丕对建安七子的评价。

文　赋

●陆　机

陆机（261—303 年），字士衡，吴郡吴县华亭（今上海松江）人。西晋著名文学家。其祖为东吴名将陆逊，父为东吴大司马陆抗。吴亡后入晋，官至平原内史。后卷入"八王之乱"，被杀。《晋书》卷五十四有传，作品被严可均收入《全晋文》。

　　《文赋》是中国文论史上第一篇完整而系统的理论作品,较为细致地分析了文学创作的过程,提出了很多重要的问题。此文写作的动机是为了解决"意不称物,文不逮意"的困难,也就是文学创作中的两大难题。"意不称物"是构思的难题,"文不逮意"是文字表达的难题。为了解决这一问题,文中谈到了创作的准备、创作中构思的特点、如何处理辞与意,还谈到了文章的体制风格及功能等问题。虽然文章力求就创作问题面面俱到,实际上有繁琐枝蔓之弊,但瑕不掩瑜。本文所论及的问题都有后人专文论述。尤其是文中对构思(即艺术想象)的描绘具有开创之功,可视为刘勰《神思》篇的前导,在中国文论史上尤为重要。

　　余每觀才士之所作,竊有以得其用心①。夫其放言遣辭,良多變矣。妍蚩好惡,可得而言。每自屬文,尤見其情。恒患意不稱物,文不逮意②,蓋非知之難,能之難也。故作《文賦》以述先士之盛藻③,因論作文之利害所由,他日殆可謂曲盡其妙④。至於操斧伐柯⑤,雖取則不遠,若夫隨手之變,良難以辭逮。蓋所能言者,具於此云爾。

　　佇中區以玄覽⑥,頤情志於典墳⑦。遵四時以歎逝,瞻萬物而思紛;悲落葉於勁秋,喜柔條於芳春。心懍懍以懷霜,志眇眇而臨雲⑧;詠世德之駿烈⑨,誦先人之清芬;游文章之林府,嘉麗藻之彬彬⑩。慨投篇而援筆,聊宣之乎斯文。

　　其始也,皆收視反聽⑪,耽思傍訊⑫,精騖八極,心遊萬仞⑬。其致也⑭,情瞳曨而彌鮮,物昭晰而互進⑮,傾群言之瀝液⑯,漱六藝之芳潤⑰,浮天淵以安流,濯下泉而潛浸⑱。於是沈辭怫悅⑲,若游魚銜鉤,而出重淵之深;浮藻聯翩⑳,若翰鳥纓繳,而墜曾雲之峻。收百世之闕文,採千載之遺韻㉑,謝朝華於已披,啟夕秀於未振㉒,觀古今於須臾,撫四海於一瞬㉓。

　　然後選義按部,考辭就班㉔,抱景者咸扣,懷響者畢彈㉕。或因枝以振葉㉖,或沿波而討源㉗,或本隱以之顯,或求易而得難㉘,或虎變而獸擾,或龍見而鳥瀾㉙,或妥帖而易施,或岨峿而不安㉚。罄澄心以凝思,眇眾慮而為言㉛,籠天地於形內,挫萬物於筆端。始躑躅於燥吻,終流離於濡翰㉜,理扶質以立幹,文垂條而結繁㉝,信情貌之不差,故每變而在顏;思涉樂其必笑,方言哀而已歎。或操觚以率爾,或含毫而邈然㉞。

伊茲事之可樂,固聖賢之所欽。課虛無以責有,叩寂寞而求音㉟,函緜邈於尺素,吐滂沛乎寸心㊱。言恢之而彌廣,思按之而愈深,播芳蕤之馥馥,發青條之森森㊲,粲風飛而猋豎,鬱雲起乎翰林㊳。

體有萬殊,物無一量,紛紜揮霍,形難為狀。辭程才以効伎,意司契而為匠㊴,在有無而僶俛,當淺深而不讓。雖離方而遯員㊵,期窮形而盡相。故夫誇目者尚奢,愜心者貴當,言窮者無隘,論達者唯曠。詩緣情而綺靡㊶。賦體物而瀏亮㊷。碑披文以相質㊸。誄纏緜而悽愴㊹。銘博約而溫潤㊺。箴頓挫而清壯㊻。頌優游以彬蔚。論精微而朗暢㊼。奏平徹以閑雅。說煒曄而譎誑㊽。雖區分之在茲,亦禁邪而制放。要辭達而理舉㊾,故無取乎冗長。

其為物也多姿,其為體也屢遷。其會意也尚巧,其遣言也貴妍。暨音聲之迭代,若五色之相宣。雖逝止之無常,固崎錡而難便㊿。苟達變而識次,猶開流以納泉㉛。如失機而後會㉜,恒操末以續顛,謬玄黃之秩序,故淟涊而不鮮㉝。

或仰偪於先條,或俯侵於後章㉞。或辭害而理比,或言順而義妨㉟。離之則雙美,合之則兩傷。考殿最於錙銖,定去留於毫芒㊱。苟銓衡之所裁,固應繩其必當㊲。

或文繁理富,而意不指適。極無兩致,盡不可益㊳。立片言而居要,乃一篇之警策。雖眾辭之有條,必待茲而效績。亮功多而累寡,故取足而不易㊴。

或藻思綺合,清麗芊眠。炳若縟繡,悽若繁弦。必所擬之不殊,乃闇合乎曩篇㊵。雖杼軸於予懷,怵他人之我先㊶。苟傷廉而愆義,亦雖愛而必捐㊷。

或苕發穎豎,離眾絕致㊸。形不可逐,響難為係㊹,塊孤立而特峙,非常音之所緯。心牢落而無偶,意徘徊而不能揥。石韞玉而山暉,水懷珠而川媚㊺。彼榛楛之勿翦,亦蒙榮於集翠㊻。綴《下里》于《白雪》,吾亦濟夫所偉㊼。

或託言於短韻,對窮跡而孤興㊽。俯寂寞而無友,仰寥廓而莫承㊾。譬偏弦之獨張,含清唱而靡應。

或寄辭於瘁音，言徒靡而弗華⑦。混妍蚩而成體，累良質而為瑕⑦。象下管之偏疾，故雖應而不和⑦。

或遺理以存異⑦，徒尋虛而逐微⑦。言寡情而鮮愛，辭浮漂而不歸。猶弦么而徽急，故雖和而不悲⑦。

或奔放以諧合，務嘈囋而妖冶⑦。徒悅目而偶俗，故聲高而曲下。寤《防露》與《桑間》，又雖悲而不雅⑦。

或清虛以婉約，每除煩而去濫，闕大羹之遺味，同朱絃之清氾⑦。雖一唱而三歎，固既雅而不豔⑦。

若夫豐約之裁，俯仰之形，因宜適變，曲有微情⑩。或言拙而喻巧；或理朴而辭輕；或襲故而彌新；或沿濁而更清；或覽之而必察；或研之而後精。譬猶舞者赴節以投袂，歌者應弦而遣聲⑧。是蓋輪扁所不得言，亦非華說之所能精⑧。

普辭條與文律，良余膺之所服⑧。練世情之常尤，識前脩之所淑⑧。雖濬發於巧心，或受欨於拙目⑧。彼瓊敷與玉藻，若中原之有菽⑧。同橐籥之罔窮，與天地乎並育⑧。雖紛藹於此世，嗟不盈於予掬。患挈瓶之屢空，病昌言之難屬⑧。故踸踔於短韻，放庸音以足曲。恒遺恨以終篇，豈懷盈而自足。懼蒙塵於叩缶，顧取笑乎鳴玉⑧。

若夫應感之會，通塞之紀，來不可遏，去不可止。藏若景滅，行猶響起。方天機之駿利，夫何紛而不理⑨。思風發於胸臆，言泉流於唇齒。紛葳蕤以馺遝，唯毫素之所擬⑨。文徽徽以溢目，音泠泠而盈耳。及其六情底滯，志往神留，兀若枯木，豁若涸流⑨，攬營魂以探賾，頓精爽而自求⑨。理翳翳而愈伏，思軋軋其若抽。是故或竭情而多悔，或率意而寡尤。雖茲物之在我，非余力之所勠。故時撫空懷而自惋，吾未識夫開塞之所由也⑨。

伊茲文之為用，固眾理之所因⑨。恢萬里使無閡，通億載而為津。俯貽則於來葉，仰觀象乎古人⑨。濟文武于將墜，宣風聲於不泯⑨。塗無遠而不彌，理無微而不綸。配霑潤於雲雨，象變化乎鬼神⑨。被金石而德廣，流管絃而日新⑨。

——選自《文選》卷十七

注释

①得其用心：指窺見作品中用心之所在與心之如何用。全文主旨重在討論構思。

②恒患二句：意不稱物，即構思之意不能正確地反應事物。文不逮意，即寫出之文與構思之意尚有距離。　③先士之盛藻：即古代才士之所作。　④可謂：可以說。連同上句意謂今日雖知作文之利害所由，但未必能之，他日或可能委曲盡其妙道，再申"非知之難""能之難"的感慨。　⑤操斧伐柯：《詩·豳風·伐柯》："伐柯伐柯，其則不遠。"《傳》："柯，斧柄也。"《正義》："執柯以伐柯，比而視之，舊柯短則如其短，舊柯長則如其長，其法不在遠也。"此處指取鑒前人，研究寫作規律。　⑥佇中區以玄覽：中區，區中、宇宙之中。玄覽，深刻的觀察。　⑦頤情志於典墳：頤，養。典墳，相傳三皇之書稱三墳，五帝之書稱五典。　⑧心懍懍以懷霜二句：懍懍，危懼貌。眇眇，高遠貌。二句謂心志高潔則文品亦高潔。　⑨世德：陸機祖父陸遜、父陸抗均為東吳名臣，其集中有《祖德賦》《述先賦》。庾信《哀江南賦序》："潘岳之文采，始述家風；陸機之辭賦，先陳世德。"　⑩游文章之林府二句：林府，多如林木，富如府庫。彬彬，文質相半之貌。此兩句謂構思受前人文辭的啟發。　⑪收視反聽：收回自己的視線，堵住自己的聽覺，意思是要集中思慮。　⑫耽思：深思。傍訊：傍求，博采。　⑬精騖八極二句：精：神。八極，喻極遠之處。萬仞，喻極高之處。　⑭其致也：文思來的時候。　⑮情瞳曨而彌鮮二句：瞳曨，由暗而明貌。昭晰，彰明清晰貌。兩句謂內在的朦朧的文情逐漸清晰，外在的鮮明的物象紛至遝來。　⑯傾群言之瀝液：群言，除經、史外的其他作品。瀝液，涓滴，喻精華。　⑰漱六藝之芳潤：漱，有含英咀華之意。六藝，指六經。⑱浮天淵以安流二句：此二句言想象可升高到天淵，也可深入到下泉。　⑲沈辭怫悅：形容吐辭艱澀。　⑳浮藻聯翩：形容吐辭駿利爽快。㉑收百世之闕文二句：闕文，古之良史於書，字有遺則闕之。此處指古書闕疑之文。遺韻，遺文。這二句言經過構思，百世之闕文，千載之遺韻，都可備用。　㉒謝朝華於已披二句：意謂創作要務去陳言，自出機杼。　㉓觀古今於須臾二句：言文章構思之時，博采古今四海，包括萬有。㉔然後選義按部二句：選擇恰當的事義與恰當的詞句安排佈置在適當的地方。　㉕抱景者咸叩二句：《文選》五臣呂延濟注："謂物有抱光景者必以思叩觸之而求文理，物有懷音響者必以思彈擊之以發文意。"此二句謂天地間一切有色有聲者皆可取資，使文中應有之義無所遺漏。　㉖因枝以振葉：由本及末，先樹要領。　㉗沿波而討源：即由末及本，最後說出主題之意。　㉘或本隱以之顯二句：或從晦到明，逐步闡說，或求易得難，層層深入。　㉙或虎變而獸擾二句：擾，馴。虎起而百獸馴服，喻文思大者得而小者必舉。瀾，渙散。龍現而群鳥驚飛，喻文思之本根具而枝葉紛披。　㉚或妥帖而

易施二句:此二句言選義考辭有時比較容易,招來即得;有時又比較艱難,煞費經營。

③磬澄心以凝思二句:前一句謂構思要專心致志來思索琢磨。眇,通妙。後一句謂精微確切的組織許多思緒以成文。　　㉜始躑躅於燥吻二句:上句謂口頭上表達不出,下句謂筆底自然流出。　　㉝理扶質以立幹二句:理,指構思。文,指文辭。　　㉞觚:木之方者,古人用來書寫的木簡。操觚,指作文。　　㉟課虛無以責有二句:課,試。責,要求。此二句說明構思的作用,也正是寫作樂趣所在。　　㊱函緜邈於尺素二句:緜邈,指遠;滂沛,指大。《文選》五臣劉良注:"雖遠者含文於尺素之上,雖大者吐辭於寸心之間。"　　㊲播芳蕤之馥馥二句:此二句比喻文采像芳蕤之香馥、青條之森盛。　　㊳粲風起而森豎二句:此二句言粲然如風飛飆立,鬱然如雲起翰林。　　㊴辭程才以效伎二句:李善注謂:"眾辭俱湊,若程才効伎,取捨由意,類司契為匠。"說明辭藻雖紛至遝來,而取捨權衡,仍必歸於意匠。　　㊵員,即圓。方員,猶言規矩。離方而遯員,指文章有時也可超出常規。　　㊶詩緣情而綺靡:李善注:"綺靡,精妙之言。"　　㊷賦體物而瀏亮:李善注:"賦以陳事,故曰體物。……瀏亮,清明之稱也。"　　㊸碑披文以相質:意指碑文的內容和形式要統一。碑作為對人生平的記錄和評價,應該真實。曹丕《典論・論文》中說"銘誄尚實",也是此意。　　㊹誄纏緜而悽愴:李善注:"誄以陳哀,故纏綿悽愴"。　　㊺銘博約而溫潤:李善注:"博約謂事博文約也。"五臣張銑注:"博謂意深,約謂文省。"　　㊻箴頓挫而清壯:李善注"箴以譏刺得失,故頓挫清壯。"　　㊼論精微而朗暢:李善注:"論以評議臧否,以當為宗,故精微朗暢。"　　㊽說煒曄而譎誑:"說",辯論文體。煒曄,光盛貌。　　㊾辭達句:謂言之有序,言之有物。　　㊿雖逝止二句:逝止,猶去留。崎錡:不安的樣子。此二句總上所言,謂為文的立意、遣言、配聲沒有常規,不易配合得平穩妥帖。　　51苟達變而識次二句:達變,掌握變化的規律。識次,理解次序的安排。　　52失機:失次之意。　　53謬玄黃之秩序二句:澒溷,垢濁不鮮貌。"謬玄黃之秩序"即五色不能相宜之意。　　54或仰偪二句:意謂有時後段的文辭與前段矛盾,或前章的語句妨礙了後章。　　55或辭害二句:理比,猶言理順。辭害理比、言順義妨,指辭意不能相稱。　　56考殿最於錙銖二句:下功曰殿,上功曰最。錙銖、毫芒,比喻其小。此本上文選義考辭之旨,說明考選標準必須嚴格。　　57苟銓衡二句:銓衡,衡量。繩,糾正,量度。此二句意謂文章義與辭的考選標準,必以至當為主,總要使意與辭雙美,而不使兩傷,才能首尾一貫,內外交融。　　58極無兩致二句:李善注:"言其理既極而無兩致,其言又盡而不可益。"即盡管理富,不可有兩個主題;儘管文繁,不應使讀者看作多餘。　　59亮功多而累寡二句:亮,信,的確。不易,不可改易。篇中有警策語則功多累寡。功多故取足,指言以足志,文以足言。累寡則不必改變。　　60必所擬之二句:襄篇,指先士之盛藻。人的思路有時相同,故言暗合。　　61雖杼軸二句:意謂雖抒發個

人之情感,但恐他人已先道出。　⑥苟傷廉二句:意謂雷同之語與盜竊相似,必須捨棄。　⑥或苕發二句:以草、禾突出的樣子比喻文中的突出之句。　⑥形不可逐二句:李善注:"言方之於影而形不可逐,譬之於聲而響難係也。"　⑥石韞玉二句:李善注:"譬若水石之藏珠玉,山川為之輝媚也。"　⑥彼榛楛二句:榛楛,比喻庸音。翠,青羽雀。此二句意謂像榛楛這樣的惡木如果有佳禽來集亦能增色。李善注:"以珠玉之句既存,故榛楛之辭亦美。"　⑥綴下里兩句:宋玉《對楚王問》:"客有歌於郢中者,其始曰《下里巴人》,國中屬而和者數千人;其為《陽阿薤露》,國中屬而和者數百人;其為《陽春白雪》,國中屬而和者不過數十人……是以其曲彌高,其和彌寡。"李善注:"言以此庸音而偶彼佳句,譬以下里鄙曲,綴于白雲之高唱,吾雖知美惡不倫,然且以益夫所偉也。"偉,奇也。　⑥或託言二句:短韻,小文。窮跡孤興,李善注:"言文小而事寡,故曰窮跡;跡窮而無偶,故曰孤興。"　⑥俯寂寞而無友二句:李善注:"言事寡而無偶,俯求之則寂寞而無友,仰而應之,則寥廓而無所承。"　⑦或寄辭二句:瘁音,憔悴之音。"言徒靡而弗華",意謂徒有浮華的文辭,缺少光華。　⑦混妍蚩二句:妍蚩,妍指靡言,蚩指瘁音。浮靡之言雖然妍麗,但氣不盛則光不華,反使良質也有了瑕疵。前面榛楛勿剪句是瑜足掩瑕的關係;這兩句則是瑕足累瑜的問題。　⑦象下管二句:象,類。下管,堂下吹管,其聲偏疾,雖與升歌間奏相應,但不和諧。　⑦或遺理以存異:指不顧內容、一味追求新奇詭巧之文。　⑦徒尋虛而逐微:意謂離本逐末,只注意形式詞藻。　⑦猶弦幺二句:幺,小。徽,琴節,系琴弦的繩子,此處是調的意思。此二句指言無真情,辭不立誠,就如幺調急徽,雖和不悲。　⑦或奔放二句:五臣呂延濟注:"或有賓士放縱其思以求和合。"嘈囋,五臣呂延濟注:"浮豔聲。"迎合俗好,故浮豔而妖冶。

　⑦寤《防露》二句:寤,覺。《防露》《桑間》,何焯云:"《防露》指'豈不夙夜,謂行多露'言。言《桑間》不可並論,故戒妖冶也。"《禮記·樂記》:"《桑間》《濮上》之音,亡國之音也。"結合前四句之意當為:奔放諧合嘈囋妖冶之詞,即後人所謂輕險之詞,病在傷於淫侈,不歸雅正。　⑦闕大羹二句:大,同"太"。太羹,不和五味之羹。遺味,至淡之味,等於無味。朱弦:《禮記·樂記》:"清廟之瑟,朱弦而疏越,一唱而三歎,有遺音矣。"泛,散也。清散則不繁密,古樂之質樸似之。　⑦雅而不豔:李善注:"言作文之體必須文質相半,雅豔相資,今文少而質多,故既雅而不豔,比之大羹而闕其餘味,方之古樂而同清泛,言質之甚也。"　⑧若夫豐約之裁四句:豐約,指文辭之繁簡。俯仰,指文辭之位置。因宜適變,即序文所謂"隨手之變"。曲有微情,曲折而有微妙之情,亦即序文所謂"良難以辭逮"之意。上文從作文之利害所由再講到文章之病。此節則講文章變化,非法度所能限。　⑧或言拙六句:或言拙而喻巧,指拙辭孕以巧義。或理樸而辭輕,謂真意飾以華辭。或襲故而彌新二句,指腐朽化為神奇之意。或覽之

而必察二句,意謂閱讀中,有一覽便知者,有精心研讀才能領悟者。 ⑧輪扁:《莊子·天道》載:輪扁曰:"斲輪,徐則甘而不固,疾則苦而不入,不徐不疾,得之於手,而應之於心,口不能言,有數存於其間。"輪,製作車輪的匠人。扁,車輪匠之名。徐,緩,寬。甘,有松滑意。疾,快速,緊。苦,有滯澀意,故難入。 ⑧普辭條與文律二句:辭條、文律,都指寫文章的法式。膺,胸。服膺即存於心中,時常體念的意思。 ⑧練世情之常尤二句:尤,過。前修,前賢。淑,善。五臣李周翰注:"練簡時人之常過,乃識前賢之所美。" ⑧雖濬發二句:欤,笑,與蚩同。此兩句言知音之難。李善注:"雖復巧心濬發,或於拙目受蚩。" ⑧彼瓊敷二句:敷,花。"瓊敷""玉藻"比喻美文。中原有菽,《詩·小雅·小宛》:"中原有菽,庶民采之。"菽,豆類的總稱。比喻文之美者,只有勤學者可采。 ⑧同橐籥二句:橐籥,古代冶鐵的風箱。《老子》:"天地之間,其猶橐籥乎?"此處指天地。罔,無。 ⑧患挈瓶二句:挈瓶,汲水之瓶,容量不大。屢空,《論語·先進》:"回也其庶乎!屢空。"言顏回安貧屢至空匱,此處借指自己如挈缾之屢空,才疏學淺。昌言,古之佳文。 ⑧懼蒙塵二句:蒙塵,比喻所蔽。缶,瓦器。扣缶,秦人之俗樂,此處自喻。鳴玉,鳴球,球乃玉磬,玉球比喻先王之雅奏,比喻前修。

⑨方天機二句:天機,指靈感。由於其到來有突發性和偶然性,故稱為天機。 ⑨紛葳蕤二句:葳蕤,繁盛的樣子,駗遝(sà tà),眾多的樣子。毫素,毫指筆,素指紙。此二句指思緒盛多,可以隨筆揮寫。 ⑨及其六情句:六情,喜、怒、哀、樂、好、惡。底滯,猶言頓澀。 ⑨覽營魂二句:意謂凝聚全神,去追求深奧的道理。 ⑨故時撫二句:惋,驚歎。開塞,開指天機駿利,思如泉湧,塞指六情底滯,靈感枯竭。 ⑨伊茲文二句:"為用",作用、功用。"固",本來。"因",由。 ⑨恢萬里二句:閾,界限。津,渡口。恢萬里,指空間,言所傳者廣。通億載,指時間,言所行者久。 ⑨濟文武二句:文武,指周文王、周武王的法則。《論語·子張》:"子貢曰:文武之道,未墜於地。"風教,風教。教,教化。 ⑨塗無遠二句:彌,綸,包羅,統括。 ⑨被金石二句:李善注:"金,鐘鼎也。石,碑碣也。言文之善者,可披之金石,施之樂章。"

延伸思考

1.陸機用賦體來探討比較抽象的創作過程,有何利弊?

2.《文賦》中關於各種文體的論述,與之前文論中的表述有何異同,你如何看待這種差異?

3.結合個人的寫作經驗,談談你對寫作過程的思考。

文心雕龙（选录）

◉ 刘　勰

　　刘勰（约 465—约 532 年），字彦和，南朝梁文学批评家、佛教学者。祖籍东莞莒县，即今山东莒县，但其本人可能因祖先南迁而世居京口，即今江苏镇江。祖父刘灵真，是否为宋司空刘秀之弟，尚存争议；父亲刘尚，曾官职越骑校尉；刘勰时家庭沦为低层士族。刘勰幼年丧父母，贫而未婚。刘勰发奋好学，兼通经、史、子、集，入定林寺随僧佑研习佛经十余年，会通儒道释，后撰成《文心雕龙》。梁天监二年（503 年），始离开定林寺步入仕宦之旅，先后任临川王萧宏记室、车骑仓曹参军、太末令、东宫通事舍人、步兵校尉等。梁大通元年（527 年）左右，受命梁武帝入定林寺与慧震编撰佛经，大通三年（529 年），萧统已逝，刘勰返东宫无望而削发为僧，取名慧地。

　　魏晋六朝时期是中国文学理论自觉建构的时期。出于树德建言以求不朽的原因，刘勰在广泛披阅、批判借鉴梁前历代文论基础上创作出《文心雕龙》，以求匡正自魏晋以来由于文学创作摆脱经学写作原则而导致的写作弊病，从而蜚声留誉。

　　在我国古代文学理论批评发展史上，《文心雕龙》是一部"体大虑周"的杰作。本着"位理定名，彰乎《大易》之数"的原则，全书共十卷，"其为文用"者 49 篇，外加《序志》篇，计 50 篇，共 47000 余言。无论在理论的深度、广度还是在体系上，它都堪称空前绝后的皇皇巨制。全书以"序志"为纲，以"原道""征圣""宗经""正纬""辨骚"为文之枢纽，围绕文体论、创作论、批评论等理论板块系统展开。其中，涉及对总体文学史、文类及分体文学史的界定与描述，对文学价值、文学构思与想象、文学形式技巧、文学形式与内容、作家才性修养、文学风格、文学通变、文学批评方法等重要问题，提出了诸多经典命题，做出了精彩而深入的探讨，具有重大的理论价值。

序　志

《序志》篇本为《文心雕龙》末篇，因虑其系《文心雕龙》总纲，故本书将其提至刘勰文论篇首。该篇介绍了如下几个问题：

一、作者撰写《文心雕龙》的原因。深入剖析，主要有四：首先是出于"树德建言"以求"不朽"的人生价值观。其次是如何建言？在哪些方面建言？作者在七岁时夜梦五彩祥云，三十之际再梦追随孔子布施教化大业（所谓"南行"，即向南方而行。又，《毛诗序》云"南，言化自北而南也"，故"南行"代指追随孔子从事教化伟业之意），这些梦暗示了刘勰阐释孔子儒家思想为"立言"的人生价值实现之途径。再次，检讨魏晋以来文学创作的实现，刘勰发现孔子儒家诗学传统在文学创作中失去了指导效用，因此需要在新时代发扬改造、重拾儒家诗学传统来确立新范式以规范写作事业。最后，历览前贤批评文章，刘勰认为均失之周密，需要进一步精密推演。

二、简介了《文心雕龙》的结构体系。从篇章设置来讲，"位理定名，彰乎大易之数，其为文用，四十九篇而已"表明深受《周易》影响。《原道》《征圣》《宗经》《正纬》《辨骚》这五篇"文之枢纽"，规定了儒家人文之道在其理论体系的核心地位。其他篇章是对文体论、创作论、才性论、批评论、通变观等相关问题的阐释，则吸纳了作为时代思想语境的玄、道、佛思想。

三、介绍作者论文原则。即"擘肌分理，唯务折衷"的辩证理性精神，是魏晋至齐梁时期玄学思维、道家科技思维、佛教思维之思辨理性在建构为文之道、辨析文学义理中的具体体现。

夫文心者，言为文之用心也。昔涓子《琴心》[①]，王孙《巧心》[②]，心哉美矣，故用之焉。古来文章，以雕缛成體，豈取騶奭之羣言雕龍也[③]。夫宇宙綿邈，黎獻紛雜[④]，拔萃出類，智術而已。歲月飄忽，性靈不居，騰聲飛實，制作而已。夫有肖貌天地，稟性五才，擬耳目于日月，方聲氣乎風雷[⑤]，其超出萬物，亦已靈矣。形同草木之脆，名踰金石之堅，是以君子處世，樹德建言，豈好辯哉？不得已也！

予生七齡，乃夢彩雲若錦，則攀而采之。齒在踰立[⑥]，則嘗夜夢執丹漆之禮器，隨仲尼而南行[⑦]；旦而寤，迺怡然而喜[⑧]，大哉聖人之難見哉！乃小子之垂夢歟[⑨]！自生人以來，未有如夫子者也[⑩]。敷讚聖旨，莫若注經；而馬鄭諸儒[11],弘之已精;就有深解,未足立家。唯文章之用,實經典枝條,五禮資之以成,六典因之致用[12],君臣所以炳煥,軍國所以昭明,詳其本源,莫非經典。而去聖久遠,文體解散,辭人愛奇,言貴浮詭,飾羽尚畫,文繡鞶帨[13],離本彌甚,將遂訛濫。蓋《周書》論辭,貴乎體要[14];尼父陳訓,惡乎異端[15]:辭訓之異,宜體於要。於是搦筆和墨[16],乃始論文。

　　詳觀近代之論文者多矣:至於魏文述典[17],陳思序書[18],應瑒文論[19],陸機《文賦》[20],仲洽《流別》[21],宏範《翰林》[22],各照隅隙,鮮觀衢路[23];或臧否當時之才[24],或銓品前修之文[25],或汎舉雅俗之旨,或撮題篇章之意。魏典密而不周[26],陳書辯而無當[27],應論華而疏略[28],陸賦巧而碎亂[29],《流別》精而少巧[30],《翰林》淺而寡要[31]。又君山公幹之徒,吉甫士龍之輩[32],汎議文意,往往間出[33],並未能振葉以尋根,觀瀾而索源。不述先哲之誥,無益後生之慮。

　　蓋文心之作也,本乎道,師乎聖,體乎經,酌乎緯,變乎騷,文之樞紐,亦云極矣。若乃論文敘筆[34],則囿別區分[35],原始以表末[36],釋名以章義[37],選文以定篇[38],敷理以舉統[39],上篇以上[40],綱領明矣。至於割情析采,籠圈條貫[41],摛神性[42],圖風勢[43],苞會通[44],閱聲字[45],崇替於《時序》[46],褒貶於《才略》,怊悵於《知音》[47],耿介於《程器》[48],長懷《序志》[49],以馭羣篇,下篇以下,毛目顯矣。位理定名,彰乎大易之數,其為文用,四十九篇而已[50]。

　　夫銓序一文為易,彌綸羣言為難[51],雖復輕采毛髮,深極骨髓,或有曲意密源,似近而遠,辭所不載,亦不勝數矣。及其品列成文,有同乎舊談者,非雷同也,勢自不可異也。有異乎前論者,非苟異也,理自不可同也。同之與異,不屑古今[52],擘肌分理,唯務折衷[53]。按轡文雅之場,環絡藻繪之府[54],亦幾乎備矣。但言不盡意,聖人所難[55],識在缾管,何能矩矱[56]。茫茫往代,既沈予聞;眇眇來世,倘塵彼觀也[57]。

　　贊曰:生也有涯,無涯惟智。逐物實難,憑性良易[58]。傲岸泉石,咀嚼文義[59]。文果載心,余心有寄!

　　　　　　　　　　　　　　　　　——選自范文瀾《文心雕龍注》卷十

注释

　　①涓子:生卒年不詳,戰國時期楚國人,亦作蜎子、環淵,道家代表人物,劉向《列

仙傳》有載。　②王孫：王孫子，生卒年不詳，儒家代表人家，《漢書·藝文志》有載。
③豈：可。騶奭：生卒年不詳，戰國時齊國人，精於辯術，巧於言辭。　④黎：平民。
獻：賢人。　⑤夫有肖(xiào)貌天地：或寫作"夫人肖貌天地"，指人的容貌像天地之
形。五才：指仁、義、禮、智、信。擬：比擬。方：義同"擬"。全句語出《淮南子·精神
訓》："是故耳目者，日月也；血氣者，風雨也。"　⑥齒：年齡。立：三十。齒在逾立：年
過三十。　⑦丹漆之禮器：朱紅色祭器。仲尼：即孔子。南，《毛詩序》釋曰："言化自
北而南也。"南行：向南行走，指追隨孔子從事教化事業以立名不朽。　⑧寤：醒。
⑨垂夢：以夢示之。　⑩語出《孟子·公孫丑下》："自生民以來，未有盛於孔子也。"
⑪讚：告，引申為"向……闡明"。敷讚：敷陳闡明。馬：馬融(79—166年)，字季長，扶
風郡茂陵縣(今陝西省興平市)人。東漢時期著名經學家。鄭：鄭玄(127—200年)：
字康成，北海高密(今山東高密)人，東漢時著名的經學大師。　⑫五禮：指賓禮、軍
禮、吉禮、兇禮、嘉禮，見《禮記·祭統》。六典：指治典、教典、禮典、政典、刑典、事典，
見《周禮·天官·大宰》。　⑬飾羽尚畫：在有華彩的羽毛上添加花紋，意指文采過於
繁富。鞶(pán)：皮帶。帨(shuì)：佩巾。文繡鞶帨：在皮帶佩巾上加以文飾，喻指不
必要的文飾。　⑭《周書》：偽古文《尚書·畢命》："辭尚體要，不惟好異。"　⑮尼父：
孔子。語出《論語·為政》："攻乎異端，斯害也已！"　⑯搦(nuò)：握著。　⑰魏文述
典：即曹丕《典論》。　⑱陳思序書：即曹植《與楊德祖書》。　⑲應瑒文論：即應瑒《文
質論》。　⑳陸機：西晉著名文學家，傳見于《文賦》篇。　㉑仲洽：即摯虞(？—311
年)，字仲洽(或作仲治)，京兆長安人，西晉作家，有《文章流別志》《文章流別論》，前
者已佚，後者大半散失，傳見於《晉書》卷五十一。　㉒宏範：即李充，字宏範，江夏(今
湖北安陸)人，生卒年不詳，東晉文學家，著有《翰林論》，原文僅存幾條，見《全晉文》五
十三。　㉓隅隙：角落，喻指事物或問題的一個方面。衢路：通達四方的大道，喻指事
物或問題的全面性。　㉔臧否(zāng pǐ)：褒貶。　㉕銓品：衡量、品評。　㉖密而不
周：即認為《典論·論文》講才氣較為嚴密，而對文體的探討則顯得不夠周詳。　㉗辯
而無當：言《與楊德祖書》品評作家時顯示出曹植的能言善辯，但其輕視辭賦則顯得不
當。　㉘華而疏略：指《文質論》語言華美，但沒有論及文章，因而有疏漏。　㉙巧而
碎亂：指《文賦》文辭精美，內容精巧，但結構顯得瑣碎雜亂。　㉚《流別》精而少巧：或
作"《流別》精而少功"，意指《流別》追溯各類文體的起源是精當的，但沒有講述各文
體的創作要求。　㉛《翰林》淺而寡要：指《翰林》講得浮淺無當。　㉜君山：即桓譚。
吉甫：即應貞(？—269年)，字吉甫，汝南(今河南汝南)人，傳見《晉書·文苑列傳》。
士龍：即陸雲(262—303年)，字士龍，吳郡(今上海松江)人，西晉文學家。　㉝汎議：
泛泛而論。間出：間或出現。　㉞文：指有韻之文。筆：指無韻之文。　㉟囿：園林，這

指文體範疇。別：類別，這裏指文類，即各類文體。囿別區分：按照各類文體的範疇進行區分。　㊱原：追尋、探究。始：源頭。末：事物演變的末端。　㊲釋名：解釋各類文體的名稱。章義：即彰義，昭示文體的意義。　㊳選文：精選例文。定篇：確定論述的篇章。　㊴敷理：演繹道理。統：綱目、要領。舉統：張顯綱目。　㊵上篇：共二十五篇，主要講述"文之樞紐"及文體論；下篇二十四篇，主要是創作論及鑒賞論；後為總序篇《序志》，全書共五十篇。　㊶割情析采：或寫作"剖情析采"，指《情采》篇。籠：籠罩。圈：引申為範圍。條貫：條理貫通，使成體系。籠圈條貫：在文學範圍內綜觀全局，使分述總論皆以條理貫通，自成系統。　㊷摛（chī）：傳播、散佈，引申為闡述。神性：指《神思》《體性》。　㊸圖：描繪，引申為闡釋說明。風勢：指《風骨》《定勢》。　㊹苞：通"包"，統括。會通：指《附會》《變通》。　㊺閱：檢閱。聲字：指《聲律》《練字》。　㊻崇替：興廢盛衰。　㊼怊悵（chāo chàng）：感歎。　㊽耿介：感懷。　㊾長懷：深切地抒發志意。　㊿彰：明顯。彰乎大易之數，其為文用，四十九篇而已：語出《易·繫辭上》："大衍之數五十，其用四十有九。"　51銓序：論述。彌綸：涵括一切。　52不屑：不顧及。　53擘（bò）：分開。肌理：肌肉的紋理，引申為文章的組織結構。折衷：即折中，指觀點合乎事理。　54轡：馬韁繩。絡：馬籠頭。　55言不盡意，聖人所難：語出《易·繫辭上》："子曰：'書不盡言，言不盡意。'"　56鉼管：喻識見囿於視角狹窄故而短淺。矩：曲尺。矱（yuē）：直尺。矩矱：法則。　57沈：沉。倘：或許。塵：塵蔽。　58憑性：憑籍著本性。　59傲岸：高傲。岸：高。傲岸泉石：與泉石為伴，輕視人寰。咀嚼：體味、玩味。

延伸思考

1.結合《序志》篇的文本和寫作時代背景，分析劉勰寫作《文心雕龍》的動机和其著體現的价值观。

2."擘肌分理，唯务折衷"这一原则体现在哪些方面？其在理论建构中是否得到完全贯彻？

原　道

　　本篇为《文心雕龙》第一篇。作者意在阐述的问题有二：一是确立"文"存在的合法性，即道有文、自然有文，故人亦有文，因此"人文"便具有了存在的合理性。道在中国文化、中国哲学中，是一个既作为本体论，又作为生成论的概念，是最高的范畴。自然及人文，均由道所生，而刘勰认为，道有文，故而作为人文之文（文章）亦有文（文采）。二是确立"人文"与道、圣的关系模式,即"道沿圣以垂文,圣因文以明道",以此确立了创设"人文",包括文学创作,应当征圣、宗经以明道的终极或最高目的。这一观点对中国古典文论史上"文以明道""文以载道"观点的形成具有重要影响。刘勰之道,兼儒、道、佛三家义理。具体而言,在文章本质论、价值论层面,是吸纳儒家之道;在文章创作论层面,则儒、道、佛之道均有所体现。

　　文之為德者大矣[①],與天地並生者何哉? 夫玄黃色雜,方圓體分[②],日月疊璧,以垂麗天之象[③];山川煥綺,以鋪理地之形[④];此蓋道之文也[⑤]。仰觀吐曜,俯察含章[⑥],高卑定位,故兩儀既生矣[⑦]。惟人參之,性靈所鍾,是謂三才[⑧];為五行之秀[⑨],實天地之心。心生而言立,言立而文明,自然之道也[⑩]。傍及萬品[⑪],動植皆文;龍鳳以藻繪呈瑞[⑫],虎豹以炳蔚凝姿[⑬];雲霞雕色,有踰畫工之妙;草木賁華[⑭],無待錦匠之奇。夫豈外飾? 蓋自然耳[⑮]。至於林籟結響,調如竽瑟[⑯];泉石激韻,和若球鍠[⑰]:故形立則章成矣,聲發則文生矣。夫以無識之物,鬱然有彩,有心之器,其無文歟[⑱]!

　　人文之元,肇自太極[⑲],幽贊神明,易象惟先[⑳]。庖犧畫其始,仲尼翼其終[㉑],而乾坤兩位,獨制文言[㉒]。言之文也,天地之心哉[㉓]! 若廼河圖孕乎八卦,洛書韞乎九疇[㉔],玉版金鏤之實,丹文綠牒之華,誰其尸之,亦神理而已[㉕]。自鳥跡代繩,文字始炳[㉖],炎暤遺事,紀在三墳[㉗],而年世渺邈,聲采靡追[㉘]。唐虞文章,則煥乎始盛。元首載歌[㉙],既發吟詠之志;益稷陳謨,亦垂敷奏之風[㉚]。夏后氏興,業峻鴻績,九序惟歌,勳德彌縟[㉛]。逮及商周,文勝其質,雅頌所被,英華日新[㉜]。文王患憂,繇辭炳曜,符采複隱,精義堅深[㉝]。重以公旦多材,振其徽烈,剬詩緝頌,斧藻羣言[㉞]。至夫子繼聖,獨秀前哲,鎔鈞六經,必金聲而玉振[㉟];雕琢情性,組織辭令,木鐸起而千里應,席珍流而萬世響[㊱],寫天地之輝光,曉生民之耳目矣。

　　爰自風姓,暨于孔氏[㊲],玄聖創典,素王述訓[㊳],莫不原道心以敷章,研神理而設教,取象乎河洛,問數乎蓍龜[㊴],觀天文以極變,察人文以成化[㊵];然後能經緯區宇,彌綸彝憲,發輝事業,彪炳辭義[㊶]。故知道沿聖以垂文,聖因文而明道,旁通而無滯,日用而不匱[㊷]。易曰:鼓天下之動者存乎辭。辭之所以能鼓天下者,廼道之文也。

　　贊曰:道心惟微[㊸],神理設教。光采玄聖,炳燿仁孝[㊹]。龍圖獻體,龜書呈貌㊺。天文斯觀,民胥以俲㊻。

——選自范文瀾《文心雕龍注》卷一

注释

①德:道之器也,以道為其本,故"德"是作為宇宙萬物最高規律的道對具體世界發生作用的體現,即"物所道始謂之道,所得以生謂之德"。大:廣也,即可以推衍至各種自然與社會領域。文之為德者大矣:文章作為宇宙大道的根本體現這一點是被廣大的領域普遍地印證著。　②玄黃:古人關於天地顏色的表述,即天玄地黃。方圓:古人關於天地形狀的描述,即天圓地方。　③疊:重疊。疊璧:比況日月像璧玉一樣重疊著。麗:猶著也。麗天:附著於天。　④焕綺(qǐ):焕發錦繡光彩。鋪:鋪設、展開。理地:使大地富有文理。　⑤道:此處主要指宇宙自然之道。此蓋道之文也:這就是宇宙自然之道所體現出來的文理。　⑥吐曜(yào):發光,指日月星辰焕發光芒。含章:山川萬物所含之文采。　⑦兩儀:天地兩極。　⑧參(sān):三,人與天、地並列為三才。性靈:人之天生靈性。鍾:聚集。　⑨五行:指古人認為構成世界的五種基本元素,即金、木、水、火、土。　⑩文:名詞,指文章或文明。明:動詞,呈現、顯現出來。自然之道:自然而然的道理。　⑪傍:當作"旁",推廣。萬品:萬類。　⑫藻繪:文采彩飾。　⑬炳蔚:色澤光豔華美。　⑭賁(bì)華:形容草木綴飾自然之華麗美豔。　⑮自然:自然而然形成的。　⑯籟:孔穴裏發出的聲音。調(tiáo):聲音調和。竽:笙類樂器。瑟:琴類樂器。　⑰和(hé):聲音和諧、協調。球:玉磬。鍠(huáng):形容聲音響亮而和諧,指鐘。　⑱無識之物:指自然事物。鬱然:文采繁盛的樣子。有心之器:指人。　⑲人文:指人類的文明與文化。元:源頭,始。肇:開始。太極:天地未分前客觀存在的"無"。　⑳幽贊:深入細微地闡明。神明:變化莫測的事理。易象:《易》卦下分釋卦象的稱為象辭。　㉑庖羲:傳說中的聖王,或作伏羲、宓犧、包犧、炮犧,尊為"太昊帝",被視為八卦創始人、中華文化始祖。翼:指相傳孔子為解釋《易經》所作的十翼,即《彖辭》上下、《象辭》上下、《繫辭》上下、《文言》、《說卦》、《序卦》、《雜卦》。　㉒文言:即傳說中的孔子十翼中之《文言》,是對乾坤兩卦的解釋。　㉓言:語言。文:文采。言之文:語言具有的文采。　㉔河圖:相傳伏羲"俯則觀法於地""取諸物"時,有背負"河圖"之龍馬從黃河出,庖羲始依之而作"八卦"。洛書:相傳大禹治水時,有背負"洛書"的神龜從洛水出,禹始依而作《九疇》。韞(yùn):蘊藏。　㉕鏤:刻。金鏤:刻著金字。牒:竹簡。尸:主管。神理:神靈顯示的自然之理。　㉖鳥跡:文字的代稱。相傳倉頡造字時仿獸蹄鳥跡而創制出的文字。繩:指上古人類結繩以記事。炳:明顯。

㉗炎:指炎帝神農氏。皞(hào):太皞(一作太昊)伏羲氏。三墳:相傳伏羲氏、神農氏、黃帝之書為三墳。　㉘渺邈:遙遠。靡:不能。　㉙元首:指舜帝。載:始。　㉚益:伯益。稷(jì):后稷。益稷:均為舜帝之輔臣。陳謨:陳述謀略。敷奏:臣對君上書曰奏。敷:陳獻。　㉛夏后氏:夏禹。興:興起。業峻鴻績:當如"峻業鴻績",即"業績峻鴻"。九序:金、木、水、火、土、穀、正德、利用、厚生。勳德:功德。彌縟:愈加豐富。　㉜逮及:及、到。被:及。英華:精華。　㉝繇(zhòu)辭:卦辭和爻辭,即解釋卦和爻的語言。符采:玉的橫紋,代指文采。複隱:含蓄。精義:精深微妙的道理。　㉞重(chóng):又,再。公旦:周文王子周公,名旦。振:發揚。徽:美、善。烈:功業。剬(zhì):同"制"。緝:輯。斧藻:刪減潤飾。　㉟夫子:孔子。繼聖:繼文、武、周公後又一聖人。秀:秀出、超過。前哲:前代聖賢。鎔鈞:製作編訂。金聲:鐘聲。玉振:磬聲。金聲而玉振:形容孔子刪詩輯頌而集古聖賢之大成。　㊱木鐸(duó):古代施行文教時所搖的木舌鈴,其以木為鈴舌。席珍:席上的珍寶。流:流動。響:回應。　㊲爰:於是。風姓:傳說伏羲氏姓風。曁(jì):及、到。　㊳玄聖:上古時聖人的稱呼,這裏指伏羲氏。素王:指孔子,漢人認為孔子有王德而無王位,故稱其為素王。述訓:傳述先王之典籍。　㊴原:推究,考究。道心:宇宙自然之道的基本精義。敷章:敷寫文章。數(shù):命運。蓍龜:古人占卜用的蓍草和龜甲。問數乎蓍龜:通過用蓍草龜甲占卜來詢問命運。　㊵極變:推究宇宙自然演變的最高或最終規律。成化:即成就對人的教化功能。　㊶經緯:治理。區宇:代指天下。經緯區宇:定綱紀以期治天下。彌綸:包舉、綜括。彝憲:常理、常法。彌綸彝憲:制統括一切的人間恒常法典。彪炳:流光溢彩的樣子。　㊷旁通:遍通。無滯:沒有阻礙。不匱:不會匱乏。　㊸道心:宇宙自然之道的精義。惟微:十分微妙。　㊹玄聖:此處不僅指伏羲氏,是對含孔子在內的上古時聖人之通稱。炳燿仁孝:使仁孝大義得到光耀發揚。　㊺龍圖:指河圖。龜書:指洛書。體、貌:指龍、龜的身體。"龍圖獻體,龜書呈貌"即"龍圖獻於體,龜書呈於貌",意謂河圖顯現在龍體上,洛書呈現在龜體上。　㊻斯:助詞。胥:都。傚(xiào):效法。

延伸思考

刘勰《原道》篇中的"道"的内涵是什么？体现在《文心雕龙》理论构建的哪些方面？

辨　骚

　　两汉时期,围绕屈原及其作品发生过一场激烈论争。我们应当超越文学层面来看待这场论争:该论争亦是对崇黄老还是尚儒学的政治与文化话语权之争夺。刘勰《辨骚》之作，是对这场争论的跨时代回应。本文首先简述了两汉时期褒屈派与贬屈派的基本观点，然后本着"将核其论，必征言焉"的态度，指出其既有符合儒家诗歌创作规范的一面，即"典诰之体""规讽之旨""比兴之义""忠怨之辞"，"同于《风》《雅》"；亦有违于儒家诗歌创作原则的另一面，即"诡异之辞""谲怪之谈""狷狭之志""荒淫之意""异乎经典"。最后，指出了屈原开创的楚骚体对中国文学创作的巨大影响及重要地位。

自《風》《雅》寢聲，莫或抽緒，奇文鬱起，其《離騷》哉[①]！固已軒翥詩人之後，奮飛辭家之前，豈去聖之未遠，而楚人之多才乎[②]？昔漢武愛《騷》，而淮南作傳[③]，以為"《國風》好色而不淫，《小雅》怨誹而不亂。若《離騷》者，可謂兼之。蟬蜕穢濁之中，浮游塵埃之外，皭然涅而不緇，雖與日月爭光可也[④]。"班固以為，露才揚己，忿懟沈江；羿澆二姚，與《左氏》不合；崑崙懸圃，非經義所載。然其文辭麗雅，為詞賦之宗，雖非明哲，可謂妙才。[⑤]王逸以為，詩人提耳，屈原婉順。《離騷》之文，依經立義；馭虬乘翳，則時乘六龍；崑崙流沙，則《禹貢》敷土；名儒辭賦，莫不擬其儀表；所謂金相玉質，百世無匹者也[⑥]。及漢宣嗟歎，以為皆合經術[⑦]。揚雄諷味，亦言體同《詩·雅》[⑧]。四家舉以方經，而孟堅謂不合傳[⑨]。褒貶任聲，抑揚過實，可謂鑒而弗精，翫而未覈者也[⑩]。

將覈其論，必徵言焉[⑪]：故其陳堯舜之耿介，稱湯武之祗敬，典誥之體也[⑫]；譏桀紂之猖披，傷羿澆之顛隕，規諷之旨也[⑬]；虬龍以喻君子，雲蜺以譬讒邪，比興之義也[⑭]；每一顧而掩涕，歎君門之九重，忠怨之辭也[⑮]：觀茲四事，同於《風》《雅》者也。至於托雲龍，說迂怪，豐隆求宓妃，鴆鳥媒娀女，詭異之辭也[⑯]；康回傾地，夷羿彈日，木夫九首，土伯三目，譎怪之談也[⑰]；依彭咸之遺則，從子胥以自適，狷狹之志也[⑱]；士女雜坐，亂而不分，指以為樂，娛酒不廢，沈湎日夜，舉以為歡，荒淫之意也[⑲]：摘此四事，異乎經典者也。故論其典誥則如彼，語其誇誕則如此[⑳]。固知《楚辭》者，體慢於三代，而風雅於戰國，乃《雅》《頌》之博徒，而詞賦之英傑也[㉑]。觀其骨鯁所樹，肌膚所附，雖取熔經意，亦自鑄偉辭[㉒]。故《騷經》《九章》，朗麗以哀志；《九歌》《九辯》，綺靡以傷情；《遠遊》《天問》，瓌詭而惠巧；《招魂》《招隱》，耀豔而深華;《卜居》標放言之致,《漁父》寄獨往之才㉓。故能氣往轢古,辭來切今,驚采絕豔,難與並能矣㉔。

自《九懷》以下,遽躡其跡,而屈宋逸步,莫之能追㉕。故其敘情怨,則鬱伊而易感㉖;述離居,則愴怏而難懷㉗;論山水,則循聲而得貌;言節候,則披文而見時㉘。是以枚賈追風以入麗,馬揚沿波而得奇,其衣被詞人,非一代也㉙。故才高者菀其鴻裁,中巧者獵其豔辭,吟諷者銜其山川,童蒙者拾其香草㉚。若能憑軾以倚《雅》《頌》㉛,懸轡以馭楚篇㉜,酌奇而不失其真,翫華而不墜其實㉝,則顧盼可以驅辭力,欬唾可以窮文致㉞,亦不復乞靈於長卿,假寵於子淵矣㉟。

贊曰:不有屈原,豈見《離騷》?驚才風逸,壯志煙高㊱。山川無極,情理實勞㊲。金相玉式,豔溢錙毫㊳。

——選自范文瀾《文心雕龍注》卷一

注释

①寢聲:聲音消失,即指由於周王朝衰落,作為采詩機構的樂府解散,以《風》《雅》為代表的詩樂不再被人重視。莫或:沒有人。抽緒:抽理餘緒,即承續《風》《雅》傳統。鬱起:紛紛湧現。　②軒翥(zhù):高飛。詩人:代指《詩經》作者。辭家:有漢以來的辭賦家。去:距離。聖:孔子。楚人:屈原,楚國人。　③漢武:漢武帝劉徹。淮南:淮南王劉安。事見《漢書·淮南王傳》:"淮南王安入朝,獻所作《內篇》,新出,上愛秘之。使為《離騷傳》,旦受詔,日食時上。"　④皭(jiào)然:皎潔的樣子。涅(niè):染黑。緇(zī):黑色。涅而不緇:喻高潔的品質。　⑤忿懟(fèn duì):怨恨。羿:后羿。澆:過澆。二姚:虞君二女,姚姓。《左氏》:《春秋左氏傳》。崑崙、懸圃:古代神話地名,崑崙或曰"天柱山",其上為縣圃,《離騷》有載而六經則無。　⑥王逸:字叔師,東漢經學家,有《楚辭章句》。提耳:懇切教導。婉順:委婉和順。馳、乘:駕駛。虯:傳說中龍一類動物。鷖:疑為"鷖"(yì)字之誤,鳳凰。時乘六龍:見《周易·乾卦·彖辭》。流沙:或指古代西北沙漠地區。《禹貢》敷土:指《禹貢》載有昆侖、流沙,並記禹治理九州之事。儀表:風度儀態,喻指《離騷》的風格特徵。金相玉質:互文,"金玉相質",即金玉之質。匹:比。　⑦漢宣:漢宣帝劉詢,其語見《漢書·王褒傳》:"辭賦大者與古詩同義,小者辯麗可喜。"　⑧揚雄:字子雲,西漢辭賦家、學者,其語不可考。　⑨四家:上文所指劉安、王逸、劉詢、揚雄。方:比配。孟堅:班固之字。　⑩翫:翫味、鑒賞。矖:

稽巖。 ⑪徵言:引用原話。 ⑫"陳堯舜"二句:見《離騷》"彼堯舜之耿介兮,既遵道而得路"。"湯禹儼而祇敬兮,周論道而莫差。"典:如《舜典》等。誥:如《大誥》《酒誥》等。典誥之體:典誥類體制。 ⑬"譏桀紂"二句:語出《離騷》"何桀紂之猖披兮,夫唯捷徑以窘步"。"羿淫遊以佚畋兮,又好射夫封狐;固亂流其鮮終兮,浞(zhuó)又貪夫厥家;澆身被服強圉(yǔ)兮,縱欲而不忍;日康娛而自亡兮,厥首用夫顛隕。"猖披:狂妄偏邪。顛隕:掉落。規諷:規勸、諷喻。 ⑭虯龍以喻君子:語如《離騷》"為余駕飛龍兮,雜瑤象以為車"。五臣注"以比君子之德"。雲蜺以譬讒邪:《離騷》"飄風屯其相離兮,帥雲霓而來御"。王逸注曰"雲霓,惡氣,以喻佞人御迎也。" ⑮每一顧而掩涕:見《離騷》"長太息以掩涕兮,哀生民之多艱"。"忽反顧以流涕兮,哀高丘之無女。"嘆君門之九重:見《離騷》"豈不郁陶而思君兮,君之門以九重"。 ⑯托雲龍,說迂怪:托:假託。迂:荒誕、不合理。語如《離騷》"駕八龍之婉婉兮,載雲旗之逶迤"。豐隆求宓妃:語出《離騷》"令豐隆乘龍兮,求宓妃之所在"。豐隆:雲神。宓(fú)妃:洛水女神。鴆鳥媒娀女:語出《離騷》"望瑤臺之偃蹇兮,見有娀之佚女;吾令鴆為媒兮,鴆告餘以不好"。娀女:有娀氏之女,名簡狄。 ⑰康回:共工。康回傾地:指共工怒觸不周山這一神話故事,見《天問》"康回憑怒,地何故以東南傾?"夷羿彈日:見《天問》"羿焉彈日,烏焉解羽?"夷羿:后羿姓夷。彈(bì):射。木夫九首:見《招魂》"一夫九首,拔木千斤些"。木夫:神話中拔木大力士。土伯三目:見《招魂》"土伯九約,其角觺觺(yí)些。……三目虎首,其身若牛些"。土伯:土地神。些:語氣詞。 ⑱依彭咸之遺則:見《離騷》"雖不周於今之人兮,願依彭咸之遺則"。彭咸:殷商時賢大夫,因諫其君而不為所用,故投水而亡。從子胥以自適:見《九章·悲回風》"浮江淮而入海兮,從子胥而自適"。子胥:伍子胥,楚人,因諫吳王夫差反為差賜劍以自刎而浮屍江中。狷(juàn)狹:氣量褊狹而性格急躁。 ⑲士女雜坐,亂而不分:語見《招魂》"士女雜坐,亂而不分些"。娛酒不廢,沈湎日夜:語見《招魂》"娛酒不廢,沈日夜些"。 ⑳典誥:指《尚書》,兼指《詩經》等儒家經典。誇誕:誇張至虛妄荒誕的程度。 ㉑體慢:疑為"體憲"之誤;體乃體式之意,憲系取效之意。三代:指夏商周之《尚書》《周易》《詩經》。博:古代一種賭輸贏的遊戲。博徒:賭徒,趣之不雅的賤者。詞賦:即漢賦。

㉒骨鯁:文脈,指內容。肌膚:文章辭藻。取熔:融匯取法。 ㉓《騷經》:稱《離騷》為經,始于王逸《楚辭章句·離騷經序》。瑰詭:瑰麗奇異。惠巧:獨現慧心的精巧。放言:外放不用所發之怨言。 ㉔氣:氣勢、氣度。轢:壓倒、超過。切:切合。 ㉕自《九懷》以下:意指《楚辭》中自《九懷》及其以下諸篇為漢賦家所擬寫。遽(jù)躡:急速追隨。逸步:快速俊逸的步伐,喻指屈原、宋玉作品作為領先者的典範地位。 ㉖郁伊:鬱抑不歡。 ㉗愴怏:因失意而悲愴不樂的樣子。 ㉘節候:節氣物候。時:時節、

時令。　㉙枚：枚乘。賈：賈誼。風：指屈宋作品之風格體貌。馬：司馬相如。揚：揚雄。沿波：沿著屈宋開創文風的餘跡前進。衣被：給人以影響。　㉚菀（wǎn）：挽（wàn）之假借，取。鴻裁：鴻大的文章體制。童蒙：識見未明的幼童。拾：識記。㉛憑：靠著。軾：車廂前供人倚靠的橫木。憑軾：喻依據《詩經》傳統而寫作。　㉜懸轡：馬頭上所系轡頭以控制馬。　㉝奇、真：指文章內容的虛構性與真實性。華、實：喻文章的文與質。　㉞顧盼、欬（ké）唾：瞬間。　㉟長卿：司馬相如之字。子淵：王褒之字。　㊱驚才：驚人的才華。風逸：風度超逸。壯志：唐本寫作“壯采”。煙高：如煙雲般高遠。　㊲勞：遼之假借字，為廣闊。　㊳錙：古代重量單位，為四分之一兩。毫：古代重量單位，一毫十絲。豔溢錙毫：謂處處流溢著動人的華采。

延伸思考

劉勰为什么在《文心雕龙》中特置《辩骚》一篇作为“文之枢纽”？

明　诗

　　本篇文章主要探讨了诗歌以下问题：一是引用《尚书》《论语》《毛诗序》的观点，从创作论（“诗言志”，“在心为志，发言为诗”）与接受反应论（“诗者，持也，持人情性”，“三百之蔽，义归‘无邪’”）的角度对诗的概念予以界定。二是重点描述了诗，尤其是四言诗、五言诗从葛天氏时代至南朝宋时期的源头、特征、功能价值及发展史。故而，我们亦可视《文心雕龙》之《明诗》等20篇文体论为中国古代最早的分体文学史。三是诗体等级观及风格问题，指出四言诗为“正体”，格调“雅润”；五言诗为“流调”，格调“清丽”。以四言诗为正体，五言诗为流调，是刘勰宗经思想下的保守主义文类观之体现。四是追述了一些杂体诗如三言诗、六言诗、离合诗、回文诗、柏梁体等的源头。描述各诗体发展史时，还兼涉了对个别作家或作家群创作风格概述，以及作家与诗风关系的对应性描述。

　　大舜云：“詩言志，歌永言①。”聖謨所析②，義已明矣。是以“在心為志，發言為詩”③，舒文載實④，其在茲乎！詩者，持也，持人情性；三百之蔽，義歸“無邪”⑤，持之為訓，有符焉爾⑥。

　　人稟七情，應物斯感；感物吟志，莫非自然⑦。昔葛天氏樂辭云，《玄鳥》在曲⑧；黃帝《雲門》，理不空綺⑨。至堯有《大唐》之歌，舜造《南風》之詩⑩，觀其二文，辭達而已。及大禹成功，九序惟歌⑪；太康敗德，五子咸怨⑫,順美匡惡,其來久矣⑬。自商暨周,雅頌圓備,四始彪炳,六義環深⑭。子夏監絢素之章,子貢悟琢磨之句,故商賜二子,可與言詩⑮。自王澤殄竭⑯,風人輟采⑰,春秋觀志,諷誦舊章,酬酢以為賓榮,吐納而成身文⑱。逮楚國諷怨,則離騷為刺。秦皇滅典,亦造仙詩⑲。

漢初四言,韋孟首唱⑳,匡諫之義,繼軌周人㉑。孝武愛文,柏梁列韻㉒,嚴馬之徒,屬辭無方㉓。至成帝品録,三百餘篇㉔,朝章國采,亦云周備,而辭人遺翰,莫見五言㉕,所以李陵班婕妤見疑於後代也㉖。按《召南·行露》,始肇半章㉗;孺子《滄浪》,亦有全曲㉘;《暇豫》優歌,遠見春秋㉙;《邪徑》童謠,近在成世㉚:閱時取證,則五言久矣。又古詩佳麗,或稱枚叔㉛,其《孤竹》一篇,則傅毅之詞㉜。比采而推㉝,兩漢之作乎? 觀其結體散文㉞,直而不野,婉轉附物,怊悵切情,實五言之冠冕也㉟。至於張衡《怨》篇,清典可味㊱;仙詩緩歌,雅有新聲㊲。

暨建安之初,五言騰踊㊳,文帝陳思㊴,縱轡以騁節,王徐應劉㊵,望路而爭驅。並憐風月,狎池苑㊶,述恩榮,敘酣宴,慷慨以任氣,磊落以使才。造懷指事㊷,不求纖密之巧;驅辭逐貌,唯取昭晣之能:此其所同也。乃正始明道,詩雜仙心㊸。何晏之徒㊹,率多浮淺,唯嵇志清峻,阮旨遙深,故能標焉㊺。若乃應璩《百一》,獨立不懼,辭譎義貞,亦魏之遺直也㊻。

晉世羣才,稍入輕綺㊼,張潘左陸㊽,比肩詩衢㊾,采縟於正始,力柔于建安㊿,或析文以為妙,或流靡以自妍(51),此其大略也。江左篇製,溺乎玄風,嗤笑徇務之志,崇盛亡機之談(52)。袁孫已下(53),雖各有雕采,而辭趣一揆(54),莫與爭雄,所以景純仙篇(55),挺拔而為俊矣。宋初文詠,體有因革(56),莊老告退,而山水方滋;儷采百字之偶(57),爭價一句之奇,情必極貌以寫物,辭必窮力而追新,此近世之所競也。

故鋪觀列代,而情變之數可監(58);撮舉同異,而綱領之要可明矣(59)。若夫四言正體,則雅潤為本(60);五言流調,則清麗居宗(61);華實異用,惟才所安(62)。故平子得其雅,叔夜含其潤,茂先凝其清,景陽振其麗;兼善則子建仲宣,偏美則太沖公幹。然詩有恆裁,思無定位,隨性適分(63),鮮能通圓。若妙識所難,其易也將至;忽之為易,其難也方來。至於三六雜言,則出自篇什(64);離合之發,則明於圖讖(65);回文所興,則道原為始(66);聯句共韻,則柏梁餘制;巨細或殊,情理同致,總歸詩囿,故不繁云。

贊曰:民生而志,詠歌所含⑥。興發皇世,風流二南。神理共契,政序相參⑥。英華彌縟,萬代永耽⑥。

——選自范文瀾《文心雕龍注》卷二

注释

①語出《古文尚書·舜典》:"詩言志,歌永言,聲依永,律和聲。"永:延長。②聖:指大舜。謨:典謨。聖謨:聖典。　③語出《毛詩序》:"詩者,志之所之也。在心為志,發言為詩。"　④舒:鋪陳。文:文辭。實:情志。　⑤語出《論語·為政》:"子曰:'《詩》三百,一言以蔽之,曰:思無邪。'"　⑥焉:代詞,此。爾:語氣助詞。　⑦七情:《禮記·禮運》:"何謂人情? 喜、怒、哀、懼、愛、惡、欲,七者弗學而能。"感物吟志:心感於外物生志,志遂從心詠吟而發。自然:自然而然的道理。　⑧昔葛天氏樂辭云:或寫作"昔葛樂辭"。《玄鳥》:據《呂氏春秋·古樂篇》為葛天八闋之一:"昔葛天氏之樂,三人操牛尾,投足以歌八闋。一曰《載民》,二曰《玄鳥》,三曰《遂草木》,四曰《奮五常》,五曰《敬天常》,六曰《建帝功》,七曰《依地德》,八曰《總禽獸之極》。"　⑨《雲門》:歌頌黃帝的一首樂曲。理不空綺:或寫作"理不空弦",即理當有歌詞與曲配合。按:《玄鳥》《雲門》都沒有歌詞傳下來。　⑩《大唐》:《禮記·樂記》作"大章,章之也",鄭玄注:"堯樂名也,言堯德章明也。《周禮》闕之,或作大卷。"《尚書大傳》以大章為大唐之歌。《周禮》既闕,則劉勰所見,疑為後人仿作。《南風》:《禮記》:"昔者舜作五弦之琴,以歌南風。"　⑪九序:水、火、金、木、土、穀、正德、利用、厚生。　⑫太康:夏啟之子。五子:一說為太康之弟五觀;一說為太康之五個弟弟。　⑬順:助而行之。匡:糾正。　⑭圓備:皆備。四始:風、大雅、小雅、頌。六義:風、雅、頌、賦、比、興。環深:周密精深。　⑮子夏:姓卜,名商,字子夏。監:明瞭。絢:彩色。素:白色。子夏監絢素之章:《論語·八佾》:"子夏問曰:'巧笑倩兮,美目盼兮,素以為絢兮,何謂也?'子曰:'繪事後素。'曰:'禮後乎?'子曰:'起予者商也! 始可與言詩已矣。'"子貢:姓端木,名賜,字子貢。《論語·學而》:"子貢曰:'貧而無諂,富而無驕,何如?'子曰:'可也。未若貧而樂,富而好禮者也。'子貢曰:'《詩》云:如切如磋,如琢如磨,其斯之謂與?'子曰:'賜也,始可與言《詩》已矣! 告諸往而知來者。'"　⑯王澤:周王朝的教化之澤。殄(tiǎn)竭:盡。　⑰風人:古代采詩之官。輟:停止。　⑱春秋觀志:指春秋時期諸侯國外交盟誓活動中主賓均以誦吟《詩經》章句來表達自我志愿、互觀對方志向。酬:主人勸酒。酢(zuò):客人回敬。賓榮:賓客的榮譽。吐納:即諷誦舊章。身文:身亦有文,即典雅的言辭是身文的表現。　⑲秦皇滅典:即秦始皇焚書事件。仙

詩：即始皇三十六年命博士所作之《仙真人詩》，已佚。　⑳韋孟：彭城人氏，西漢初詩人。嘗作《諷諫詩》諷諫楚王劉戊的荒淫。　㉑軌：法則。　㉒孝武（前156—前87年）：即漢武帝劉徹，字通，孝武是其謚號。柏梁列韻：《古文苑》卷八："武帝元封三年，作柏梁台，詔群臣二千石有能為七言詩，乃得上坐。"列韻：聯句。其詩每句七字，句句用韻。顧炎武《日知錄》以為此詩為後人偽作。　㉓嚴：即嚴忌（約前188—前105年），西漢初期辭賦家，本姓莊，後人避明帝劉莊諱而改其姓為嚴。馬：即司馬相如。

㉔成帝：即劉驁（前51—前7年），謚號"孝成皇帝"。品錄：品評輯錄。三百餘篇：《漢書·藝文志·詩賦略》載為三百一十四篇。　㉕遺翰：傳下來的詩篇。　㉖李陵（？—前74年）：字少卿，隴西成紀人，武帝時期名將。婕妤：成帝時宮中女官名。班婕妤（jié yú）（前48—2年）：姓班，名不可考，西漢女辭賦家，成帝妃子。按：署名二人的詩作，後人疑為偽作。　㉗《召南·行露》："誰謂雀無角？何以穿我屋？誰謂女無家？何以速我獄？雖速我獄，室家不足。"肇：始。　㉘孺子：兒童。《孟子·離婁上》："滄浪之水清兮，可以濯我纓。滄浪之水濁兮，可以濯我足。"兮：助詞，為襯字。㉙暇豫：閑樂。優：倡優，春秋時晉獻公之優施。《國語·晉語》載優施對里克諷勸之歌："暇豫之吾吾，不如鳥烏。人皆集於菀，己獨集於枯。"　㉚見《漢書·五行志》："邪徑敗良田，讒口亂善人；桂樹華不實，黃雀巢其顛，昔為人所羨，今為人所憐。"　㉛古詩：即《古詩十九首》。枚叔：即枚乘（？—前140年），西漢辭賦家，字叔，創制了漢大賦之"七發"體。　㉜《孤竹》：即《古詩十九首》之《冉冉孤生竹》，實為無名氏之作。傅毅（？—89年）：字武仲，東漢作家，扶風茂陵人。　㉝比：對照比較。推：推論判定。

㉞其：代《古詩十九首》。結體：形成的風格。散文：風格舒展之文。　㉟附：貼切。怊悵：惆悵失意的樣子。冠冕：帽子，引申為第一。　㊱張衡（78—139年）：字平子，南陽西鄂人，東漢著名的科學家、作家。《怨篇》：載於《御覽》卷八三九："猗猗秋蘭，植被中阿；有馥其芳，有黃有萋；雖曰幽深，厥美彌嘉；之子云遙，我勞如何？"清典：清麗典雅。　㊲仙詩緩歌：已不可考。雅：常。新聲：非四言詩。　㊳建安：漢獻帝年號（196—220年）。騰踴：大量湧現。　㊴文帝：即曹丕（187—226年），字子桓，沛國譙（今安徽亳州）人，三國時期政治家、文學家。陳思：即曹植（192—232年），字子建，沛國譙（今安徽亳州）人，曹操之子，文帝曹丕之弟，謚號思，三國時魏國文學家。　㊵王徐應劉：王即王粲（177—217年），字仲宣，山陽高平（今山東鄒城）人。徐：即徐幹（170—217年），字偉長，北海郡（今山東昌樂）人。應：即應瑒（？—217年），字德璉，汝南（今河南汝南東南）人。劉：即劉楨（186—217年），字公幹，東漢末東平（今山東甯陽）人。四人皆屬建安七子。　㊶狎（xiá）：遊玩。　㊷造懷：抒寫胸臆。指事：描摹具體事物。　㊸正始：魏廢帝齊王曹芳年號（240—249年）。明道：闡述道家思想。

仙心：亦指道家思想。　⑭何晏（？—249年）：字平叔，南陽宛縣（今河南南陽）人，三國時魏國玄學家。　⑮嵇：即嵇康（223—262年或224—263年），字叔夜，上虞人，三國時魏末文學家、音樂家、玄學家。阮：即阮籍（210—263年），字嗣宗，陳留尉氏人，三國魏詩人。二人皆名列竹林七賢。標：高出眾人。　⑯應璩（qú）（190—252年）：字休璉，汝南（今河南汝南東南）人，三國時曹魏文學家。辭誚：文辭曲折。義貞：文章意義正直。遺直：文章有古人諷諫遺風。　⑰輕綺：輕浮綺麗的風格。　⑱張潘左陸：張，張載、張協、張亢。潘，即潘岳（247—300年），字安仁，滎陽中牟（今河南省）人，又稱潘安。左，即左思（250—305年），字太沖。陸，陸機、陸雲。　⑲衢：大道。　⑳采縟於正始：文采比正始文學更為繁富。力柔于建安：風力比建安作品更為柔弱。㉑析文：追求文辭的對偶藻飾。流靡：講究音節的流利。　㉒江左：即江東，長江下游地區，代指東晉。溺乎：沉溺於。玄風：玄學之風。徇務：從事政務。亡機之談：或寫作"忘機之談"，即忘掉機務，也即指熱衷於談論老莊哲學。　㉓袁孫：袁即袁宏（約328—約376年），字彥伯，陳郡陽夏（今河南太康）人。孫即孫綽（314—371年），字興公，太原中都（今山西平遙）人。　㉔揆（kuí）：量度、測量。一揆：一致。　㉕景純：即郭璞（276—324年），字景純，河東聞喜（今山西省聞喜縣）人，東晉著名學者、文學家。

㉖因革：繼承革新。　㉗儷：對偶。　㉘鋪觀：縱觀。情變之數：詩中思想感情變化的規律。可監：可以明晰察知。　㉙撮：總括。　㉚若夫四言正體：《詩經》以四言為主，而劉勰論文宗經，故以四言為正體。雅：典雅。潤：修飾文辭，使之富有文采。㉛五言流調：劉勰論文宗經，故稱五言為流調。清麗：清新綺麗。　㉜華：指清麗之文風。實：指雅潤之文風。異用：根據華實文風的特徵不同而各有所用。惟才所安：作者據自己才性選擇遣用華實兩種風格。　㉝恆裁：恆定的體裁。定位：固定的規矩。分（fèn）：天分。　㉞篇什：《詩經》每十篇為"什"，故以"篇什"指代《詩經》。　㉟離合：即拆字詩。圖讖（chèn）：古代稱將迷信性質的預言與緯書相結合而形成的圖書，如《孝經右契》："寶文出，劉季握。卯金刀，在軫北，字禾子，天下服。"以此宣揚高祖劉邦（劉季系其別名）享有天下系君權神授。　㊱回文：一種能回環往復誦讀而自成律句的詩歌體式。道原：未詳。　㊲含：包含的內容。　㊳契：契合。政序：政治倫理秩序。參：配合。　㊴英華：指文采。耽：沉溺、喜愛。

延伸思考

　　談談劉勰"原始以表末，釋名以彰義，選文以定篇，敷理以舉統"的理論建構方式與寫作範式在《明詩》中的具體體現。

神　思

　　本篇阐述了文章写作构思所涉及的几个问题：一、作者从写作想象入手，谈到其突破时空有限性，进而达到审美的自由创造境界。二、探究了如何想象构思审美心象的问题：一方面，创作构思需要主体具备虚静的审美心境，即"疏瀹五藏，澡雪精神"；另一方面，作者认为，审美想象的铺陈开展，离不开主体丰富的知识储备、深邃的思维能力、娴熟的语言运用能力，即其所谓"积学以储宝，酌理以富才，研阅以穷照，驯致以怿辞"。只有这样，才能很好地解决创作中"意—（神）思—言—象"这一核心问题。三、刘勰指出，尽管作家想象构思的才性有迟速之差，文体有大小之别，但想象构思应当遵循"博见为馈贫之粮，贯一为拯乱之药"这一总体原则，追求"拙辞或孕于巧义，庸事或萌于新意"的独创性想象构思。

　　古人云："形在江海之上，心存魏闕之下"①，神思之謂也②。文之思也，其神遠矣③。故寂然凝慮，思接千載；悄焉動容，視通萬里；吟詠之間，吐納珠玉之聲④；眉睫之前，卷舒風雲之色；其思理之致乎⑤？故思理為妙，神與物遊⑥。神居胸臆，而志氣統其關鍵⑦；物沿耳目，而辭令管其樞機⑧。樞機方通，則物無隱貌；關鍵將塞，則神有遯心⑨。是以陶鈞文思⑩，貴在虛靜，疏瀹五藏，澡雪精神⑪；積學以儲寶，酌理以富才⑫，研閱以窮照⑬，馴致以懌辭⑭；然後使玄解之宰，尋聲律而定墨⑮；獨照之匠，闚意象而運斤⑯：此蓋馭文之首術，謀篇之大端⑰。

　　夫神思方運，萬塗競萌⑱，規矩虛位，刻鏤無形⑲；登山則情滿於山，觀海則意溢於海，我才之多少，將與風雲而並驅矣⑳。方其搦翰，氣倍辭前㉑；暨乎篇成，半折心始㉒。何則？意翻空而易奇，言徵實而難巧也㉓。是以意授於思，言授於意；密則無際，疏則千里㉔；或理在方寸而求之域表㉕；或義在咫尺而思隔山河㉖。是以秉心養術㉗，無務苦慮；含章司契㉘，不必勞情也。

　　人之稟才，遲速異分㉙；文之制體，大小殊功㉚：相如含筆而腐毫㉛，揚雄輟翰而驚夢㉜，桓譚疾感於苦思㉝，王充氣竭於思慮㉞，張衡研京以十年㉟，左思練都以一紀㊱，雖有巨文，亦思之緩也。淮南崇朝而賦騷㊲，枚皋應詔而成賦㊳，子建援牘如口誦㊴，仲宣舉筆似宿搆㊵，阮瑀據案而制書㊶，禰衡當食而草奏^㊷，雖有短篇，亦思之速也。若夫駿發之士^㊸，心總要術，敏在慮前，應機立斷；覃思之人^㊹，情饒岐路^㊺，鑒在疑後，研慮方定。機敏故造次而成功，慮疑故愈久而致績^㊻。難易雖殊，並資博練^㊼。若學淺而空遲，才疏而徒速，以斯成器，未之前聞。是以臨篇綴慮^㊽，必有二患：理鬱者苦貧，辭溺者傷亂^㊾。然則博見為饋貧之糧，貫一為拯亂之藥^㊿，博而能一，亦有助乎心力矣。

若情數詭雜^㈤，體變遷貿^㈥，拙辭或孕於巧義，庸事或萌於新意^㈦，視布於麻，雖云未費，杼軸獻功，煥然乃珍^㈧。至於思表纖旨，文外曲致^㈨，言所不追，筆固知止。至精而後闡其妙，至變而後通其數^㈩，伊摯不能言鼎^{㈤⑦}，輪扁不能語斤^{㈤⑧}，其微矣乎！

贊曰：神用象通，情變所孕^{㈤⑨}。物以貌求，心以理應。刻鏤聲律，萌芽比興。結慮司契，垂帷制勝^{⑥⓪}。

——選自范文瀾《文心雕龍注》卷六

注释

①江海：指隱居民間。魏闕：古代宮門上左右相對的兩個樓觀，代指朝廷。"形在江海之上，心存魏闕之下"，語出《莊子·讓王》："中山公子牟謂瞻子曰：'身在江海之上，心居乎魏闕之下，奈何！'"此處指創作構思不受身處的環境、空間的限制。　②神思：作家創作過程中的想象構思。　③遠：指突破作家身處的有限時空而達到時空的無限性。　④吐納：發出。　⑤思理：指創作的想象性構思。致：情態，情致。　⑥神：指主體的想象活動。物：指客體事物的形象。神與物遊：即創作構思的過程為主體的想象活動與客體事物的形象二者間的契入化合。　⑦志氣：思想情趣。　⑧沿：循著。辭令：文章言辭。樞機：關鍵。　⑨逸心：即逃逸初衷，這裏指文思枯竭，構思時感覺力不從心。　⑩陶鈞：製作陶器的轉輪，這裏比喻為創作過程中的醞釀構思。　⑪疏瀹(yuè)：洗淨、洗除。五藏：即心、肝、脾、腎、肺。澡雪：洗滌乾淨。　⑫酌理：斟酌事理。富才：增長才華。　⑬閱：閱歷。研閱：研究自身所閱歷之事。窮照：透徹地觀察理解事理。　⑭馴：依照、順從。致：情致。懌：通"繹"，抽取。懌辭：遣用文辭。　⑮玄解：深奧的道理。宰：主宰，指作家的心。玄解之宰：語出《莊子·養生主》庖丁解牛的故事。　⑯獨照：對事理的獨到洞見。獨照之匠：語出《莊子·天道》中輪扁斫輪的故事。斤：斧頭。運斤：語出《莊子·徐無鬼》："匠石運斤成風"，本指運用工具，此

102

指寫作時潤色修飾。　⑰首術：創作時首要的方法。大端：指謀篇寫作的主要原則。

⑱萬塗：紛雜的意念。萌：滋生。　⑲規矩：按一定要求使之具象化。虛位：抽象的東西。無形：義同“虛位”。　⑳我才：創作主體的想象力。並驅：一同舒卷鋪排、纖化構生。　㉑搦(nuò)翰：執筆。氣：創作表達階段前主體構思所預設傾注于作品中的文氣。　㉒半折：折損一半。心始：創作前構思所想到的。　㉓意翻空而易奇：變化莫測的想象所產生的意境是奇幻瑰麗的。徵實：坐實。言徵實而難巧：即語言坐實於具體的物象，那麼就難於表現出奇幻巧妙的意象來。　㉔密：合、貼切。無際：沒有疏紕之處。疏：遠。　㉕方寸：心。域表：域外，主體之思所不能及的地方。　㉖咫：八寸。咫尺：眼前。　㉗秉心：秉持虛靜之心。養術：操練構思創作的方法。　㉘章：文采。含章：呈現在腦海中的奇幻意象。契：契約，指創作法則。司契：掌握創作規則。

㉙稟才：稟賦才氣。分(fèn)：天分。　㉚制體：文章體裁與規模。　㉛毫：細長而尖的毛，引申為毛筆。語出《漢書・枚皋傳》：“司馬相如為文而遲，故所作少而善於皋。”

㉜語出《新論・袪蔽》：“余少時見楊子雲之麗文高論，不自量年少新進，而猥欲逮及，嘗激一事而作小賦，用精思太劇，而立感動發病，彌日瘳。子雲亦言成帝時，趙昭儀方大幸。每上甘泉，詔令作賦，為之卒暴，思慮精苦，賦成遂困倦小臥，夢其五臟出在地，以手收而內之。及覺病喘悸，大少氣，病一歲。由此言之，盡思慮，傷精神也。”

㉝桓譚(？—56年)：字君山，沛國相(今安徽)人，東漢哲學家、經學家。　㉞王充(27—？97年)：字仲任，會稽上虞人，東漢著名思想家。氣竭：志力衰耗。典出《後漢書・王充傳》：“充好論說，始若詭異，終有理實。以為俗儒守文，多失其真。乃閉門潛思，絕慶吊之禮，戶牖牆壁，置刀筆，著《論衡》八十五篇，二十餘萬言。年漸七十，志力衰耗，乃造《養性書》十六篇，裁節嗜欲，頤神以自守。”　㉟語出《後漢書・張衡傳》：“時天下承平日久，自王侯以下，莫不踰侈，衡乃擬班固《兩都》作《二京賦》，因以諷諫。精思傅會，十年乃成。”　㊱一紀：十二年。語出李善《文選・三都賦序》注引臧榮緒《晉書》：“左思字太沖，齊國人。少博覽文史，欲作《三都賦》，乃詣著作郎張載訪岷邛之事。遂構思十稔，門庭藩溷，皆著紙筆，遇得一句即疏之。賦成，張華見而咨嗟，都邑豪貴，競相傳寫。”　㊲語出荀悅《前漢紀・孝武皇帝紀》：“初，安朝，上使作《離騷賦》。旦受詔，食時畢。”　㊳典出《漢書・枚皋傳》：“上有所感，輒使賦之。為文疾，受詔輒成，故所賦者多。”　㊴典出楊修《答臨淄侯箋》：“又嘗親自執事，握牘執筆，有所造作，若成誦在心，借書于手，曾不斯須少留思慮。”　㊵典出《三國志・魏書・王粲傳》：“善屬文，舉筆便成，無所改定，時人常以為宿構。然正復精意覃深，亦不能加也。”　㊶《三國志・魏書・王粲傳》注引《典略》：“太祖嘗使瑀作書與韓遂。時太祖適近出，瑀隨從，因於馬上具草，書成呈之。太祖臨筆欲有所定，而竟不能增損。”

㊷典出《後漢書·禰衡傳》:"黃祖長子射,時大會賓客,人有獻鸚鵡者,射舉卮於衡曰:'願先生賦之,以娛嘉賓。'衡攬筆而作,文無加點,辭采甚麗。" ㊸駿:速。駿發:文思敏捷。 ㊹覃(tán)思:深思,故文思遲緩。 ㊺饒:豐富,多。歧路:面對多種選擇而決意不定。 ㊻造次:急促。致績:成功。 ㊼博練:博學與練才,大量練習。 ㊽綴慮:構思。 ㊾鬱:思路不得展開而鬱積的樣子。貧:貧乏,指内容空洞。辭溺:溺於辭藻之中。亂:雜亂無章。 ㊿貫一:使文辭所表之意具有統一的中心。 (51)情數:情思。詭雜:變化莫測、雜亂紛繁。 (52)體變:體裁。遷貿:變化。 (53)孕:包蘊。萌:萌芽、滋生。 (54)視布於麻:把布與麻比較。(按:布由麻紡織而成。)未費:楊明照先生認為當作"未貴"。杼軸:織布機,這裏指寫作中的構思。煥然:富於光彩的樣子。 (55)表:外。纖:細微。曲致:幽微婉曲的情趣。 (56)數:技巧。 (57)伊摯:即伊尹,名摯,湯的大臣。典出《吕氏春秋·本味》:"湯得伊尹……明日設朝而見之,説湯以至味,曰:鼎中之變,精妙微纖,口弗能言,志弗能喻。" (58)輪扁:古代斫輪的巧匠。斤:斧頭。典出《莊子·天道》。 (59)神:神思。用:因為、憑藉。象:意象。通:貫通。 (60)結慮:即"綴慮",構思。垂帷:下帷,指作文構思。

延伸思考

魏晋文论为什么谈到艺术创作中的想象问题?结合东汉末年至齐梁时期道教与佛教文化背景加以探析。

体　性

本篇主要阐述文章风格的问题:一、文章风格呈现出千变万化的特征,是因为主体的才、气、学、习四大因素综合形成的。二、作者从阴阳对立的思维出发,对文章风格进行了两两对立的简单划分,即典雅、远奥、精约、显附、繁缛、壮丽、新奇、轻靡八种风格,并简要界定了八种风格的内涵特征。三、描述了作家才性、气质与文章风格的关系。四、强调了后天的学习对文章创作及风格形成的重要性。

夫情動而言形,理發而文見,蓋沿隱以至顯,因内而符外者也①。然才有庸儁,氣有剛柔,學有淺深,習有雅鄭②,並情性所鑠,陶染所凝③,是以筆區雲譎,文苑波詭者矣④。故辭理庸儁,莫能翻其才⑤;風趣剛柔,寧或改其氣⑥;事義淺深,未聞乖其學⑦;體式雅鄭,鮮有反其習⑧:各師成心,其異如面⑨。

若總其歸塗,則數窮八體[10]:一曰典雅,二曰遠奧,三曰精約,四曰顯附,五曰繁縟,六曰壯麗,七曰新奇,八曰輕靡。典雅者,鎔式經誥,方軌儒門者也[11];遠奧者,馥采典文,經理玄宗者也[12];精約者,覈字省句,剖析毫釐者也[13];顯附者,辭直義暢,切理厭心者也[14];繁縟者,博喻釀采,煒燁枝派者也[15];壯麗者,高論宏裁,卓爍異采者也[16];新奇者,擯古競今,危側趣詭者也[17];輕靡者,浮文弱植,縹緲附俗者也[18]。故雅與奇反,奧與顯殊,繁與約舛,壯與輕乖,文辭根葉,苑囿其中矣。

若夫八體屢遷[19],功以學成,才力居中,肇自血氣[20]。氣以實志,志以定言[21],吐納英華,莫非情性。是以賈生俊發,故文潔而體清[22];長卿傲誕,故理侈而辭溢[23];子雲沈寂,故志隱而味深[24];子政簡易,故趣昭而事博[25];孟堅雅懿,故裁密而思靡[26];平子淹通,故慮周而藻密[27];仲宣躁銳,故穎出而才果[28];公幹氣褊,故言壯而情駭[29];嗣宗俶儻,故響逸而調遠[30];叔夜儁俠,故興高而采烈[31];安仁輕敏,故鋒發而韻流[32];士衡矜重,故情繁而辭隱[33]:觸類以推,表裏必符,豈非自然之恒資[34],才氣之大略哉!

夫才有天資,學慎始習,斲梓染絲,功在初化[35],器成綵定,難可翻移。故童子雕琢,必先雅制[36],沿根討葉,思轉自圓[37],八體雖殊,會通合數,得其環中,則輻輳相成[38]。故宜摹體以定習,因性以練才[39],文之司南[40],用此道也。

贊曰:才性異區,文辭繁詭[41]。辭為膚根,志實骨髓[42]。雅麗黼黻,淫巧朱紫[43]。習亦凝真,功沿漸靡[44]。

——選自范文瀾《文心雕龍注》卷六

注释

①隱:指內心的情理。顯:指文辭調韻等。　②才:才能、才華。儁:傑出。雅:周天子都邑附近的音樂,即雅樂。鄭:鄭國靡靡之音,即俗音。　③情性:即先天的才與氣。鑠:冶煉,引申為使……成形。陶染:即後天的學與習。　④筆區、文苑:互文,指文學創作領域。雲譎、波詭:指像雲與水波一樣變化萬端。　⑤翻:超出或"與……相違"。　⑥寧或:豈能。　⑦乖:違背。　⑧鮮:少有。　⑨成心:即作家的習性、個性,含上文所言的才、氣、學、習四因素。　⑩塗:同"途",路。窮:盡。　⑪鎔式:取法並熔鑄為一體。經誥:經典。誥:一種具有告誡功能的文體。方軌:並軌齊駕。方軌儒

門:沿著儒家所指引的路徑前進。　⑫馥采典文:或寫作"馥采曲文"。馥:同"複",隱而不顯。玄宗:玄妙的理論。　⑬蒇字省句:字斟句酌,形容煉字精確。　⑭切理:切中事理。厭心:使心理滿足。　⑮博喻:多方設喻。釀(niàng)采:滿蓄辭采。煒燁(wěi yè):形容光明的樣子,這裏指色澤絢麗。枝派:鋪張的描寫。　⑯宏裁:宏大的體裁。卓爍:卓越的光采。　⑰擯:排斥。危側:險僻,指不遵循文之正統,追求新奇靡麗之文。趣:通"趨"。　⑱浮文:浮淺的文辭。弱植:孱弱的情志。縹緲:指文風輕浮淺薄。　⑲八體屢遷:八體的變化。　⑳居中:謂才力居於學養和氣質之間。血氣:先天的氣質,即文章中的"氣"。　㉑實:充實。　㉒賈生:即賈誼。俊發:才氣俊朗而志向高揚。　㉓長卿:即司馬相如。誕:放蕩。侈:誇大。嵇康《高士傳贊》云:"長卿慢世,越禮自放。犢鼻居市,不恥其狀。託疾避官,蔑此卿相。乃賦《大人》,超然莫尚。"

㉔子雲:即揚雄。《漢書·揚雄傳》:"默而好深沈之思,清靜無為,少嗜欲。"　㉕子政:即劉向。《漢書·劉向傳》:"向為人簡易無威儀,廉靖樂道,不交接世俗。"簡易:平易近人。昭:明晰。　㉖孟堅:即班固。雅懿:美德。《後漢書·班固傳》:"及長,遂博貫載籍,九流百家之言無不窮究。……性寬和容眾,不以才能高人。"　㉗平子:即張衡。淹通:廣博通達。《後漢書·張衡傳》:"……遂通五經,貫六藝,雖才高於世,而無驕尚之情。"　㉘仲宣:即王粲。躁銳:好與人追名逐利。《魏志·杜襲傳》:"粲性躁競。"穎出:(才氣)鋒芒畢現。果:機敏果斷。　㉙公幹:即劉楨。褊(biǎn):偏激。駭:使……感到害怕。《三國志·魏書·王粲傳》:"楨以不敬被刑。"　㉚嗣宗:即阮籍。俶儻:同"倜儻",灑脫不拘。逸:高超。《三國志·魏書·王粲傳》:"瑀子籍,才藻豔逸而倜儻放蕩,行己寡欲,以莊周為模則。"　㉛叔夜:即嵇康。雋:雋秀的風采。俠:剛烈而正直的性情。　㉜安仁:即潘岳。輕敏:才思敏捷。《才略》:"潘岳敏給。"

㉝士衡:即陸機。矜重:矜持莊重。《晉書·陸機傳》:"服膺儒術,非禮勿動。"　㉞自然之恒資:天生稟賦。　㉟斲:砍。梓:樹名,用以製作木器。語出《尚書·梓材》:"若作梓材,既勤樸斲。"染絲:語出《墨子·所染》。梓因斲而成器,絲因染而成色,一旦器成色定則不可更變,故"功在初化"而"難可翻移"。　㊱雕琢:言寫作文章,如雕琢器物也。雅:正、合乎規範。制:(文章)體制、成法。雅制:合乎規範的文章創作體制、成法。全句意謂:從事寫作時就須取法乎上。　㊲思轉:寫作思路的轉承變化。圓:即下文之"會通"。　㊳會通:融會貫通。合數:合於規則。環中:指軸心。輻:車輪中的直木。輻輳(còu):車輪上的輻條集中於轂(gǔ,車輪中間有圓孔可以插輻的地方)上。得其環中,則輻輳相成:掌握了車輪的軸心,則許多車輻就可以相輔相成;喻指創作中掌握了關鍵規則,則綱舉目張而自成妙文。　㊴摹體以定習:承"習有雅鄭"而言,意即取法"雅制"而端正創作方向。因性以練才:承"氣有剛柔"而言,意即

按照主體的個性特徵,鍛煉自己的藝術創作才能。　㊵司南:即指南針。　㊶才性異區,文辭繁詭:作者才性各異,故所創作出的文章風格亦紛繁迴異。　㊷辭為膚根:或寫作"辭為肌根""辭為肌膚",意為辭即文章的體貌。志:作者的才性。志實骨髓:作者的才性是文章内在的精義。　㊸雅麗:麗且無傷於正者謂之雅麗。黼黻(fǔ fú):古禮服上繡的花紋,黑白相間的斧形花紋為黼,青黑相間的花紋為黻。朱紫:朱為正色,紫為間色,此處偏取紫色。　㊹真:即作者的才氣。功:加強學習而得的成果。靡:擴大。

延伸思考

1.《体性》篇是怎样认识作家才性与文章风格的关系的?

2.谈谈东汉末年至魏晋时期兴起的人才学对文学批评的影响。

风 骨

本篇主要论述了风骨的相关问题:第一,作者运用描述与打比方、正反对举等言说方法试图厘清"情—风""辞—骨""骨—气"三组关联概念的关系,进而向读者阐说了"风骨"这一范畴的文本审美特征。第二,探讨了风骨与"宗经"原则下文辞的使用问题,希冀"学者"勿"习华随侈,流遁忘反",而应当"确乎正式,使文明以健",创作出"风清骨峻,篇体光华"的作品。所谓"正式",即符合经典的正式体式。

很显然,多种言说方法的运用也表明刘勰本人对这一概念的把握具有不确定性、模糊性。因此,风骨内涵在学界中迄今仍是众说纷纭,莫衷一是,有待进一步探讨。

詩總六義,風冠其首①,斯乃化感之本源,志氣之符契也②。是以怊悵述情,必始乎風,沈吟鋪辭,莫先於骨。故辭之待骨,如體之樹骸;情之含風,猶形之包氣③。結言端直,則文骨成焉;意氣駿爽,則文風清焉④。若豐藻克瞻,風骨不飛,則振采失鮮,負聲無力⑤。是以綴慮裁篇,務盈守氣⑥,剛健既實,輝光乃新。其為文用,譬征鳥之使翼也⑦。故練於骨者,析辭必精;深乎風者,述情必顯。捶字堅而難移,結響凝而不滯⑧,此風骨之力也。若瘠義肥辭,繁雜失統⑨,則無骨之徵也。思不環周,索莫乏氣⑩,則無風之驗也。昔潘勗錫魏,思摹經典,羣才韜筆,乃其骨髓峻也⑪;相如賦仙,氣號凌雲,蔚為辭宗,迺其風力遒也⑫。能鑒斯要,可以定文;茲術或違,無務繁采。

　　故魏文稱"文以氣為主,氣之清濁有體,不可力強而致⑬。"故其論孔融,則云"體氣高妙⑭";論徐幹,則云"時有齊氣⑮";論劉楨,則云"有逸氣⑯"。公幹亦云"孔氏卓卓,信含異氣,筆墨之性,殆不可勝⑰。"並重氣之旨也。夫翬翟備色,翾翥百步,肌豐而力沈也⑱;鷹隼乏采,而翰飛戾天,骨勁而氣猛也⑲;文章才力,有似於此。若風骨乏采,則鷙集翰林⑳;采乏風骨,則雉竄文囿㉑:唯藻耀而高翔,固文筆之鳴鳳也。

　　若夫鎔鑄經典之範,翔集子史之術,洞曉情變,曲昭文體㉒,然後能孚甲新意㉓,雕畫奇辭㉔。昭體故意新而不亂,曉變故辭奇而不黷㉕。若骨采未圓,風辭未練,而跨略舊規,馳騖新作,雖獲巧意,危敗亦多。豈空結奇字,紕謬而成經矣㉖。《周書》云:"辭尚體要,弗惟好異㉗。"蓋防文濫也。然文術多門,各適所好,明者弗授,學者弗師。於是習華隨侈,流遁忘反。若能確乎正式㉘,使文明以健,則風清骨峻,篇體光華。能研諸慮,何遠之有哉㉙!

　　贊曰:情與氣偕,辭共體並。文明以健,珪璋乃聘㉚。蔚彼風力,嚴此骨鯁㉛。才鋒峻立,符采克炳㉜。

——選自范文瀾《文心雕龍注》卷六

注释

　　①六義:即《毛詩序》中的風、雅、頌、賦、比、興。　②化感:教化感染。志氣:情志與才性氣質。符契:信約,引申為作品是志氣的表現。　③體之樹骸,形之包氣:意謂體待骸方能樹立,形包氣才有生命。　④結言:即組織語言。端直:正確有力地表現思想。意氣:昂揚的志氣。駿爽:直爽。　⑤贍:充裕。四句意謂:倘使作品有繁富的詞藻而無剛健之風骨,則詞氣不契合,文章就不可能呈現鮮明的色彩與響亮的音調。　⑥綴慮:構思。裁篇:作文。守氣:調養守持精神。　⑦征鳥:迅猛疾速的禽。　⑧捶字:斟酌字句。堅:精煉準確,表現力強。結響凝:組織文句,構成聲律。不滯:不粘滯,指聲調與情思諧變。　⑨統:條理、綱序。　⑩環周:周密圓合。索莫:楊明照先生注為"索課",勉強的樣子。　⑪潘勗(xù):字元茂,東漢末人。建安十八年(213年),漢獻帝策命曹操為魏公,加九錫,策文系潘勗取法《尚書》而作,見《文選》三十五及《三國志·魏書·武帝紀》。韜筆:擱筆。峻:峻拔有力。　⑫事見《史記·司馬相如傳》:

"相如以為列仙之傳,居山澤間,形容甚臞,此非帝王之仙意也。乃遂就《大人賦》……相如既奏《大人》之頌,天子大說,飄飄有凌雲之氣,似遊天地之間意。"又《漢書敍傳》說司馬相如"蔚為詞宗,賦頌之首"。宗:宗師。逎:勁。　⑬魏文:指魏文帝曹丕。以下論氣至"劉楨云",均出自曹丕《典論·論文》。氣:指作家的氣質才性。　⑭體氣:氣質風格。　⑮齊氣:齊地習俗舒緩,稱為齊氣。　⑯逸氣:超逸不羈的氣質才性。⑰卓卓:卓越。異氣:獨特的氣質。性:特性。殆:幾乎。勝:超過。　⑱翬翟(huī dí):五采的、長尾巴的野雞。翾鷞(xuān zhù):小飛。　⑲隼(sǔn):亦名鶻(hù),猛禽。翰飛:高飛。戾:至、到。　⑳鷙(zhì):如鷹、雕等類兇猛的鳥。翰林:指文藝園地。　㉑文囿:與翰林形成互文,義同"翰林"。　㉒曲:周到。曲昭:詳盡地昭示。㉓孳甲:萌生。　㉔雕畫:修飾。　㉕黷:浮滑。　㉖紕繆:謬誤。　㉗體要:體察要領,即得當。好(hào)異:愛好奇異的東西。　㉘正式:正當的法式。　㉙何遠之有哉:指達到"風清骨峻"這種理想境界是不難的。　㉚珪璋:古代諸侯在朝聘時佩戴的玉器。　㉛風力:風骨之力。骨鯁:骨力。　㉜符采:文采。炳:煥發。

延伸思考

1."风骨"的内涵是什么?

2."风骨"与作为文章教化功能的"风"、作为文章内容的"情"、作为作家素质的"才"有何关联?

情　采

　　学界普遍认为中国文学的自觉始于魏晋时期。进入自觉期的中国文学追求"立意尚巧","遣言贵妍",在"情""理"与"文""辞"的关系上,偏离了此前传统的儒家诗学规范。刘勰《情采》篇意欲在新时代背景下探讨文章创作如何处理"文"(形式、文采)与"质"(情感、内容)的关系。第一,肯定了文章创作追求"文"的合理性,这是对魏晋文学创作审美追求的呼应,体现出理论建构的时代性。第二,刘勰认为"情""理"与"文""辞"的关系是"情者,文之经;辞者,理之纬。经正而后纬成,理定而后辞畅",并且强调这是"立文之本源"。从这一观念前提出发,刘勰提出了"文附质""质待文也"的观点,重申了孔子"文质彬彬"的创作原则,体现出其理论建构的承续性。第三,批评了"为文而造情"的不良创作倾向,肯定了"为情而造文"的创作观念,这一观点颇富见地,符合文学创作心理发生机制。

聖賢書辭,總稱文章,非采而何?夫水性虛而淪漪結,木體實而花萼振,文附質也①。虎豹無文,則鞹同犬羊;犀兕有皮,而色資丹漆,質待文也②。若乃綜述性靈,敷寫器象③,鏤心鳥跡之中,織辭魚網之上④,其為彪炳,縟采名矣⑤。故立文之道,其理有三:一曰形文,五色是也⑥;二曰聲文,五音是也⑦;三曰情文,五性是也⑧。五色雜而成黼黻⑨,五音比而成韶夏⑩,五情發而為辭章,神理之數也⑪。《孝經》垂典,喪言不文,故知君子常言,未嘗質也⑫。老子疾偽,故稱"美言不信",而五千精妙,則非棄美矣⑬。莊周云"辯雕萬物",謂藻飾也⑭。韓非云"豔乎辯說",謂綺麗也⑮。綺麗以豔說,藻飾以辯雕,文辭之變,於斯極矣。研味《孝》、《老》,則知文質附乎性情⑯;詳覽《莊》、《韓》,則見華實過乎淫侈⑰。若擇源於涇渭之流,按轡於邪正之路,亦可以馭文采矣⑱。夫鉛黛所以飾容,而盼倩生於淑姿;文采所以飾言,而辯麗本於情性⑲。故情者文之經,辭者理之緯;經正而後緯成,理定而後辭暢:此立文之本源也⑳。

昔詩人什篇㉑,為情而造文;辭人賦頌㉒,為文而造情。何以明其然?蓋風雅之興,志思蓄憤,而吟詠情性,以諷其上,此為情而造文也;諸子之徒㉓,心非鬱陶㉔,苟馳誇飾,鬻聲釣世㉕,此為文而造情也。故為情者要約而寫真,為文者淫麗而煩濫。而後之作者,採濫忽真㉖,遠棄風雅,近師辭賦,故體情之製日疏,逐文之篇愈盛。故有志深軒冕,而泛詠皋壤㉗。心纏幾務,而虛述人外㉘。真宰弗存,翩其反矣㉙。夫桃李不言而成蹊㉚,有實存也;男子樹蘭而不芳㉛,無其情也。夫以草木之微,依情待實;況乎文章,述志為本。言與志反,文豈足徵㉜?

是以聯辭結采,將欲明理,采濫辭詭,則心理愈翳㉝。固知翠綸桂餌,反所以失魚㉞。"言隱榮華"㉟,殆謂此也。是以"衣錦褧衣"㊱,惡文太章;賁象窮白㊲,貴乎反本。夫能設模以位理,擬地以置心㊳,心定而後結音,理正而後擿藻,使文不滅質,博不溺心㊴,正采耀乎朱藍,間色屏於紅紫㊵,乃可謂雕琢其章,彬彬君子矣㊶。

贊曰:言以文遠㊷,誠哉斯驗。心術既形,英華乃贍㊸。吳錦好渝,舜英徒豔㊹。繁采寡情,味之必厭。

——選自范文瀾《文心雕龍注》卷七

注释

①"夫水性"句:淪漪:波紋。結:形成。振:開放。"水性虛""木體實"喻文章之"質","淪漪""花萼"喻文章之"文"。全句意謂:淪漪因為水性虛空而形成,花萼因為木體實在而怒放。　②鞟(kuò):皮革。兕:類似於犀牛的獸,皮厚而可以制甲。資:幫助。丹漆:泛指各色漆。　③綜述性靈:即抒發感情之謂。敷寫器象:描摹物化之謂。　④鏤心:精心構思。鳥跡:代指文字,相傳倉頡察鳥獸蹄跡始造文字。織辭:組織言辭。魚網:指代紙張,蔡倫以樹皮、麻頭、敝布、魚網造紙,故云。　⑤名:顯現、呈現。　⑥五色:青、黃、赤、白、黑,引申為作品中對物的形象描繪。　⑦五音:宮、商、角、徵、羽,泛指作品聲律音韻。　⑧五性:喜、怒、欲、懼、憂,泛指各種情感。　⑨黼(fǔ):古代貴族禮服上繡的黑白相間的斧形花紋。黻(fú):古代貴族禮服上繡的黑青相間的花紋。　⑩韶夏:《韶》為舜時樂,《夏》為禹時樂。　⑪數:道理、規律。神理之數:確定不移、自然而然的道理。　⑫喪言不文:即《孝經》"孝子之喪親也,哭不偯,禮無容,言不文。"文:文采。偯(yǐ):哭聲曲折悠長。　⑬疾:憎惡、反感。不信:不真實。五千:指《老子》一書,概約五千餘字。　⑭語出《莊子·天道》:"故古之王天下者,知雖落天地,不自慮也;辯雖雕萬物,不自說也。"辯:精巧之言。辯雕萬物:以精巧的言辭繪述萬物。　⑮艷乎辯說:語出《韓非子·外儲說左上》"范且、虞慶之言,皆文辯辭勝……夫不謀治強之功,而艷乎辯說之文麗之聲,是卻有術之士,而任壞屋折弓也"。辯說:邏輯推理之術。　⑯研味:研究品味。附乎性情:取決于作家性情。　⑰華實:形式與內容。淫侈:過多。　⑱涇渭:涇水與渭水;涇水清而渭水濁,均源于甘肅,注入陝西。涇清渭濁分別喻指"文質附乎性情"與"華實過乎淫侈"兩種創作特徵。　⑲盼倩:即倩盼,動人的眼波。淑姿:秀雅的姿容。　⑳本源:根本。　㉑詩人:指《詩經》的作者。什篇:《詩經》以十篇為"什",或謂"篇什"。　㉒辭人:迄漢以來的辭賦家。　㉓諸子之徒:指漢以來的辭人。　㉔鬱陶(yáo):憂思煩悶。　㉕鬻:賣。釣:追逐。鬻聲釣世:即沽名釣譽。　㉖濫:淫濫之辭藻。真:真情實感。　㉗軒:大夫以上乘坐的四面有帷幕、前頂高起的車。冕:帝王、諸侯及卿大夫所戴禮帽。軒冕:代指官宦之士。　㉘幾務:軍國政務。人外:遠離俗事的超脫之境。　㉙真宰:原指宇宙世界之主宰,本文指內心之真情。翩其反矣:翩然飛動、翻轉,喻指為文造情、翻倒本真之做法。　㉚夫桃李不言而成蹊:典出《史記·李將軍列傳》"諺曰:'桃李不言,下自成蹊。'"引申為情感真實則自會令人味之無窮。　㉛男子樹蘭而不芳:出自《淮南子·繆稱》"男子樹蘭,美而不芳。"喻指情意虛假之文沒有審美魅力。　㉜徵:信。足徵:能令人信服。　㉝理:情理。翳:遮蔽、隱蔽。　㉞翠綸:用翡翠鳥羽毛做的釣魚線。桂餌:以

肉桂所做之誘餌。　㉟言隱榮華:出自《莊子·齊物論》"言隱於榮華",指意義為華麗辭藻遮蔽。　㊱衣(yì)錦:穿錦繡衣服。褧(jiǒng)衣:用麻線織成的罩衣。　㊲賁(bì)象:賁卦之象。"賁"卦:《序卦》釋為"飾也",《雜卦》釋為"無色也"。窮:最終。窮白:最終為白色。反:同"返"。《賁》象窮白:王弼訓曰"飾處之終,飾終反素,故任其質素,不勞文飾而無咎也。以白為飾,而無憂慮,得志者也。"　㊳模:規範。地:底子。理、心:作品的思想情感。　㊴溺心:淹沒情感內容。心:代指文章之情感內容。㊵正采:正色。間色:偏色、雜色。古以青(藍)、黃、朱、白、黑為正色,綠、紅、碧、紫、流黃為間色。　㊶彬彬君子:意即文質相伴。語出《論語·雍也》"質勝文則野,文勝質則史,文質彬彬,然後君子"。　㊷言以文遠:語出《左傳·襄公二十五年》"言之無文,行而不遠"。　㊸心術:即為文時之情感構思。瞻:充盈。　㊹吳錦:吳地之錦緞。渝:變化。舜英:朝怒放而暮凋零的木槿花。

延伸思考

该文对此前传统儒家文论话语中的"文""质"观作了哪些方面的发展?

时　序

　　本文主要探讨了文学的发展问题,一是宏观描述了从传说中的三皇时期至齐梁年间的总体文学史,具有极高的史学价值;二是探讨了文学发展的外部因素,即政治制度、文化建设、帝王喜好、时代的哲学思潮、社会风俗等,深刻地影响着文学的兴衰、文学风格的形成、文类的替代迭出等,即所谓"时运交移,质文代变","知歌谣文理,与世推移。风动于上,而波震于下者"。一方面,刘勰看到了文学发展的他律性因素,这是符合马克思主义关于作为审美意识形态的文学与社会经济基础、上层建筑的关系原理;但另一方面,文学发展还有深刻的内部因素,即自律性因素,本篇未曾谈及,《通变》则有探求。

　　時運交移,質文代變①,古今情理,如可言乎! 昔在陶唐,德盛化鈞,野老吐"何力"之談,郊童含"不識"之歌②。有虞繼作,政阜民暇,"薰風"詩於元后,"爛雲"歌於列臣③。盡其美者何? 乃心樂而聲泰也④。至大禹敷土,九序詠功⑤,成湯聖敬,"猗歟"作頌⑥。逮姬文之德盛,《周南》勤而不怨;大王之化淳,《邠風》樂而不淫⑦。幽厲昏而《板》、《蕩》怒⑧,平王微而《黍離》哀⑨。故知歌謠文理,與世推移。風動於上,而波震於下者。春秋以後,角戰英雄,六經泥蟠,百家飆駭⑩。方是時也,韓魏力政,燕趙任權;五蠹六蝨,嚴于秦令;唯齊、楚兩國,頗有文學⑪。齊開莊衢之第,楚廣蘭臺之宮,孟軻賓館,荀卿宰邑⑫。故稷下扇其清風,蘭陵鬱其茂俗,鄒子以談天飛譽,騶奭以雕龍馳響,屈平聯藻于日月,宋玉交彩於風雲⑬。觀其豔說,則籠罩《雅》、《頌》,故知暐燁之奇意,出乎縱橫之詭俗也。

爰至有漢,運接燔書。高祖尚武,戲儒簡學⑭。雖禮律草創,《詩》、《書》未遑,然《大風》、《鴻鵠》之歌,亦天縱之英作也⑮。施及孝惠,迄於文景,經術頗興,而辭人勿用,賈誼抑而鄒枚沈,亦可知已⑯。逮孝武崇儒,潤色鴻業,禮樂爭輝,辭藻競鶩:柏梁展朝宴之詩⑰,金堤製恤民之詠⑱,徵枚乘以蒲輪⑲,申主父以鼎食⑳,擢公孫之對策㉑,歎兒寬之擬奏㉒,買臣負薪而衣錦㉓,相如滌器而被繡㉔。於是史遷壽王之徒㉕,嚴終枚皋之屬㉖,應對固無方,篇章亦不匱,遺風餘采,莫與比盛。越昭及宣,實繼武績,馳騁石渠,暇豫文會㉗,集雕篆之軼材,發綺縠之高喻㉘,於是王褒之倫,底祿待詔㉙。自元暨成,降意圖籍㉚,美玉屑之譚,清金馬之路㉛。子雲銳思於千首㉜,子政讎校於六藝㉝,亦已美矣。爰自漢室,迄至成哀㉞,雖世漸百齡,辭人九變㉟,而大抵所歸,祖述《楚辭》,靈均餘影,於是乎在㊱。

自哀、平陵替,光武中興,深懷圖讖,頗略文華㊲,然杜篤獻誄以免刑,班彪參奏以補令,雖非旁求,亦不遐棄㊳。及明章疊耀,崇愛儒術,肆禮璧堂,講文虎觀㊴。孟堅珥筆於國史㊵,賈逵給札於瑞頌㊶;東平擅其懿文㊷,沛王振其通論;帝則藩儀㊸,輝光相照矣。自安和已下,迄至順桓㊹,則有班傅三崔,王馬張蔡,磊落鴻儒㊺,才不時乏,而文章之選,存而不論。然中興之後,群才稍改前轍,華實所附,斟酌經辭,蓋歷政講聚,故漸靡儒風者也。降及靈帝,時好辭製,造羲皇之書,開鴻都之賦,而樂松之徒,招集淺陋㊻,故楊賜號為驩兜,蔡邕比之俳優,其餘風遺文,蓋蔑如也㊼。

自獻帝播遷,文學蓬轉㊽,建安之末,區宇方輯㊾。魏武以相王之尊,雅愛詩章㊿;文帝以副君之重,妙善辭賦[51];陳思以公子之豪,下筆琳瑯[52];並體貌英逸,故俊才雲蒸[53]。仲宣委質于漢南,孔璋歸命于河北,偉長從宦於青土,公幹徇質於海隅;德璉綜其斐然之思;元瑜展其翩翩之樂。文蔚、休伯之儔,于叔、德祖之侶[54],傲雅觴豆之前,雍容衽席之上[55],灑筆以成酣歌,和墨以藉談笑。觀其時文,雅好慷慨,良由世積亂離,風衰俗怨,並志深而筆長，故梗概而多氣也⑤。至明帝纂戎，制詩度曲，徵篇章之士，置崇文之觀，何劉群才，迭相照耀⑤。少主相仍，唯高貴英雅，顧盼合章，動言成論⑤。於時正始餘風，篇體輕澹，而嵇阮應繆，並馳文路矣⑤。

逮晉宣始基，景文克構，並跡沈儒雅，而務深方術⑥。至武帝惟新，承平受命，而膠序篇章，弗簡皇慮⑥。降及懷湣，綴旒而已⑥。然晉雖不文，人才實盛：茂先搖筆而散珠，太沖動墨而橫錦，岳湛曜聯璧之華，機雲標二俊之采。應傅三張之徒，孫摯成公之屬，並結藻清英，流韻綺靡⑥。前史以為運涉季世，人未盡才⑥，誠哉斯談，可為歎息。

元皇中興，披文建學⑥，劉刁禮吏而寵榮，景純文敏而優擢⑥。逮明帝秉哲，雅好文會，升儲御極，孳孳講藝，練情於誥策，振采於辭賦⑥。庾以筆才愈親。溫以文思益厚，揄揚風流，亦彼時之漢武也⑥。及成康促齡，穆哀短祚，簡文勃興，淵乎清峻，微言精理，函滿玄席⑥；澹思濃采，時灑文囿。至孝武不嗣，安恭已矣⑦。其文史則有袁殷之曹，孫干之輩，雖才或淺深，珪璋足用⑦。自中朝貴玄，江左稱盛，因談餘氣，流成文體⑦。是以世極迍邅，而辭意夷泰，詩必柱下之旨歸，賦乃漆園之義疏⑦。故知文變染乎世情，興廢繫乎時序，原始以要終，雖百世可知也。

自宋武愛文，文帝彬雅，秉文之德，孝武多才，英采雲構⑦。自明帝以下，文理替矣⑦。爾其縉紳之林，霞蔚而飆起⑦。王袁聯宗以龍章，顏謝重葉以鳳采，何范張沈之徒，亦不可勝也⑦。蓋聞之於世，故略舉大較。

暨皇齊馭寶，運集休明⑦：太祖以聖武膺籙，世祖以睿文纂業，文帝以貳離含章，中宗以上哲興運，並文明自天，緝遐景祚⑦。今聖歷方興，文思光被，海岳降神，才英秀發，馭飛龍於天衢，駕騏驥於萬里。經典禮章，跨周轢漢，唐虞之文，其鼎盛乎！鴻風懿采，短筆敢陳？颺言贊時，請寄明哲⑧！

贊曰：蔚映十代⑧，辭采九變。樞中所動，環流無倦⑧。質文沿時，崇替在選⑧。終古雖遠，曠焉如面⑧。

——選自范文瀾《文心雕龍注》卷九

注释

①時運：時代風氣與運勢。質文：質樸與華采。　②陶唐：即堯帝，號陶唐氏。化：

教化。鈞：即"均"，遍及。"何力"之謠：即《擊壤歌》。壤：一種木制的遊戲器具。含：吟詠。"不識"之歌：指《康衢謠》，《列子·仲尼》載"堯乃微服游于康衢，聞兒童謠曰：'立我烝民，莫匪而極，不識不知，順帝之則。'"　③虞：舜帝。阜：昌明。薰風：即《南風歌》，傳為舜作，曰："南風之薰兮，可以解吾民之慍兮。南風之時兮，可以阜吾民之財兮。"元后：即舜。爛雲：系《卿雲歌》，曰："卿雲爛兮，糺縵縵兮。日月光華，旦復旦兮。"　④泰：安適。　⑤敷土：即治理水土並分割九州，事見《尚書·禹貢》"禹敷土，隨山刊木。"九序：即《尚書·大禹謨》所云水、火、金、木、土、穀、正德、利用、厚生等九項政事之序。　⑥成湯：商湯之諡曰成，故謂成湯。"猗歟"作頌：即《詩·商頌·那》詩。猗歟（yī yú）：嘆詞，表贊美。那（nuó）：多。　⑦逮：及至。姬文：周文王姬昌。淳：淳厚。句出《左傳·襄公二十九年》季札觀樂。　⑧幽厲：周幽王姬宮湦（shēng）與周厲王姬胡。句出《左傳·襄公二十九年》季札觀樂。　⑨平王：即周平王姬宜臼。微：式微、沒落。　⑩角戰：爭較高下。六經：儒家六部經典，即《詩》《書》《禮》《樂》《易》《春秋》。泥蟠：埋沒而不見伸張。飆駭：狂風聚起而令人驚駭，喻百家爭鳴的景象。　⑪力政：以武力征服。任權：操弄權謀。五蠹（dù）：指《韓非子·五蠹》所言之學者、言談者、帶劍者、患御者、工商之民。蠹：蛀蝕器物之蟲。六虱：指《商君書·弱民》所及之歲、食、美、好、志、行等禍害國家之六事。文學：文章學術。　⑫莊衢：通達之路。第：大宅第府。齊開莊衢之第：事見《史記·孟荀列傳》。孟軻賓館：事見《孟子·公孫丑下》，趙岐注曰："孟子雖仕齊，處師賓之位，以道見敬。……王欲見之，先朝，使人往謂孟子云：'寡人如就見者，若言就孟子之館相見也。'"荀卿：荀子名況，為時人尊稱為荀卿。宰邑：荀子曾司職蘭陵令，見《史記·孟荀列傳》"齊人或讒荀卿，荀卿乃適楚，而春申發為蘭陵令"。　⑬稷下：齊都臨淄稷門，系齊國學者聚集研學之地。蘭陵：山東蒼山縣蘭陵鎮。鬱：蓄積。鄒子：鄒衍。談天、雕龍：劉向《別錄》釋為"鄒衍之所言，五德終始，天地廣大，書言無事，故曰談天。鄒奭修衍之文飾，若雕鏤龍文，故曰雕龍"。飛譽、馳響：名聲遠揚。　⑭運：時運。燔書：秦始皇焚書坑儒。燔：焚燒。高祖：劉邦。戲儒簡學：戲弄簡慢儒學之士。見《史記·酈食其（lì yì jī）傳》"沛公不好儒，諸客冠儒來者，沛公輒解其冠，溲溺其中"。溲（sōu）：排泄大小便。　⑮禮律：禮儀與法律。《大風》：《大風歌》，高祖劉邦返鄉時所作。《鴻鵠》：劉邦欲廢羽翼已豐之太子劉盈而立劉如意，未遂，和戚夫人之舞而歌曰《鴻鵠》。天縱：上天使其所作。　⑯孝惠：漢惠帝劉盈。文景：孝文帝劉恒與孝景帝劉啟。賈誼：漢初作家、政論家，因倡言改革而為天子疏遠，貶謫為長沙王太傅。鄒枚：指鄒陽與枚乘。鄒陽在梁國因讒而被下獄。枚乘因位卑而志不申，故去官。　⑰孝武：漢武帝劉徹。武帝崇儒，《漢書·武帝紀》載其："表章六經，興太學，號令文章，煥焉可述。"柏梁：柏梁臺，武帝宴飲求仙、詠詩之處。　⑱金堤:喻黄河瓠子堤之堅固。製恤民之詠:武帝治理黄河瓠子潰堤時所作,表達對災民之體恤憐憫。　⑲徵:征召。蒲輪:裹上蒲草之車輪,意在減少顛簸之苦。　⑳申:招徠。主父:主父偃,武帝時中大夫。鼎食:以鼎所盛之食,代指貴族生活與人生價值。《漢書·主父偃傳》載其云"丈夫生不五鼎食,死則五鼎烹耳",故武帝以鼎食招徠之。　㉑擢:提升。公孫:公孫弘,武帝時丞相。對策:即公孫弘向武帝所進《舉賢良對策》。　㉒兒寬:即倪寬,武帝時經學之士。擬奏:所擬之奏章。事見《漢書·兒寬傳》"……異日見湯,上問曰:'前奏非俗吏所及,誰為之者?'湯言倪寬。上曰:'吾固聞之久矣!'"　㉓買臣:朱買臣。負薪而衣錦:事見《漢書·朱買臣傳》載其家貧,"常艾薪樵賣以給食。……拜買臣會稽太守。上謂買臣曰:'富貴不歸故鄉,如衣繡夜行。今子何如?'"　㉔相如:司馬相如。滌器:洗滌器物。事見《史記·司馬相如傳》:"相如俱之臨邛,盡賣其車騎,買一酒舍,酤(gū)酒,而令文君當爐,相如身自著犢褌(kūn),與保庸雜作,滌器於市中。至蜀,蜀太守以下郊迎,縣令負弩矢先驅。蜀人以為寵。"　㉕史遷:武帝時期太史令司馬遷。壽王:吾丘壽王,西漢辭賦家。㉖嚴終枚皋:指嚴安、終軍、枚皋。屬:類。　㉗昭:漢昭帝劉弗陵。宣:漢宣帝劉詢。武績:武帝劉徹之文治業績。馳騁:辯論經學時任才以通達。石渠:石渠閣,漢時國家藏書、講學之所。暇豫:辯析經學時才適而從容。　㉘雕篆:即揚雄《法言·吾子》語"童子雕蟲篆刻,壯夫不為"。軼材:俊才。綺縠(hú):精美的絲織品。綺縠之高喻:指揚雄以縠喻文而倡言經學、反對辭賦之論,進一步引申指石渠閣經學家之論。　㉙王褒:西漢辭賦家。倫:類。底祿:獲得官祿。待詔:等待皇帝詔書派遣。　㉚元:漢元帝劉奭。成:漢成帝劉驁。降意:醉心。　㉛玉屑:華美的言辭。譚:同"談"。金馬之路:系漢時應征士人待詔之宦署,其門有銅馬,故曰金馬門。　㉜子雲:揚雄,字子雲,西漢賦家。千首:即讀眾多之賦。　㉝子政:劉向,字子政,西漢經學家、目錄學家。六藝:儒家六藝,即六經。讎校:校正版本。　㉞哀:漢哀帝劉欣。　㉟漸:漸趨。九變:虛數,多變。　㊱祖述:摹仿取效。靈均:屈原之字。於是:於此。　㊲平:漢平帝劉衍(kàn)。陵替:沒落。光武:東漢光武帝劉秀。圖讖(chèn):河圖與讖緯類的隱語,用以預卜吉兇、時運。劉秀因圖讖而起事興國,故尤迷信之,事見《後漢書·方術傳》。

㊳杜篤:字季雅,東漢初文學家。誄:美逝者德行之文體。杜篤獻誄以免刑:事見《後漢書·文苑傳》"收篤送京師,會大司馬吳漢薨,光武詔諸儒誄之。篤於獄中為誄辭,最高。帝美之,賜帛免刑"。班彪:字叔皮。東漢史學家。補令:拜授縣令。班彪參奏以補令:事見《後漢書·班彪傳》"……光武問曰:'所上帝奏,誰與參之?'融對曰:'皆從事班彪所為。'帝雅聞彪才,因召入見,舉司錄茂才,拜徐令。"旁求:廣泛招尋。遐棄:棄之不用而遠放之。　㊴明:漢明帝劉莊。章:漢章帝劉炟(dá)。疊耀:相繼相

耀。肄:學習。璧堂:講學之辟雍、明堂;辟雍為古代大學,四周環水,故曰璧;明堂為宣講政教之處。虎觀:即章帝與儒生講經之所白虎觀。　⑩孟堅:班固,字孟堅。東漢史學家。珥(ěr)筆:古代史字插筆於耳邊帽上以隨時記事。　⑪賈逵:字景伯,東漢時經學家、辭賦家。札:木簡。瑞頌:即受詔漢明帝劉莊而作《神雀賦》。　⑫東平:漢東平王劉蒼。其事見《後漢書·東平憲王蒼傳》。懿:美好。　⑬沛王:漢沛獻王劉輔。其事見《後漢書·沛獻王輔傳》。通論:即劉輔著《五經通論》。帝則:帝王典範。藩儀:藩王儀範。　⑭安:漢安帝劉祐。和:漢和帝劉肇。順:漢順帝劉保。桓:漢桓帝劉志。　⑮班:班固。傅:傅毅,辭賦家。三崔:崔駰、崔瑗、崔寔。王:王充,字仲任,學者。馬:馬融,字季長,經學家。張:張衡,字平子,科學家、文學家。蔡:蔡邕,字伯喈,文學家、書法家。鴻儒:博學大儒。　⑯靈帝:劉宏,著作《羲皇篇》五十章。鴻都:鴻都門,東漢國家藏書講學之所。樂松:鴻都門學士。　⑰楊賜:漢靈帝時司空。驩(huān)兜:堯時惡人,舜時被流放。蔑如:不足稱道。　⑱獻帝:漢末代君主劉協。播遷:漢獻先後為權臣董卓、曹操所迫遷都長安、許昌。文學:為文之士。蓬轉:喻當時文人如蓬草漂浮,輾轉無定。　⑲建安:獻帝年號,公元196—220年。區宇:國家,主要指當時北方。方輯:方始平定,即統一。　⑳魏武:曹操,武帝之號,系其子曹丕追諡。相王:曹平定北方過程中始封為相,而後為魏王。　㉑文帝:魏文帝曹丕。副君:太子。　㉒陳思:曹植,曾封為陳王,諡思。琳琅:以美玉喻文辭華美。　㉓體貌:以禮接賢納士。英逸:才俊之士。雲蒸:如雲氣蒸騰,喻曹魏集團所納文才甚多。　㉔仲宣:王粲之字。委質:以身事人。漢南:漢水之南,此指荊州,王粲依附曹氏集團前曾事荊州劉表。孔璋:陳琳之字。河北:黃河以北,此指冀州,陳琳歸附曹氏前曾寄身冀州袁紹。偉長:徐幹之字。青土:指漢時三國隸屬于青州之北海。公幹:劉楨之字。徇質:以身為質而事於人。海隅:指劉楨祖籍山東東平縣。德璉:應瑒(yáng)之字。斐然:富於文采的樣子。元瑜:阮瑀之字。翩翩:文采優雅。文蔚:路粹之字。休伯:繁欽之字。儔(chóu):類。于叔:邯鄲淳之字。德祖:楊修之字。侶:義同“儔”。　㉕傲雅:才高氣傲而率性趣雅。觴:酒杯。豆:食器。衽(rèn)席:坐席。　㉖志深:情志高遠。筆長:辭意幽深而辭氣悠長。梗概:慷慨。氣:剛健篤實之氣。　㉗明帝:魏明帝曹叡。纂戎:纘(zuǎn)戎,繼承帝位。崇文之觀:明帝禮賢文招集士之處。何:何晏,魏晉時期的玄學家、作家。劉:劉劭,著《人物志》。迭:前後相續。　㉘少主:少年君主。相仍:彼此相繼,此指齊王曹芳、高貴鄉公曹髦、陳留王曹奐帝位前後相襲。顧盼合章:于席間即興賦詩。動言成論:指曹髦點評帝王,於太學問儒生經義等事。　㉙正始:齊王曹芳年號,公元240—249年。篇體:文章風格。輕澹:輕浮淺淡。嵇:嵇康。阮:阮籍。應:應璩。繆:繆襲。　㉚晉宣:司馬懿,逝後被追諡為晉宣帝。始基:奠定基業。景:

司馬師，逝後被追謚為晉景帝。文：司馬昭，逝後被追謚為晉文帝。克構：子續父業而廣大之。沈：醉心其中。方術：弄權之術。 (61)武帝：晉武帝司馬炎。惟新：新建王朝。受命：承受天命而自立為帝。膠：古代太學。序：古代地方所辦學校。簡：關注。 (62)懷：晉懷帝司馬熾。湣（mǐn）：晉湣帝司馬鄴。綴旒（liú）：旗幟上裝飾之用的冠上垂珠，喻指沒有權力的懷湣二君。 (63)茂先：張華之字。太沖：左思之字。岳：潘岳。湛：夏侯湛。聯璧：美玉一雙，喻指潘夏二人文采斐然。機：陸機。雲：陸雲。應：應貞。傅：傅玄。三張：張載、張協、張亢三兄弟。孫：孫楚。摯：摯虞。成公：成公綏。 (64)前史：前人所撰晉史。季世：末世。人未盡才：西晉動蕩，文士如張華、潘岳、陸機、陸雲、嵇含、劉琨等殞命於時政，左思托隱故鄉，張載告病故里，張協卒於家中，摯虞餓死於荒亂等，故有此論。 (65)元皇：晉元帝司馬睿。中興：即司馬睿建東晉王朝。建學：建立太學。事見《晉書・元帝紀》。 (66)劉：劉隗（wěi）。刁：刁協。禮史：主掌禮法之官吏。景純：郭璞之字。優擢：優先擢升。 (67)明帝：東晉明帝司馬紹。秉哲：秉賦智慧。儲：儲君，太子。升儲御極：由太子而為君主。孳孳：不怠息。藝：儒家六藝。 (68)庾：庾亮。筆才：善於寫作無韻之文的才能。溫：溫嶠。 (69)成：晉成帝司馬衍。康：晉康帝司馬嶽。促齡：壽命短夭。穆：晉穆帝司馬聃。哀：晉哀帝司馬丕。短祚：享國短暫。祚：皇位。簡文：簡文帝司馬昱。淵：深遠。清峻：清談俊逸。函滿：充滿。玄席：即席而能談玄析理。 (70)孝武：孝武帝司馬曜。安：晉安帝司馬德宗。恭：晉恭帝司馬德文。司馬德宗智障，不辯寒暑，口不能言，為劉裕所殺。其後，司馬德文為劉裕所立又為其所殺。 (71)袁：袁宏。殷：殷仲文。曹：等、輩。孫：孫盛。干：干寶。珪：一種上圓下方的玉器；璋：狀如半圭的玉器；古人朝聘、祭祀、喪葬時佩以感神通天、敬神祇；此用以喻指人才。 (72)中朝：西晉。玄：玄學，以《老子》《莊子》《周易》號為"三玄"。江左：即江東，此指偏安一隅的江東政權。 (73)世：時世。迍邅（zhūn zhān）：艱難。夷泰：安閑適心。柱下：老子曾仕周柱下史，故以柱下喻老學之旨。漆園：莊子嘗為漆園史，故以漆園喻莊學之旨。 (74)宋武：宋武帝劉裕。文帝：宋文帝劉義隆。彬雅：氣度文雅而頗富儒識。孝武：宋孝武帝劉駿。英采：英辭麗采。雲構：如雲狀之繁姿富麗。 (75)明帝：宋明帝劉彧（yù）。替：廢替。 (76)縉紳：插笏（hù）垂紳，古時高級官吏的服飾，代指士大夫。霞蔚而飆起：如雲霞般蔚然升騰，如狂風般鬱起，指眾多突現。 (77)王袁聯宗：指何氏與袁氏宗族中出現眾多文才，如何氏宗族之王誕、王僧達、王徽、王韶之、王準；袁氏宗族之袁淑、袁湛、袁顗、袁粲等。龍章：精美如雕龍之文。顏謝：顏姓如顏延之、顏峰、顏師伯、顏峻、顏測等；謝姓如謝晦、謝靈運、謝瞻、謝惠連、謝莊等。重葉：幾代。凰采：義同"龍章"。何范張沈：何姓如何尚之、何承天、何長瑜等；范姓如范泰、范曄父子；張姓如張永、張敷、張望等；沈姓如沈約、沈懷文、沈懷遠等。 (78)暨：及至。皇：大。皇齊：大齊，系對齊朝的美稱。馭寶：掌握國之皇祚。休明：升平盛世。

⑦太祖：齊高帝蕭道成。膺：受。籙：君主受命于天的"符命"。世祖：齊武帝蕭賾。纂業：承續大業。文帝：文惠太子蕭長懋，文帝為其謚號。貳離：《周易·離卦》"明兩作離"，離為火，雙重明亮，指作為儲君（太子）的蕭長懋與其父武帝並稱。中宗：高宗之誤，指齊明帝蕭鸞。緝遐：疑作"緝熙"，光明。景：大。　⑧聖曆：國運。光被：光輝所澤及。海岳降神：山川靈秀多有才俊。轢（lì）：超過、壓倒。颺言：大聲之語。明哲：英明睿哲之士。　⑧十代：唐、虞、夏、商、周、漢、魏、晉、宋、齊，歷計十代。九：多、數次。

⑧樞中：文章的關鍵與中心。環流：如水一樣循環流轉。　⑧崇替：興廢。選：選擇。

⑧曠：疑作"僾"（ài）。曠焉：仿佛。

延伸思考

刘勰认为文学发展的动力是什么？你对此有何看法？

知　音

本篇主要探讨了文学批评与鉴赏的相关问题。作者主要强调了以下观点：一、批判了文学批评与鉴赏中的诸种积弊，如"贵古贱今""文人相轻""信伪迷真"等现象。二、分析了文学批评与鉴赏不能做到客观公允的原因，一方面是由于"篇章杂沓，质文交加"，故而"文情难鉴"；另一方面则是由批评与鉴赏者"知多偏好，人莫圆该"所致。三、提出文学批评鉴赏的原则、方法，即在"博观"基础上，本着"无私于轻重，不偏于憎爱"的批评原则，通过"六观"方法去"平理若衡，照辞如镜"，做到全面、公正、客观、公允地批评、评价文学作品。刘勰的文章批评论是深刻而有指导性意义的。

知音其難哉①！音實難知，知實難逢，逢其知音，千載其一乎！夫古來知音，多賤同而思古②，所謂"日進前而不御，遙聞聲而相思也③。"昔《儲說》始出④，《子虛》初成⑤，秦皇、漢武，恨不同時。既同時矣，則韓囚而馬輕⑥，豈不明鑒同時之賤哉？至於班固傅毅，文在伯仲，而固嗤毅云："下筆不能自休⑦。"及陳思論才，亦深排孔璋⑧；敬禮請潤色，歎以為美談⑨；季緒好詆訶，方之於田巴⑩，意亦見矣。故魏文稱"文人相輕"⑪，非虛談也。至如君卿脣舌，而謬欲論文，乃稱史遷著書，諮東方朔，於是桓譚之徒，相顧嗤笑⑫。彼實博徒，輕言負誚⑬，況乎文士，可妄談哉！故鑒照洞明，而貴古賤今者，二主是也⑭；才實鴻懿，而崇己抑人者，班曹是也⑮；學不逮文，而信偽迷真者,樓護是也⑯:醬瓿之議⑰,豈多歎哉!

夫麟鳳與麏雉懸絕⑱,珠玉與礫石超殊⑲,白日垂其照,青眸寫其形⑳。然魯臣以麟為麏㉑,楚人以雉為鳳㉒,魏氏以夜光為怪石㉓,宋客以燕礫為寶珠㉔。形器易徵㉕,謬乃若是;文情難鑒,誰曰易分?

夫篇章雜沓,質文交加㉖,知多偏好㉗,人莫圓該㉘。慷慨者逆聲而擊節㉙,醞藉者見密而高蹈㉚,浮慧者觀綺而躍心㉛,愛奇者聞詭而驚聽㉜。會己則嗟諷㉝,異我則沮棄㉞,各執一隅之解,欲擬萬端之變㉟:所謂"東向而望,不見西牆"也㊱。

凡操千曲而後曉聲,觀千劍而後識器㊲;故圓照之象,務先博觀㊳。閱喬岳以形培塿㊴,酌滄波以喻畎澮㊵,無私於輕重,不偏於憎愛,然後能平理若衡㊶,照辭如鏡矣。是以將閱文情,先標六觀㊷:一觀位體,二觀置辭,三觀通變,四觀奇正,五觀事義,六觀宮商㊸。斯術既形,則優劣見矣㊹。

夫綴文者情動而辭發,觀文者披文以入情㊺,沿波討源㊻,雖幽必顯。世遠莫見其面,覘文輒見其心㊼。豈成篇之足深,患識照之自淺耳㊽。夫志在山水,琴表其情,況形之筆端,理將焉匿㊾?故心之照理,譬目之照形,目瞭則形無不分㊿,心敏則理無不達(51)。然而俗監之迷者(52),深廢淺售(53),此莊周所以笑《折楊》(54),宋玉所以傷《白雪》也(55)。昔屈平有言:"文質疏內,眾不知余之異采(56)。"見異唯知音耳。揚雄自稱"心好沈博絕麗之文"(57),其事浮淺(58),亦可知矣。夫唯深識鑒奧,必歡然內懌(59),譬春臺之熙眾人,樂餌之止過客(60)。蓋聞蘭為國香,服媚彌芬(61);書亦國華,玩繹方美(62):知音君子,其垂意焉。

贊曰:洪鍾萬鈞,夔曠所定(63)。良書盈篋,妙鑒廼訂(64)。流鄭淫人,無或失聽(65)。獨有此律,不謬蹊徑(66)。

——選自范文瀾《文心雕龍注》卷十

注释

①知音:《列子·湯問》載:"伯牙鼓琴,志在高山,鍾子期曰:'峨峨兮若泰山';志在流水,曰:'洋洋兮若江河'。鍾子期死,伯牙絕弦,以無知音者。"這裏化用此典來闡述文學鑒賞的若干問題。 ②同:同時代的作家。古:前輩作家。 ③日:每天。進

前:近前、面前。御:用。聲:名聲。語出《鬼谷子·内楗》。　④《儲說》:指《韓非子》中的《内儲說》《外儲說》。　⑤《子虛》:指司馬相如《子虛賦》。　⑥典出《史記·老莊申韓列傳》:"秦王見《孤憤》、《五蠹》之書,曰:'嗟乎! 寡人得見此人,與之遊,死不恨矣。'"又《漢書·司馬相如傳》:"蜀人楊得意為狗監侍上。上讀《子虛賦》而善之,曰:'朕獨不得與此人同時哉!'"又《史記·老莊申韓列傳》載:"李斯、姚賈害之。……秦王以為然,下吏治非,李斯使人遺非藥,使自殺。"按:司馬相如受詔後為"郎",被視為倡優弄臣,晚年罷官閒居,鬱鬱而終。　⑦語出曹丕《典論·論文》。　⑧陳思:即曹植,被封為陳王,諡號"思"。孔璋:陳琳之字。典見《與楊德祖書》:"以孔璋之才,不閑於辭賦,而多自謂能與司馬長卿同風,譬畫虎不成,反為狗也。"　⑨敬禮:即丁廙(yì)(? —? 220 年),字敬禮,沛郡(今安徽濉溪)人,漢末作家。典見《與楊德祖書》:"昔丁敬禮嘗作小文,使僕潤飾之,僕自以才不過若人,辭不為也。敬禮謂僕:'卿何所疑。文之佳惡,吾自得之,後世誰相知定吾文者邪?'吾常歎此太言,以為美談。"

⑩季緒:劉修之字,漢末作家。詆訶:誹謗。方:比擬。田巴:戰國時齊國辯士。《與楊德祖書》:"劉季緒才不能逮于作者,而好詆訶文章,掎摭(jǐ zhí)利病。昔田巴毀五帝、罪三王,訾五霸於稷下,一旦而服千人。魯連一說,使終身杜口。劉生之辯,未若田氏;今之仲連,求之不難,可無歎息乎?"　⑪語出曹丕《典論·論文》:"文人相輕,自古而然。"　⑫君卿:樓護,西漢末年辯士。脣舌:指有口才。謬:謬見。　⑬彼:指樓護。博徒:賭徒。輕言:草率之言。負誚:遭受嘲諷。　⑭二主:指上文的秦皇、漢武。

⑮鴻懿:大而美。班、曹:班固、曹植。　⑯逮:及。學不逮文:學問膚淺而不足以品評文章。　⑰瓿(bù):小瓦罐。醬瓿之議:語見《漢書·揚雄傳贊》:"雄著《太玄》,劉歆嘗觀之,謂雄曰:'空自苦……吾恐後人用覆醬瓿也。'"多:多餘。　⑱麇(jūn):同"麕",獐子。懸絕:差異很大。　⑲礫(lì)石:碎石。超殊:義同"懸絕"。　⑳其:代指上句所列舉事物。青眸:黑眼珠。　㉑典見《孔叢子·記問》:"叔孫氏之車子曰鉏商,樵於野而獲獸焉。眾莫不識,以為不祥,棄之五父之衢。冉有告孔子曰:'麇身而肉角,豈天之妖乎?'夫子曰:'今何在? 吾將觀焉。'遂往,謂其御高柴曰:'若求之言,其必麟乎!'到視之,果信。"　㉒典見《尹文子·大道》:"楚有擔山雉者,路人問何鳥也? 擔雉者欺之曰:'鳳凰也。'買而獻之楚王。"　㉓典出《尹文子·大道》:"魏之田父,得玉徑尺,弗知其玉也,以告鄰人。鄰人紿之曰:'怪石也。'歸而置之廡下,明照一室,怪而棄之於野。"　㉔典出《藝文類聚》所引《闕子》:"宋之愚人得燕石於梧台之東,歸而藏之,以為寶。周客聞而觀焉,掩口而笑曰:'此特燕石也,其與瓦甓不殊。'"　㉕徵:驗證。　㉖雜沓(tà):紛雜。　㉗知:知音。　㉘該:兼備。　㉙逆:迎。擊節:拍節應和以表示欣賞。　㉚縕(yùn)藉:含蓄雋永。密:縝密。高蹈:情思活躍。　㉛浮

慧者:浮華小慧之士。綺:華麗的絲織品,本處指華麗的作品。躍心:歡心雀躍。㉜詭:新奇。驚聽:以為動聽。㉝會:契合。會己:契合自己的愛好。嗟諷:誦頌不已。㉞異我:不符合自己的愛好。沮棄:沮然放棄。㉟一隅之解:片面的理解。擬:衡量。㊱語出《淮南子·氾論》:"故東面而望,不見西牆;南面而視,不睹北方。"氾(fàn):同"泛"。㊲操千曲而後曉聲:《太平御覽》引桓譚《新論》:"成少伯工吹竽,見安昌侯張子夏鼓瑟,謂曰:'音不通千曲以上,不足以為知音。'"觀千劍而後識器:語出《意林》引桓譚《新論》:"揚子雲攻于賦,王君大習兵器。余欲從二子學。子雲曰:'能讀千賦則善賦。'君大曰:'能觀千劍則曉劍。'"㊳圓:透徹。照:觀察。象:方法。㊴喬岳:高山。形:顯示。培塿(pǒu lǒu):小土丘。㊵酌:酌量。滄波:滄海大波。喻:知曉。畎澮(quǎn kuài):田間小水溝。㊶衡:名詞,秤。㊷觀:名詞,方面。㊸位體:確立文體。置辭:組織語言。通變:對前代文學遺產的承傳會通。奇正:或奇異或雅正的表達方式。事義:用典故以明理。宮商:作品的音律。㊹斯術:即上文所言之六觀。㊺披:披閱。披文以入情:由閱讀文辭進而領受作品的思想感情。㊻討:探尋。㊼覘(chān):看、閱讀。輒:往往。㊽識照:鑒別力。㊾夫志在山水,琴表其情:見本文對"知音"的注释。匿:隱匿。㊿瞭:眼睛明亮。(51)敏:機敏。達:通曉。(52)俗鑒之迷者:即俗士在文學鑒賞方面的迷誤。(53)深廢淺售:即內容深刻的作品被沮棄,而內容淺薄的卻廣為俗士接受。(54)見《莊子·天地》:"大聲(按:指《咸池》《大韶》之樂)不入於里耳,《折楊》《皇華》(按:民間歌曲),則嗑然而笑。"(55)見宋玉《對楚王問》。(56)語見《楚辭·九章·懷沙》"文疏質內",內,同"訥"。意為:外表疏疏落落,內心樸實。(57)語見《古文苑》卷十《答劉歆書》:"雄為郎之歲,自奏少不得學,而心好沈博絕麗之文。"沈博:深沉廣博。絕麗:超乎尋常的詞藻。(58)其事浮淺:疑為"其不事浮淺",或"不事浮淺"。(59)懌(yì):喜悅。(60)語出《老子》:"眾人熙熙,如登春台""樂與餌,止過客"。(61)見《左傳·宣公三年》:"以蘭為國香,人服媚之如是。"服:佩帶。媚:喜愛。(62)國華:一國文明的精華。玩繹:鑒賞探究。(63)洪鐘:大鐘。鈞:三十斤為一鈞。夔:舜時樂官。曠:戰國時晉國樂官。(64)篋(qiè):箱子。妙鑒:高明的鑒賞者。訂:訂正。(65)流鄭:具有流俗傾向的鄭國樂曲。淫人:使人情意迷惑。無或:不可。失聽:失去正確的聽辨力。(66)此律:上文所言"六觀"。蹊徑:小路。

延伸思考

文章认为应该怎样才能做到"知音"?

诗品序

◉ 钟　嵘

钟嵘(约468—518年),字仲伟,颍川长社(今河南长葛市)人。《梁书》
与《南史》的《文学传》都有传。

《诗品》原名《诗评》,"评"有评优劣之意;"品"有定品第之意。因该书
以上中下三品论诗,《诗品》遂为定名。《诗品》针对文坛五言诗兴起繁荣的
局面,专论五言诗。书中分为上中下三卷,共论列上品、中品、下品诗人一百
二十二人,每卷前有序言。《诗品序》一文便是将三卷的序言连在一起而
成。序言讨论了创作的缘起,在继承传统"物感"的缘起之外,注重了社会生
活对诗人创作的感召;在诗歌标准方面,《诗品序》提出了"滋味"说;在写作技
巧方面,《诗品序》提倡自然和谐的声律,反对声病;提倡"直寻",反对用典。
清代章学诚在《文史通义》中褒美《诗品》"思深而意远",是很有见地的。

　　氣之動物,物之感人,故搖蕩性情,形諸舞詠。照燭三才,暉麗萬有,靈
祇待之以致饗,幽微藉之以昭告①。動天地,感鬼神,莫近於詩。

　　昔《南風》之詞,《卿雲》之頌②,厥義夐矣③。夏歌曰"郁陶乎予心"④,
楚謠曰"名余曰正則"⑤,雖詩體未全,然是五言之濫觴也。逮漢李陵,始著
五言之目矣⑥。古詩眇邈,人世難詳,推其文體,固是炎漢之製⑦,非衰周之
倡也⑧。自王、揚、枚、馬之徒⑨,詞賦競爽,而吟詠靡聞。從李都尉迄班婕
妤⑩,將百年間,有婦人焉,一人而已⑪。詩人之風,頓已缺喪。東京二百載
中⑫,惟有班固《詠史》,質木無文⑬。降及建安,曹公父子,篤好斯文;平原
兄弟⑭,鬱為文棟⑮;劉楨、王粲,為其羽翼。次有攀龍託鳳,自致於屬車
者⑯,蓋將百計。彬彬之盛,大備於時矣!爾後陵遲衰微⑰,迄于有晉。太
康中⑱,三張、二陸、兩潘、一左⑲,勃爾復興,踵武前王⑳,風流未沫㉑,亦文章
之中興也。永嘉時㉒,貴黃老,稍尚虛談,於時篇什,理過其辭,淡乎寡味。
爰及江表㉓,微波尚傳,孫綽、許詢、桓、庾諸公詩㉔,皆平典似《道德論》㉕,建
安風力盡矣㉖。先是郭景純用儁上之才,變創其體;劉越石仗清剛之氣,贊
成厥美㉗。然彼眾我寡,未能動俗。逮義熙中,謝益壽斐然繼作㉘。元嘉
中,有謝靈運㉙,才高詞盛,富豔難蹤,固已含跨劉、郭,凌轢潘、左㉚。故知

123

陈思为建安之杰[31]，公幹、仲宣为辅[32]；陆机为太康之英，安仁，景阳为辅[33]；谢客为元嘉之雄[34]，颜延年为辅[35]：斯皆五言之冠冕[36]，文词之命世[37]也。

夫四言文约意广，取效风骚，便可多得，每苦文繁而意少，故世罕习焉。五言居文词之要，是众作之有滋味者也，故云会于流俗。岂不以指事造形，穷情写物，最为详切者邪？故诗有三义焉：一曰兴，二曰比，三曰赋。文已尽而意有余，兴也；因物喻志，比也；直书其事，寓言写物，赋也。宏斯三义，酌而用之，幹之以风力，润之以丹彩[38]，使味之者无极，闻之者动心，是诗之至也。若专用比兴，患在意深，意深则词躓[39]。若但用赋体，患在意浮，意浮则文散，嬉成流移[40]，文无止泊[41]，有芜漫之累矣。

若乃春风春鸟，秋月秋蝉，夏云暑雨，冬月祁寒[42]，斯四候之感诸诗者也。嘉会寄诗以亲，离群托诗以怨。至于楚臣去境[43]，汉妾辞宫[44]。或骨横朔野，魂逐飞蓬。或负戈外戌，杀气雄边。塞客衣单，孀闺泪尽。或士有解佩出朝，一去忘反。女有扬蛾入宠，再盼倾国[45]。凡斯种种，感荡心灵，非陈诗何以展其义？非长歌何以骋其情？故曰："诗可以群，可以怨。"使穷贱易安，幽居靡闷，莫尚于诗矣。故词人作者，罔不爱好。今之士俗，斯风炽矣。缠能胜衣，甫就小学[46]，必甘心而驰骛焉。于是庸音杂体，人各为容。至使膏腴子弟，耻文不逮。终朝点缀，分夜呻吟，独观谓为警策，众睹终沦平钝。次有轻薄之徒，笑曹、刘为古拙[47]，谓鲍照羲皇上人[48]，谢朓今古独步。而师鲍照，终不及"日中市朝满"[49]；学谢朓，劣得"黄鸟度青枝"[50]。徒自弃于高明，无涉于文流矣。

观王公缙绅之士，每博论之余，何尝不以诗为口实[51]，随其嗜欲，商榷不同。淄渑并泛[52]，朱紫相夺，喧议竞起，准的无依[53]。近彭城刘士章[54]，俊赏之士[55]，疾其淆乱，欲为当世诗品，口陈标榜，其文未遂，感而作焉。昔九品论人[56]，七略裁士[57]，校以宾实[58]，诚多未值[59]。至若诗之为技，较尔可知[60]，以类推之，殆均博弈。方今皇帝资生知之上才[61]，体沈郁之幽思，文丽日月，赏究天人[62]，昔在贵游[63]，已为称首[64]。况八纮既奄[65]，风靡云蒸，抱玉者联肩，握珠者踵武[66]。固以瞰汉、魏而不顾，吞晋、宋于胸中。谅非农歌辕议[67]，敢致流别。嵘之今录，庶周旋于闾里，均之于谈笑耳。

一品之中，略以世代为先后，不以优劣为诠次[68]。又其人既往，其文克定，今所寓言，不录存者。夫属词比事[69]，乃为通谈。若乃经国文符，应资博古；撰德驳奏，宜穷往烈[70]。至乎吟咏情性，亦何贵于用事[71]？"思君如流水”，既是即目；“高臺多悲風”⑦，亦惟所見；“清晨登隴首”，羌無故實⑦；“明月照積雪”⑦，詎出經、史。觀古今勝語，多非補假，皆由直尋⑦。顏延、謝莊，尤為繁密⑦，於時化之。故大明、泰始中⑦，文章殆同書鈔。近任昉、王元長等，辭不貴奇，競須新事，爾來作者，寖以成俗⑦。遂乃句無虛語，語無虛字，拘攣補衲，蠹文已甚⑦。但自然英旨，罕值其人。詞既失高，則宜加事義，雖謝天才，且表學問，亦一理乎⑧！

陸機《文賦》，通而無貶；李充《翰林》，疎而不切；王微《鴻寶》，密而無裁；顏延論文，精而難曉；摯虞《文志》⑧，詳而博贍，頗曰知言。觀斯數家，皆就談文體，而不顯優劣。至於謝客集詩，逢詩輒取；張騭《文士》，逢文即書⑧。諸英志錄，並義在文，曾無品第。嶸今所錄，止乎五言。雖然，網羅今古，詞文殆集，輕欲辨彰清濁，掎摭病利⑧，凡百二十人。預此宗流者，便稱才子。至斯三品升降，差非定制，方申變裁，請寄知者爾⑧。

昔曹、劉殆文章之聖，陸、謝為體貳之才⑧，銳精研思，千百年中，而不聞宮商之辨，四聲之論⑧。或謂前達偶然不見，豈其然乎？嘗試言之：古曰詩頌，皆被之金竹，故非調五音無以諧會。若“置酒高堂上”，“明月照高樓”，為韻之首⑧。故三祖之詞⑧，文或不工，而韻入歌唱，此重音韻之義也，與世之言宮商異矣。今既不被管弦，亦何取於聲律邪？齊有王元長者，嘗謂余云：“宮商與二儀俱生，自古詞人不知之，惟顏憲子乃云律呂音調⑧，而其實大謬；唯見范曄、謝莊頗識之耳⑧。嘗欲進《知音論》，未就。”王元長創其首，謝朓、沈約揚其波⑨，三賢或貴公子孫，幼有文辯。於是士流景慕，務為精密，襞積細微，專相陵架⑨，故使文多拘忌，傷其真美。余謂文製，本須諷讀，不可蹇礙，但令清濁通流，口吻調利，斯為足矣。至平上去入，則余病未能；蜂腰鶴膝，閭里已具⑨。

陳思“贈弟”，仲宣《七哀》，公幹“思友”，阮籍《詠懷》⑨，子卿“雙鳧”，叔夜“雙鸞”，茂先“寒夕”，平叔“衣單”⑨，安仁“倦暑”，景陽“苦雨”，靈運《鄴中》，士衡《擬古》⑨，越石“感亂”，景純“詠仙”，王微“風月”，謝客“山泉”⑨，叔源“離宴”，鮑照“戍邊”，太冲《詠史》，顏延“入洛”，陶公《詠貧》之製，惠連《擣衣》之作⑨，斯皆五言之警策者也。所以謂篇章之珠澤，文采之鄧林⑨。

——選自何文煥《歷代詩話》

注释

　　①三才：天、地、人。靈祇：神靈。饗：祭祀。　　②《南風》：相傳舜作《南風歌》，有"南風之薰兮"句。《卿雲》：指《卿雲歌》，有"卿雲爛兮"句。　　③夐：深長。　　④郁陶乎予心：見偽古文《尚書·五子之歌》。　　⑤名余曰正則：見屈原《離騷》。　　⑥逮漢李陵句：《文選》載李陵《與蘇武詩》三首。或認為是後人假託。目：題材項目。　　⑦炎漢：古代王朝有以水、火、木、金、土五行之德交替為王的說法，據說漢代以火德興起，故稱炎漢。　　⑧衰周：周末。倡：同唱。　　⑨王：王褒。揚：揚雄。枚：枚乘。馬：司馬相如。　　⑩李都尉：李陵官騎都尉。班婕妤：漢成帝時婕妤。《玉台新詠》載其《怨詩》一首，或認為是後人偽託。　　⑪一人而已：指除了一個女詩人，就只有李陵一人。　　⑫東京：東漢的首都洛陽相對西漢的都城而言在東面，所以稱東京。此處以東京指東漢。　　⑬質木無文：枯燥無文采。　　⑭平原兄弟：指陳思王曹植及其兄曹丕。曹植在建安十六年曾被封為平原侯。　　⑮鬱：盛。文棟：文壇的骨幹。　　⑯屬車：侍從之車，代指部屬。　　⑰陵遲：逐漸下降。　　⑱太康：晉武帝年號，公元280—289年。　　⑲三張：張載、張協、張亢。二陸：陸機、陸雲。兩潘：潘岳、潘尼。一左：左思。　　⑳踵武前王：屈原《離騷》有"及前王之踵武"句。踵：追。武：跡。這句說繼建安之盛。　　㉑沫：已、盡。　　㉒永嘉：晉懷帝年號，公元307—312年。　　㉓江表：即江外，指長江以南的地方。東晉建都建康，所以又稱東晉為江表。　　㉔孫綽句：孫綽，字興公。許詢，字玄度。桓、庾，指桓溫和庾亮。這些都是東晉著名玄言詩人。　　㉕《道德論》：闡說道家思想的作品，三國魏何晏、夏侯玄、阮籍都寫過此論，今已亡佚。　　㉖風力：猶言風骨，是健康的內容和生動有力的語言形式的結合。　　㉗先是郭景純用儁上之才四句：郭璞，字景純。劉琨，字越石。這幾句贊許郭璞《遊仙詩》風格高儁，劉琨的作品骨力清剛。　　㉘義熙：晉安帝年號，公元305—418年。謝益壽：謝混，小字益壽。謝混開始寫山水詩。斐然，文才突出的樣子。　　㉙元嘉：宋文帝年號，公元424—453年。　　㉚含跨：包含、超過。淩轢：壓倒。　　㉛陳思：曹植封陳王，卒諡思。　　㉜公幹句：公幹，劉楨字。仲宣，王粲字。　　㉝安仁句：安仁，潘岳字。景陽，張協字。　　㉞謝客：謝靈運幼名客兒。　　㉟顏延年：顏延之字延年。　　㊱冠冕：超過其他人的首要人物。　　㊲命世：名高一世。　　㊳丹彩：即詞藻。　　㊴躓：礙、頓、不順暢。　　㊵嬉成流移：輕浮油滑之意。㊶止泊：歸宿。　　㊷祁寒：酷寒。　　㊸楚臣句：楚臣指屈原，這句指屈原被逐事。㊹漢妾辭宮句：這句指昭君出塞事。　　㊺女有揚蛾入寵二句：蛾，蛾眉。這句指漢武帝時李夫人得幸事。　　㊻纔能勝衣二句：勝衣，謂兒童稍長能穿成人之衣，身體經得住成人衣服的重量。出《史記·三王世家》。小學，《漢書·食貨志》："八歲，入小學，學六

126

甲五方書記之事。"　㊼曹、劉:曹植、劉楨。　㊽謂鮑照羲皇上人句:羲皇,傳說中的上古帝王伏羲氏。謂時人推崇鮑照,將他比作羲皇上人,顯示其在詩壇上有崇高地位。　㊾日中市朝滿:見鮑照《代結客少年場行》。　(50)黄鳥度青枝:見虞炎(齊人)《玉階怨》。　(51)口實:口實原指口中之物,此處引申為談話資料。　(52)淄澠:二水名,都在山東;二水味異,合則難辨。　(53)準的:標準。　(54)劉士章:劉繪,字士章,齊中庶子,鍾嶸《詩品》列之於下品。　(55)俊賞之士:很高明的文學欣賞者。　(56)九品論人:班固《漢書・古今人表》將人分為九等。　(57)七略裁士:劉歆作《七略》,將所有圖書分為七類,這裏指分七類評論作家。　(58)賓實:即名稱與名稱所包含的內容。《莊子・逍遥遊》:"名者,實之賓也。"　(59)未值:不恰當。　(60)較:明顯貌。　(61)方今皇帝:指梁武帝蕭衍。　(62)賞究天人:賞析作品,能窮究天人之理。　(63)貴遊:蕭衍在當皇帝之前和其他一些文士的交遊生活。《梁書・武帝紀》:"竟陵王子良開西邸,招文學,高祖與沈約、謝朓、王融、蕭琛、范雲、任昉、陸倕等並遊焉,號曰八友。"　(64)稱首:蕭衍名列"竟陵八友"之首。　(65)八紘:八方。奄:覆。八紘既奄謂已統治天下。　(66)抱玉者聯肩二句:此二句謂當時文士眾多。"抱玉者""握珠者"都是指有才華的文人。　(67)農歌轅議:農民的歌謠,趕車人的議論。　(68)詮次:詮,解释。詮次,按照次序解释。　(69)屬詞比事:屬詞,組織詞句;比事,類列事實。　(70)經國文符二句:有關國家大事的文書,應該用許多古事去寫作。資,用。撰德駁奏二句:敘述德行和駁議奏疏等文章,應該儘量稱引古人的功業。　(71)用事:用典。　(72)思君如流水:徐幹《室思》句。高臺多悲風:曹植《雜詩》句。　(73)清晨登隴首:《北堂書鈔》卷一五七引張華詩:"清晨登隴首,坎壈行山難。"《全晉詩》失載。羌:發語詞。故實:典故。　(74)明月照積雪:謝靈運《歲暮》句。　(75)補假:拼湊借用前人語句或典故。直尋:直接描寫感受。　(76)繁密:指顏謝作品的弊病。《詩源辨體》卷七序云:"顏謝諸子,語既雕刻,而用事實繁,故多有難明耳。"　(77)大明:宋孝武帝年號,公元457—469年。泰始:宋明帝年號,公元465—471年。　(78)任昉:梁人。锺嶸在《詩品》卷中評"昉既博物,動輒用事,所以詩不得奇"。王元長,即王融。寖:漸。　(79)虛語、虛字:指不用典故的詞語。拘攣補衲:拘攣,拘束。補衲:補綴拼合。蠹文,對文學創作的毒害。　(80)詞既失高五句:意謂文詞既不高明,那就不得不依賴於添加故實和前人所說的道理,這樣做,雖然稱不上天才,但是可以體現出學問,這也算是用典的一個理由吧。　(81)李充《翰林》下數句:李充,晉人。字弘度,或作弘範。東晉初江夏人。《隋書・經籍志・總集類》著録:"《翰林論》三卷,李充撰。"《全晉文》輯存佚文十數則。《鴻寶》:《隋書・經籍志》載《鴻寶》十卷,已佚。顏延論文,指顏延之《庭誥》中的論文之語。《文志》:《隋書・經籍志》載"《文章志》四卷,摯虞撰。"已佚。　(82)謝客四句:謝客集詩:指謝靈運的《詩集》五十卷、《詩集鈔》十卷、《詩英》九卷,都載于《隋書·經籍志》,已佚。《文士》:《隋書·經籍志》載"《文章志》五十卷,張隱撰",已佚。　⑧輕欲二句:輕欲,自謙語,猶言妄欲。辯彰,辨明。掎摭:指摘。　⑧凡百二十人數句:百二十人,《詩品》中上品十一人,中品三十九人,下品六十九人,一共一百二十二人。句中舉整數而言。三品升降四句,意為將作家劃分為上中下三品,大抵不是確定的論斷,有待於知詩的人來再作品評。　⑧體貳:《文選》載李康《運命論》云:"雖仲尼至聖,顏、冉大賢,揖讓於規矩之內,闐闐於洙泗之上,不能遏其端。孟軻、孫卿體二希聖,從容正道,不能維其末。"六臣注引張銑曰:"孟、孫二字體法顏、冉,故云體二。"鍾嶸此處意謂陸、謝二家之才接近曹、劉之聖。　⑧宮商二句:宮商,在文中是四聲的代用語。見沈約《宋書·謝靈運傳論》。四聲,即平上去入,是沈約所持聲律論的主要內容之一。沈約著有《四聲譜》。　⑧置酒高堂上,阮瑀《雜詩》句。明月照高樓,曹植《七哀詩》句。　⑧三祖:魏武帝曹操,太祖;文帝曹丕,高祖;明帝曹叡,烈祖。　⑧顏憲子:即顏延之,憲子是謚號。　⑧唯見范曄句:指范曄、謝莊能認識音律的問題。《宋書·范曄傳》載范曄在獄中《與諸甥侄書》云:"性別宮商,識清濁,斯自然也。觀古今文人,多不全瞭此務。縱有會此者,不必從根本中來。言之皆有實證,非為空談。年少中,謝莊最有其分。"　⑧王元長二句:此處指王融等人提倡四聲八病。　⑧襞(bì)積:裙上的褶。此處比喻詩歌韻律方面繁瑣的花樣。陵架:超越而上。　⑧蜂腰鶴膝二句:沈約等提出詩歌寫作應該避免八種聲韻上的毛病:平頭、上尾、蜂腰、鶴膝、大韻、小韻、傍紐、正紐。蜂腰、鶴膝為其中之二。閭里已具:大意謂蜂腰鶴膝那一類聲調抑揚對稱的歌詩特點,民歌中也是有的。

　⑨陳思"贈弟":指曹植《贈白馬王彪》;仲宣《七哀》:王粲有《七哀詩》;公幹"思友":指劉楨《贈徐幹詩》,中有"思子沈心曲,長歎不能言"二句;阮籍《詠懷》:阮籍有《詠懷》八十二首。　⑨子卿"雙鳧":蘇武,字子卿。《古文苑》載蘇武《別李陵詩》云:"雙鳧俱北飛,一鳧獨南翔。"叔夜"雙鸞":嵇康,字叔夜,有《贈秀才入軍》,中有"雙鸞匿景曜"句。茂先"寒夕":張華,字茂先,《雜詩》有"繁霜降當夕"句。平叔"衣單":何晏字平叔,《衣單》詩已佚。　⑨安仁"倦暑":潘岳字安仁,有《在縣作》二首,中有"隆暑方赫曦""時暑忽隆熾"等句。《悼亡》詩有"淒暑隨節闌"句。景陽"苦雨":張協有《雜詩》十首,中有"飛雨灑朝蘭""密雨如散絲""森森散雨足"等句。靈運"鄴中":謝靈運有《擬魏太子鄴中集詩》八首。士衡《擬古》:陸機有《擬古詩》十二首。　⑨越石"感亂":劉琨有《扶風歌》《重贈盧諶》等詩,皆"感亂"而作。景純"詠仙":郭璞有《遊仙詩》十四首。王微"風月":江淹《雜體詩》中的《王徵君微養疾》一首詩:"清陰往來遠,月華散前墀"知王微原有詠"風月"詩,今已佚。謝客"山泉":謝靈運以寫山水詩著稱。

　⑨叔源"離宴":謝混有《送二王在領軍府集詩》,有"樂酒輒今辰,離端起來日"句。

鲍照"戍邊":鲍照有《代出自薊北門行》,内容寫戍邊。太沖《詠史》:左思有《詠史詩》八首。顔延"入洛":顔延之有《北使洛》詩。陶公《詠貧》之製:陶淵明有《詠貧士詩》七首。惠連《擣衣》之作:謝惠連有《擣衣詩》。　99珠澤:《穆天子傳》有"天子北征,舍於珠澤"句。原注"此澤出珠,因名之云"。鄧林:桃林。珠澤、鄧林都比喻文采之薈萃。

延伸思考

1.文中提到"建安风力",结合具体作品谈谈你的看法。
2.结合具体的作品,谈谈你对"滋味"的理解。

诗品（选录）

◉古　诗

《古诗》原是汉代无名氏作品,并非一人一时所作,梁萧统因其风格相近,合在一起收入《文选》,题为《古诗十九首》,后世沿用这一称呼。

钟嵘在《诗品》中,将《古诗》列为上品,因其年代早远,更首加品评,给予相当高的评价。

其體源出於《國風》①。陸機所擬十四首②,文溫以麗③,意悲而遠,驚心動魄,可謂幾乎一字千金!其外"去者日以疏"四十五首④,雖多哀怨,頗為總雜⑤,舊疑是建安中曹、王所制⑥。"客從遠方來"、"橘柚垂華實",亦為驚絕矣⑦!人代冥滅,而清音獨遠,悲夫!

——選自何文煥《歷代詩話》《詩品卷》上

注释

①其體源出於《國風》句:鍾嵘在論詩時,注意詩歌的源流發展,把所論列的詩歌分為"國風系""小雅系""楚辭系"三大類別。所以章學誠在《文史通義》中贊其為"深從六藝溯流別"。　②陸機句:《文選》有陸機《擬古詩十二首》,據曹旭《詩品集注》,"十四"當為"十二"。　③文溫以麗:溫,指溫柔敦厚的特質。麗,指詞句清麗。④其外句:"去者日以疏"為《文選·古詩十九首》中的第十四首。　⑤總雜:繁雜,指當時古詩中的風格不統一。　⑥曹、王:指曹植、王粲。　⑦驚絕:《文心雕龍·辨騷》:"驚才絕豔,難與並能矣。"

延伸思考

1.为什么钟嵘说《古诗》出于《国风》？
2.将《古诗十九首》与陆机的拟作诗作一比较，看看有何异同。

文选序

◉ 萧　统

萧统(501—531年)，字德施，南兰陵郡兰陵县（今江苏省常州市武进区）人。梁武帝萧衍长子。天监三年(504年)立为皇太子，死后谥昭明。《梁书》卷八有传。

萧统编选的《文选》是现存最早的一部古代诗文总集。从周到齐这一时期的文学作品主要由《文选》和《玉台新咏》保存了不少。萧统在编选《文选》时，对作品去芜存精，而选择的标准就是该序文所论及的问题。《文选序》确立了"事出于沉思，义归乎翰藻"的文学标准，从而将文学有别于哲学论文、历史书籍和其他应用文字。萧统在说明了选文的标准后，还辨析了不同文体的体制。

式觀元始，眇覿玄風①；冬穴夏巢之時，茹毛飲血之世，世質民淳，斯文未作。逮乎伏羲氏之王天下也，始畫八卦，造書契，以代結繩之政，由是文籍生焉。《易》曰："觀乎天文，以察時變；觀乎人文，以化成天下②。"文之時義，遠矣哉！若夫椎輪為大輅之始，大輅寧有椎輪之質③？增冰為積水所成④，積水曾微增冰之凜⑤，何哉？蓋踵其事而增華，變其本而加厲；物既有之，文亦宜然；隨時變改，難可詳悉。

嘗試論之曰：《詩序》云："詩有六義焉，一曰風，二曰賦，三曰比，四曰興，五曰雅，六曰頌。"至於今之作者，異乎古昔，古詩之體，今則全取賦名⑥。荀、宋表之於前，賈、馬繼之於末⑦。自茲以降，源流實繁。述邑居則有"憑虛""亡是"之作⑧，戒畋遊則有《長楊》《羽獵》之制⑨。若其紀一事，詠一物，風雲草木之興，魚蟲禽獸之流，推而廣之，不可勝載矣。

又楚人屈原，含忠履潔，君匪從流，臣進逆耳，深思遠慮，遂放湘南。耿介之意既傷，壹鬱之懷靡愬；臨淵有懷沙之志⑩，吟澤有憔悴之容⑪。騷人

130

之文,自兹而作。

　　詩者,蓋志之所之也,情動於中而形於言:《關雎》《麟趾》,正始之道著[12];桑間濮上,亡國之音表[13];故風雅之道,粲然可觀。自炎漢中葉,厥途漸異:退傅有“在鄒”之作[14],降將著“河梁”之篇[15];四言五言,區以別矣。又少則三字,多則九言,各體互興,分鑣並驅。頌者,所以游揚德業,褒讚成功;吉甫有“穆若”之談[16],季子有“至矣”之歎[17]。舒布為詩,既言如彼;總成為頌,又亦若此。次則:箴興於補闕,戒出於弼匡,論則析理精微,銘則敘事清潤,美終則誄發,圖像則讚興。又:詔誥教令之流,表奏牋記之列,書誓符檄之品,弔祭悲哀之作,答客指事之制[18],三言八字之文[19],篇辭引序,碑碣誌狀,眾制鋒起,源流間出。譬陶匏異器[20],並為入耳之娛;黼黻不同[21],俱為悅目之翫。作者之致,蓋云備矣。

　　余監撫餘閒[22],居多暇日。歷觀文囿,泛覽辭林,未嘗不心遊目想,移晷忘倦。由姬、漢以來,眇焉悠邈,時更七代[23],數逾千祀。詞人才子,則名溢於縹囊;飛文染翰,則卷盈乎緗帙[24]。自非略其蕪穢,集其清英,蓋欲兼功,太半難矣!若夫姬公之籍,孔父之書[25],與日月俱懸,鬼神爭奧,孝敬之準式,人倫之師友;豈可重以芟夷,加以翦截。老、莊之作,管、孟之流,蓋以立意為宗,不以能文為本;今之所撰,又以略諸。若賢人之美辭,忠臣之抗直,謀夫之話,辨士之端,冰釋泉涌,金相玉振。所謂坐狙丘,議稷下[26],仲連之卻秦軍[27],食其之下齊國[28],留侯之發八難[29],曲逆之吐六奇[30],蓋乃事美一時,語流千載,概見墳籍,旁出子史,若斯之流,又亦繁博;雖傳之簡牘,而事異篇章;今之所集,亦所不取。至於記事之史,繫年之書,所以褒貶是非,紀別異同;方之篇翰,亦已不同。若其讚論之綜緝辭采,序述之錯比文華,事出於沈思,義歸乎翰藻[31]。故與夫篇什,雜而集之。遠自周室,迄於聖代,都為三十卷,名曰《文選》云爾。

　　凡次文之體,各以彙聚。詩賦體既不一,又以類分;類分之中,各以時代相次。

——選自《四部叢刊》影宋本六臣注《文選》卷首

注釋

①眇覿玄風:眇,通渺,遠。覿,看。玄風,遠古之風。　　②觀乎天文四句:見

《易·賁卦》彖文。天文,自然現象。時變,四時的變化。人文,見於文字記錄的古代典籍。 ③椎輪二句:椎輪,即椎車,是一種最原始的車。大輅,古時天子祭天時所乘的車。此二句意謂:大輅是椎車的進化,但大輅並不保存椎車那種樸質的形式。 ④增冰:即層冰。 ⑤微:無。 ⑥古詩之體二句:意謂賦本是《詩》"六義"之一,後來成為一種文體的名稱。班固《兩都賦序》:"或曰,賦者古詩之流也。" ⑦荀、宋、賈、馬:荀,指荀子;宋,指宋玉;賈,指賈誼;馬,指司馬相如。 ⑧憑虛、亡是:憑虛,張衡的《西京賦》中謂"有憑虛公子者",此處指《西京賦》。亡是,司馬相如的《上林賦》首句云"亡是公聽然而笑曰",此指《上林賦》。 ⑨《長楊》《羽獵》:指揚雄作的《長楊賦》《羽獵賦》。 ⑩臨淵句:《懷沙》,屈原所作的《九章》之一,據說是他沉江之前的絕命詞。 ⑪吟澤句:《楚辭·漁父》:"屈原放逐,遊于江潭,行吟澤畔;顏色憔悴,形容枯槁。" ⑫正始之道著:《毛詩序》謂:"《周南》《召南》,正始之道,王化之基。"《正義》:"《周南》《召南》二十五篇之詩,皆是正其初始之大道,王業風化之基本也。" ⑬桑間濮上二句:《禮記·樂記》:"桑間濮上之音,亡國之音也。"鄭玄注:"濮水之上,地有桑間者,亡國之音于此之水出也。昔殷紂使師延作靡靡之樂,已而自沈于濮水,後師涓過焉,夜聞而寫之,為平公鼓之,是之謂也。"桑間濮上本為地名,由於上述故事,就成為靡靡之音的代稱。 ⑭退傅有"在鄒"之作:退傅,指韋孟。韋孟為楚元王傅,傅元王子夷王及孫王戊。事見《漢書·韋賢傳》。孟因戊荒淫無道,作《諷諫詩》,退位居鄒,有《在鄒》詩,都是四言體。 ⑮降將句:降將,指李陵、河梁之篇,李陵有《與蘇武詩》,詩的第三首有"攜手上河梁"之句,是五言詩。 ⑯吉甫句:《詩·大雅·烝民》是尹吉甫所作,詩中有"吉甫作頌,穆如清風"之句。 ⑰季子句:春秋時吳公子季札聘於魯,觀樂,為之歌《頌》,他讚歎道:"至矣哉!"見《左傳》襄公二十九年。 ⑱答客指事之制:答客,指假借答復別人問難,用以抒發情懷的一種文體。如東方朔《答客難》、揚雄《解嘲》篇。指事,指《文選》中的"七體"。如枚乘《七發》說七件事來啟發楚太子,故云"指事"。 ⑲三言八字之文:有人認為這可能指"離合體"。(一種字謎性質的隱語。)《古微書》引《孝經援神契》曰:"寶文出,劉季握。卯金刀,在軫北。字禾子,天下服",這是三言之文。《後漢書·曹娥傳》注引《會稽錄》:"邯鄲淳作《曹娥碑》,援筆而成,無所點定。其後蔡邕又題八字曰:'黃絹幼婦,外孫齏臼。'"這是八字之文。《世說新語·捷悟》:"黃娟,色絲也,於字為絕。幼婦,少女也,于字為妙。外孫,女子也,於字為好,齏臼,受辛也,於字為辭。所謂絕妙好辭也。" ⑳陶匏:陶即壎,土制的樂器;匏即笙。兩者都是樂器的名字。 ㉑黼黻:古代禮服上的花紋,白與黑相間叫做黼,黑與青相間叫做黻,比喻文章的藻彩。 ㉒監撫:古代稱皇太子為儲君,居儲貳之位,有幫助皇帝監國撫民的任務。 ㉓七代:周、秦、漢、魏、晉、宋、齊。 ㉔縹囊、緗帙:帛青白色稱為縹，淺黃色稱為緗。用縹製成裝書的袋叫縹囊；用纏作書衣，稱為緗帙。　㉕姬公二句：泛指儒家所尊奉的經典。姬公，周公姬旦。孔父，孔子。魯哀公為孔子作誄，稱孔子為尼父，事見《史記·孔子世家》。　㉖坐狙丘，議稷下：狙丘、稷下都是齊國的地名。曹植《與楊德祖書》中李善注：“《魯連子》曰：‘齊之辯者曰田巴，辯於狙丘而議於稷下，毀五帝，罪三王，一日而服千人。’”　㉗仲連句：仲連，魯仲連。《戰國策·趙策》記載，趙孝成王時，秦兵圍趙邯鄲，魏安釐王使辛垣衍勸趙尊秦為帝。魯仲連駁斥了辛垣衍，打消了趙國統治者投降的主張，秦兵知道後，退卻五十里。　㉘食其句：楚漢相爭時，劉邦派酈食其往說齊王田廣，下齊七十餘城。事見《史記·酈生陸賈傳》。　㉙留侯句：張良封留侯。他曾發八難，勸漢高祖無立六國後。事見《史記·陳丞相世家》。　㉚曲逆句：陳平封曲逆侯，曾六出奇計，輔佐高祖。事見《史記·留侯世家》。　㉛事出於沈思句：沈思，深刻的構思。翰藻，作品的文采。

延伸思考

1. 查阅相关资料，谈谈六朝人对“文”的观念。
2. 在文体辨析方面，曹丕、陆机、萧统有何异同。

金楼子·立言（选录）

●萧　绎

　　萧绎（508—554年），字世诚，梁武帝第七子，初封湘东王，大宝三年即位于江陵，改元承圣。在位三年，为西魏所擒而杀。事见《梁书》卷五《元帝本纪》。《隋书·经籍志》著录《梁元帝集》五十二卷、《梁元帝小集》十卷。原集已亡佚，明张溥辑《汉魏六朝百三名家集》有《梁元帝集》一卷。严可均辑其文入《全梁文》卷十五至卷十八。丁福保辑其诗入《全梁诗》卷三。

　　梁元帝萧绎未即位前，曾自号“金楼子”，因以名书。《隋书·经籍志》著录为十卷，后散亡。清代修《四库全书》，从永乐大典中辑其遗文，凡六卷。曾收入《知不足斋丛书》。

　　本文节录自《金楼子·立言》下篇，着重讨论了“文”“笔”区分的问题，尤其值得注意的是萧绎对“文”的要求，即“绮縠纷披、宫徵靡曼、唇吻道会、情灵摇荡”。这反映了时人对文学的特征有了更为清晰明了的认识，也从一个侧面反映了当时创作的风尚。

古之學者為己,今之學者為人[1];學而優則仕,仕而優則學[2],古人之風也。修天爵以取人爵[3],獲人爵而棄天爵,末俗之風也。古人之風,夫子所以昌言[4];末俗之風,孟子所以扼腕[5]。然而古人之學者有二,今人之學者有四。夫子門徒[6],轉相師受,通聖人之經者,謂之儒[7]。屈原、宋玉、枚乘、長卿之徒,止於辭賦,則謂之文[8]。今之儒,博窮子史,但能識其事,不能通其理者,謂之學。至如不便為詩如閻纂[9],善為奏章如伯松[10],若此之流,汎謂之筆。吟詠風謠,流連哀思者,謂之文。而學者率多不便屬辭,守其章句[11],遲於通變[12],質於心用。學者不能定禮樂之是非,辯經教之宗旨,徒能揚榷前言[13],抵掌多識[14],然而挹源知流,亦足可貴。筆退則非謂成篇,進則不云取義,神其巧惠,筆端而已。至如文者,惟須綺縠紛披[15],宮徵靡曼[16],脣吻遒會[17],情靈搖蕩[18]。而古之文筆,今之文筆,其源又異。至如象、繫、風、雅[19]、名、墨、農、刑,虎炳豹郁,彬彬君子。卜談“四始”[20],李言“七略”[21],源流已詳,今亦置而弗辨。潘安仁清綺若是,而評者止稱情切[22],故知為文之難也。曹子建、陸士衡,皆文士也,觀其辭致側密,事語堅明,意匠有序[23],遣言無失,雖不以儒者命家,此亦悉通其義也。徧觀文士,略盡知之。至於謝元暉[24],始見貧小。然而天才命世,過足以補尤。任彥申甲部闕如[25],才長筆翰[26],善緝流略,遂有龍門之名[27],斯亦一時之盛。夫今之俗,搢紳稚齒、閭巷小生,學以浮動為貴,用百家則多尚輕側,涉經記則不通大旨,苟取成章,貴在悅目,龍首豕足,隨時之義;牛頭馬髀,強相附會。事等張君之弧,徒觀外澤;亦如南陽之里,難就窮檢矣。射魚指天[28],事徒勤而靡獲;適郢首燕[29],馬雖良而不到。夫挹酌道德,憲章前言者,君子所以行也。是故言顧行,行顧言。原憲云[30]:“無財謂之貧,學道不行謂之病。末俗學徒,頗或異此,或假茲以為伎術,或狎之以為戲笑。若謂為伎術者,犂軒眩人[31],皆伎術也。若以為戲笑者,少府鬬獲[32],皆戲笑也。未聞強學自立、和樂慎禮若此者也。口談忠孝,色方在於過鴻[33];形服儒衣[34],心不則於德義。既彌乖於本行,實有長於澆風[35],一失其源,則其流已遠。與其“不隕獲於貧賤,不充詘於富貴[36],不畏君王。不累長上、不聞有司”者,何其相反之甚!

——選自《丛书集成》初编《金楼子》卷四

注释

①古之學者為己：《論語·憲問篇》：子曰："古之學者為己,今之學者為人。"
②學而優則仕：《論語·子張篇》：子夏曰："仕而優則學,學而優則仕。"　③修天爵以取人爵：《孟子·告子上》："孟子曰：'有天爵者,有人爵者。仁義忠信,樂善不倦,此天爵也；公卿大夫,此人爵者。古之人修其天爵,而人爵從之。今之人修其天爵,以要人爵,既得人爵,而棄其天爵,則惑之甚者也。終亦必亡而已矣。'"　④昌言：《尚書·大禹謨》："禹拜昌言曰：'俞,班師振旅'。"偽孔傳："昌,當也。以益言為當,故拜受而然之,遂還師。"　⑤扼腕：激怒、惋惜的樣子。　⑥夫子門徒：指孔子的門徒。　⑦謂之儒：《論衡·超奇》："夫通覽者,世間比有；著文者,歷世希然。近世劉子政父子、揚子雲、桓君山,其猶文、武、周公並出一時也。其餘直有,往往而然。譬珠玉不可多得,以其珍也。故夫能說一經者謂儒生,博覽古今者為通人,采掇傳書以上書奏記者為文人,能精思著文連結篇章者為鴻儒。"　⑧謂之文：《文心雕龍·總術》："今之常言,有文有筆,以為無韻者筆也,有韻者文也。夫文以足言,理兼詩書,別目兩名,自近代耳。"
⑨閻纂：即閻纘,字續伯,巴西安漢(今四川南充東北)人,《晉書》卷四八有傳。　⑩伯松：字張竦,字伯松,河東平陽(今山西臨汾西南)人。《漢書·張敞傳》附竦傳。
⑪章句：《文心雕龍·章句》："夫人之立言,因字而生句,積句而成章,篇之彪炳,章無疵也。章之明靡,句無玷也。句之清英,字不妄也。振本而末從,知一而萬畢矣。"
⑫通變：《易·繫辭上》："成象之謂乾,效法之謂坤,極數知來之謂占,通變之謂事","是故形而上者謂之道,形而下者謂之器,化而裁之謂之變,推而行之謂之通"。
⑬揚榷：《漢書·敘傳下》："揚榷古今,監世盈虛。"顏師古注："揚,舉也。榷,引也。揚榷者,舉而引之,陳其趣也。"　⑭抵掌：擊掌。　⑮綺縠紛披：喻詞藻繁盛。　⑯宮徵靡曼：喻音節華美。　⑰脣吻遒會：《太平御覽》卷五八五引《金樓子》作"脣吻適會"。《高僧傳》卷一三："夫唱導所貴,其事四為：謂聲、辨、才、博。非聲則無以警策,非辯則無以適時,非才則言無可採,非博則語無依據。至若響韻鐘鼓,則四眾驚心,聲之為用也。辭吐後發,適會無差,辯之為用也。綺製彤華,文藻橫溢,才之為用也。"當以"適會"為是。　⑱情靈搖蕩：抒發情懷之意。　⑲彖、繫、風、雅：彖、繫,《易經》中有《彖辭》、《繫辭》,此處指《易》。風、雅,指《詩經》。　⑳卜談四始：卜指孔子弟子卜商,字子夏,卜商在孔門四科中以文學著稱。《史記·仲尼弟子列傳》："孔子既沒,子夏居西河,為魏文侯師。"《索隱》："按：子夏文學著於四科,序《詩》、傳《易》。"　㉑李言"七略"：李,四庫本作"劉"。《七略》為漢代劉歆所撰,當以庫本為是。　㉒潘安仁清綺二句：潘安仁即潘岳,《晉書》卷五五有傳。清綺,《世說新語·文學》："孫興公云：'潘文

爛若披錦,無處不善;陸文若排沙簡金,往往見寶。'"劉孝標注:"《續文章志》:'岳為文,選言簡章,清綺絕倫'。"情切:《文心雕龍·誄碑》:"潘岳構意,專師孝山,巧於序悲,易入新切,所以隔代相望,能徵厥聲者也。" ㉓意匠有序:見陸機《文賦》。 ㉔謝元暉句:即謝朓,字玄暉。《詩品》卷中:"齊吏部謝朓,其源出於謝混,微傷細密,頗在不倫。一章之中,自有玉石。然奇章秀句,往往警遒。足使叔源失步,明遠變色。善自發詩端,而末篇多碩。此意銳而才弱也。" ㉕任彥升甲部闕如句:任彥升即任昉,字彥升,《梁書》及《南史》有傳。甲部:即經部。 ㉖才長筆翰:《梁書·任昉傳》:"昉雅善屬文,尤長載筆,才思無窮,當世王公表奏,莫不請焉。昉起草即成,不加點竄。沈約一代詞宗,深為推挹。" ㉗有龍門之名:《南史·陸倕傳》:"梁天監初,為右軍安成王主薄,與樂安任昉友,為《感知己賦》以贈昉,昉因此名以報之。及昉為中丞,簪裾輻輳,預其讌者,殷芸、到溉、劉苞、劉孺、劉顯、劉孝綽及倕而已,號曰'龍門之遊',雖貴公子孫不得預也。" ㉘射魚指天:《呂氏春秋》卷十七《知度》:"非其人而欲有功,譬之若夏至之日而欲夜之長也,射魚指天而欲發之當也。" ㉙適郢首燕:首,向。《史記·淮陰侯傳》:"北首燕路。"《正義》:"首,音狩,向也。" ㉚原憲:字子思,孔子弟子,《史記》有傳。 ㉛犂軒(qián):對大秦的稱呼。 ㉜闘獲:蕭旭《金樓子校補》以為"獲"當為"玃"之誤。《說文》:"玃,母猴也。" ㉝色方在於過鴻:《孟子·告子上》:"弈秋,通國之善弈者也。使弈秋誨二人弈,其一人專心致志,惟弈秋之為聽。一人雖聽之,一心以為有鴻鵠將至,思援弓繳而射之,雖與之俱學,弗若之矣。" ㉞形服儒衣:《莊子·田子方》:"莊子曰:'周聞之,儒者冠圓冠者,知天時;履句屨,知地形;緩佩玦者,事至而斷。君子有其道者,未必為其服也;為其服者,未必知其道也。'" ㉟澆風:澆:即浮淺。 ㊱不隕獲於貧賤二句:《禮記·儒行》:"儒有不隕獲於貧賤,不充詘于富貴者,不愿君王,不累長上,不閔有司,故曰儒。"鄭玄注:"隕獲,困迫失志之貌。充詘:喜失節之貌。"

延伸思考

1.昭明太子與蕭繹關於"文"的看法有何異同?
2.蕭統與蕭繹以皇子之身份,為何都重視"文"的辨析?

第五章　隋唐五代

与东方左史虬修竹篇序

◉陈子昂

　　陈子昂(约659—700年),字伯玉,梓州射洪(今四川射洪市)人。高宗永淳元年(682)进士,历仕武则天朝麟台正字、右拾遗。武后圣历初解职归乡后受县令段简迫害,忧愤而死。唐代文学家,初唐诗文革新运动领袖。其诗歌创作风骨峥嵘,寓意深远,其诗论主张也对唐诗发展产生过重大影响,有《陈拾遗集》十卷传世。

　　《与东方左史虬修竹篇序》是陈子昂诗歌革新主张的一个纲领。文中充分肯定了风雅、汉魏诗歌的进步传统,指出了晋、宋以来"文章道弊""彩丽竞繁"的弊端,着重提出了"风骨""兴寄"这样的艺术标准,即要求诗歌作品寄怀深远,言之有物,能够因物喻志,托物起情,做到意象鲜明,语言精警。陈子昂的理论和创作把唐代诗歌推向了更大的繁荣。

　　東方公足下①:文章道弊五百年矣②。漢魏風骨,晉宋莫傳,然而文獻有可徵者。僕嘗暇時觀齊梁間詩,彩麗竞繁,而興寄都絕③,每以永嘆。思古人常恐委迤頹靡④,風雅不作,以耿耿也⑤。一昨於解三處見明公《詠孤桐篇》⑥,骨氣端翔⑦,音情頓挫⑧,光英朗練⑨,有金石聲⑩。遂用洗心飾視⑪,發揮幽鬱。不圖正始之音⑫,復覩於茲,可使建安作者相視而笑。解君云:"張茂先、何敬祖⑬,東方生與其比肩。"僕亦以為知言也。故感歎雅制,作《修竹詩》一篇,當有知音以傳示之。

——選自《四部叢刊》本《陳伯玉文集》卷一

注释

①東方公:復姓東方,名虬,武后時曾為左史、禮部員外郎,《全唐詩》存其詩四首。

②五百年:概指西晉至作者作此篇的唐代初年,盧藏用《右拾遺陳子昂文集序》:"道喪五百歲而得陳君。" ③興寄:比興寄託,指文章有深刻的含義。 ④委迤:本指道路、山脈、河流等彎彎曲曲,連綿起伏,這裏指文風的流轉發展。 ⑤耿耿:心中不安的樣子。 ⑥解三:當是陳子昂的好友,名未詳。明公:對東方虬的敬稱。《詠孤桐篇》:當是東方虬所作,今已佚。 ⑦骨氣端翔:即具有端直飛動的風骨美。 ⑧音情頓挫:即詩歌的音節抑揚有致,感情波瀾起伏。 ⑨光英朗練:即詩歌的風格光彩、鮮明、精煉。 ⑩有金石聲:即音韻鏗鏘悅耳。《晉書·孫綽傳》:"卿試擲地,當作金石聲。" ⑪洗心:滌除心中雜念。飾視:擦亮眼睛。 ⑫正始之音:正始,魏齊王曹芳年號(240—248年)。文學史上的"正始之音"泛指這一時期嵇康、阮籍等人的作品。 ⑬張茂先:即張華,字茂先;何敬祖:即何劭,字敬祖。二人均為西晉時著名詩人。

延伸思考

1.结合《诗经》、汉魏诗歌及陈子昂自己的创作谈谈"风骨"的具体内涵。

2.结合齐梁诗歌创作现象,试析陈子昂提倡的"兴寄"的内涵。

诗格(选录)

● 王昌龄

王昌龄(约698—756年),字少伯,京兆长安(今陕西西安)人,一说山西太原人。早年贫贱,困于农耕,年近不惑,始中进士。初任秘书省校书郎,又中博学宏辞,授汜水尉,因事贬岭南。开元末返长安,改授江宁丞,被谤谪龙标尉。安史乱起,为刺史闾丘晓所杀。他是盛唐著名边塞诗人,以七绝见长,后人誉为"七绝圣手"。存诗一百七十余首,有《王昌龄集》。

昌龄论诗,世传《诗格》《诗中密旨》二种,见于宋人陈应行所辑《吟窗杂录》,但恐非王著原貌。日本人空海(774—835年)旅唐归国后编《文镜秘府论》,多采用王昌龄《诗格》中的论述,考其人行止先后,所引应当较为可靠。这里选录四段,均见《文镜秘府论·南卷·论文意》,又于注中附录《吟窗杂录》本《诗格》《诗中密旨》文字互为参考。

从选文看，王昌龄主要关注诗歌的风格和意境两大问题。就风格论，王昌龄提出了"意是格，声是律，意高则格高，声辨则律清，格律全，然后始有调"的格律说或格调说，对后来明代前后七子及清沈德潜的诗论很有影响。王昌龄还是比较早的关注诗歌意境的人，他提出"诗有三境"，即物境、情境、意境。意与境的融合，就是心与物的结合，这种结合要水乳交融，密不可分，而且这种意境的形成不能靠冥思苦搜，而是得于自然。

凡作詩之體，意是格①，聲是律②，意高則格高，聲辨則律清③，格律全，然後始有調④。用意於古人之上，則天地之境，洞焉可觀。古文格高，一句見意，則"股肱良哉"是也⑤。其次兩句見意，則"關關雎鳩，在河之洲"是也。其次古詩，四句見意，則"青青陵上柏，磊磊澗中石。人生天地間，忽如遠行客"是也⑥。又劉公幹詩云："青青陵上松，颮颮谷中風。風弦一何盛，松枝一何勁⑦。"此詩從首至尾，唯論一事，以此不如古人也。

夫作文章，但多立意。令左穿右穴，苦心竭智，必須忘身，不可拘束⑧。思若不來，即須放情卻寬之⑨，令境生⑩。然後以境照之，思則便來，來即作文。如其境思不來，不可作也。

夫置意作詩，即須凝心，目擊其物，便以心擊之，深穿其境⑪。如登高山絕頂，下臨萬象，如在掌中。以此見象，心中了見，當此即用。如無有不似，仍以律調之定，然後書之於紙，會其題目，山林、日月、風景為真，以歌詠之。猶如水中見日月，文章是景⑫，物色是本，照之須了見其象也。

夫文章興作，先動氣，氣生乎心，心發乎言，聞於耳，見於目，錄於紙。意須出萬人之境，望古人於格下⑬，攢天海於方寸⑭。詩人用心，當於此也。

——選自盧盛江《文鏡秘府論匯校匯考》

注释

①意：指立意。《吟窗雜錄》本王昌齡《詩中密旨》："詩有二格：詩意高謂之格高，意下謂之格下。古詩：'耕田而食，鑿井而飲'，此高格也。沈休文詩：'平生少年日，分手易前期'，此下格也。"格，指格調。　②聲：指漢語四聲聲調。律：即音律。　③辨：清晰而分明。　④調：這裏指詩歌立意高古、聲律和諧而形成的風格美。　⑤"股肱

良哉":引詩見《尚書·益稷》。《吟窗雜錄》本王昌齡《詩中密旨》:"句有三例:一句見意,'股肱良哉'是也。" ⑥"青青陵上柏"句:引詩見《文選》二十九《古詩十九首》。 ⑦劉公幹:建安詩人劉楨,字公幹。引詩見劉楨《贈從弟》。 ⑧這句是說構思之始要讓思想感情自由馳騁,產生豐富的聯想和想象,進入一種忘我的狀態。 ⑨放情:即使情感不受拘束。 ⑩境:指客觀事物與內心感受交融而成的境地或境界。《吟窗雜錄》本王昌齡《詩格》:"詩有三境:一曰物境。二曰情境。三曰意境。物境一。欲為山水詩,則張泉石雲峰之境,極麗絕秀者,神之於心。處身於境,視境於心,瑩然掌中,然後用思,了然境象,故得形似。情境二。娛樂愁怨,皆張於意而處於身,然後馳思,深得其情。意境三。亦張之於意,而思之於心,則得其真矣。" ⑪以心擊之,深穿其境:意謂用心深入、透徹地把握物象,從而領悟到物象的精深微妙的境界。 ⑫景:通"影"。 ⑬望古人於格下:意謂在立意的格調上要超越古人。 ⑭攢:收攏、積聚。方寸:指心。

延伸思考

1.结合王昌龄的诗歌创作谈谈他对"格律"或曰"格调"的理解。

2.王昌龄的"意境"说包含哪些基本思想?

诗式(选录)

◎皎 然

皎然(约720—804年),俗姓谢,字清昼,湖州长城(今浙江长兴)人。自言是谢灵运后裔,天宝年间在杭州出家受戒,为唐代最有名的诗僧、茶僧。大历、贞元年间与颜真卿、韦应物、刘长卿、李华等相唱和,有诗名。今存诗470余首,有《杼山集》(一名《皎然集》)传世。

皎然论诗基本沿王昌龄、殷璠一路,也是侧重探讨意境和诗格。他的《诗式》是当时诗格一类作品中较有价值的一部。所谓"诗式"就是诗的法则。他认为诗歌是"众妙之华实,六经之菁英",首先就确认了诗歌的崇高地位,据此他以"高""逸""贞""忠"等十九字概括诗体的分别,其中以"高""逸"为首,说明皎然论诗,上承钟嵘,反对雕绘,崇尚自然。但他同时又指出,崇尚自然并非"不假修饰,任其丑朴",并非"不要苦思"。恰恰相反,取境之时必须"精思"。惟有"精思",才能洞察对象的底蕴,然后形诸文字,"始见奇句";"观其气貌,有似等闲",好像"不思而得"。这就是"至丽而自然,至苦而无迹。"

《诗式》中随后论及的明势、明四声、诗有四不、诗有四探、诗有二要、诗有二废、诗有四离、诗有六迷、诗有六至、诗有七德诸条均是达到"高""逸"的方法,希望诗人能惨淡经营,出之自然。

对于既成的作品,皎然认为"两重意已上,皆文外之旨"。这里接触到了诗歌的形象所包孕的客观意义的丰富性。他还认为高手之作,"但见情性,不睹文字,盖诗道之极也"。这就进一步说明,皎然已经意识到诗中的思想内容不是通过抽象的语言文字的直白,而是借助于形象的真实描写显现出来的。这些精到的艺术见解启迪了后来的司空图。

夫詩者,眾妙之華實①,六經之菁英②,雖非聖功,妙均於聖③。彼天地日月,元化之淵奧④,鬼神之微冥,精思一搜,萬象不能藏其巧。其作用也⑤,放意須險⑥,定句須難,雖取由我衷,而得若神表。至如天真挺拔之句,與造化爭衡,可以意冥⑦,難以言狀,非作者不能知也。洎西漢以來,文體四變⑧,將恐風雅寖泯⑨,輒欲商較以正其源。今從兩漢以降,至於我唐,名篇麗句,凡若干人,命曰《詩式》,使無天機者坐致天機⑩。若君子見之,庶有益於詩教矣。(《總序》)

高手述作,如登荊、巫⑪,覯三湘、鄢、郢山川之盛⑫,縈回盤礴⑬,千變萬態(文體開闔作用之勢)。或極天高峙,崒焉不群⑭,氣騰勢飛,合沓相屬(奇勢在工)。或修江耿耿⑮,萬里無波,欻出高深重復之狀(奇勢互發)⑯。古今逸格,皆造其極妙矣。(《明勢》)

樂章有宮商五音之說,不聞四聲。近自周顒、劉繪流出⑰,宮商暢於詩體,輕重低昂之節,韻合情高,此之未損文格。沈休文酷裁八病⑱,碎用四聲,故風雅殆盡。後之才子,天機不高,為沈生弊法所媚,懵然隨流,溺而不返。(《明四聲》)

評曰:康樂公早歲能文⑲,性穎神徹,及通內典⑳,心地更精。故所作詩,發皆造極,得非空王之道助邪㉑?夫文章,天下之公器,安敢私焉?曩者嘗與諸公論康樂為文,真於情性,尚於作用,不顧詞彩,而風流自然。彼清景當中㉒,天地秋色,詩之量也㉓;慶雲從風㉔,舒卷萬狀,詩之變也。不然,何以得其格高、其氣正、其體貞、其貌古、其詞深、其才婉、其德宏、其調逸、其聲諧哉?至如《述祖德》一章,《擬鄴中》八首,《經廬陵王墓》、《臨池上樓》，識度高明，蓋詩中之日月也，安可攀援哉？惠休所評"謝詩如芙蓉出水"㉕，斯言頗近矣，故能上躡風騷，下超魏晉，建安制作，其椎輪乎㉖？（《文章宗旨》）

評曰：或云，詩不假修飾，任其醜樸，但風韻正，天真全，即名上等。予曰：不然，無鹽闕容而有德㉗，曷若文王太姒有容而有德乎㉘？又云，不要苦思，苦思則喪自然之質。此亦不然。夫不入虎穴，焉得虎子。取境之時，須至難至險，始見奇句。成篇之後，觀其氣貌，有似等閑，不思而得，此高手也。有時意靜神王，佳句縱橫，若不可遏，宛如神助。不然，蓋由先積精思，因神王而得乎？（《取境》）

評曰：兩重意已上，皆文外之旨。若遇高手如康樂公，覽而察之，但見情性，不覩文字，蓋詩道之極也。向使此道尊之於儒，則冠六經之首；貴之於道，則居眾妙之門㉙；精之於釋，則徹空王之奧。但恐徒揮其斤而無其質㉚，故伯牙所以歎息也㉛。疇昔國朝協律郎吳兢與越僧玄鑒集秀句㉜，二子天機素少，選又不精，多采浮淺之言，以誘蒙俗。特入瞽夫偷語之便，何異借賊兵而資盜糧㉝，無益於詩教矣。（《重意詩例》）

評曰：夫詩人之思初發，取境偏高，則一首舉體便高；取境偏逸，則一首舉體便逸㉞。才性等字亦然㉟。體有所長，故各歸功一字。偏高、偏逸之例，直於詩體篇目風貌。不妨一字之下，風律外彰，體德內蘊，如車之有轂，眾美歸焉㊱。其一十九字，括文章德體，風味盡矣，如《易》之有《象辭》焉㊲。今但註於前卷中，後卷不復備舉。其比興等六義，本乎情思，亦蘊乎十九字中，無復別出矣。

高，風韻朗暢曰高。逸，體格閑放曰逸。貞，放詞正直曰貞㊳。忠，臨危不變曰忠。節，持操不改曰節。志，立性不改曰志。氣，風情耿介曰氣。情，緣境不盡曰情㊴。思，氣多含蓄曰思。德，詞溫而正曰德㊵。誠，檢束防閑曰誠㊶。閑，情性疏野曰閑。達，心迹曠誕曰達。悲，傷甚曰悲。怨，詞調悽切曰怨。意，立言盤泊曰意。力，體裁勁健曰力。靜，非如松風不動，林狖未鳴㊷，乃謂意中之靜。遠，非如渺渺望水，杳杳看山，乃謂意中之遠。（《辨體有一十九字》）

—— 選自李壯鷹《詩式校註》

注释

①眾妙:天地間眾多微妙的事物。語本《老子》:"玄之又玄,眾妙之門。"華實:精華。　②菁英:精華;精英。　③"雖非"句:意謂詩雖然不是聖人所創,但其妙處卻與聖功相同。　④元化:即造化,天地。淵奧:深奧。晉葛洪《抱樸子·行品》:"甄《墳》《索》之淵奧,該前言以窮理者,儒人也。"清方東樹《昭昧詹言》卷一:"古人文字淵奧,非精思冥會,不能遽通。"　⑤作用:這裏指詩歌創作中的藝術構思活動,語出佛學典籍,如《傳燈錄》:"性在何處?曰:性在作用。"　⑥放意:即立意構思。險:指出人意外。　⑦意冥:意中暗合,意念與外物達成默契,即意會。　⑧文體四變:沈約《謝靈運傳論》曾稱"文體三變",這裏再加唐時古體向近體一變,為"四變"。　⑨寢泯:逐漸消失。　⑩天機:這裏指不期而至的創作靈感。　⑪荊、巫:指位於長江中游的荊山和巫山。　⑫覿(dí):見,看見,相見。三湘:湘江上游與漓水合稱漓湘;中游與瀟水合稱瀟湘;下游與蒸水合稱蒸湘,是為"三湘"。一般用以泛指湖南全省。鄢、郢:古地名,鄢在今湖北宜城一帶,郢在今湖北江陵一帶。　⑬盤礴:通"磅礴",廣大壯闊貌。　⑭崒:山高峻貌。　⑮修江:即長江。耿耿:這裏指江水澄澈明亮。　⑯欻(xū):忽然,迅疾。　⑰周顒、劉繪:南齊永明時人,與沈約同為聲律說的倡導者。　⑱沈休文:即沈約,齊梁時詩人。酷裁:嚴格制定。八病:古代關於詩歌聲律的術語。為沈約所提出,即平頭、上尾、蜂腰、鶴膝、大韻、小韻、旁紐、正紐等八種創作五言詩時應避免的聲律上的毛病。　⑲康樂公:即謝靈運,晉時襲封康樂公,著名詩人,並通佛學。　⑳內典:即佛典。　㉑空王之道:即佛道。　㉒景:日光。　㉓詩之量:這裏指謝靈運詩歌境界闊大。　㉔慶雲:五色雲。　㉕語本鍾嶸《詩品》引湯惠休云:"謝詩如芙蓉出水,顏詩如錯彩鏤金。"　㉖椎輪:無輻條的原始車輪,比喻事務的最初形態。　㉗無鹽句:指春秋時齊國無鹽邑女子鍾離春,容顏醜陋卻德才兼備,為齊宣王立為王后。事見劉向《列女傳》。　㉘太姒:周文王妻,容顏美麗而"仁而有道"。　㉙眾妙之門:語出《老子》:"玄之又玄,眾妙之門。"指宇宙間一切奧妙變化的總門道。　㉚揮其斤而無其質:斤,斧頭;質,對象。意謂有好的作品而無知音可以相對應。典出《莊子·徐無鬼》。　㉛伯牙:春秋時人,善鼓琴。《呂氏春秋·本味篇》載伯牙鼓琴遇知音鍾子期,後來鍾子期意外去世,伯牙失去知音,破琴絕弦終生不再鼓琴的故事。　㉜協律郎:古代官職,掌管音律,唐時為正八品上。吳兢,應作元兢。玄鑒,一作"元鑒",《新唐書·藝文志》著錄有其人所編《古今詩人秀句》二卷。　㉝此句意謂弄巧成拙,適得其反。語本《史記·范雎蔡澤列傳》。　㉞這裏是說詩歌的美學品格與詩人營造意境時候的"高""逸"等取向有關,以下具體分為十九體。　㉟才性:即詩人的才能情性。這句是

說詩人的品性也可以用十九體來分。　㊱語出《老子》："三十輻,共一轂。"這句是說車輪的眾多輻條都以車軸為中心轉動,用來比喻一首詩歌往往有一種主體風格,以之為核心,還能呈現出多種審美特徵。　㊲象辭:《易經》中各卦下說明該卦基本含義的文辭。傳為文王所作。　㊳放詞:猶言發語。　㊴緣境:一作"緣景",本佛家語,這裏指詩情觸境而發。皎然詩《秋日遙和盧使君》:"詩情緣境發。"　㊵溫:溫厚。正:正直。　㊶防閑:防範。　㊷狖(yòu):長尾猿。

延伸思考

1.结合具体作品分析皎然关于"取境"的难易两种状态的认识。

2.如何理解皎然"两重意已上,皆文外之旨"的诗论观点?

送孟东野序

◉韩　愈

韩愈(768—824 年),字退之,河南河阳(今河南孟县)人,祖籍河北昌黎,世称韩昌黎。贞元八年(792 年)进士,先后为节度使推官、监察御史,德宗末因上书论时政之弊而被贬。宪宗时曾任国子博士、史馆修撰、中书舍人等职。元和十四年(819 年)因谏阻宪宗奉迎佛骨被贬为潮州刺史。穆宗时历任国子祭酒、兵部侍郎、吏部侍郎、京兆尹兼御史大夫。卒谥文。与柳宗元同为中唐古文运动的倡导者,主张文以载道,破骈为散,开辟了唐宋以来古文的发展道路。为唐宋散文八大家之首。有《昌黎先生集》传世。

《送孟东野序》是韩愈为孟郊去江南就任溧阳县尉而作的一篇赠序。全文主要针对孟郊"善鸣"而终生困顿的遭遇进行论述,提出了"不平则鸣"的重要观点:"大凡物不得其平则鸣。……人之于言也亦然。有不得已者而后言,其歌也有思,其哭也有怀。"从文中涉及的历代人物特别是文人墨客来看,大多是在世时不得志者,因此,韩愈的"不平则鸣"论其实是对司马迁"发愤著书"说的继承和发展,并启迪了后来欧阳修提出"穷而后工"说。

大凡物不得其平則鳴。草木之無聲,風撓之鳴;水之無聲,風蕩之鳴。其躍也或激之,其趨也或梗之①,其沸也或炙之。金石之無聲,或擊之鳴;人之於言也亦然,有不得已者而後言,其歌也有思,其哭也有懷。凡出乎口而為聲者,其皆有弗平者乎!樂也者,鬱於中而泄於外者也,擇其善鳴者而假之鳴。金、石、絲、竹、匏、土、革、木八者，物之善鳴者也。維天之於時也亦然，擇其善鳴者而假之鳴。是故以鳥鳴春，以雷鳴夏，以蟲鳴秋，以風鳴冬。四時之相推敓^②，其必有不得其平者乎！

其於人也亦然。人聲之精者為言，文辭之於言，又其精也，尤擇其善鳴者而假之鳴。其在唐虞，咎陶、禹其善鳴者也^③，而假以鳴。夔弗能以文辭鳴，又自假於《韶》以鳴。夏之時，五子以其歌鳴^④。伊尹鳴殷，周公鳴周。凡載於《詩》《書》六藝，皆鳴之善者也。周之衰，孔子之徒鳴之，其聲大而遠。傳曰："天將以夫子為木鐸。"^⑤其弗信矣乎！其末也，莊周以其荒唐之辭鳴^⑥。楚，大國也，其亡也，以屈原鳴。臧孫辰^⑦、孟軻、荀卿，以道鳴者也。楊朱、墨翟、管夷吾、晏嬰、老聃、申不害、韓非、慎到、田駢、鄒衍、尸佼、孫武、張儀、蘇秦之屬^⑧，皆以其術鳴^⑨。秦之興，李斯鳴之。漢之時，司馬遷、相如、揚雄，最其善鳴者也。其下魏、晉氏，鳴者不及於古，然亦未嘗絕也。就其善者，其聲清以浮，其節數以急^⑩，其辭淫以哀^⑪，其志弛以肆，其為言也，亂雜而無章，將天醜其德^⑫，莫之顧邪？何為乎不鳴其善鳴者也！

唐之有天下，陳子昂、蘇源明、元結、李白、杜甫、李觀^⑬，皆以其所能鳴。其存而在下者，孟郊東野，始以其詩鳴。其高出魏、晉，不懈而及於古；其他浸淫乎漢氏矣^⑭。從吾遊者，李翱、張籍，其尤也。三子者之鳴信善矣，抑不知天將和其聲，而使鳴國家之盛耶？抑將窮餓其身，思愁其心腸，而使自鳴其不幸邪？三子者之命，則懸乎天矣。其在上也奚以喜，其在下也奚以悲。

東野之役於江南也^⑮，有若不釋然者^⑯，故吾道其命於天者以解之。

——選自《四部叢刊》本《朱文公校昌黎先生集》卷十九

注释

①梗：阻塞。韓愈《原道》："不塞不流，不止不行。"　②推敓：敓，古"奪"字，推奪，推移。　③咎陶：即皋陶，傳說為輔佐堯舜的賢臣。　④夏之時句：夏太康失德，其兄弟五人作歌諷之。　⑤"傳曰"句：《論語·八佾》："儀封人請見，曰：君子之至於斯也，吾未嘗不得見也。從者見之。出而曰：二三子何患於喪乎？天下之無道也久矣，天將以夫子為木鐸。"邢昺疏："木鐸，金鈴木舌，施政教時所振也。言天將命孔子製作法度以號令於天下，如木鐸以振文教也。"　⑥荒唐之辭：廣大而不著邊際的言辭。《莊子·天下》："莊周聞其風而悅之，以謬悠之說，荒唐之言，無端崖之辭，時恣縱而不

儳。" ⑦臧孫辰:復姓臧孫,名辰,春秋時魯國大夫,謚文仲。《左傳·襄公二十四年》載穆叔云:"魯有先大夫曰臧文仲,既殁,其言立。" ⑧楊朱:戰國衛人,主張"為我""無君",其著作不傳,散見於《孟子》等書。管夷吾:即管仲,春秋時齊桓公相,有《管子》二十四卷。申不害:戰國時韓昭侯相,主刑名,有《申子》。愼到:即慎到,戰國前期趙人,主黄老,有《慎子》四十二篇。田駢:戰國齊人,尚道家,有《田子》二十五篇。鄒衍:戰國齊人,倡陰陽五行說,有《鄒子》四十九篇。尸佼:戰國楚人,雜家,有《尸子》二十篇。 ⑨術:在韓愈看來,儒家仁義之道以外的如老莊等學問都只是"術",有某種擅長而已,顯然有貶低之意。 ⑩節:節奏。數:頻繁,迫促。 ⑪其辭淫以哀:語言放縱而哀婉。淫:過度。 ⑫醜:厭憎。 ⑬蘇源明:字弱夫,天寶進士,肅宗時官至秘書少監,有集三十卷。李觀:字元賓,貞元進士,文與韓愈齊名,有《李文公集》十卷。 ⑭其他:指孟郊詩歌以外的作品。浸淫:接近,靠近。 ⑮"東野"句:指孟郊赴溧陽上任,溧陽在今江南,今屬江都。 ⑯不釋然:心情鬱悶不舒暢。

延伸思考

1. 结合韩愈文中所举文人的创作实际谈谈"不平则鸣"的含义。
2. 比较韩愈"不平则鸣"说与司马迁"发愤著书"说的异同。

与元九书

◉ 白居易

白居易(772—846年),字乐天,号香山居士。下邽(今陕西渭南)人,祖籍山西太原,生于河南新郑。贞元十六年(800年)进士,历官秘书省校书郎、翰林学士、左拾遗。元和十年(815年)因事贬江州司马,移忠州刺史,后召为主客郎中,出任杭州、苏州刺史。再被内召为太子宾客分司东都、太子少傅等职,最后以刑部尚书致仕,谥号"文",世称白傅、白文公。在文学上,白居易积极倡导新乐府运动,写下了不少感叹时世、鞭挞权贵、反映人民疾苦的诗篇,对后世颇有影响。有《白氏长庆集》七十一卷。

白居易的诗歌理论主要集中在《与元九书》这篇长文中,这也是他创作政治讽喻诗的经验总结。他特别强调诗歌要有为而作,不仅要反映生活,还要干预政治,"救济人病,裨补时阙",发挥积极的社会作用。他提出"文章合为时而著,歌诗合为事而作",要求"为君为臣为民为物为事而作,不为文而作也"(《新乐府序》)。即便他对诗歌艺术的抒情本质有深刻认识,即所谓"根情、苗言、花声、实义",但他强调的重点还是在"义"字上,也就是要求诗歌创作最后必须达成一个功利的目的。在这个基础上,白居易推崇风雅比兴的传统,看重"意激而言质"的"讽喻诗"创作,这是对儒家文论思想的继承和发展。在当时文学创作浮靡不实的背景下,白居易的这种主张无疑是有积极意义的,但是他过分强调诗歌的社会政治功能,忽视甚至否定诗歌的审美愉悦价值和含蓄蕴藉原则,造成这一理论影响下的作品包括他自己的一些创作流于直白浅露,缺乏艺术感染力。

月日,居易白。微之足下:

自足下謫江陵①,至於今,凡枉贈答詩僅百篇②。每詩來,或辱序③,或辱書,冠於卷首,皆所以陳古今歌詩之義,且自敘為文因緣與年月之遠近也。僕既受足下詩,又諭足下此意,常欲承答來旨,粗論歌詩大端,並自述為文之意,總為一書,致足下前。累歲以來,牽故少暇;間有容隙,或欲為之,又自思所陳亦無出足下之見,臨紙復罷者數四,卒不能成就其志;以至於今。今俟罪潯陽④,除盥櫛食寢外無餘事,因覽足下去通州日所留新舊文二十六軸⑤,開卷得意,忽如會面。心所蓄者,便欲快言,往往自疑,不知相去萬里也。既而憤悱之氣思有所洩,遂追就前志,勉為此書。足下幸試為僕留意一省。

夫文尚矣⑥,三才各有文⑦:天之文,三光首之⑧;地之文,五材首之⑨;人之文,六經首之。就六經言,《詩》又首之。何者?聖人感人心而天下和平。感人心者,莫先乎情,莫始乎言,莫切乎聲,莫深乎義。詩者:根情,苗言,華聲,實義。上自聖賢,下至愚騃⑩,微及豚魚⑪,幽及鬼神,群分而氣同、形異而情一,未有聲入而不應,情交而不感者。

聖人知其然,因其言,經之以六義⑫;緣其聲,緯之以五音⑬。音有韻,義有類。韻協則言順,言順則聲易入;類舉則情見,情見則感易交。於是乎孕大含深,貫微洞密,上下通而一氣泰⑭,憂樂合而百志熙⑮。五帝三皇所以直道而行,垂拱而理者⑯,揭此以為大柄⑰,決此以為大寶也⑱。

故聞"元首明,股肱良"之歌⑲,則知虞道昌矣。聞五子洛汭之歌⑳,則知夏政荒矣。言者無罪,聞者足戒,言者聞者莫不兩盡其心焉。

洎周衰秦興,采詩官廢㉑,上不以詩補察時政,下不以歌洩導人情。乃至於諂成之風動，救失之道缺。於時六義始刓矣[22]。

國風變為騷辭，五言始於蘇、李。蘇、李、騷人，皆不遇者，各繫其志，發而為文。故河梁之句[23]，止於傷別；澤畔之吟[24]，歸於怨思。彷徨抑鬱，不暇及他耳。然去《詩》未遠，梗概尚存。故興離別則引雙鳧一雁為喻[25]，諷君子小人則引香草惡鳥為比[26]。雖義類不具，猶得風人之什二三焉[27]。於時六義始缺矣。

晉、宋以還，得者蓋寡。以康樂之奧博[28]，多溺於山水；以淵明之高古，偏放於田園。江、鮑之流[29]，又狹於此。如梁鴻《五噫》之例者[30]，百無一二焉。於時六義寖微矣，陵夷矣[31]。

至於梁、陳間，率不過嘲風雪、弄花草而已。噫！風雪花草之物，《三百篇》中豈舍之乎？顧所用何如耳。設如"北風其涼"，假風以刺威虐也；"雨雪霏霏"，因雪以愍征役也；"棠棣之華"，感華以諷兄弟也；"采采芣苢"，美草以樂有子也[32]。皆興發於此而義歸於彼。反是者，可乎哉！然則"餘霞散成綺，澄江靜如練"，"離花先委露，別葉乍辭風"之什[33]，麗則麗矣，吾不知其所諷矣。故僕所謂嘲風雪、弄花草而已。於時六義盡去矣。

唐興二百年，其間詩人不可勝數。所可舉者，陳子昂有《感遇詩》二十首[34]，鮑防有《感興詩》十五首[35]。又詩之豪者，世稱李、杜。李之作，才矣奇矣，人不逮矣，索其風雅比興，十無一焉。杜詩最多，可傳者千餘首，至於貫串今古，覼縷格律[36]，盡工盡善，又過於李。然撮其《新安吏》《石壕吏》《潼關吏》《塞蘆子》《留花門》之章，"朱門酒肉臭，路有凍死骨"之句[37]，亦不過三四十首。杜尚如此，況不逮杜者乎！

僕常痛詩道崩壞，忽忽憤發，或食輟哺、夜輟寢，不量才力，欲扶起之。嗟夫！事有大謬者，又不可一二而言，然亦不能不粗陳於左右。

僕始生六七月時，乳母抱弄於書屏之下，有指"無"字"之"字示僕者，僕雖口未能言，心已默識。後有問此二字者，雖百十其試，而指之不差，則僕宿昔之緣，已在文字中矣。及五六歲，便學為詩，九歲諳識聲韻，十五六歲始知有進士，苦節讀書[38]。二十年來，晝課賦，夜課書，間又課詩，不遑寢息也。以至於口舌成瘡，手肘成胝，既壯而膚革不豐盈，未老而齒髮早衰白，瞥瞥然如飛蠅垂珠在眸子中也，動以萬數。蓋以苦學力文所致，又自悲矣。

　　家貧多故，二十七歲方從鄉賦[39]，既第之後，雖專於科試，亦不廢詩。及授校書郎時，已盈三四百首。或出示交友如足下輩，見皆謂之工，其實未窺作者之域耳。自登朝來[40]，年齒漸長，閱事漸多。每與人言，多詢時務；每讀書史，多求理道[41]。始知文章合為時而著，歌詩合為事而作。是時皇帝初即位[42]，宰府有正人[43]，屢降璽書，訪人急病。僕當此日，擢在翰林，身是諫官，手請諫紙[44]。啟奏之間，有可以救濟人病，裨補時闕，而難於指言者，輒詠歌之，欲稍稍遞進聞於上。上以廣宸聰[45]，副憂勤；次以酬恩獎，塞言責[46]；下以復吾平生之志。豈圖志未就而悔已生，言未聞而謗已成矣！

　　又請為左右終言之：凡聞僕《賀雨詩》，而眾口籍籍[47]，已謂非宜矣；聞僕《哭孔戡詩》，眾面脈脈，盡不悅矣；聞《秦中吟》，則權豪貴近者相目而變色矣；聞樂遊園寄足下詩，則執政柄者扼腕矣；聞《宿紫閣村》詩，則握軍要者切齒矣！大率如此，不可遍舉。不相與者，號為沽名，號為詆訐，號為訕謗；苟相與者，則如牛僧孺之戒焉[48]。乃至骨肉妻孥皆以我為非也。其不我非者，舉世不過三兩人。有鄧魴者[49]，見僕詩而喜，無何魴死。有唐衢者[50]，見僕詩而泣，未幾而衢死。其餘即足下。足下又十年來困躓若此。嗚呼！豈六義四始之風[51]，天將破壞不可支持耶？抑又不知天意不欲使下人病苦聞於上耶？不然，何有志於詩者不利若此之甚也！

　　然僕又自思關東一男子耳，除讀書屬文外，其他懵然無知，乃至書畫棋博可以接群居之歡者，一無通曉，即其愚拙可知矣！初應進士時，中朝無緦麻之親[52]，達官無半面之舊；策蹇步於利足之途，張空拳於戰文之場。十年之間，三登科第[53]，名入眾耳，迹升清貫[54]，出交賢俊，入侍冕旒[55]。始得名於文章，終得罪於文章，亦其宜也。

　　日者，又聞親友間說：禮、吏部舉選人，多以僕私試賦判傳為準的[56]。其餘詩句，亦往往在人口中。僕恧然自愧[57]，不之信也。及再來長安，又聞有軍使高霞寓者[58]，欲聘倡妓，妓大誇曰："我誦得白學士《長恨歌》，豈同他妓哉？"由是增價。又足下書云：到通州日，見江館柱間有題僕詩者，復何人哉？又昨過漢南日，適遇主人集眾樂，娛他賓，諸妓見僕來，指而相顧曰："此是《秦中吟》、《長恨歌》主耳。"自長安抵江西三四千里，凡鄉校、佛寺、逆旅、行舟之中，往往有題僕詩者；士庶、僧徒、孀婦、處女之口，每有詠僕詩者。此誠雕蟲之技，不足為多，然今時俗所重，正在此耳。雖前賢如淵、雲者⁵⁹，前輩如李、杜者，亦未能忘情於其間哉。

古人云："名者公器，不可以多取⁶⁰。"僕是何者，竊時之名已多。既竊時名，又欲竊時之富貴，使己為造物者，肯兼與之乎？今之迍窮⁶¹，理固然也。況詩人多蹇，如陳子昂、杜甫，各授一拾遺，而迍剝至死⁶²。李白、孟浩然輩，不及一命，窮悴終身。近日孟郊六十，終試協律；張籍五十，未離一太祝⁶³。彼何人哉！彼何人哉！況僕之才又不逮彼。今雖謫佐遠郡，而官品至第五，月俸四五萬，寒有衣，饑有食，給身之外，施及家人。亦可謂不負白氏子矣。微之微之，勿念我哉！

僕數月來，檢討囊袟中，得新舊詩，各以類分，分為卷目。自拾遺來，凡所適所感，關於美刺興比者；又自武德訖元和因事立題，題為《新樂府》者，共一百五十首，謂之"諷諭詩"。又或退公獨處，或移病閒居，知足保和，吟翫情性者一百首，謂之"閒適詩"。又有事物牽於外，情理動於內，隨感遇而形於歎詠者一百首，謂之"感傷詩"。又有五言、七言、長句、絕句，自一百韻至兩百韻者四百餘首，謂之"雜律詩"。凡為十五卷，約八百首。異時相見，當盡致於執事。

微之！古人云："窮則獨善其身，達則兼濟天下⁶⁴。"僕雖不肖，常師此語。大丈夫所守者道，所待者時。時之來也，為雲龍，為風鵬，勃然突然，陳力以出；時之不來也，為霧豹，為冥鴻⁶⁵，寂兮寥兮，奉身而退。進退出處，何往而不自得哉？故僕志在兼濟，行在獨善，奉而始終之則為道，言而發明之則為詩。謂之諷諭詩，兼濟之志也；謂之閒適詩，獨善之義也。故覽僕詩者，知僕之道焉。其餘雜律詩，或誘於一時一物，發於一笑一吟，率然成章，非平生所尚者，但以親朋合散之際，取其釋恨佐歡，今銓次之間，未能刪去。他時有為我編集斯文者，略之可也。

微之！夫貴耳賤目，榮古陋今，人之大情也。僕不能遠徵古舊，如近歲韋蘇州歌行⁶⁶，才麗之外，頗近興諷。其五言詩又高雅閒淡，自成一家之體。今之秉筆者誰能及之？然當蘇州在時，人亦未甚愛重，必待身後，然後人貴之。今僕之詩，人所愛者，悉不過雜律詩與《長恨歌》已下耳。時之所重，僕之所輕。至於諷諭者，意激而言質；閒適者，思淡而辭迂。以質合迂，宜人之不愛也。

今所愛者，並世而生，獨足下耳。然百千年後，安知復無如足下者出而知愛我詩哉？故自八九年來,與足下小通則以詩相戒,小窮則以詩相勉,索居則以詩相慰,同處則以詩相娛。知吾罪吾,率以詩也。如今年春遊城南時,與足下馬上相戲,因各誦新艷小律,不雜他篇,自皇子陂歸昭國里[67],疊吟遞唱,不絕聲者二十里餘。樊、李在傍[68],無所措口。知我者以為詩仙,不知我者以為詩魔。何則？勞心靈,役聲氣,連朝接夕,不自知其苦,非魔而何？偶同人當美景,或花時宴罷,或月夜酒酣,一詠一吟,不知老之將至。雖驂鸞鶴、遊蓬瀛者之適,無以加於此焉。又非仙而何？微之微之！此吾所以與足下外形骸、脫踪跡、傲軒鼎、輕人寰者,又以此也。

當此之時,足下興有余力,且欲與僕悉索還往中詩,取其尤長者,如張十八古樂府[69],李二十新歌行[70],盧、楊二秘書律詩[71],竇七、元八絕句[72],博搜精綴,編而次之,號為《元白往還詩集》。眾君子得擬議於此者,莫不踊躍欣喜,以為盛事。嗟乎！言未終而足下左轉[73],不數月而僕又繼行。心期索然,何日成就,又可為之太息矣。

又僕嘗語足下,凡人為文,私於自是,不忍於割截,或失於繁多,其間研媸益又自惑,必待交友有公鑒無姑息者,討論而削奪之,然後繁簡當否得其中矣。況僕與足下,為文尤患其多。己尚病之,況他人乎？今且各纂詩筆,粗為卷第,待與足下相見日,各出所有,終前志焉。又不知相遇是何年,相見在何地,溘然而至,則如之何！微之微之！知我心哉！

潯陽臘月,江風苦寒,歲暮鮮歡,夜長無睡。引筆鋪紙,悄然燈前,有念則書,言無次第,勿以繁雜為倦,且以代一夕之話也。

微之微之！知我心哉！樂天再拜。

——選自《白氏長慶集》卷四十五

注释

①謫江陵:元稹因得罪當時宦官和權貴,公元810年由監察御史降職為江陵士曹參軍。江陵,在今湖北省。　②枉:謙詞,勞駕。僅百篇:差不多有一百篇。僅,幾乎有。　③辱:謙詞,承蒙。　④罪潯陽:白居易於公元815年因上書力主詳查武元衡被刺案而得罪權貴,由左拾遺貶為江州司馬,治所潯陽,即今江西九江。　⑤去通州:元稹於公元815年3月由江州貶所調任通州司馬,通州在今四川達州。　⑥尚:遠,歷史長久。　⑦三才:指天、地、人。　⑧三光:指日、月、星。　⑨五材:指金、木、水、火、

土。　⑩愚騃(ái)：愚笨癡呆。騃，即呆。　⑪微及豚魚：《周易·中孚·象辭》："信及豚魚也。"江河中豚魚知風守信，風來浮於水面，南風則口張向南，北風則口張向北，從不失信。　⑫六義：指《詩經》的"風、賦、比、興、雅、頌"，見《毛詩序》。　⑬五音：指宮、商、角、徵、羽。　⑭一氣：構成天地萬物的元氣。本《莊子·知北遊》："萬物一也，通天地一氣耳。"泰：安閑。　⑮百志：眾人的情志。熙：融洽。　⑯垂拱而理：垂衣拱手就得到了治理，謂無為而治。　⑰大柄：把握的關鍵之處。《禮記·禮運》："禮者，君之大柄也。"　⑱大寶：大道。《禮記·禮運》："故禮儀者……所以達天道、順人情之大寶也。"　⑲"元首明，股肱良"之歌：相傳為虞舜與大臣皋陶唱和之歌，見《尚書·益稷》。股肱：股，大腿；肱，手臂從肘到腕的部分。比喻輔佐帝王的重臣。

⑳五子洛汭之歌：相傳夏代統治者太康荒淫失政，他的兄弟五人在洛水旁作歌諷之。洛：洛水。汭：水流隈曲處。　㉑采詩官：《漢書·藝文志》："孟冬之月，行人振木鐸徇於路，以采詩獻之大師，比其音律，以聞於天子。"行人，周代官名。徇，宣示。　㉒刓(wán)：磨削平。這裏指詩的六義被削弱了。　㉓河梁之句：舊題李陵《與蘇武詩》有句："攜手上河梁，遊子暮何之。"　㉔澤畔之吟：本《楚辭·漁父》："屈原既放，遊於江潭，行吟澤畔。"　㉕雙鳧一雁：托名蘇武歸國時留別李陵有詩："雙鳧俱北飛，一雁獨南翔。"　㉖香草惡鳥：指屈原作品的比興手法。　㉗風人：指《詩經》作者。　㉘康樂：即謝靈運，晉時襲封康樂公。　㉙江、鮑之流：指南朝詩人江淹、鮑照等人。　㉚梁鴻《五噫》：東漢梁鴻路過洛陽，感嘆統治者驕奢淫逸而民生多艱，作有《五噫歌》傳世。

㉛寖微：寖，漸漸；微，衰敗。逐漸衰微而至於消失。陵夷：指衰敗，走下坡路。

㉜"北風其涼"幾句：分別自《詩經》的《北風》《采薇》《棠棣》《苤苜》幾首。　㉝"餘霞"為謝朓《晚登三山還望京邑》詩句；"離花"為鮑照《玩月城西門》詩句。　㉞陳子昂《感遇詩》今存三十八首。　㉟鮑防：字子慎，襄陽人，天寶末進士，詩人，有《感興詩》，已佚。　㊱覼(luó)縷：仔細條理、安排。　㊲《新安吏》以下均杜甫作品，"朱門"為杜甫《自京赴奉先縣詠懷五百字》詩句。　㊳苦節：矢志不渝。節，約束。　㊴鄉賦：即鄉試，地方上選拔人才的考試。　㊵登朝：指當朝官。　㊶理道：即治理之道，為避唐高宗李治諱而改。　㊷皇帝初即位：指公元806年，唐憲宗李純即位。　㊸宰府有正人：指唐憲宗初年品行正直的宰相杜黃裳、鄭絪等人。　㊹"擢在翰林"句：指公元807年白居易被任為翰林學士，次年又被任為左拾遺，拾遺即是諫官。唐制，諫官每月請領一定數量的紙張。　㊺宸聰：皇帝的聽聞。　㊻塞言責：盡諫官進言的職責。

㊼籍籍：議論紛紛。　㊽牛僧孺之戒：公元808年，唐憲宗策試賢良方正直言極諫舉人，牛僧孺、皇甫湜、李宗閔等在應試時指陳時弊，言辭激烈，觸怒了宰相李林甫等權貴與宦官，致使牛等與考官俱遭處分。　㊾鄧魴：白居易同時代詩人，科舉不第，早卒。

○唐衢：白居易同時代詩人，白有《寄唐生》《傷唐衢》等詩。《舊唐書·唐衢傳》說他"見人文章有所傷嘆者，讀訖必哭，涕泗不能已。……故世謂唐衢善哭"。　○四始：《史記·孔子世家》說："《關雎》之亂以為《風》始，《鹿鳴》為《小雅》始，《文王》為《大雅》始，《清廟》為《頌》始。"即為四始。　○中朝無緦麻之親：緦麻，細麻布，古代"五服"中最輕的喪服。這句是說，朝中連個最疏遠的親族也沒有。　○三登科第：白居易於公元800年登進士第；公元802年應吏部試，以書判拔萃登科；公元806年，應"才識兼茂明於體用科"試，錄為第四等。　○清貫：接近皇帝地位"清高"的官員。　○冕旒(liú)：古代大夫以上的禮冠及帝王的王冠，這裏指君王。　○這句是說當時禮、吏部進士錄取及任職考試，要以白居易應試時做的文章作為評判標準。顯然是白自我標榜之辭。　○惢(lǜ)然：慚愧貌。　○高霞寓：范陽人，當時為振武邠寧節度使。　○淵、雲："淵"指王褒，字子淵；"雲"指揚雄，字子雲。　○"名者公器"句：語本《莊子·天運》："名，公器也，不可多取。"　○迍窮：指窮困，不順利。　○迍剝：迍，通"屯"。屯、剝為《易》二卦名。屯謂艱難，剝謂剝落。後以遭遇艱難、不得志為"迍剝"。　○太祝：官名。太常寺的官，主管祭祀。　○"窮則獨善"句：語本《孟子·盡心上》。　○霧豹：喻隱士。《列女傳·賢明》："妾聞南山有玄豹，霧雨七日而不下食者何也？欲以澤其毛而成文章也，故藏而遠害。"冥鴻：揚雄《法言·問明》："治則見，亂則隱，鴻飛冥冥，弋人何慕焉。"此二者與上文"雲龍""風鵬"相對比。　○韋蘇州：即韋應物，唐代著名詩人，貞元二年赴蘇州任刺史。　○皇子陂：長安城南一名勝。昭國里：在長安城中東南角，白居易曾居此。　○樊、李：樊宗憲和李景信，一說為樊宗師和李建，都是當時較知名的詩人。　○張十八：即張籍，以樂府詩知名。　○李二十：即李紳。　○盧、楊二秘書：盧拱和楊巨源，二人都做過秘書郎的官。　○竇七、元八：即竇鞏、元宗簡。　○左轉：貶官、降職，又叫"左遷"。

延伸思考

1.结合相关作家的具体创作，谈谈白居易出于自己的理论定位而对他们的批评是否公允。

2.结合白居易的诗歌创作，谈谈其诗歌理论的价值和缺憾。

与李生论诗书

◉司空图

　　司空图(837—908年),字表圣,自号知非子,又号耐辱居士。祖籍临淮(今安徽泗县东南),自幼随家迁居河中虞乡(今山西永济)。唐懿宗咸通十年(869年)进士及第,官至知制诰,中书舍人,唐末农民起义后隐居中条山。后梁开平二年(908年),朱温代唐,司空图绝食而死。有《司空表圣文集》十卷,《诗集》三卷。

　　《与李生论诗书》是司空图诗论的代表作。作者着重从韵味的角度谈诗歌意境的创造,认为好诗必须有"韵外之致""味外之旨",而这个"味"还必须满足"近而不浮,远而不尽"的要求,要能给读者留下联想和回味的余地,从而达到"思与境偕"的"诣极"。司空图的"韵味说",渊源于钟嵘的"滋味说",又有所发展和深化,并对后世产生了相当深远的影响。此外,司空图还结合自己的诗歌创作,谈到了作品来源于生活的问题。他虽然标举"讽喻",却实际上更偏向于抒写闲情逸致方面。

　　文之難,而詩尤難①。古今之喻多矣,而愚以為辨於味而後可以言詩也②。江嶺之南③,凡足資於適口者,若醯④,非不酸也,止於酸而已;若鹺⑤,非不鹹也,止於鹹而已。華之人以充饑而遽輟者⑥,知其鹹酸之外,醇美有所乏耳。彼江嶺之人,習之而不辨也,宜哉。詩貫六義,則諷諭、抑揚、渟蓄、溫雅,皆在其間矣⑦。然直致所得,以格自奇。前輩諸集,亦不專工於此,矧其下者耶⑧！王右丞、韋蘇州澄澹精致⑨,格在其中,豈妨於遒舉哉⑩?賈浪仙誠有警句⑪,視其全篇,意思殊餒⑫,大抵附於蹇澀⑬,方可致才,亦為體之不備也,矧其下者哉！噫！近而不浮⑭,遠而不盡⑮,然後可以言韻外之致耳⑯。

　　愚幼常自負,既久而逾覺缺然。然得於早春,則有"草嫩侵沙短,冰輕著雨銷"⑰。又"人家寒食月,花影午時天"⑱。(原註:"上句云:'隔谷見雞犬,山苗接楚田'。")又"雨微吟足思,花落夢無憀"⑲。得於山中,則有"坡暖冬生筍,松涼夏健人"⑳。又"川明虹照雨,樹密鳥衝人"㉑。得於江南,則有"戍鼓和潮暗,船燈照島幽"㉒。又"曲塘春盡雨,方響夜深船"㉓。又"夜短猿悲減,風和鵲喜靈"㉔。得於塞下,則有"馬色經寒慘,雕聲帶晚飢"㉕。得於喪亂,則有"驊騮思故第,鸚鵡失佳人"㉖。又"鯨鯢入海涸,魑魅棘林高"㉗。得於道宮,則有"碁聲花院閉,幡影石幢幽"㉘。得於夏景,則有"地涼清鶴夢,林靜肅僧儀"㉙。得於佛寺,則有"松日明金象,苔龕響木魚"㉚。又"解吟僧亦俗,愛舞鶴終卑"㉛。得於郊園,則有"遠陂春早滲,猶有水禽飛"㉜。(原註:"上句'綠樹連村暗,黃花入麥稀'。")得於樂府,則有"晚粧留拜月,春睡更生香"㉝。得於寂寥,則有"孤螢出荒池,落葉穿破屋"㉞。得於愜適,則有"客來當意愜,花發遇歌成"㉟。雖庶幾不濱於淺涸,亦未廢作者之譏訶也㊱。又七言云:"逃難人多分隙地,放生鹿大出寒林"㊲。又,"得劍乍如添健僕,亡書久似憶良朋"㊳。又"孤嶼池痕春漲滿,小欄花韻午晴初"㊴。又"五更惆悵迴孤枕,猶自殘燈照落花"㊵。(原註:"上句'故國春歸未有涯,小欄高檻別人家'。")又"殷勤元旦日,歌舞又明年"㊶。(原註:"上句'甲子今重數,生涯只自憐'。")皆不拘於一概也。

蓋絕句之作,本於詣極㊷,此外千變萬狀,不知所以神而自神也㊸,豈容易哉? 今足下之詩,時輩固有難色㊹,倘復以全美為工,即知味外之旨矣㊺。勉旃㊻。某再拜。

——選自《四部叢刊》本《司空表聖文集》卷二

注释

①原在"詩"後有"之"字,據《全唐文》刪。《唐文粹》作"詩之難"。　②辨於味而後可以言詩也:味指韻味,是司空圖重點標舉的一種審美觀念,與後面的"韻外之致""味外之旨"意思相同。司空圖認為只有懂得味在於鹹酸之外,才能真正得詩中三昧。評論詩歌也是如此。　③江嶺:江指長江;嶺指五嶺,即大庾、始安、臨賀、桂陽、揭陽諸嶺。　④醯(xī):即醋。　⑤鹺(cuó):即鹽。　⑥華之人:即陝西華山一帶的人,這裏指代中原地區的人。遽輟:立刻停止。　⑦"詩貫六義"三句:這裏是說,詩用六義,諷諭、抑揚、渟蓄、溫雅等效用也便蘊含其中了。其中諷諭是詩的作用,後三者則是詩的情調。渟蓄,清淡含蓄。　⑧矧(shěn):況且。　⑨王右丞:即王維,因官至尚書右丞而得名;韋蘇州:即韋應物,因居官蘇州刺史而得名。澄澹,指風格清深淡遠。精致,指語言的精工。　⑩遒舉:指筆力的挺拔,不粘滯。　⑪賈浪仙誠有警句:賈浪仙,即賈島,字閬仙,一作浪仙。中唐後期詩人,專寫五言律詩,以清苦僻澀為宗。警句,即如

世傳的"鳥宿池邊樹,僧敲月下門"之類。　⑫意思殊餒:謂其作品內容不夠充實,空虛無力。　⑬蹇澀:蹇礙,生澀。蹇,艱深;澀:不流暢。　⑭近而不浮:謂詩的形象真切鮮明,近在眼前,卻不使人感到浮淺。　⑮遠而不盡:指詩的境界深遠,也指詩的意蘊深厚,在言外有不盡的余意。　⑯韻外之致:韻,指詩的語言。這句是說言外之意無窮。以上三句都是針對中唐以後詩壇上偏勝詩風來說的;即風格單一,意盡句中,難談余味。司空圖倡"韻外之致",強調的是一種含蓄蘊藉、意在言外的風格。　⑰"草嫩侵沙短"二句:見司空圖詩《早春》。以下司空圖皆以自己的作品舉例。　⑱"人家寒食月"二句:全篇已佚。　⑲"雨微吟足思"二句:見其詩《下方》之二。　⑳"坡暖冬生筍"二句:見其詩《下方》之一。　㉑"川明虹照雨"二句:見其詩《華下送文浦》。㉒"戍鼓和潮暗"二句:見其詩《寄永嘉崔道融》。　㉓"曲塘春盡雨"二句:見其詩《江行》。　㉔"夜短猿悲減"二句:全篇已佚。　㉕"馬色經寒慘"二句:見其詩《塞上》。㉖"驊騮思故第"二句:全篇已佚。　㉗"鯨鯢入海涸"二句:全篇已佚。　㉘"碁聲花院閉"二句:全篇已佚。　㉙"地涼清鶴夢"二句:全篇已佚。　㉚"松日明金象"二句:見其詩《上陌梯寺懷舊僧》。　㉛"解吟僧亦俗"二句:見其詩《僧舍貽友》。　㉜"遠陂春早滲"二句:見其詩《獨望》。　㉝"晚粧留拜月"二句:全篇已佚。　㉞"孤螢出荒池"二句:見其詩《秋思》。　㉟"客來當意愜"二句:見其詩《長安贈王註》。㊱"雖庶幾"二句:這是司空圖對其五言詩句的自謙之語,意謂上面所列舉的這些詩句,即便似乎不會認為近於淺陋枯槁,但是仍免不了會受到真正的大詩人的譏笑。濱,同"瀕",接近。　㊲"逃難人多分隙地"二句:見其詩《山中》。　㊳"得劍乍如添健僕"二句:見其詩《退棲》。　㊴"孤嶼池痕春漲滿"二句:見其詩《光啟四年春戊申》句。　㊵"五更惆悵迴孤枕"二句:見其詩《華上》。　㊶"殷勤元旦日"二句:見其詩《元日》。　㊷詣極:極高的造詣。　㊸不知所以神而自神也:這句話意思是說,不知道為什麼會神韻天成,而它卻自己已神韻天成了。這"神"是司空圖所指的詩的最高境界,自然生動,渾然天成。　㊹時輩固有難色:時輩,同時代的詩人。固,固然。難色,為難的神色。此句謂同時代的詩人與李生的詩相比美,是不容易的,即李生的詩已達到了相當高的成就。　㊺味外之旨:即情味之外的意旨,咀嚼不盡的詩味,與前文之"鹹酸之外""韻外之致"意思相近。　㊻勉旃(zhān):鼓勵語。旃,助詞,"之焉"二字的合讀。

延伸思考

1.怎樣理解司空圖"思與境偕"的詩學思想?

2.談談司空圖的"韻味說"對鍾嶸"滋味說"的發展和深化。

二十四诗品

◉司空图

雄　渾

大用外腓，真體內充。返虛入渾，積健為雄。具備萬物，橫絕太空。荒荒油雲，寥寥長風。超以象外，得其環中。持之匪強，來之無窮。

沖　淡

素處以默，妙機其微。飲之太和，獨鶴與飛。猶之惠風，荏苒在衣。閱音修篁，美曰載歸。遇之匪深，即之愈希。脫有形似，握手已違。

纖　穠

采采流水，蓬蓬遠春。窈窕深谷，時見美人。碧桃滿樹，風日水濱。柳陰路曲，流鶯比鄰。乘之愈往，識之愈真。如將不盡，與古為新。

沈　著

綠林野屋，落日氣清。脫巾獨步，時聞鳥聲。鴻雁不來，之子遠行。所思不遠，若為平生。海風碧雲，夜渚月明。如有佳語，大河前橫。

高　古

畸人乘真，手把芙蓉。汎彼浩劫，窅然空蹤。月出東斗，好風相從。太華夜碧，人聞清鐘。虛佇神素，脫然畦封。黃唐在獨，落落玄宗。

典　雅

玉壺買春，賞雨茆屋。坐中佳士，左右修竹。白雲初晴，幽鳥相逐。眠琴綠陰，上有飛瀑。落花無言，人淡如菊。書之歲華，其曰可讀。

洗　鍊

如礦出金，如鉛出銀。超心鍊冶，絕愛緇磷。空潭瀉春，古鏡照神。體素儲潔，乘月反真。載瞻星氣，載歌幽人。流水今日，明月前身。

勁　健

行神如空，行氣如虹。巫峽千尋，走雲連風。飲真茹強，蓄素守中。喻彼行健，是謂存雄。天地與立，神化攸同。期之以實，御之以終。

綺　麗

神存富貴，始輕黃金。濃盡必枯，淡者屢深。霧餘水畔，紅杏在林。月明華屋，畫橋碧陰。金尊酒滿，伴客彈琴。取之自足，良殫美襟。

自　然

俯拾即是，不取諸鄰。俱道適往，著手成春。如逢花開，如瞻歲新。真與不奪，強得易貧。幽人空山，過雨采蘋。薄言情悟，悠悠天鈞。

含　蓄

不著一字，盡得風流。語不涉己，若不堪憂。是有真宰，與之沈浮。如淥滿酒，花時返秋。悠悠空塵，忽忽海漚。淺深聚散，萬取一收。

豪　放

觀花匪禁，吞吐大荒。由道返氣，處得以狂。天風浪浪，海山蒼蒼。真力彌滿，萬象在旁。前招三辰，後引鳳凰。曉策六鰲，濯足扶桑。

精　神

欲返不盡，相期與來。明漪絕底，奇花初胎。青春鸚鵡，楊柳樓臺。碧山人來，清酒深杯。生氣遠出，不著死灰。妙造自然，伊誰與裁？

縝　密

是有真跡，如不可知。意象欲生，造化已奇。水流花開，清露未晞。要路愈遠，幽行為遲。語不欲犯，思不欲癡。猶春於綠，明月雪時。

疏　野

惟性所宅，真取弗羈。控物自富，與率為期。築室松下，脫帽看詩。但知旦暮，不辨何時。倘然適意，豈必有為。若其天放，如是得之。

清　奇

娟娟羣松，下有漪流。晴雪滿汀，隔溪漁舟。可人如玉，步屧尋幽。載行載止，空碧悠悠。神出古異，澹不可收。如月之曙，如氣之秋。

委　曲

登彼太行，翠繞羊腸。杳靄流玉，悠悠花香。力之於時，聲之於羌。似往已迴，如幽匪藏。水理漩洑，鵬風翺翔。道不自器，與之圓方。

實　境

取語甚直，計思匪深。忽逢幽人，如見道心。清澗之曲，碧松之陰。一客荷樵，一客聽琴。情性所至，妙不自尋。遇之自天，泠然希音。

悲　慨

大風捲水，林木為摧。適苦欲死，招憩不來。百歲如流，富貴冷灰。大道日喪，若為雄才。壯士拂劍，浩然彌哀。蕭蕭落葉，漏雨蒼苔。

形　容

絕佇靈素，少迴清真。如覓水影，如寫陽春。風雲變態，花草精神。海之波瀾，山之嶙峋。俱似大道，妙契同塵。離形得似，庶幾斯人。

超　詣

匪神之靈，匪機之微。如將白雲，清風與歸。遠引若至，臨之已非。少有道氣，終與俗違。亂山高木，碧苔芳暉。誦之思之，其聲愈希。

飄 逸

落落欲往,矯矯不羣。緱山之鶴,華頂之雲。高人惠中,令色氤氳。御風蓬葉,汎彼無垠。如不可執,如將有聞。識者期之,欲得愈分。

曠 達

生者百歲,相去幾何。歡樂苦短,憂愁實多。何如尊酒,日往煙蘿。花覆茆簷,疏雨相過。倒酒既盡,杖藜行歌。孰不有古,南山峨峨。

流 動

若納水輨,如轉丸珠。夫豈可道,假體如愚。荒荒坤軸,悠悠天樞。載要其端,載聞其符。超超神明,返返冥無。來往千載,是之謂乎!

——選自郭绍虞《詩品集解》

第六章　宋金元

梅圣俞诗集序

●欧阳修

　　欧阳修(1007—1072年),字永叔,号醉翁、六一居士,吉州永丰(今江西省吉安市永丰县)人,北宋政治家、文学家。谥号文忠,世称欧阳文忠公。唐宋八大家之一,后人将其与韩愈、柳宗元和苏轼合称"千古文章四大家"。

　　本文实为两部诗集之序文,一为谢景初所辑录、欧阳修为其所作之序文,一为欧阳修所辑录梅诗之序文。梅尧臣是北宋著名诗人,为欧阳修志同道合的挚友。欧阳修尤其欣赏梅圣俞,其在《书梅圣俞书稿后》中言:"长于本人情,状风物,英华雅正,变态百出……感人之至。"欧阳修短短几笔,叙述了圣俞之人生之穷,叙述了其生活与圣俞创造的关系。所提出的"诗穷而后工"的创作观,是继司马迁"诗三百篇,大抵贤圣发愤之为作也"(《报任少卿书》),杜甫"文章憎命达"(《天末怀李白》),韩愈"欢愉之辞难工,而穷苦之言易好也"(《荆潭唱和诗序》)、"不平则鸣"等论说的阐发。指明了诗歌与诗人生活的内在的关系,即不是诗歌使诗人困顿,而是诗人的生活让诗人的体验更为深刻直接,故而能达到一般人达不到的深度。"穷而后工"强调诗之工得之于人生的穷困磨炼。欧阳修所说的"不得施于世者",就是强调仕途穷困,命运坎坷,所说的"内有忧思感愤之郁积",强调了创作的一个方面,即身处穷境,文章易成。

　　予聞世謂詩人少達而多窮①。夫豈然哉? 蓋世所傳詩者,多出於古窮人之辭也。凡士之蘊其所有而不得施於世者②,多喜自放於山巔水涯。外見蟲魚草木風雲鳥獸之狀類,往往探其奇怪;內有憂思感憤之鬱積,其興於怨刺，以道羇臣寡婦之所歎③，而寫人情之難言；蓋愈窮則愈工。然則非詩之能窮人，殆窮者而後工也④。

予友梅聖俞⑤，少以蔭補為吏⑥，累舉進士，輒抑於有司⑦，困於州縣，凡十餘年⑧。年今五十，猶從辟書為人之佐⑨，鬱其所畜，不得奮見於事業。其家宛陵，幼習於詩，自為童子，出語已驚其長老。既長，學乎六經仁義之說。其為文章，簡古純粹，不求苟說於世⑩，世之人徒知其詩而已。然時無賢愚，語詩者必求之聖俞；聖俞亦自以其不得志者，樂於詩而發之。故其平生所作，於詩尤多。世既知之矣，而未有薦於上者⑪。昔王文康公嘗見而歎曰⑫："二百年無此作矣！"雖知之深，亦不果薦也。若使其幸得用於朝廷，作為雅、頌⑬，以歌詠大宋之功德，薦之清廟⑭，而追商、周、魯《頌》之作者，豈不偉歟！奈何使其老不得志，而為窮者之詩，乃徒發於蟲魚物類、羇愁感歎之言。世徒喜其工，不知其窮之久而將老也。可不惜哉！

聖俞詩既多，不自收拾。其妻之兄子謝景初⑮，懼其多而易失也，取其自洛陽至於吳興已來所作，次為十卷。予嘗嗜聖俞詩，而患不能盡得之，遽喜謝氏之能類次也⑯，輒序而藏之。

其後十五年，聖俞以疾卒於京師。余既哭而銘之⑰，因索於其家，得其遺藁千餘篇，并舊所藏，掇其尤者六百七十七篇，為一十五卷。嗚呼！吾於聖俞詩論之詳矣⑱，故不復云。廬陵歐陽修序。⑲

——選自《四部叢刊》本《歐陽文忠公文集》

注释

①少達而多窮：顯達的少，潦倒不得志的多。這是唐宋以來常見的表述。"窮"和"達"是反義詞。在古代，缺少衣食錢財一般叫"貧"，不得志，沒出路叫"窮"。　②蘊其所有：胸中懷藏他所有的才學、抱負。蘊：藏蓄，積聚。　③羇臣：宦游或貶謫在異鄉為官的人。　④此句謂文人處境困頓，易于寫出好文，工為工巧之意。清錢謙益《鈍吟集序》："詩窮而后工。詩之必窮，而窮之必工，其理然也。"　⑤梅堯臣（1002—1060年），字聖俞，世稱宛陵先生，北宋著名詩人。宣州宣城（今屬安徽）人。宣城古稱宛陵，世稱宛陵先生。　⑥蔭（yìn）：蔭補，宋有恩蔭制度。梅聖俞的叔父梅詢，官至翰林侍讀學士。梅聖俞初試不第，憑叔父之職務蔭補河南主簿。　⑦有司：主管官員，這裏指主考官。　⑧梅聖俞做過桐城、河南、河陽主簿，德興、建德、樊城知縣。　⑨辟（bì）

書:征聘的文書。梅圣俞接受别人的聘任,作為幕僚。此處指辟為忠武、鎮安兩軍判官。　⑩此句言梅圣俞文章精簡古樸,不求粉飾取悅于世。梅圣俞是北宋詩文革新運動的中堅,與歐陽修一道反對浮靡文風。　⑪薦於上:推薦給皇上。　⑫王文康:王曙,字晦叔,諡"文康",仁宗時任宰相。他曾對梅圣俞言:"子之詩有晉宋遺風,自杜子美沒后二百年不見此作。"　⑬雅、頌:《詩經》中有《大雅》《小雅》《商頌》《周頌》和《魯頌》。《雅》是朝會樂歌,《頌》是祭祀樂歌。此處借指歌頌功德的正統詩歌。　⑭清廟:本指祭祀周文王的廟,后泛指皇帝之廟堂。　⑮謝景初:字師厚,號今是翁,杭州富陽人,慶曆進士。博學能文,尤長于詩。其為謝絳之子,圣俞内侄,黃庭堅的岳父。⑯遽(jù):遂之意。　⑰歐陽修寫有《梅圣俞墓志銘》。　⑱歐陽修在其《書梅圣俞稿后》和《六一詩話》里均論及,再者此段乃補寫,故為略說。　⑲據清代沈德潛《唐宋八家文讀本》云:從篇首到"輒序而藏之"作于梅圣俞生時,為謝景初所編的圣俞詩集之序,寫于慶曆六年(1046 年)。此段乃是作者在圣俞死后重新編梅集的補寫,寫于公元1061 年。

延伸思考

1.结合自己读和写的体验,进一步思考文人之"穷"与诗歌之"工"的关系。

2.结合梅圣俞的作品,谈谈你对欧阳修"诗穷而后工"理论的理解。

答谢民师书

◉ 苏 轼

　　苏轼(1036—1101 年),字子瞻,别号东坡居士,眉山(今四川眉山县)人,嘉祐二年进士。苏轼文章纵横奔放,诗飘逸不群,词开豪放一派,书画亦有名,是继欧阳修之后北宋文坛领袖。谢民师(生卒年未详),名举廉,新淦(今江西新淦县)人,元丰八年(1085 年)进士。元符三年(1100 年)五月,苏轼由儋州(今广东儋县)内调,九月底路过广州,谢民师因所作诗文求正于他,屡到他寓所质疑。两人相处的时间虽短,情谊却深。本文是苏轼离开广州后答谢民师的第二封信,主要是谈自己的文学创作主张。

　　此文重点强调写作要随物赋形,自然运思。通常的创造要求参照的是搭建原则,喻示写文章就像盖房子一样,先搭建框架,然后做填充。苏轼不以为然,他倡导为文"常行于所当行,常止于所不可不止",方能"文理自然,姿态横生"。他"辞达"境界,讲究自然天成,反对模式框架,为写作而写作;

反对假大空。他主张创作应该有充分的表达自由,打破一切格套、成规法度。所谓"吾文如万斛泉源,不择地而出,在平地滔滔汩汩,虽一日千里无难。及其与山石曲折,随物赋形而不可知也"(《文说》),其实就是本文中所谓"如行云流水,初无定质"的意思。由是,他反对尚奇猎险和模仿。他批评了扬雄故作艰深的为文方式,扬雄的《太玄》《法言》诸作一字一句模经范圣,正是雕虫篆刻。这同欧阳修指责扬雄、王通"勉焉以模言语"(《答吴充秀才书》)是一致的立场。

近奉違①,亟辱問訊②,具審起居佳勝,感慰深矣。某受性剛簡③,學迂材下,坐廢累年④,不敢復齒縉紳⑤。自還海北,見平生親舊,惘然如隔世人,況與左右無一日之雅而敢求交乎⑥?數賜見臨,傾蓋如故⑦,幸甚過望,不可言也。

所示書教及詩賦雜文觀之熟矣,大略如行雲流水,初無定質,但常行於所當行,常止於所不可不止,文理自然,姿態橫生。孔子曰:"言之不文,行而不遠。"又曰:"辭達而已矣⑧。"夫言止於達意,即疑若不文,是大不然。求物之妙,如繫風捕影,能使是物了然於心者,蓋千萬人而不一遇也,而況能使了然於口與手者乎?是之謂辭達。辭至於能達,則文不可勝用矣⑨。

揚雄好為艱深之辭,以文淺易之說;若正言之,則人人知之矣。此正所謂"雕蟲篆刻"者⑩,其《太玄》、《法言》,皆是類也。而獨悔於賦,何哉?終身雕篆而獨變其音節⑪,便謂之"經",可乎?屈原作《離騷經》⑫,蓋《風》、《雅》之再變者⑬,雖與日月爭光可也。可以其似賦而謂之"雕蟲"乎?使賈誼見孔子,升堂有餘矣⑭,而乃以賦鄙之,至與司馬相如同科。雄之陋如此比者甚眾,可與知者道⑮,難與俗人言也。因論文偶及之耳。

歐陽文忠公言:"文章如精金美玉⑯,市有定價,非人所能以口舌定貴賤也。"紛紛多言,豈能有益於左右,愧悚不已⑰。

所須惠力"法雨堂"兩字⑱,軾本不善作大字,強作終不佳,又舟中局迫難寫,未能如教。然軾方過臨江,當往游焉。或僧有所欲記錄,當為作數句留院中,慰左右念親之意。今日至峽山寺⑲,少留即去。愈遠,惟萬萬以時自愛⑳。

——選自《四部叢刊》本《經進東坡文集事略》

注释

①近奉違，一本前有"軾啟"兩字。奉違：奉，敬詞；違指離別。　②亟辱：亟（qì），屢次。辱，謙詞。　③受性剛簡：秉性剛直簡慢。　④坐廢累年：作者于哲宗紹聖元年（1094年）被貶惠州（今廣東惠陽縣），紹聖四年（1097年）再貶儋耳（今海南省儋縣），直至元符三年（1100年）才遇赦北歸。坐廢，因罪被貶謫之意。　⑤不敢復齒縉紳：不敢再和達官貴人交往。齒，居于同列。　⑥雅：語出《漢書·谷永傳》，顏師古注："雅，素也……言非宿之交。"　⑦指一見如故。　⑧辭達而已矣，語出《論語·衛靈公》，朱熹《集注》："詞取達意而止，不以富麗為工。"　⑨不可勝（shēng）用：指用之不窮。

⑩雕蟲篆刻：揚雄《法言·吾子》："或問：'吾子少而好賦？'曰：'然。童子雕蟲篆刻。'俄而曰：'壯夫不為也。'"蟲書和刻符是秦八種字體中的兩種，是兒童學習的字體。這裏指注重雕琢字句。　⑪變其音節：賦體講究一定的音調和節奏，揚雄的《太玄》和《法言》乃仿《易經》和《論語》而作，雕琢詞句上沒有變化，僅只不用賦的格律形式而已。　⑫《離騷經》：即《離騷》，東漢王逸作《楚辭章句》，稱其為"經"。　⑬漢代講《詩經》時，認為其中表現憂慮和諷刺的作品不合于詩之正統，故有"變風""變雅"之說，這裏以《離騷》比附風、雅，故云再變。《史記·屈原列傳》："國風好色而不淫，小雅怨誹而不亂，若《離騷》者，可謂兼之矣。……雖與日月爭光可也。"　⑭古人把入門、升堂、入室比作三個由淺入深的層次。賈誼是西漢文帝時著名的政論家，曾寫過《吊屈原賦》，其遭遇和屈原類似，《史記》中司馬遷把賈誼與屈原合傳。而揚雄《法言·吾子》中卻說"如孔氏之門用賦也，則賈誼升堂，相如入室也"。蘇軾認為賈誼本比司馬相如高明，揚雄因為賈誼寫過賦，就把二者相提并論，這乃是對賈誼的一種鄙視。　⑮知（zhì）：智。　⑯歐陽修《蘇氏文集序》："斯文，金玉也。"蘇軾《答毛滂書》也说："文章如金玉，各有定價，先后進相汲引，因其言以信于世，則有之矣。到其品目高下，蓋付之眾口，決非一夫能抑揚。"　⑰愧悚：慚愧恐懼。　⑱惠力，寺名。法雨堂：惠力寺中的堂名。兩字：謂"法雨"二字（"堂"字可省去不寫，故云"兩字"）。謝民師代惠力寺求寫"法雨"二字。　⑲峽山寺，即廣慶寺，又名飛來寺，在今廣東清遠縣清遠峽。　⑳惟萬萬以時自愛，一本后有"不宣"兩字。自愛，自己保重。

延伸思考

1.结合自己的阅读创作经验谈谈你对"辞达""文理自然，姿态横生"的理解。

2.结合苏轼此文的观点，谈谈自己对苏轼诗作的阅读感受。

论 词

●李清照

李清照（1084—约 1156 年），号易安居士，济南章丘（今属山东济南）人，中国历史上最著名的女词人。著有《李易安集》《易安居士文集》《易安词》，均已佚。后人有《漱玉词》辑本。今有王仲闻《李清照集校注》、徐培均《李清照集笺注》。

这是李清照早年所作的一篇词论。它不仅是宋代第一篇有独创性、系统性的词论，而且是我国妇女写的第一篇文学批评专论。因为此文公开批评了许多词坛名家，而且出自女人之笔，故而历来争论颇大，褒贬不一。在此文中，李清照总结了自己和历代词家的创作实践，认为词必须能配乐歌唱，提出了"词别是一家"的主张，阐述了词的源流、内容、形式，尤其是音律上的特点，在中国词史和文学批评史上具有特殊的重要价值。本文开端，讲述了李八郎歌惊曲江宴会的故事，继而回顾词的发展历史，肯定了各种词牌竞相出现的繁荣景象，在分析词的音律特征的同时，对当时的词人多有评点。李清照反对郑卫之声、靡靡之音，要求词合乐协律、富情致、高雅、浑成、铺叙、典重、情致、故实、完美。至此，李清照提出了"别是一家"的词体界定。李清照以自己的词学造诣，就词论词，客观地表达自己的见解，第一次从理论上为词正名。

樂府聲詩并著①，最盛於唐開元、天寶間。有李八郎者②，能歌，擅天下。時新及第進士，開宴曲江。榜中一名士，先召李，使易服隱名姓，衣冠故敝，精神慘沮③，與同之宴所。曰："表弟願與坐末。"眾皆不顧。既酒行樂作，歌者進，時曹元謙、念奴為冠④。歌罷，眾皆咨嗟稱賞。名士忽指李曰："請表弟歌。"眾皆哂⑤，或有怒者。及轉喉發聲，歌一曲，眾皆泣下。羅拜，曰："此李八郎也。"

自后鄭衛之聲日熾⑥，流靡之變日煩。已有《菩薩蠻》《春光好》《莎雞子》《更漏子》《浣溪沙》《夢江南》《漁父》等詞⑦，不可遍舉。

五代干戈，四海瓜分豆剖，斯文道熄。獨江南李氏君臣尚文雅⑧，故於"小樓吹徹玉笙寒"、"吹皺一池春水"之詞，語雖奇甚，所謂"亡國之音哀以思”者也！

逮至本朝，禮樂文武大備，又涵養百餘年，始有柳屯田永者⑨，變舊聲，作新聲，出《樂章集》，大得聲稱於世。雖協音律，而詞語塵下。又有張子野、宋子京兄弟、沈唐、元絳、晁次膺輩繼出⑩，雖時時有妙語，而破碎何足名家！至晏元獻⑪、歐陽永叔、蘇子瞻，學際天人，作為小歌詞，直如酌蠡水於大海⑫，然皆句讀不葺之詩爾⑬，又往往不協音律者，何耶？蓋詩文分平側⑭，而歌詞分五音，又分五聲，又分六律⑮，又分清濁輕重。且如近世所謂《聲聲慢》《雨中花》《喜遷鶯》，既押平聲韻，又押入聲韻；《玉樓春》本押平聲韻，又押上去聲韻，又押入聲。本押仄聲韻，如押上聲則協，如押入聲，則不可歌矣。王介甫、曾子固⑯，文章似西漢，若作一小歌詞，則人必絕倒，不可讀也。

乃知別是一家⑰，知之者少。後晏叔原、賀方回、秦少游、黃魯直出⑱，始能知之。又晏苦無鋪敘，賀苦少典重⑲。秦即專主情致，而少故實⑳，譬如貧家美女，雖極妍麗，而終乏富貴態。黃即尚故實，而多疵病，譬如良玉有瑕，價自減半矣。

——選自《苕溪漁隱叢話》後集卷三十三

注释

①樂府聲詩并著：樂府，原是秦漢時的音樂官署，負責搜集民歌、寫詩譜樂，因此后人又將能入樂的詩稱為樂府。聲詩：樂歌，此處指樂府之外唐人用作歌詞的五、七言詩。　②李八郎，名李袞，行八，人稱李八郎。唐代善歌者，名動京師，崔昭曾密載李袞入朝，布樂宴賓，以為盛會。令袞弊衣以出，指為表弟。合坐嗤笑之。及轉喉一發，樂人皆驚曰：“此必李八郎也。”事見唐代李肇《國史補》卷下。　③慘沮：慘淡頹喪。④曹元謙、念奴，此二人為當時著名男女歌伎。元稹《連昌宮詞》自注：“念奴，天寶中名倡，善歌。”　⑤哂：譏笑。　⑥熾：興盛貌。鄭衛之聲，本指春秋戰國時代鄭、衛兩國的民間音樂，后來用作淫靡之樂的代稱。《禮記·樂記·樂本篇》：“鄭、衛之音，亂世之音也。”《禮記·樂記·魏文侯篇》：“鄭音好濫淫志……衛音趨數煩志。”　⑦《菩薩蠻》等，皆為唐代教坊曲名，后用為詞調，變為詞牌名。其中只有《莎雞子》今無詞流傳。　⑧指五代南唐國主李璟、李煜父子與臣子馮延巳等。當時李璟有詞句“小樓吹徹玉笙寒”（《浣溪沙·菡萏香消翠葉殘》），馮延巳有“風乍起，吹皺一池春水”（《謁金

門》)為名句。宋馮令《南唐書·馮延巳傳》:"元宗嘗戲延巳曰:'吹皺一池春水,干卿何事?'馮延巳曰:'未如陛下"小樓吹徹玉笙寒。'元宗悅。"　⑨柳屯田永:柳永(約987—約1051年),初名三變,字景莊,后改名永,字耆卿,行七,故人稱柳七,曾任屯田員外郎,故又稱柳屯田。祖籍河東(今山西永濟),徙居福建崇安,為北宋著名詞人。

⑩均為北宋詞人,張子野即張先,與柳永齊名。宋子京兄弟即宋祁與兄長宋庠。
⑪晏元獻,即晏殊(991—1055年),字同叔,仁宗時官至宰相,歐陽修、王安石均出他門下,卒謚元獻,后人尊稱晏元獻,有《珠玉集》。　⑫直如酌蠡水於大海:簡直就像從大海中舀取一瓢水,比喻作詞對于晏、歐、蘇來說是很容易的事。蠡:瓠瓢。　⑬句讀不葺:指句子長短不齊。句讀(dòu),也叫句逗,古時文辭語意已盡處為句,語意未盡而停頓處為讀,書面上用圈和點標記;不葺(qì),長短不齊。　⑭平側(zè),即平仄。平,指四聲中的平聲;仄,指四聲中的上、去、入三聲。詩賦及駢文中所用的字音,平聲與仄聲相互調節,使聲調和諧,謂之"調平"。　⑮五音:據南宋張炎《詞源》,以唇、齒、喉、舌、鼻當五音。五聲:宮、商、角、徵、羽,加上變宮、變徵,又稱"七聲"。五聲也稱"五音"。南朝沈約區分漢字讀音為平、上、去、入為"四聲"。唐初的元兢將五音與四聲相配,宮、商為平聲,徵為上聲,羽為去聲,角為入聲。后來又將宮、商分為陽平和陰平。"六律",古代音樂家按樂音低到高依次命名黃鐘、大呂、太簇、夾鐘、姑洗、仲呂、蕤賓、林鐘、夷則、南呂、無射、應鐘為十二律,這十二律又分陽、陰兩部分,陽(單數)稱"律",陰(雙數)稱"呂",即有六律和六呂　這裏是用六律指代十二律。　⑯王介甫即王安石,曾子固即曾鞏,二人同為唐宋八大家。　⑰別是一家:這是李清照的詞學觀點。詞與詩文存在差異,從內容、形式、音韻等方面都有著自己獨特的要求。蘇軾曾提出"以詩為詞"的觀點,對于蘇軾等人沒有完全嚴格按照詞律倚聲填詞的做法,李清照顯然是不以為然的。　⑱均為北宋詞人。晏叔原:晏幾道,字叔原,號小山,臨川(江西臨川)人,晏殊第七子,北宋詞人。有《小山詞》存世。賀方回:賀鑄,字方回,號慶湖遺老。原籍山陰(浙江紹興),生長于衛州(河南汲縣),有《東山詞》及《慶湖遺老集》存世。秦少游:秦觀,字少游、太虛,號淮海居士。高郵(今屬江蘇)人,有《淮海集》存世。黃魯直:黃庭堅,字魯直,號山谷道人、涪翁。分寧(江西修水)人,江西詩派的開創者,詞與秦觀齊名,有《山谷集》存世。　⑲典重:典雅,莊重。　⑳故實:典故,出處。

延伸思考

1.结合所学文论,谈谈宋词之流变。

2.谈谈你对李清照"词别是一家"的理解。

文论选录

◉朱　熹

　　朱熹(1130—1200年),字元晦,号晦庵,婺源(今属江西)人,侨寓建阳(今属福建),曾任秘阁修撰等职,晚年退居福建讲学,谥号文。朱熹于两宋理学家中文学修养最高,论及前代诗人每有独到之见。如称"陶渊明诗,人皆说是平淡,据某看他自豪放,但豪放得来不觉耳"。朱熹集宋代理学之大成,也是宋代理学家文论的集大成者。朱熹的文论,收集在《朱子语类》中的一些议论、谈话和一些书信之中,形式自由,涉猎广泛。

　　《朱子语类》共一百四十卷,卷一三九题为《论文上》,卷一四零题为《论文下》。此处选文,主要概述了文与世的关系,并提出论文"道为文本,文皆是从道中流出"的口号。此是他对周敦颐"文以载道"说的继承与发展。在他看来,道是文的本体,文是道的表现。在创作上朱熹提倡自然与法度的密切结合,那些务为艰深新奇、穷极华丽、驰骋工巧的文章,都是不"自然"的产物。

　　《答杨宋卿》中朱熹认为诗以言志,所以衡量诗歌境界高下就不在于其言词之工拙与否,而在诗人之志。具体而言就是诗人道德内充之力,明理见性之功力。

　　《诗集传序》是朱熹为《诗集传》所写的序文,《诗集传》共二十卷,后人并为八卷,是宋以来《诗经》的重要注本之一。《诗集传序》简要地说明了诗的产生,教化意义,风雅颂内容体制上的区别、流变以及学诗之大旨。

　　有治世之文,有衰世之文,有亂世之文①。《六經》②,治世之文也。如《國語》委靡繁絮③,真衰世之文耳④。是時語言議論如此,宜乎周之不能振起也。至于亂世之文,則《戰國》是也⑤。然有英偉氣,非衰世《國語》之文之比也。楚漢間文字真是奇偉,豈易及也!

　　古人文章,大率只是平說而意自長。后人文章務意多而酸澀。如《離騷》初無奇字,只恁說將去,自是好。后來如魯直恁地著力做⑥,卻自是不好。……

　　大率文章盛,則國家卻衰。如唐貞觀、開元都無文章⑦,及韓昌黎⑧、柳河東以文顯⑨,而唐之治已不如前矣。

才卿問："韓文《李漢序》頭一句甚好。"曰："公道好，某看來有病。"陳曰："'文者，貫道之器。'且如《六經》是文，其中所道皆是這道理，如何有病？"曰："不然，這文皆是從道中流出，豈有文反能貫道之理？文是文，道是道，文只如喫飯時下飯耳。若以文貫道，卻是把本為末，以末為本，可乎？"

今人作文，皆不足為文。大抵專務節字⑩，更易新好生面辭語。至說義理處，又不肯分曉。觀前輩歐、蘇諸公作文，何嘗如此？聖人之言坦易明白，因言以明道，正欲使天下後世由此求之。使聖人立言要教人難曉，聖人之經定不作矣。若其義理精奧處，人所未曉，自是其所見未到耳。學者需玩味深思，久之自可見。何嘗如今人欲說又不敢分曉說！不知是甚所見。畢竟是自家所見不明，所以不敢深言，且鶻突說在裏⑪。

道者，文之根本；文者，道之枝葉。惟其根本乎道，所以發之於文，皆道也。三代⑫聖賢文章，皆從此心寫出，文便是道。今東坡之言曰："吾所謂文，必與道俱"，則是文自文而道自道，待作文時旋去討個道來入放裏面，此是他大病處。

————選自中華書局《朱子語類·論文》卷一三九

熹聞詩者，志之所之，在心為志，發言為詩⑬。然則詩者，豈復有工拙哉？亦視其志之所向者高下如何耳。是以古之君子，德足以求其志，必出於高明純一之地⑭，其於詩固不學而能之。

至於格律之精粗，用韻屬對比事遣辭之善否，今以魏晉以前諸賢之作考之，蓋未有用意於其間者，而況於古詩之流乎？近世作者，乃始留情於此。故詩有工拙之論，而菲藻之詞勝⑮，言志之功隱矣。（《答楊宋卿》）

————選自《四部叢刊》本《晦庵先生朱文公文集》卷三十九

或有問於余曰："詩何謂而作也？"余應之曰："人生而靜，天之性也；感於物而動，性之欲也⑯。夫既有欲矣，則不能無思；既有思矣，則不能無言；既有言矣，則言之所不能盡而發於咨嗟詠嘆之餘者⑰，必有自然之音響節奏而不能已焉。此詩之所以作也。"

曰："然則其所以教者，何也？"曰："詩者，人心之感物而形於言之餘也。心之所感有邪正，故言之所形有是非。惟聖人在上，則其所感者無不正，而其言皆足以為教。其或感之之雜，而所發不能無可擇者，則上之人必思所以自反而因有以勸懲之⑱，是亦所以為教也。"（《詩集傳序》）

————選自《四部叢刊》本《晦庵先生朱文公文集》卷七十六

注释

①《樂記·樂本篇》："治世之音安以樂,其政和;亂世之音怨以怒,其政乖;亡國之音哀以思,其民困。" ②《六經》:指六部先秦古籍,包括《詩經》《尚書》《禮》《樂經》《周易》《春秋》。其中《樂經》已失傳,所以通常稱"五經"。 ③《國語》:中國最早的一部國別體著作。記錄了周朝王室和魯國、齊國、晉國、鄭國、楚國、吳國、越國等諸侯國的歷史。包括各國貴族間朝聘、宴饗、諷諫、辯說、應對之辭以及部分歷史事件與傳說。委靡,指文氣的衰弱不振;繁絮,指文章的遇分鋪陳堆砌。 ④衰世:衰弱之世。《毛詩序》有治世之音、亂世之音、亡國之音的說法。 ⑤《戰國》:即《戰國策》,是一部國別體史書。主要記述了戰國時期的縱橫家的政治主張和策略,展示了戰國時代的歷史特點和社會風貌,是研究戰國歷史的重要典籍。 ⑥黃庭堅(1045—1105 年),字魯直,洪州分寧(今江西修水)人。北宋詩人、詞人、書法家,為江西詩派開山之祖。 ⑦貞觀:是唐太宗李世民的年號,共 23 年。開元:開元為唐玄宗李隆基的年號,共 29 年,史稱"開元之治"。貞觀、開元年間,唐朝國力強盛,史稱盛世。 ⑧韓愈(768—824 年),字退之,文學家,河南河陽(今河南省焦作孟州市)人,世稱韓昌黎,晚年任吏部侍郎,又稱韓吏部,諡號"文",又稱韓文公,唐宋八大家之一。有《昌黎先生集》。 ⑨柳宗元(773—819 年),字子厚,山西運城人,世稱"柳河東""河東先生"。唐代文學家,為唐宋八大家之一。 ⑩節字:推敲、剪裁文字。 ⑪鶻(gǔ)突:糊涂。 ⑫三代:夏、商、周三個朝代的合稱。 ⑬此句出自《毛詩序》。 ⑭高明純一之地:此指高明純潔的心性。 ⑮葩藻:華麗,華美。 ⑯此句語出《禮記·樂記》,孔穎達注疏曰:"言人初生未有情欲,是其靜秉于自然,是天性也。'感物而動,性之欲也'者,其心難靜,感于物而心遂動,是性之所貪欲也。自然謂之性,貪欲謂之情,是情別矣。" ⑰《毛詩序》:"言之不足故嗟嘆之,嗟嘆之不足故永歌之。" ⑱勸懲:《左傳·成公十四年》:"懲惡而勸善,非圣人,誰能修之?"

延伸思考

1.如何理解"文"与"时代"的关系?

2.结合选文,谈谈"文"与"道"的关系。

沧浪诗话·诗辨

◉严 羽

《沧浪诗话》是宋代诗话批评的代表作,在中国文学批评史上占有重要地位。由《诗辨》《诗体》《诗法》《诗评》和《考证》五部分构成。《诗辨》阐述理论观点,是整个《诗话》的总纲;《诗体》探讨诗歌的体制、风格和流派;《诗法》研究诗歌的写作方法;《诗评》评论历代诗人诗作;《考证》对一些诗篇的文字、篇章、写作年代和撰人进行考辨。五个部分合成一部体系严整的诗歌理论著作。宋理宗淳祐四年(1244 年)刊行的诗话汇编《诗人玉屑》曾将它的内容全部采录。历代刊刻《沧浪吟卷》,也大多同时收录《沧浪诗话》。另有单行刻本,并被辑入多种丛书中。注本有清人胡鉴《沧浪诗话注》、王玮庆《沧浪诗话补注》、近人胡才甫《沧浪诗话笺注》和今人郭绍虞《沧浪诗话校释》。

严羽诗论,集中在《诗辨》一篇。其中最值得注意的是他"以禅喻诗""以禅论诗",突破了宗教与文艺的界限,为文艺思维打开了"方便法门",彰显了中国文艺审美具有民族特色的"表现"方式。同时,"以禅喻诗"充分肯定审美主体的"自性"对我们深入探索文艺审美主体在审美过程中的思维方式意义重大。

《诗辨》中的核心范畴为"妙悟"。论"妙悟"者,代不乏人,今人关于"妙悟"大体有以下几种观点:1.认为"妙悟"是一种形象思维,以郭绍虞先生为代表;2.认为"妙悟"与"灵感"有关,以周来祥、吴调公等人为代表;3.认为"妙悟"是一种艺术直觉,以童庆炳等人为代表;4.认为"妙悟"是艺术想象力与移情作用的发挥,以王达津等人为代表;5.认为"妙悟"是通过熟参汉、魏、晋、盛唐诗歌,从而达到最佳的审美境界,以钱钟书、皮朝纲、吴承学等为代表。

编者认为,悟禅与悟诗,"悟"的过程就是潜意识形成的过程,各个阶段的潜意识有待于激活与整合。一旦潜意识活动接近于阈限或偶然受某一相关信号的诱导,潜意识就有可能跃为显意识形成突破性的灵感,从而完成"妙悟"的过程。严羽的高明之处在于他将"悟入"的思维向度向"妙悟"推进了一层,即在一般认识论的基础上从文学创作的特殊性质出发去描述创作或欣赏的特征。此外,该文还谈及诗歌具有的审美特征——"兴趣"说以及诗歌创作和诗歌特殊性的"别材别趣"说。

　　夫學詩者以識為主：入門須正，立志須高；以漢、魏、晉（原本無"晉"字，據明正德本《滄浪先生吟卷》校增）、盛唐為師，不作開元、天寶以下人物。若自生退屈①，即有下劣詩魔入其肺腑之間；由立志之不高也。行有未至，可加工力；路頭一差，愈騖愈遠；由入門之不正也。故曰：學其上，僅得其中；學其中，斯為下矣。又曰：見過於師，僅堪傳授；見與師齊，減師半德也。工夫須從上做下，不可從下做上。先須熟讀《楚词》，朝夕諷詠以為之本；及讀《古詩十九首》，樂府四篇，李陵、蘇武、漢、魏五言皆須熟讀，即以李、杜二集（原本作"習"，據《滄浪先生吟卷》校改）枕藉觀之，如今人之治經，然後博取盛唐名家，醞釀胸中，久之自然悟入。雖學之不至，亦不失正路。此乃從頂顁上做來，謂之向上一路，謂之直截根源，謂之頓門②，謂之單刀直入也。

　　詩之法有五：曰體製，曰格力，曰氣象，曰興趣，曰音節③。

　　詩之品有九：曰高，曰古，曰深，曰遠，曰長，曰雄渾，曰飄逸，曰悲壯，曰淒婉。其用工有三：曰起結，曰句法，曰字眼。其大槩有二：曰優游不迫，曰沉着痛快。詩之極致有一：曰入神。詩而入神，至矣，盡矣，蔑以加矣！惟李、杜得之。他人得之蓋寡也④。

　　禪家者流，乘有小大⑤，宗有南北⑥，道有邪正；具正法眼者（原本作"看"，據《滄浪先生吟卷》校改）⑦，是謂第一義⑧。若聲聞、辟支果⑨，皆非正也。論詩如論禪：漢、魏、晉等作與盛唐之詩，則第一義也；大曆以還之詩⑩，則已落第二義矣。晚唐之詩，則聲聞、辟支果也。學漢、魏、晉與盛唐詩者，臨濟下也⑪。學大曆以還者，曹洞下也⑫。大抵禪道惟在妙悟，詩道亦在妙悟。且孟襄陽學力下韓退之遠甚、而其詩獨出退之之上者，一味妙悟故也。惟悟乃為當行，乃為本色。然悟有淺深，有分限之悟，有透徹之悟，有但得一知半解之悟。漢、魏尚矣，不假悟也。謝靈運至盛唐諸公，透徹之悟也。他雖有悟者，皆非第一義也。吾評之非僭也，辨之非妄也。天下有可廢之人，無可廢之言。詩道如是也。若以為不然，則是見詩之不廣，參詩之不熟耳。試取漢、魏之詩而熟參之，次取晉、宋之詩而熟參之，次取南北朝之詩而熟參之，次取沈、宋⑬、王、楊、盧、駱、陳拾遺之詩而熟參之，次取開元、天寶諸家之詩而熟參之，次獨取李、杜二公之詩而熟參之，又取大曆十才子之诗而熟參之，又取元和之诗而熟參之，又取晚唐之诗而熟參之，又取本朝蘇、黃以下諸公之詩而熟參之，其真是非亦有不能隱者。儻猶於此而無見焉，則是為外道蒙蔽其真識，不可救藥，終不悟也。

夫詩有別材，非關書也⑭；詩有別趣，非關理也。而古人未嘗不读書、不窮理。所谓不涉理路、不落言筌（原本作"鉴"字，據《滄浪先生吟卷》校改）者，上也。诗者，吟咏情性也。盛唐诗人惟在興趣，羚羊掛角，無跡可求。故其妙處瑩徹玲瓏，不可湊泊，如空中之音，相中之色，水中之月，鏡中之象，言有盡而意無窮。近代諸公作奇特解會⑮，遂（原本无"遂"字，據《滄浪先生吟卷》校增）以文字為詩，以議論為詩，以才學為詩。以是为诗，夫豈不工，終非古人之詩也。蓋於一唱三歎之音，有所歉焉。且其作多務使事，不問興致；用字必有來歷，押韻必有出處，讀之終篇，不知著到何在。其末流甚者，叫噪怒張，殊乖忠厚之風，殆以罵詈為詩。詩而至此，可謂一厄也，可谓不幸也。然則近代之詩無取乎？曰：有之。吾取其合於古人者而已。國初之詩，尚沿襲唐人：王黃州學白樂天⑯，楊文公、劉中山學李商隱，盛文蕭學韋蘇州⑰，歐陽公學韓退之古詩⑱，梅聖俞學唐人平澹處⑲，至東坡、山谷始自出己法以為詩，唐人之風變矣。山谷用工尤深刻，其後法席盛行，海內稱為江西宗派⑳。近世趙紫芝、翁靈舒輩，獨喜賈島、姚合之语，稍稍復就清苦之風；江湖詩人多效其體㉑，一時自謂之唐宗；不知止入聲聞、辟支之果，豈盛唐諸公大乘正法眼者哉！嗟乎！正法眼之無傳久矣。唐詩之說未唱，唐詩之道有時而明也。今既唱其體曰唐詩矣，則學者謂唐詩誠止於是耳，茲詩道之重不幸耶！故予不自量度，輒定詩之宗旨，且借禪以為喻，推原漢、魏以來，而截然謂當以盛唐為法（原註：後捨漢、魏而獨言盛唐者，謂古〔原作"唐"字，據《滄浪先生吟卷》校改〕律之體備也），雖獲罪於世之君子，不辭也。

——選自《詩人玉屑》卷一

注释

①退屈：退縮屈曲。　②頓門：猶言頓悟之門。佛家以速疾證悟妙果為頓悟。③前一節提出了他的學古主張，此節與下一節均從學古之說闡發，所以雖泛論作詩之法，實則正指出了學古之法。　④這一條各本均析為四條，今從《詩人玉屑》所引合為

一條。　⑤乘有小大：佛說法因人而殊，人有智愚，故所說有深淺。其說之廣大深妙者為大乘，淺小者為小乘。　⑥宗有南北：佛教禪宗自五祖宏忍分為南北二宗。南宗始慧能所創，北宗始神秀，得法雖一，而開導發悟有頓漸之異，故曰南頓北漸。　⑦正法眼：禪家語，指佛所說之正法。　⑧第一義：借用佛家語。《大乘義章》云"第一義者，亦名真諦。……彼世諦若對第一，應名第二"。　⑨聲聞、辟支果：佛家有三乘：一菩薩乘，二辟支乘，三聲聞乘。菩薩乘普濟群生，故稱大乘；辟支、聲聞僅求自度，故稱小乘。辟支，梵語獨覺之義，謂並無師承，獨自悟道也。聲聞，謂由誦經聽法而悟道者。　⑩大曆以還之詩：大曆，唐代宗年號，公元 766—779 年。大曆以還之詩，指中唐之詩。　⑪臨濟："臨濟宗"源出六祖弟子懷讓，懷讓傳馬祖，馬祖傳百丈，百丈傳黃蘗，黃蘗傳臨濟義玄禪師。臨濟宗至宋時，有楊歧、黃龍二派，其傳特盛。　⑫曹洞："曹洞宗"源出六祖弟子行思，行思傳希遷，希遷傳藥山，藥山傳雲巖，雲巖傳良价禪師，住瑞州洞山；良价傳本寂禪師，住撫州曹山，故合稱"曹洞宗"。　⑬沈、宋：《舊唐書·文藝·沈佺期傳》云"佺期善屬文，尤長五七言之作，與宋之問齊名，時人稱為沈、宋"。　⑭書：後人稱引多誤作"學"，非。　⑮奇特解會：禪家語。《五燈會元》云"奇特商量"；又云"尋言逐句，求覓解會"。　⑯王黃州：王禹偁嘗知黃州，故稱王黃州。⑰盛文肅學韋蘇州：盛度諡文肅，詩學韋應物。　⑱歐陽公學韓退之：歐陽修詩力矯昆體，以氣格為主，故與韓愈古詩相近。　⑲梅聖俞學唐人平澹處：歐陽修《六一詩話》稱其詩"覃思精微，以深遠閑淡為意"。　⑳江西宗派：胡仔《苕溪漁隱叢話》前集謂"呂居仁近時以詩得名，自言傳衣江西，嘗作《宗派圖》，自豫章（黃庭堅）以降，列陳師道、潘大臨、謝逸、洪芻、饒節、僧祖可、徐俯，洪朋、林敏修、洪炎、汪革、李錞、韓駒、李彭、晁沖之……合二十五人，以為法嗣，謂其源流皆出豫章也。"江西派中作者，不都是江西人。　㉑江湖詩人：南宋錢塘書賈陳起與江湖詩人友善，刊《江湖集》《江湖前集》《江湖後集》《江湖續集》《中興江湖集》等，收戴復古諸人作品，後遂稱這些詩人為江湖派。

延伸思考

1.如何看待"以禅喻诗"在诗歌审美中的重要作用？

2."妙悟"与"灵感"有何区别？

论诗三十首（选录）

●元好问

元好问（1190—1257 年），字裕之，号遗山，秀容（今山西忻县人）。祖系出自北魏拓跋氏。兴定进士，曾任行尚书省左司员外郎等职。金亡不仕。著有《遗山集》，编金人诗为《中州集》十卷。元氏继杜甫《戏为六绝句》后以绝句论诗。其《论诗三十首》较完整地对汉、魏以降一千多年的诗歌从作家论、诗歌创作原理的视角进行阐释。第一首为组诗的序言和纲领，对论诗之原委、宗旨、标准和目的进行了交代。其后二十九首，以时间为序，分三部分：先论汉、魏、六朝诗歌，张扬建安风骨；次论唐诗，推重李白、杜甫、元结、柳宗元，批评唱和、次韵之风；后论宋诗，肯定苏诗"精真"，批评宋人"曲学虚荒"，批评江西诗派求"奇"失"真"。元氏论诗，重在尚真情、主自然、忌雕琢。这二十九首诗歌是元氏恪守儒家诗教从事文学批评的重要标准。温柔敦厚，不偏不倚，充分显示出他崇尚古雅恬淡的审美情趣和艺术风范。

漢謠魏什久紛紜①，正體無人與細論。誰是詩中疏鑿手②？暫教涇、渭各清渾。

曹、劉坐嘯虎生風，四海無人角兩雄。可惜並州劉越石，不教橫槊建安中。

鄴下風流在晉多③，壯懷猶見缺壺歌。風雲若恨張華少，溫、李新聲奈爾何！

一語天然萬古新④，豪華落盡見真淳⑤。南窗白日羲皇上，未害淵明是晉人⑥。

縱橫詩筆見高情，何物能澆磈磊平？老阮不狂誰會得⑦？出門一笑大江橫⑧。

心畫心聲總失真⑨，文章寧復見為人。高情千古《閑居賦》，爭信安仁拜路塵！

慷慨歌謠絕不傳，穹廬一曲本天然。中州萬古英雄氣，也到陰山敕勒川。

沈宋橫馳翰墨場，風流初不廢齊、梁⑩。論功若准平吳例，合著黃金鑄子昂。

闘靡誇多費覽觀，陸文猶恨冗于潘。心聲只要傳心了，布穀瀾翻可是難。

排比鋪張特一途，藩籬如此亦區區。少陵自有連城璧，爭奈微之識碔砆。

眼處心生句自神⑪，暗中摸索總非真⑫。畫圖臨出秦川景，親到長安有幾人？

"望帝春心托杜鵑"，佳人錦瑟怨華年。詩家總愛西崑好，獨恨無人作鄭箋。

萬古文章有坦途，縱橫誰似玉川盧⑬？真書不入今人眼，兒輩從教鬼畫符。

東野窮愁死不休⑭，高天厚地一詩囚。江山萬古潮陽筆，合在元龍百尺樓。

窘步相仍死不前⑮，唱酬無復見前賢。縱橫正有凌雲筆，俯仰隨人亦可憐。

奇外無奇更出奇，一波纔動萬波隨。只知詩到蘇、黃盡，滄海橫流卻是誰？

曲學虛荒小說欺，俳諧怒罵豈詩宜？今人合笑古人拙，除卻雅言都不知。

"有情芍藥含春淚，無力薔薇臥晚枝"。拈出退之《山石》句，始知渠是女郎詩。

金入洪鑪不厭頻⑯，精真那計受纖塵。蘇門果有忠臣在，肯放坡詩百態新？

百年纔覺古風迴，元祐諸人次第來⑰。諱學金陵猶有說⑱，竟將何罪廢歐、梅？

古雅難將子美親，精純全失義山真。論詩寧下涪翁拜，未作江西社裏人。

池塘春草謝家春，萬古千秋五字新。傳語閉門陳正字，"可憐無補費精神"。

——選自《四部叢刊》本《遺山先生文集》卷十一

注释

①漢謠魏什久紛紜：漢謠、魏什泛指漢、魏時代的詩。紛紜意指紛亂。此句謂漢、魏風骨，後代逐漸失去它的優良傳統，偽體亂真。 ②誰是詩中疏鑿手：疏鑿謂治水時通鑿河道，此借以指別裁詩體的正偽。查慎行《十二種詩評》："分明自任疏鑿手。" ③鄴下風流：指建安詩風，魏太子居鄴下，建安七子環繞其周圍，故云。 ④一語天然：《朱子語類》云"淵明詩平淡出於自然"，嚴羽《滄浪詩話》云"淵明之詩質而自然"，與元氏意合。 ⑤豪華落盡見真淳：此語本於黃庭堅，其《別楊明叔》詩云"皮毛剝落盡，惟有真實在"。 ⑥未害淵明是晉人：謂晉詩大都追求詞華，而陶淵明獨崇尚自然，亦何害其為晉人。 ⑦老阮不狂誰會得：《魏志·王粲傳》注引《魏氏春秋》云"籍口不論人過，而自然高邁"。《詠懷詩》李善注云："嗣宗身仕亂朝，常恐罹謗遇禍，因茲發詠，故每有憂生之嗟；雖志在刺譏而文多隱避。百代之下，難以情測。" ⑧出門一笑大江横：黃庭堅《王充道送水仙花五十枝欣然會心為之作詠》詩句。 ⑨心畫心聲：揚雄《法言·問神》云："故言，心聲也；書，心畫也。聲畫形，君子小人見矣。" ⑩風流初不廢齊、梁：郭紹虞《滄浪詩話校釋》云："案齊、梁體可有二義：一指風格，即陳子昂所謂'彩麗競繁，而興寄都絕'，《朱子語類》所謂'齊、梁間之詩讀之四肢皆嬾慢不收拾'者也。一指格律，則與永明體相近。……姚範《援鶉堂筆記》謂：'稱永明體者以其拘於聲病也；稱齊、梁體者以綺豔及詠物之纖麗也。'"案：沈、宋詩在風格與格律方面都是走齊、梁的道路，故元氏云爾。 ⑪眼處心生句自神：謂眼所接觸的實境，激發詩情，自能寫出入神之句。 ⑫暗中摸索總非真：謂並無現實生活的感受，只是在暗中虛擬，總不是真實之境。 ⑬玉川盧：盧仝自號玉川子，詩怪異。 ⑭東野窮愁死不休：孟郊，字東野。歐陽修《六一詩話》云"孟郊、賈島，皆以詩窮致死。而平生尤自喜為窮苦之句"。 ⑮窘步相仍死不前："窘步相仍"與末句所謂"俯仰隨人"，都是指次韻詩拘束於韻腳，寸步不得自由，俯仰隨原唱者之意。 ⑯"金入洪爐"二句：此為褒蘇之詞，真金經過鍛煉，本自精純不受纖塵。然詩家古調，亦至蘇而亡，故末句又以"百態新"貶之。 ⑰元祐諸人：元祐，宋哲宗年號，自1086年至1093年。嚴羽《滄浪詩話》云"元祐體，蘇、黃諸公"。 ⑱謗學金陵：王安石罷相後居金陵，故以金陵稱安石。

延伸思考

1.如何看待元好問對"真情""自然"的诗歌追求？

2.元好問標舉的"古雅"的內涵是什麼？

词源（节录）

●张　炎

　　《词源》（上下二卷）是一部有影响的词论专著。张炎（1248—?），字叔夏，号玉田，又号乐笑翁，宋元间词人。祖籍西秦（今陕西），家居临安（今浙江杭州）。张浚六世孙。祖父张濡，父张枢，皆能词善音律。宋亡，张濡被元人所杀。张炎落拓浪游。元世祖至元二十七年（1290 年），北游大都（今北京）。后失意南归，漫游江浙各地，曾设卜肆于四明，潦倒以死。著有《山中白云词》（又名《玉田词》）8 卷，有中华书局 1983 年吴则虞辑校本；《词源》二卷，有《词话丛编》本及人民文学出版社版夏承焘校注本。此书分为制曲、句法、字面等十三部分。上卷是音乐论，下卷为创作论，所论多为词的形式。主张好词要意趣高远、雅正合律、意境清空，并以此作为论词的最高标准。但是把辛弃疾、刘过的豪放词看作"非雅词"，则反映了他偏重形式的艺术观点。书中所论词的作法，包含着他个人的创作实践经验，某些论述至今仍有借鉴作用。

　　古之樂章、樂府、樂歌、樂曲①，皆出於雅正。粤自隋、唐以來，聲詩間為長短句；至唐人則有《尊前》《花間集》。迄於崇寧②，立大晟府③，命周美成諸人討論古音，審定古調，淪落之後，少得存者。由此八十四調之聲稍傳④；而美成諸人又復增演慢曲、引、近⑤，或移宮換羽為三犯、四犯之曲⑥，按月律為之⑦，其曲遂繁。美成負一代詞名，所作之詞，渾厚和雅，善於融化詩句，而於音譜且間有未諧，可見其難矣。作詞者多效其體製，失之軟媚而無所取。此惟美成為然，不能學也。所可做傚之詞，豈一美成而已。舊有刊本《六十家詞》，可歌可誦者，指不多屈。中間如秦少游、高竹屋⑧、姜白石、史邦卿、吳夢窗，此數家格調不侔⑨，句法挺異，俱能特立清新之意，刪削靡曼之詞，自成一家，各名於世。作詞者能取諸人之所長，去諸人之所短，精加玩味，象而為之⑩，豈不能與美成輩爭雄長哉！余疎陋譾才⑪，昔在先人侍側⑫，聞楊守齋、毛敏仲、徐南溪諸公商搉音律，嘗知緒餘，故生平好為詞章，用功踰四十年，未見其進。今老矣，嗟古音之寥寥，慮雅詞之落落，僭述管見，類列於後，與同志者商略之。

清　空

詞要清空,不要質實⑬。清空則古雅峭拔,質實則凝澀晦昧。姜白石詞,如野雲孤飛,去留無迹;吳夢窗詞,如七寶樓臺,眩人眼目,碎拆下來,不成片段。此清空質實之說。夢窗《聲聲慢》云:"檀欒金碧,婀娜蓬萊,游雲不蘸芳洲。"前八字恐亦太澀。如《唐多令》云:"何處合成愁?離人心上秋⑭。縱芭蕉不雨也颼颼。都道晚涼天氣好,有明月,怕登樓。前事夢中休,花空烟水流。燕辭歸,客尚淹留。垂柳不縈裙帶住,謾長是,繫行舟。"此詞疏快,卻不質實。如是者集中尚有,惜不多耳。白石詞如《疏影》《暗香》《揚州慢》《一萼紅》《琵琶仙》《探春》《八歸》《淡黃柳》等曲,不惟清空,又且騷雅⑮,讀之使人神觀飛越。

雜　論

詞之作必須合律,然律非易學,得之指授方可。若詞人方始作詞,必欲合律,恐無是理;所謂千里之程起於足下,當漸而進可也。正如方得離俗為僧,便要坐禪守律,未曾見道,而病已至,豈能進於道哉? 音律所當參究,詞章先宜精思。俟語句妥溜,然後正之音譜,二者得兼,則可造極玄之域⑯。今詞人纔說音律,便以為難,正合前說,所以望望然而去之⑰。苟以此論製曲,音亦易諧,將于于然而來矣⑱。

——選自《榆園叢書》本《詞源》

注释

①樂章、樂府、樂歌、樂曲:四者義同名異,都是指配合音樂可以歌唱的詩。　②崇寧:宋徽宗年號,1102—1106 年。　③大晟府:宋徽宗時的宮廷音樂機關。　④八十四調:中國古代樂律分十二律呂,又分七音。十二律呂各有七音,相乘得八十四調。但南宋時實際用的只有七宮十二調。　⑤慢曲、引、近:詞調的類別名。　⑥或移宮換羽為三犯、四犯之曲:謂製作犯調之曲。宋詞中之犯調猶元曲中之集曲,是集取同一宮調中兩個以上不同詞調的樂句而成一新調。三犯、四犯之曲如《三犯渡江雲》《玲瓏四犯》之類。　⑦按月律為之:古代樂律分十二律以應十二月。宋徽宗曾令大晟府,"依月用律,月進一曲"(見《碧雞漫志》卷二)。　⑧高竹屋:高觀國,字賓玉,山陰人,有詞

180

集名《竹屋癡語》。　⑨不侔：不相等，不同。　⑩象而為之：作為樣子仿照製作。⑪譾才：才能淺薄。　⑫先人：即張樞，字斗南，號寄閒。　⑬詞要清空，不要質實：清空與質實相對而言，張炎舉出姜夔、吳文英兩家詞作具體對比。大抵張炎所謂清空的詞是要能攝取事物的精神而遺其外貌；質實的詞是寫得典雅奧博，但過於膠着於所寫的對象，顯得板滯。　⑭何處合成愁？離人心上秋：這是用拆字法作詞，"愁"字在形體上是"心""秋"兩字合成。　⑮又且騷雅：張炎特別推舉姜夔的騷雅，主張以"白石騷雅句法"來救正周邦彥詞的"意趣不高遠"。　⑯極玄之域：最高的境界。　⑰望望然而去之：望望然，失望而又慚愧的樣子。《孟子·公孫丑》云"望望然去之"。　⑱于于然而來矣：行動舒緩自得的樣子。韓愈《上宰相書》云"于于焉而來矣"。

延伸思考

1. "清空"的美学内涵是什么？
2. 如何看待词的"合律"？

录鬼簿序

●钟嗣成

　　《录鬼簿》，钟嗣成著，凡二卷。序作于元文宗至顺元年（1330年），而书中纪事迄于顺帝至正五年（1345年），是书成已在顺帝时。书中载元中期以前许多杂剧及散曲作家的小传和作品名目。分为三期：第一期，"前辈已死名公才人有所编传奇行于世者"；第二期，"方今已亡名公才人余相知者"；第三期，"方今才人相知者，及方今才人闻名而不相知者"。著录元剧458本。是现存中国剧曲史上第一部重要文献。《录鬼簿》表现了钟嗣成比较进步的文艺观点。首先，由于他与大部分戏曲作家一样，屈居下僚，而他所从事的戏曲创作又受到歧视，因此不乏孤傲之气。他编撰此书，就是为了替一代经史所不载而又高才博识的这些戏曲家作传。其次，他讽刺那些门第高贵的人以及对儒家学说似通非通的浅薄之士为"酒瓮饭袋""未死之鬼"，而高度评价有才华的戏曲家是"虽死而不鬼者"。再次，钟嗣成认为创作杂剧要使人"感动咏叹"，有动人的情节，要"搜奇索古""翻腾古今"，提倡创新精神。他还大略指出了戏剧形式与传统的文学样式相比，有它的新特点。这些也都是可取的文艺观点。

賢愚壽夭、死生禍福之理，固兼乎氣數而言，聖賢未嘗不論也。蓋陰陽之詘伸，即人鬼之生死①，人而知夫生死之道，順受其正，又豈有巖牆桎梏之厄哉？雖然，人之生斯世也，但以已死者為鬼，而不知未死者亦鬼也。酒罍飯囊，或醉或夢，塊然泥土者②，則其人與已死之鬼何異？此固未暇論也。其或稍知義理，口發善言，而於學問之道，甘於暴棄，臨終之後，漠然無聞③，則又不若塊然之鬼為愈也。予嘗見未死之鬼，弔已死之鬼，未之思也，特一間耳④。獨不知天地開闢，亙古及今，自有不死之鬼在。何則？聖賢之君臣，忠孝之士子，小善大功，著在方冊者⑤，日月炳煥，山川流峙，及乎千萬劫無窮已⑥，是則雖鬼而不鬼者也。

余因暇日，緬懷故人⑦，門第卑微，職位不振⑧，高才博識，俱有可錄，歲月彌久，湮沒無聞，遂傳其本末，弔以樂章；復以前乎此者，敘其姓名，述其所作，冀乎初學之士，刻意詞章，使冰寒於水，青勝於藍，則亦幸矣。名之曰《錄鬼簿》。嗟乎！余亦鬼也。使已死未死之鬼，作不死之鬼，得以傳遠，余又何幸焉！若夫高尚之士，性理之學⑨，以為得罪於聖門者，吾黨且噉蛤蜊⑩，別與知味者道。

至順元年龍集庚午月建甲申二十二日辛未古汴鍾嗣成序⑪。

——選自《中國古典戲曲論著集成》本《錄鬼簿》

注释

①陰陽之詘伸，即人鬼之生死：《禮記·月令》云"陰陽爭，死生分"，孔穎達《正義》云"感陽氣長者生，感陰氣成者死"。詘，同"屈"。　②塊然：《莊子·應帝王》云"塊然獨立以其形立"。塊然，如土塊那樣無知。　③漠然：寂然。　④一間：謂兩者極其接近，差距極小。語見《孟子·盡心下》。　⑤方冊：典籍。古代文字書在方版或竹簡上，竹簡相聯為冊。　⑥劫：佛教用語，梵文音譯"劫波"之略，原指不可以年月計的長時期。佛教認為宇宙有成有毀、循環不止，每一次由成到毀叫作"一劫"。　⑦緬懷：遠想。　⑧門第卑微，職位不振：王國維《宋元戲劇史》云"雜劇之作者，大抵布衣；否則為省掾令史之屬"。按《錄鬼簿》所載"前輩已死名公才人"中，更列有教坊中人。
⑨性理之學：宋代稱理學為性理之學。《二程遺書》卷十八云"在天為命，在義為理，在人為性，主於身為心，其實一也"，"性即是理，理則堯舜至於塗人一也"。　⑩噉：同"啖"，吃。　⑪龍集庚午：龍，歲星。龍集庚午，即歲在庚午。

延伸思考

1.如何理解钟嗣成所说的"未死之鬼"？

2.钟嗣成的进步文艺观主要体现在哪些方面？

第七章 明 代

与李空同论诗书

◉何景明

何景明(1483—1521年),字仲默,号大复,信阳人。弘治十五年进士及第,授中书舍人。正德二年因不满阉宦刘瑾擅权而托病返家。正德三年为刘瑾假诏罢官。正德五年刘瑾被诛,次年再授中书舍人。正德十三年升陕西提学副使,其间曾教授过诸生经学。正德十六年因病去官,卒。最初曾与李梦阳交好,为世人并称何、李。著有《大复集》三十八卷,《大复论》一卷,《雍大记》三十六卷。传见《明史》卷二百八十六《文苑》二。

何景明与李梦阳诗文主张总体一致,均倡导复古秦汉之文、盛唐之诗。但在何谓古法,古法之精义是什么,如何对待古法等问题上则秉持相异观点。

1.对古法态度上,何景明对李梦阳"刻意古范,铸形宿模,而独守尺寸"的泥古不化、拘泥陈法的态度、文风颇有微词,认为"只能如小儿倚物能行,独趋颠仆",最终只落得"徒叙其已陈,修饰成文,稍离旧本,便自杌陧",且古法亦会因此而亡。何景明主张对待古法须"领会神情,临景构造,不仿形迹",强调应机化用;以"登岸舍筏"的态度师古,然后超越古法,以"自创一堂室,开一户牖,成一家之言",法而无法,体现出强烈的变通意识。

2.对古法精义的认识上,李梦阳认为,古法之大要者为"大抵前疏者后必密,半阔者半必细,一实者必一虚,迭景者意必二。此予之所谓法,圆规而方矩者也"。显然,李梦阳之法体现在诗的形态、章法、形象、景意等的精巧工致,甚为细琐,因而更易流于诸种古法窠臼。何景明则以"辞断而意属,联物而比类"作为"不可易之法",着意于诗歌整体的浑然畅达,不拘死格。

3.诗的风格调韵上,李梦阳推崇柔淡、沉着、含蓄、典厚之风,而何景明尚清俊响亮之格。诗的风格差异实际是二人对师事古法的态度差异所致;此外,亦有地域文化因素,如李维桢《彭伯子诗跋》云:"李由北地,家大梁,多北方之言,以气骨称雄;何家信阳近江汉,多南方之音,以才情致胜。"

敬奉華牘,省誦連日,初憮然若遺,既渙渙然若有釋也[①]。發迷徹蔽,愛助激成,空同子功德我者厚矣[②]！僕自念離析以來,單處寡類,格人逖德,程缺元龜,去道符爽[③];是故述作靡式,而進退失步也[④]。空同子曰:子必有諤諤之評[⑤]。夫空同子何有於僕諤諤也,然僕所自志者,何可弗一質之[⑥]。

追昔為詩,空同子刻意古範,鑄形宿鏌,而獨守尺寸[⑦]。僕則欲富於材積,領會神情,臨景構結,不做形跡[⑧]。詩曰:"惟其有之,是以似之[⑨]。"以有求似,僕之愚也[⑩]。近詩以盛唐為尚,宋人似蒼老而實疎鹵,元人似秀峻而實淺俗[⑪]。今僕詩不免元習,而空同近作,間入於宋。僕固蹇拙薄劣,何敢自列於古人[⑫]? 空同方雄視數代,立振古之作,乃亦至此,何也? 凡物有則弗及者,及而退者,與過者焉,均謂之不至[⑬]。譬之為詩,僕則可謂勿及者,若空同求之則過矣。

夫意象應曰合,意象乖曰離,是故乾坤之卦,體天地之撰[⑭],意象盡矣。空同丙寅間詩為合,江西以後詩為離[⑮]。譬之樂,衆響赴會,條理乃貫;一音獨奏,成章則難。故絲竹之音要眇,木革之音殺直[⑯]。若獨取殺直,而並棄要眇之聲,何以窮極至妙,感情飾聽也? 試取丙寅間作,叩其音,尚中金石;而江西以後之作,辭艱者意反近,意苦者辭反常,色濇黯而中理披慢,讀之若搖鞞鐸耳[⑰]。空同貶清俊響亮,而明柔濇、沈著、含蓄、典厚之義,此詩家要旨大體也。然究之作者命意敷辭,兼於諸義不設自具。若閑緩寂寞以為柔濇,重濁剽切以為沉著,艱詰晦塞以為含蓄,野俚輳積以為典厚,豈惟繆於諸義,亦併其俊語亮節悉失之矣[⑱]！

鴻荒邈矣,書契以來,人文漸朗,孔子斯為折中之聖,自餘諸子,悉成一家之言[⑲]。體物雜撰,言辭各殊,君子不例而同之也,取其善焉已爾。故曹、劉、阮、陸,下及李、杜,異曲同工,各擅其時,並稱能言[⑳]。何也? 辭有高下,皆能擬議以成其變化也[㉑]。若必例其同曲,夫然後取,則既主曹、劉、阮、陸矣,李、杜即不得更登詩壇,何以謂千載獨步也?

僕嘗謂詩文有不可易之法者，辭斷而意屬，聯類而比物也[22]。上考古聖立言，中徵秦、漢緒論，下采魏、晉聲詩，莫之有易也。夫文靡於隋，韓力振之，然古文之法亡於韓；詩溺於陶，謝力振之，然古詩之法，亦亡於謝[23]。比空同嘗稱陸、謝，僕參詳其作：陸詩語俳，體不俳也；謝則體語俱俳矣；未可以其語似，遂得並例也。故法同則語不必同矣。僕觀堯、舜、周、孔、子思、孟氏之書，皆不相沿襲，而相發明，是故德日新而道廣，此實聖聖傳授之心也。後世俗儒，專守訓詁，執其一說，終身弗解，相傳之意背矣。今為詩不推類極變，開其未發，泯其擬議之迹，以成神聖之功，徒敘其已陳，修飾成文，稍離舊本，便自杌隉[24]。如小兒倚物能行，獨趨顛仆。雖由此即曹、劉，即阮、陸，即李、杜，且何以益於道化也？佛有筏喻，言捨筏則達岸矣，達岸則捨筏矣[25]。

今空同之才，足以命世，其志金石可斷，又有超代軼俗之見[26]。自僕遊從，獲覯作述，今且十餘年來矣。其高者不能外前人也，下焉者已踐近代矣。自創一堂室，開一戶牖，成一家之言，以傳不朽者，非空同撰焉，誰也？《易·大傳》曰："神而明之"，"存乎德行"，"成性存存，道義之門"。是故可以通古今，可以攝衆妙，可以出萬有；是故殊途百慮而一致同歸[27]。夫聲以竅生，色以質麗，虛其竅，不假聲矣；實其質，不假色矣。苟實其竅，虛其質，而求之聲色之末，則終於無有矣。

北風便，冀反復鄙說，幸甚！

——選自賜策堂本《何大復先生全集》卷三十二

注释

①"敬奉華牘"四句：牘：古代書寫用的狹長木片，此代指文章。華牘：美文。憮（wǔ）然：恨然失意之貌。憮然若遺：形容初讀不能完全領悟文意，若有所失的樣子。渙渙然若有釋：謂懸而未解的問題在特定時刻像冰遇熱而化一樣得到解決，即豁然洞開、渙然冰釋之意，見杜預《〈春秋經傳集解〉序》"若江海之浸，膏澤之潤，渙然冰釋，怡然理順，然後為得也"。 ②"發迷徹蔽"四句：發迷：啟發迷茫之識。徹：疏通、徹悟。徹蔽：使遮蔽的識見得到疏通，得到徹悟。愛助激成：感激客套之語，意謂空同子對我的關愛提攜，激勵我成功。功德：有助於。空同子功德我者厚矣：感激客套之辭，空同子對我的教益啟示很深刻呀。空同子，即李夢陽（1473—1530 年），字獻吉，自號空同

子,慶陽人(今甘肅省慶城縣)。與何景明、徐禎卿、邊貢、朱應登、顧璘、陳沂、鄭善夫、康海、王九思等合稱十才子;與何景明、徐禎卿、邊貢、康海、王九思、王廷相並稱前七才子。有《空同集》六十六卷。　③"僕自念離析以來"五句:離析:離別,指何景明正德二年至五年間離開京城文友,託病返鄉以遠政治禍端。類:言情志相投之士為類,《易·繫辭上》"方以類聚,物以群分,吉兇生矣。"格:阻隔。逖(tì):遠。格人逖遠:與朋友分隔,遠離有德之人。程:法式。元龜:古人占卜用的龜殼,據此判斷吉兇。程缺元龜:意即失去了可依之準則。爽:差錯。去道符爽:意謂偏離正道,失於過錯。④"述作靡式"二句:述作,語見《論語·述而》"述而不作"。述為記述前人之說,作為創作己見。靡式:沒有法式。　⑤諤諤:直言爭辯的樣子。　⑥質:驗證,問詢。⑦"追昔為詩"四句:範:範式、法式。古範:以古為範。鏌:疑為模之誤。宿鏌:即宿模,古人的模式。　⑧"僕則欲富於材積"四句:積,劉勰《文心雕龍·神思》云"積學以儲寶",言學識之積累漸進。材積:才情學識。倣:模仿。全句意謂:何景明主張創作詩文時不僅要模範古人,更要有自己的才情學識;對古人之法,要在創作中"臨景構造"、"領會神情"中靈活化用,求取神似而非僅得形似。　⑨"惟其有之,是以似之:"見《詩·小雅·裳裳者華》云"左之左之,君子宜之。右之右之,君子有之。維其有之,是以似之。"⑩"以有求似,僕之愚也":有:印著自己才情學積曰有。似:類于古人之法曰似。愚:愚見、淺見,自謙之辭。全句意謂:用自己的才情去靈活化用古人之法以為己法,使之形神皆類似古法,這是我的淺見。　⑪鹵:草率。疎鹵:粗疎草率。⑫蹇:跛驢或劣馬,自謙之辭,喻指才性不足。　⑬"凡物有則"五句:則:法則、法度。《論語·先進》云"子貢問:'師與商也孰賢?'子曰:'師也過,商也不及。'曰:'然則師愈與?'子曰:'過猶不及。'"　⑭"夫意象應曰合"二句:意象,即"意"與"象"的合稱。"乾坤之卦"二句:《易·系辭下》:"乾,陽物也;坤,陰物也。陰陽合德,而剛柔有體。以體天地之撰,以通神明之德。"撰:規律。二句謂乾坤兩卦能體現天地陰陽自然現象的變化規律。　⑮"空同丙寅間詩為合,江西以後詩為離":丙寅間:指正德元年。江西以後:指構李夢陽在劉瑾被誅後啟任江西提學副使,後又因屢犯同僚而被彈劾革職,賦閑在家這一段時間。　⑯要眇:精微美妙。革:鼓類樂器。金石絲竹匏土革木為八種器樂。殺直:樂聲促而小。　⑰鞞(pí):通"鼙",一種軍用小鼓。鐸:古代一種樂器,形如大鈴,有柄有舌,振舌發聲;金屬的舌曰金鐸,用以傳達軍令;木質的舌曰木鐸,用以宣講教化。　⑱重濁:指調韻凝重而濁。剜(wān)切:指調韻宛亮。野俚:鄙俗。輳積:車輪之輻集於轂。　⑲鴻荒:指太古時期宇宙自然混沌未開狀態。書契:文字。孔子斯為折中之聖:語出《史記·孔子世家》:"言六藝者折中於夫子。"其意為孔子是儒家學說的價值、是非評判者。　⑳曹:曹植。劉:劉楨。阮:阮籍。陸:陸機。李:李白。杜：杜甫。　㉑擬議以成其變化也：語出《易·繫辭上》："擬之而後言，議之而後動，擬議以成其變化。"何景明引用此言意在申明古法需要在具體創作實踐中靈活化用。　㉒辭斷而意屬：此語化用《周易》"辨物正言，斷辭則備"。聯類而比物也：語出《韓非·難言》："多言繁稱，連類比物，則見以為虛而無用。"聯類：物類相同。比物：比方於物，即運用其於物上。聯類而比物：因為情況類同故而運用古法於物之上。㉓"文靡於隋"七句：文靡於隋，指齊梁至隋時期文風華麗淫靡達到極點，以至於李諤諫言"公私文翰，並宜實錄"，隋文帝發詔要求為文"屏出輕浮，遏止華偽"（《隋書·李諤傳》）。韓力振之：指韓愈發動古文運動，"力挽八代之衰"。陶：陶淵明。謝：謝靈運。宗廷輔《元好問論詩絕句注》語："明何仲默《答李獻吉書》云云，世或駭其言。然東坡亦言：'書之美者莫如顏魯公，然書法之壞自魯公始；詩之美者莫如韓退之，然詩格之變自退之始。'語見《詩人玉屑》，何《書》即此意耳。"何景明此語與蘇東坡言語相近，意在表明一旦視書法或詩法為恒定不變的範式，則泥古不化而始成為壞法、死法，其論旨仍強調對古法的靈活運用，即"法而無法"。　㉔推類極變：推及類似事物時極盡所能地求變。開其未發：開發出所沒有的，喻指在吸納古法基礎上創新技法。泯其擬議之跡：主張師古時達到渾然自成，不顯師古跡印。敘其已陳，修飾成文，稍離舊本：指死守古人陳法。摹字範句的復古做法。杌隉（niè），忐忑不安。　㉕"佛有筏喻"三句：《阿梨吒經》云："山水甚深，無有船橋，有人欲從此到彼岸，結筏乘之而度。至岸訖，作此念，此筏益我，不可捨此，當擔戴去。於意云何，為筏有何益？比丘曰：無益。佛言：彼人更以此筏還水中，或於岸邊捨去，云何？比丘曰：有益。佛言：如是，我為汝等長夜說筏喻法，欲使舍棄，不欲使受。若汝等知我長夜說筏喻法尚可以捨是法，況非法耶？"此系佛教一切性空觀，甚至空亦空。何景明以此為喻闡明其師古法而後超越古法，最後可摒棄古法。　㉖命世：稱名於世，指才華可堪為世人聞道。《漢書·楚元王傳》："聖人不出，其間必有命世者焉。"金石可斷：指志向堅定、心意至誠，可斷開金石。軼俗：超脫習俗。　㉗殊途百慮而一致同歸：《易·繫辭下》："天下同歸而殊塗，一致而百慮。"

延伸思考

李梦阳、何景明对待古诗法的态度有何异同？请简析之。

四溟诗话（选录）

⊙谢　榛

谢榛（1495—1575 年），字茂秦，号四溟山人、脱屣山人，临清（今山东）人。明代诗人、诗歌理论家。著有《四溟集》24 卷。《四溟诗话》一名《诗家直说》，为谢榛诗论专著。其基本内容可分为两类：一是宗法盛唐，强调气格等复古主张；二是意象说、兴会说、妙悟说等诗歌理论。前者与后七子诸人主张一致；后者主要受到宋代严羽诗学的影响，该部分理论具有较高价值。

本书所选主要涉及如下诗学理论：第一，意象说。谢榛主张意象"妙在含糊"；意象的审美特质在于充分诱发读者的想象力和创造力；意象的结构特征则在于"景媒情胚"。同时，谢榛很强调诗歌抒发真情的功能。第二，兴会说。他说："诗有天机，待时而发，触物而成，虽幽寻苦索，不易得也。"（卷二）谢榛往往将自然天机视为"兴"，而将人工雕琢称为"力"。他虽然不反对"力"，但更看重"兴"："自然妙者为上，精工者次之。"（卷四）基于此，他反对人工的"辞前意"，即人们常说的"主题先行"；而主张"辞后意"，力求捕捉瞬间出现的灵机。这是正确的。对如何取"兴"，他说："静室隐几，冥搜邈然"（卷三）、"阅书醒心，忽然有得"（卷四），显然不全对。灵机的获得需要精神集中、深入思考，刘勰说"神思"应该"寂然凝虑"，陆机也说"收视反听"；读书也可能获得灵感，但谢榛显然没有正确和深刻地理解社会生活对灵感的作用。第三，妙悟说。谢榛认为"非悟无以入其妙"（卷一）。所谓妙悟，即审美观照。其含义一指对盛唐诗歌的审美观照，经过反复吟咏、揣摩而心领神会，理解和把握诗歌创作的艺术技巧和艺术规律，从而使自己的创作进入境界。二指心悟，"悟以见心"（卷三）。所谓"悟以见心"即如"池中见月，清影可掬"（卷三）。因为此心透明，故无物不照，无物不明。第四，诗歌的构成。谢榛认为诗歌也是由"体、志、气、韵"构成，要"体贵正大，志贵高远，气贵雄浑，韵贵隽永"（卷一）。"体"指体格，属于形式体制；"志"指情志，"气""韵"指诗歌的审美风格。他又指出诗歌有"兴、趣、意、理"四格，前二者主要指诗歌的审美风味，后者指诗歌表达的主观内容。这种说法和司空图的韵味说、严羽的兴趣说是一致的。第五，关于诗歌的欣赏和阐释的问题。谢榛说："诗有可解、不可解、不必解，如水月镜花，勿泥其迹可也。"一方面,这里指出了诗歌的欣赏应该遵循诗歌的艺术特征。诗歌本为抒情艺术,其所写内容有明确可以理解的,也有无法明确理解,只能意会的。前者为可解,后者为不可解。关于"不必解",张少康先生认为:"诗歌中那些需要读者自己去领略、体会的部分,这些'如水月镜花,勿泥其迹可也。'"其实,"不可解"和"不必解"是有联系的,主要强调的是体悟、领会,是一种主体性的阐释。第六,其他方面的问题,如关于唐宋诗之争、师法(恪守古法还是独创)、用字(雅俗与虚实、浓淡)、篇章句法、文机涵养、创作态度、声律等。可以说,谢榛《四溟诗话》是明代最全面、最深刻的一部诗话专著,代表了明代诗歌理论的最高水平。

《三百篇》直寫性情①,靡不高古,雖其逸詩②,漢人尚不可及。今學之者,務去聲律,以為高古。殊不知文隨世變,且有六朝、唐、宋影子,有意於古,而終非古也。

詩有可解、不可解、不必解,若水月鏡花③,勿泥其迹可也。

作詩雖貴古淡,而富麗不可無。譬如松篁之於桃李,布帛之於錦繡也。

《餘師錄》曰:"文不可無者有四:曰體、曰志、曰氣、曰韻④。"作詩亦然。體貴正大,志貴高遠,氣貴雄渾,韻貴雋永。四者之本,非養無以發其真,非悟無以入其妙。

詩有辭前意、辭後意。唐人兼之,婉而有味,渾而無迹。宋人必先命意,涉於理路,殊無思致。及讀《世說》:"文生於情,情生於文⑤。"王武子先得之矣。

有客問曰:"夫作詩者,立意易,措辭難,然辭意相屬而不離。若專乎意,或涉議論而失於宋體;工乎辭,或傷氣格而流於晚唐。竊嘗病之,盍以教我?"四溟子曰:"今人作詩,忽立許大意思,束之以句則窘,辭不能達,意不能悉。譬如鑿池貯青天,則所得不多;舉杯收甘露,則被澤不廣。此乃內出者有限,所謂'辭前意'也。或造句弗就,勿令疲其神思,且閱書醒心,忽然有得,意隨筆生,而興不可遏,入乎神化,殊非思慮所及。或因字得句,句由韻成,出乎天然,句意雙美。若接竹引泉而潺湲之聲在耳,登城望海而浩蕩之色盈目。此乃外來者無窮,所謂'辭後意'也。"

宋人謂作詩貴先立意。李白斗酒百篇⑥,豈先立許多意思而後措詞哉?蓋意隨筆生,不假佈置。

史詩勿輕作。或己事相觸,或時政相關,或獨出斷案。若胡曾百篇一律⑦,但撫景感慨而已。《平城》詩曰:"當時已有吹毛劍,何事無人殺奉春⑧。"《望夫石》詩曰:"古來節婦皆消朽,獨爾不為泉下塵⑨。"惟此二絕得體。

長篇之法,如波濤初作,一層緊於一層。拙句不失大體,巧句最害正氣。

律詩雖宜顏色,兩聯貴乎一濃一淡。若兩聯濃,前後四句淡,則可;若前後四句濃,中間兩聯淡,則不可。亦有八句皆濃者,唐四傑有之;八句皆淡者,孟浩然、韋應物有之。非筆力純粹,必有偏枯之病。

或曰:"詩,適情之具。染翰成章,自然高妙;何必苦思,以鑿其真?"予曰:"'新詩改罷自長吟',此少陵苦思處。使不深入溟渤,焉得驪頷之珠哉⑩?"

詩不厭改,貴乎精也。唐人改之,自是唐語;宋人改之,自是宋語:格詞不同故爾。省悟可以超脫,豈徒斷削而已!

詩有天機,待時而發,觸物而成,雖幽尋苦索,不易得也。如戴石屏"春水渡傍渡,夕陽山外山"⑪,屬對精確,工非一朝,所謂"盡日覓不得,有時還自來"⑫。

詩有四格:曰興、曰趣、曰意、曰理。太白《贈汪倫》曰:"桃花潭水深千尺,不及汪倫送我情。"此興也。陸龜蒙《詠白蓮》曰:"無情有恨何人見,月曉風清欲墮時。"此趣也。王建《宮詞》曰:"自是桃花貪結子,錯教人恨五更風。"此意也。李涉《上于襄陽》曰:"下馬獨來尋故事,逢人惟說峴山碑。"此理也。悟者得之,庸心以求,或失之矣。

詩無神氣,猶繪日月而無光彩。學李杜者,勿執於句字之間,當率意熟讀,久而得之。此提魂攝魄之法也。

漢人作賦,必讀萬卷書,以養胸次⑬。《離騷》為主,《山海經》、《輿地志》⑭、《爾雅》諸書為輔。又必精於六書,識所從來,自能作用。若揚袘、戌削、飛襳、垂髾之類⑮,命意宏博,措辭富麗,千匯萬狀,出有入無,氣貫一篇,意歸數語,此長卿所以大過人者也⑯。

作詩本乎情景,孤不自成,兩不相背。凡登高致思,則神交古人,窮乎遐邇,繫乎憂樂,此相因偶然,著形於絕迹,振響於無聲也。夫情景有異同,模寫有難易,詩有二要,莫切於斯者。觀則同於外,感則異於內,當自用其力,使內外如一,出入此心而無間也。景乃詩之媒,情乃詩之胚:合而為詩,以數言而統萬形,元氣渾成,其浩無涯矣。同而不流於俗,異而不失其正,豈徒麗藻炫人而已。然才亦有異同:同者得其貌,異者得其骨。人但能同其同,而莫能異其異。吾見異其同者,代不數人爾。

自古詩人養氣,各有主焉。蘊乎內,著乎外,其隱見異同,人莫之辨也。熟讀初唐、盛唐諸家所作,有雄渾如大海奔濤,秀拔如孤峯峭壁,壯麗如層樓疊閣,古雅如瑤瑟朱絃,老健如朔漠橫鵰,清逸如九皋鳴鶴,明淨如亂山積雪,高遠如長空片雲,芳潤如露蕙春蘭,奇絕如鯨波蜃氣,此見諸家所養之不同也。學者能集眾長合而為一,若易牙以五味調和,則為全味矣。

凡作詩,悲歡皆由乎興,非興則造語弗工。歡喜之意有限,悲感之意無窮。

夫才有遲速,作有難易,非謂能與不能爾。含毫改削而工,走筆天成而妙;其速也多暗合古人,其遲也每創出新意;遲則苦其心,速則縱其筆:若能處於遲速之間,有時妙而純,工而渾,則無適不可也。

嚴滄浪謂:"作詩譬諸劊子手殺人,直取心肝[17]。"此說雖不雅,喻得極妙。凡作詩,須知道緊要下手處,便了當得快也。其法有三:曰事,曰情,曰景。若得緊要一句,則全篇立成。熟味唐詩,其樞機自見矣。

作詩有三等語:堂上語、堂下語、階下語。知此三者,可以言詩矣。凡上官臨下官,動有昂然氣象,開口自別。若李太白"黃鶴樓中吹玉笛,江城五月落梅花"[18],此堂上語也。凡下官見上官,所言殊有條理,不免局促之狀。若劉禹錫"舊時王謝堂前燕,飛入尋常百姓家"[19],此堂下語也。凡訟者說得顛末詳盡,猶恐不能勝人。若王介甫"茅簷長掃淨無苔,花木成蹊手自栽"[20],此階下語也。有學晚唐者,再變可躋上乘;學宋者,則墮下乘而變之難矣。

賦詩要有英雄氣象:人不敢道,我則道之;人不肯為,我則為之。厲鬼不能奪其正,利劍不能折其剛。古人製作,各有奇處,觀者自當甄別。

詩乃模寫情景之具,情融乎內而深且長,景耀乎外而遠且大。當知神龍變化之妙:小則入乎微罅,大則騰乎天宇。此惟李杜二老知之。古人論詩,舉其大要,未嘗喋喋以泄真機,但恐人小其道爾。詩固有定體,人各有悟性。夫有一字之悟,一篇之悟。或由小以擴乎大,因著以入乎微,雖小大不同,至於渾化則一也。或學力未全,而驟欲大之,若登高臺而摘星,則廓然無著手處。若能用小而大之之法,當如行深洞中,捫壁盡處,豁然見天,則心有所主,而奪盛唐律髓,追建安古調,殊不難矣。予著詩說猶如孫武子作《兵法》,雖不自用神奇,以平列國,能使習之者戡亂策勳,不無補於世也。

"若妙識所難,其易也將至;忽之為易,其難也方來[21]。"此劉勰明詩至要,非老於作者不能發。凡構思當於難處用工,艱澀一通,新奇迭出,此所以難而易也;若求之容易中,雖十脫稿而無一警策,此所以易而難也。獨謫仙思無難易,而語自超絕,此朱考亭所謂"聖於詩者"是也[22]。

自然妙者為上,精工者次之,此著力不著力之分,學之者不必專一而逼真也。專於陶者失之淺易,專於謝者失之餖飣[23]。孰能處於陶謝之間,易其貌,換其骨,而神存千古。子美云:"安得思如陶謝手[24]?"此老猶以為難,況其他者乎?

——選自人民文學出版社《四溟詩話　薑齋詩話》

注释

①《三百篇》:即《詩經》。　②逸詩:指沒有被《詩經》收錄的作品。《史記·孔子世家》:"孔子語魯大師:'樂其可知也。始作翕如,縱之純如,皦如,繹如也,以成。''吾自衛反魯,然後樂正,雅頌各得其所。'"又:"古者詩三千餘篇,及至孔子,去其重,取可施於禮義,上采契后稷,中述殷周之盛,至幽厲之缺,始於衽席。故曰'關雎之亂以為風始,鹿鳴為小雅始,文王為大雅始,清廟為頌始'。三百五篇孔子皆弦歌之,以求合《韶》《武》《雅》《頌》之音。禮樂自此可得而述,以備王道,成六藝。"　③水月鏡花:水中月,鏡中花。比喻虛幻景象。嚴羽《滄浪詩話》有"如空中之音,相中之色,水中之月,鏡中之象"之說。　④《餘師錄》:宋王正德撰,錄北齊至宋代論文,原書已佚,《永樂大典》有載。　⑤文生於情,情生於文:即《世語新說·文學》:"孫子荊除婦服,作詩以示王武子。王曰:'未知文生於情,情生於文。覽之淒然,增伉儷之重。'"　⑥李白斗酒百篇:見杜甫《飲中八仙歌》:"李白斗酒詩百篇,長安市上酒家眠。"　⑦胡曾:生卒年不詳,字秋田,邵陽(隸屬湖南)人,舉進士不第,咸通末年先後為西川節度使路嚴府書記、西川高駢府書記,有《詠史詩》及《安定集》(已佚)十卷,《全唐詩》存錄其詩一卷。　⑧當時已有吹毛劍,何事無人殺奉春:見胡曾《平城》:"漢帝西征陷虜塵,一朝

圍解議和親。當時已有吹毛劍，何事無人殺奉春。" ⑨古來節婦皆消朽，獨爾不為泉下塵：見胡曾《望夫山》："一上青山便化身，不知何代怨離人。古來節婦皆銷朽，獨爾不為泉下塵。" ⑩溟渤：大海。驪頷：驪龍的頷下。驪頷之珠：驪龍頷下的寶珠，形容寫作的關鍵，典出《莊子·列御寇》："人有見宋王者，錫車十乘，以其十乘驕穉莊子。莊子曰：'河上有家貧恃緯蕭而食者，其子沒於淵，得千金之珠。其父謂其子曰：取石來鍛之！夫千金之珠，必在九重之淵而驪龍頷下，子能得珠者，必遭其睡也。使驪龍而寤，子尚奚微之有哉！'" ⑪戴石屏：戴復古（1167—?），字式之，號石屏、石屏隱樵，黃巖（浙江臺州）人，宋末江湖派作家，有《石屏詩集》《石屏詞》等。"春水渡傍渡，夕陽山外山"語出戴復古《世事》詩。 ⑫盡日覓不得，有時還自來：語出貫休（832—912年）《覓句》。 ⑬胸次：胸懷。 ⑭《輿地志》：南朝梁陳年間顧野王所著古代地理學著作。顧野王（519—581年），字希馮，原名體倫，吳郡吳縣（今江蘇蘇州）人，居亭林（今上海金山），訓詁學家、史學家。 ⑮袘（yì）：衣袖。戌削：衣服裁制合體。襳（xiān）：短襖，單衣。髾（shāo）：古代女性衣服上如燕尾狀的裝飾物。 ⑯長卿：司馬相如。 ⑰嚴滄浪：即嚴羽，南宋著名詩論家、詩人。作詩譬諸劊子手殺人，直取心肝：嚴羽《答出繼叔臨安吳景仙書》稱自己評述江西詩病時有"真取心肝劊子手"之語。⑱黃鶴樓中吹玉笛，江城五月落梅花：出自李白《與史郎中欽聽黃鶴樓上吹笛》。⑲劉禹錫（772—842年）：字夢得，晚號廬山人，洛陽人，中唐政治家、哲學家、文學家。舊時王謝堂前燕，飛入尋常百姓家：出自劉禹錫《烏衣巷》。 ⑳王介甫：即王安石（1021—1086年）。茅簷長掃淨無苔，花木成蹊手自栽：語出王安石《書湖陰先生壁》。

㉑"若妙識所難"四句：語出劉勰《文心雕龍·明詩》。 ㉒朱考亭：朱熹，因晚年家住考亭，故名。 ㉓陶：陶淵明；謝：謝靈運。餖飣（dòu dìng）：食物堆迭在器皿中，喻堆砌辭藻。 ㉔安得思如陶謝手：陶謝：指陶淵明與謝靈運。語出杜甫《江上值水如海勢聊短述》。

延伸思考

1.謝榛《四溟詩話》詩論與"后七子"之李攀龍詩論有何異同？

2.與前七子復古詩學比較，作為"后七子"之一的謝榛詩學理論有何發展？

童心说

●李 贽

李贽(1527—1602 年),字宏甫,号卓吾,又号温陵居士,泉州晋江人,明末杰出思想家、史学家、文学理论家。著有《李氏焚书》《续焚书》《藏书》《续藏书》《李氏文集》《李氏丛书》等。曾评点《水浒传》,重视小说、戏曲在文学上的地位。《明史》卷二百二十一《耿定向传》后附其生平行事。

《童心说》为李贽晚年作品。明代中叶以后,随着资本主义生产方式萌芽,社会上掀起了一股代表新兴市民个性解放的思潮,李贽是这一思潮的代言人。他大力提倡恢复人类的自然情感和真实人格,对污染人们灵魂的假道学进行了尖锐的批判。《童心说》一文,是李贽的进步思想在文学理论上的突出体现。该文以"童心"说为核心,论述了三方面内容:

第一,"童心"说。李贽认为:人生之初,人人都具有一颗"绝假纯真"的"童心",但是一般人随着年龄的增长,受"闻见"和"道理"的污染,童心被遮蔽,于是人变成了虚伪的"假人"。人格既假,写出的文学作品自然也是言不由衷的"假文"。因此,他认为:天下最好的文章,都出自"护此童心而使之勿失",即抵制"闻见道理"而不被其污染的作者之手。李贽所说蒙蔽童心的闻见道理,指的是扼杀个性的封建礼教,于是李贽把批判的矛头指向儒家经典,指向孔子、孟子等儒家圣人。因此,《童心说》的核心思想,是主张文学从封建礼教的桎梏下解放出来,使文学成为人们自由抒发真情实感的工具。这种要求,闪烁着耀眼的明代以来新兴的带有资本主义人文主义色彩的光辉,在中国思想史、文论史上具有划时代的意义和积极的影响。

第二,批判复古思潮,倡导文学革新。从"童心说"出发,针对明代文坛甚嚣尘上的复古之风,李贽指出:不管是古代还是现在的作品,只要是发自童心的就都是好作品。"诗何必古《选》,文何必先秦"就是对复古的反对。他反封建文人的贵古贱今、贵雅卑俗的正统观念,认为文学随时代发展而发展,古今皆有至文,"不可得而时势先后论",因此,对近古时期在市民阶层中逐渐发展起来的小说、戏曲进行了高度评价,甚至对今天看来不能算是文学的举子业,即八股文,都一概予以肯定,而对历来被正统文人奉为法典的六经、《论语》、《孟子》却进行了尖锐的攻讦。所有这些,都反映了李贽作为一个反封建的先驱者的超人胆识。

第三，也是本着"童心"说，本着文学发展革新、进化的观念，李贽对新兴文学——小说、戏曲，给予了充分肯定和赞扬。他不仅在理论上倡导，而且在具体的文学批评活动中重视对小说、戏曲的评价。以其巨大的影响力，李贽的理论主张和具体批评活动为小说、戏曲的兴盛起到了极大的促进作用。

李贽童心说对公安三袁、汤显祖以至清代文人，都有很大的感召力、影响力，代表了中国封建社会后期的进步文学观念。

龍洞山農敘《西廂》①，末語云："知者勿謂我尚有童心可也。"夫童心者，真心也。若以童心為不可，是以真心為不可也。夫童心者，絕假純真，最初一念之本心也②。若失却童心，便失却真心；失却真心，便失却真人。人而非真，全不復有初矣。

童子者，人之初也；童心者，心之初也。夫心之初，曷可失也，然童心胡然而遽失也③？蓋方其始也，有聞見從耳目而入，而以為主於其內而童心失。其長也④，有道理從聞見而入，而以為主於其內而童心失。其久也，道理聞見日以益多，則所知所覺日以益廣，於是焉又知美名之可好也⑤，而務欲以揚之而童心失；知不美之名之可醜也，而務欲以掩之而童心失。夫道理聞見，皆自多讀書識義理而來也。古之聖人，曷嘗不讀書哉！然縱不讀書，童心固自在也；縱多讀書，亦以護此童心而使之勿失焉耳，非若學者反以多讀書識義理而反障之也。夫學者既以多讀書識義理障其童心矣，聖人又何用多著書立言以障學人為耶？童心既障，於是發而為言語，則言語不由衷；見而為政事，則政事無根柢；著而為文辭，則文辭不能達。非內含以章美也，非篤實生輝光也⑥，欲求一句有德之言，卒不可得。所以者何？以童心既障，而以從外入者聞見道理為之心也。

夫既以聞見道理為心矣，則所言者皆聞見道理之言，非童心自出之言也。言雖工，於我何與？豈非以假人言假言，而事假事、文假文乎？蓋其人既假，則無所不假矣。由是而以假言與假人言，則假人喜；以假事與假人道，則假人喜；以假文與假人談，則假人喜。無所不假，則無所不喜。滿場是假，矮人何辯也⑦？然則雖有天下之至文，其湮滅於假人而不盡見於後世者，又豈少哉！何也？天下之至文，未有不出於童心焉者也。苟童心常存，則道理不行，聞見不立，無時不文，無人不文，無一樣創制體格文字而非文者。詩何必古《選》,文何必先秦⑧。降而為六朝,變而為近體,又變而為傳奇,變而為院本,為雜劇,為《西廂曲》,為《水滸傳》,為今之舉子業⑨,大賢言聖人之道皆古今至文,不可得而時勢先後論也。故吾因是而有感於童心者之自文也,更說甚麼六經,更說甚麼《語》、《孟》乎⑩?

夫六經、《語》《孟》,非其史官過為褒崇之詞⑪,則其臣子極為贊美之語。又不然,則其迂闊門徒、懵懂弟子⑫,記憶師說,有頭無尾,得後遺前,隨其所見,筆之於書。後學不察,便謂出自聖人之口也,決定目之為經矣⑬,孰知其大半非聖人之言乎?縱出自聖人,要亦有為而發,不過因病發藥,隨時處方,以救此一等懵懂弟子,迂闊門徒云耳。藥醫假病,方難定執,是豈可遽以為萬世之至論乎⑭?然則六經、《語》《孟》,乃道學之口實,假人之淵藪也⑮,斷斷乎其不可以語於童心之言明矣。嗚呼!吾又安得真正大聖人童心未曾失者而與之一言文哉!

——選自明萬曆本《李氏焚書》卷三

注释

①龍洞山農:一般注本都認為是李贄本人的別號,誤。龍洞山農為焦竑之號。焦竑(1541—1620年),字弱侯,號澹園,明代應天府江寧人。萬曆十七年(1589年)殿試第一,授翰林編修。龍洞山農曾為《西廂記》作序,結尾云:"知者當勿謂我尚有童心也。"參見中山大學中國古文獻研究所黃仕忠文《日藏明刊孤本〈四太史雜劇〉考》相關材料。　②"夫童心者"三句:童心:兒童之心,李贄以此喻指人與生俱來的一種真實的本性和單純的心地。　③胡然:忽然。遽失:迅速失去。　④長:成長。　⑤好:愛好。　⑥"非內含以章美"二句:含章可貞:語出《易·坤卦》"六三,含章可貞;或從王事,無成有終"。王弼注:"含美而可正,故曰含章可貞也。"內心的真實表現為外部的美好。章:通彰。篤實輝光:語見《易·大畜·象》:"大畜,剛健篤實輝光。"《孟子·盡心下》:"充實而有光輝之為大。"　⑦滿場是假,矮人何辯也:《朱子語類》卷27:"正如矮人看戲一般,見前面人笑,他也笑,他雖眼不曾見,想必是好笑,便隨他笑。"比喻心無主見,隨聲附和。　⑧"詩何必古《選》"二句:古《選》:即昭明太子所編《文選》。這是針對前七子所提倡的口號"文必秦漢,詩必盛唐"而言。　⑨"降而為六朝"八句:六朝:指六朝的綺麗文體,這裏主要指齊梁文風。近體:謂近體詩,即律詩。傳奇:指唐宋傳奇,亦即唐宋時代的短篇小說。院本:供"行院"中演出的雜劇劇本,金代對劇本的

稱呼。雜劇:這裏指元雜劇,它在藝術形式上直接上承金院本,並在詩詞、講唱文學的基礎上形成自己的獨特風格。舉子業:用於科舉應試的文字,這裏指八股文。
⑩"更說甚麼六經"二句:六經:指儒家經典《詩》《書》《禮》《易》《樂》《春秋》。《語》、《孟》:指《論語》《孟子》,儒家十三經之一。　⑪過:過度、極度。　⑫迂闊:迂腐闊遠而不切實際。懵懂:糊塗。弟子:指門徒。　⑬目:視作、視為。　⑭至論:至理之論,指放之四海而皆準的真理。"藥醫假病"三句:醫生看病,根據病人不同症候開出不同藥方,故不能視之為萬應靈方。按:禪宗常以此比喻說明一切經論的權設性和不可執著,如黃蘗禪師《傳心法要》:"三乘教綱,只是應機之藥,隨宜所說,臨時設施。"這裏說明既然聖人經典如醫生所開處方,當然不具有萬世的普遍性。　⑮"道學之口實"二句:口實:藉口。淵:深水,魚住的地方。藪:水邊的草地,獸住的地方。淵藪:比喻人或事物集中的地方,這裏指儒家經典是產生假人之根源。

延伸思考

1.李贽"童心说"提出的时代背景是什么?
2.李贽"童心说"整合了明代之前哪些文学理论与哲学理论资源?

忠义水浒传序

●李　贽

　　中国白话小说发展到宋元时期,已经相当发达。到了明代,在新兴资产阶级生产方式产生、市民队伍壮大的情况下,小说得到了更进一步的繁荣。封建统治阶级及正统文人,历来对小说、戏曲等兴自民间和下层的文学,总是抱着旁门小道、不登大雅之堂的偏见和敌视。但是,新的时代要求对小说等所谓俗文学予以适当而正确的评价,给予小说以文学史上的正当地位。李贽的《忠义水浒传序》就代表了这一新的时代要求,也恰如其分地对包括《水浒传》在内的通俗文学、小说作品进行了评价:

　　第一,《水浒传》是发愤之作。文章一开始,即引用司马迁的"发愤著书"的观点,认为《水浒传》表达了作者怨愤这一真实情感。《水浒传》作者的怨愤,不是无病呻吟,不是为文造情,而是来自现实生活。因为现实生活中出现了黑白颠倒、上下错位,有忠有义的大力大贤不能为国尽力,不能实现自己匡世救民的志愿。究其根源,李贽认为是因为国家、帝王没有给大力大贤提供施展才能的机会,故这些人纷纷走上梁山,啸聚造反。

　　第二，李贽对《水浒传》中人物形象的正面性进行了充分肯定。长期以来，《水浒传》中的人物都被视为"盗贼"，但李贽认为这些人都是"大力大贤""有忠有义"之人，都是愿意为国尽力、为国尽忠之人，只是由于当时现实不能够提供给他们机会。对《水浒传》中人物形象的肯定，也就是对《水浒传》文学价值的肯定。这一观点显然突破了封建正统文人的认识，具有异端色彩。这体现了李贽的进步性和价值。

　　第三，李贽还对《水浒传》的作用进行了充分的肯定。李贽认为君王、宰相、大将们，都应该读一读《水浒传》，从中可以学习到什么是"忠义"。这种看法虽然并没有完全摆脱对文学政治、道德功能的认识，但能够将小说也视作同诗文一样具有重要作用，这又不能不说李贽的认识在当时仍然具有一定意义。

　　太史公曰："《說難》《孤憤》，賢聖發憤之所作也。"①由此觀之，古之賢聖，不憤則不作矣。不憤而作，譬如不寒而顫，不病而呻吟也，雖作何觀乎？《水滸傳》者，發憤之所作也②。蓋自宋室不競，冠履倒施③，大賢處下，不肖處上。馴致夷狄處上，中原處下，一時君相猶然處堂燕鵲，納幣稱臣，甘心屈膝於犬羊已矣④。施、羅二公身在元⑤，心在宋；雖生元日，實憤宋事。是故憤二帝之北狩，則稱大破遼以洩其憤；憤南渡之苟安，則稱滅方臘以洩其憤⑥。敢問洩憤者誰乎？則前日嘯聚水滸之強人也，欲不謂之忠義不可也。是故施、羅二公傳《水滸》而復以忠義名其傳焉。

　　夫忠義何以歸於《水滸》也？其故可知也。夫水滸之眾何以一一皆忠義也？所以致之者可知也。今夫小德役大德，小賢役大賢，理也⑦。若以小賢役人，而以大賢役於人，其肯甘心服役而不恥乎？是猶以小力縛人，而使大力者縛於人，其肯束手就縛而不辭乎？其勢必至驅天下大力大賢而盡納之水滸矣。則謂水滸之眾，皆大力大賢有忠有義之人可也，然未有忠義如宋公明者也。今觀一百單八人者，同功同過，同死同生，其忠義之心，猶之乎宋公明也。獨宋公明者身居水滸之中，心在朝廷之上，一意招安，專圖報國，卒至於犯大難，成大功，服毒自縊，同死而不辭，則忠義之烈也！真足以服一百單八人者之心，故能結義梁山，為一百單八人之主。最後南征方臘，一百單八人者陣亡已過半矣，又智深坐化於六和，燕青涕泣而辭主，二童就計於"混江"⑧。宋公明非不知也，以為見幾明哲⑨，不過小丈夫自完之計，決非忠於君義於友者所忍屑矣。是之謂宋公明也，是以謂之忠義也。傳其可無作歟！傳其可不讀歟！

故有國者不可以不讀，一讀此傳，則忠義不在水滸，而皆在於君側矣。賢宰相不可以不讀，一讀此傳，則忠義不在水滸，而皆在於朝廷矣。兵部掌軍國之樞，督府專閫外之寄⑩，是又不可以不讀也，苟一日而讀此傳，則忠義不在水滸，而皆為干城心腹之選矣⑪。否則不在朝廷，不在君側，不在干城腹心，烏乎在？在水滸。此傳之所為發憤矣。若夫好事者資其談柄，用兵者藉其謀畫⑫，要以各見所長，烏睹所謂忠義者哉！

——選自明萬曆本《李氏焚書》卷三

注释

①"太史公曰"句：司馬遷《史記·太史公自序》："韓非囚秦，《說難》、《孤憤》，《詩三百篇》，大抵賢聖發憤之所為作也。"《說難》《孤憤》，《韓非子》篇名。　②《水滸傳》者，發憤之所作也：《水滸傳》就是作者抒發怨憤之情而作。李贄曾評點過一百回和一百二十回本的《水滸傳》。一百回本名為《批評忠義水滸傳》，一百二十回本名為《批評忠義水滸全書》。本文為一百二十回本序言。陳繼儒《國朝名公詩選》李贄小傳云："坊間諸家文集，多假卓吾先生選集之名，下至傳奇小說，無不稱為卓吾批閱也。惟《坡仙集》及《水滸傳》敘，屬先生手筆，至於《水滸傳》中細評，亦屬後人所托者耳。"③"蓋自宋室不競"四句：不競：猶言不振。履：古代用麻、葛製成的單底鞋。冠履倒施：指黑白顛倒。不肖：不材之人，小人。　④"馴致夷狄處上"五句：馴致：猶言漸至。處堂燕鵲：《孔叢子·論勢》："燕鵲處屋，子母相哺，煦煦焉其相樂也，自以為安矣。灶突炎上，棟宇將焚，燕雀顏不變，不知禍之及己也。"處在堂屋的燕鵲容易受到傷害而不覺，比喻處境危險而安之若泰。犬羊：這裏指北方少數民族國家遼、金。這種表述具有大漢族主義的色彩。　⑤施、羅二公身在元：指施耐庵、羅貫中，《水滸傳》作者，明人有不同說法，或謂施耐庵作，或曰羅貫中作，或稱施、羅二人合作，李贄採用第三說。

⑥"是故憤二帝之北狩"四句：指《水滸傳》的作者對徽宗、欽宗二帝被金人擄去北方感到憤怒。二帝之北狩：指宋欽宗靖康二年（1127年）徽、欽二帝被金人擄去之事，即岳飛《滿江紅》中所謂"靖康恥"。狩：古代君主冬天打獵，此諱言君王被俘擄離國。破遼：《水滸傳》中宋江等被招安後即北征遼，見《水滸傳》一百二十回本第八十三至八十九回。南渡：指南宋，宋高宗在臨安即位，是為南宋開始。滅方臘：一百二十回本《水滸傳》中，宋江等破遼後，繼征方臘，見第九十至九十九回。方臘本南宋起義領袖，《水

滸傳》寫他是被宋江剿滅的。　　⑦"今夫小德役大德"三句:小德:指道德不高的人。役:役使。大德:指道德高尚之人。小德役大德:猶言道德不高的人(理應)被道德高尚的人役使。後句小賢役大賢,同此。　　⑧"又智深坐化於六和"三句:魯智深:《水滸傳》中的重要人物之一,死於杭州六和寺,見《水滸傳》一百二十回本第一百十九回。坐化:佛家對死的稱謂。燕青涕泣而辭主:指燕青涕泣辭別宋江,見《水滸傳》一百二十回本第一百十九回。二童就計於"混江":二童:指童威、童猛。混江:指混江龍李俊。　　⑨"宋公明非不知也"二句:知:通智。見幾:明察事物細微的變化。《易·繫辭下》:"君子見幾而作。"明哲:洞曉事理。《詩經·大雅·烝民》:"既明且哲,以保其身。"　　⑩"兵部掌軍國之樞"二句:樞:樞要。閫(kǔn):特指郭門的門檻。閫外:指朝廷之外的地方州縣。閫外之寄:謂寄以地方州縣之政事。《史記·馮唐傳》:"臣聞上古王者之遣將也,跪而推轂曰:閫以內者寡人制之,閫以外者將軍制之。"　　⑪"干城心腹之選":干:防身之盾。城:守衛之城,比喻捍衛者。《詩經·周南·兔罝》:"赳赳武夫,公侯干城。"　　⑫"若夫好事者資其談柄"二句:談柄:談話的資料。藉:借助。謀畫:計謀、謀略。

延伸思考

如何看待李贽"异端"思想与《忠义水浒传序》中"忠义"的关系?

答茅鹿门知县二

◉唐顺之

唐顺之(1507—1560年),字应德,武进(江苏常州)人,一字义修,号荆州,明代学者、散文家。唐顺之著有《荆川集》十二卷等,为明中晚期"唐宋派"代表人物,既标举唐宋又反对模拟。唐顺之文学思想及文章法度主要见于《文编》一书。《明史》卷二零五有传。

《答茅鹿门知县二》的主要观点有:

1.唐顺之"本是欲工文字之人",表明其为文最初宗唐宋一派,奉欧阳修、曾巩等为圭臬,师事唐宋文法以求得文字之工。但是,在其最初的宗唐宋文章中,如其友茅坤所言,虽"其旨不悖于六经",然"而其风调,则或不免江南之形胜者",因此并未完全如其友茅坤所言"今之有志于为文者,当本之六经,以求其祖龙",其实蕴涵着一定的机变,即虽标举唐风宋韵而不古板模拟。

2.“槁形灰心”的唐顺之由早期的重文转至于重道，不追求“绳墨布置，奇正转折”，而主张“学者先务，有源委本末之别耳”。所谓源本者，乃作者“真精神与千古不可磨灭之见”，此只有在“洗涤心源，独立物表，具今古只眼”情况下获得，故唐顺之言：“为文不必马迁，不必韩愈，亦不必欧、曾；得其神理而随吾所之，譬提兵以捣中原，惟在乎形声相应，缓急相接，得古人操符致用之略耳。而到于伏险出奇，各自有用，何必其尽同哉！”唐顺之谓“真精神与千古不可磨灭之见”为“本色”。“本色”的创作，即“直据胸臆，信手写出，如写家书”，这样的创作才是“宇宙间一样绝好文字”。因此，唐顺之文学思想具有明代哲学思潮的影子，具有时代的进步性。

　　熟觀鹿門之文及鹿門與人論文之書①，門庭路徑，與鄙意殊有契合；雖中間小小異同，異日當自融釋②，不待喋喋也。

　　至如鹿門所疑於我本是欲工文字之人，而不語人以求工文字者，此則有說③。鹿門所見於吾者，殆故吾也，而未嘗見夫槁形灰心之吾乎④？吾豈欺鹿門者哉！其不語人以求工文字者，非謂一切抹殺，以文字絕不足為也，蓋謂學者先務，有源委本末之別耳⑤。文莫猶人，躬行未得⑥，此一段公案，姑不敢論，只就文章家論之。雖其繩墨佈置，奇正轉摺，自有專門師法，至於中一段精神命脈骨髓，則非洗滌心源，獨立物表，具古今隻眼者，不足以與此⑦。今有兩人，其一人心地超然，所謂具千古隻眼人也，即使未嘗操紙筆呻吟，學為文章，但直據胸臆，信手寫出，如寫家書，雖或疏鹵，然絕無煙火酸餡習氣⑧，便是宇宙間一樣絕好文字；其一人猶然塵中人也，雖其專專學為文章⑨，其於所謂繩墨佈置，則盡是矣，然番來覆去，不過是這幾句婆子舌頭語⑩，索其所謂真精神與千古不可磨滅之見，絕無有也，則文雖工而不免為下格。此文章本色也。即如以詩為諭，陶彭澤未嘗較聲律⑪，雕句文，但信手寫出，便是宇宙間第一等好詩。何則？其本色高也。自有詩以來，其較聲律，雕句文，用心最苦而立說最嚴者，無如沈約⑫，苦却一生精力，使人讀其詩，祇見其綑縛齷齪⑬，滿卷累牘，竟不曾道出一兩句好話。何則？其本色卑也。本色卑，文不能工也，而況非其本色者哉？

　　且夫兩漢而下，文之不如古者，豈其所謂繩墨轉折之精之不盡如哉？秦、漢以前，儒家者有儒家本色，至如老、莊家有老、莊本色，縱橫家有縱橫本色，名家、墨家、陰陽家皆有本色。雖其為術也駁，而莫不皆有一段千古不可磨滅之見。是以老家必不肯勦儒家之說⑭,縱橫家必不肯借墨家之談,各自其本色而鳴之為言。其所言者,其本色也。是以精光注焉,而其言遂不泯於世。唐、宋而下,文人莫不語性命,談治道,滿紙炫然,一切自託於儒家,然非其涵養畜聚之素,非真有一段千古不可磨滅之見,而影響勦說,蓋頭竊尾⑮,如貧人借富人之衣,莊農作大賈之飾⑯,極力裝做,醜態盡露。是以精光枵焉⑰,而其言遂不久湮廢。然則秦、漢而上,雖其老、墨、名、法、雜家之說而猶傳,今諸子之書是也。唐、宋而下,雖其一切語性命談治道之說而亦不傳,歐陽永叔所見唐四庫書目百不存一焉者是也⑱。後之文人,欲以立言為不朽計者,可以知所用心矣。

然則吾之不語人以求工文字者,乃其語人以求工文字者也,鹿門其可以信我矣。雖然,吾槁形而灰心焉久矣,而又敢與知文乎? 今復縱言至此,吾過矣! 吾過矣! 此後鹿門更見我之文,其謂我之求工於文者耶,非求工於文者耶? 鹿門當自知我矣,一笑。

鹿門東歸後,正欲待使節西上時得一面晤,傾倒十年衷曲,乃乘夜過此,不已急乎⑲? 僕三年積下二十餘篇文字債,許諾在前,不可負約。欲待秋冬間病體稍蘇,一切塗抹,更不敢計較工拙,只是了債。此後便得燒却毛穎,碎却端溪,兀然作一不識字人矣⑳。而鹿門之文方將日進,而與古人為徒未艾也㉑。異日吾倘得而觀之,老耄尚能識其用意處否耶㉒? 並附一笑。

——選自《四部叢刊》本《荆川先生文集》卷七

注释

①鹿門:即茅坤(1512—1601 年),字順甫,號鹿門,浙江歸安(今吳興)人,明代散文家。茅坤為明代唐宋派代表人物之一,選編有《八大家文鈔》,宣揚唐宋派散文理論,批評前七子"文必秦漢"的主張。著有《徐海本末》《續稿》《吟稿》《玉芝山房稿》《耄年錄》等。《答茅鹿門知縣二》是唐順之對茅坤《復唐荆川司諫書》第二封信所作的回復,寫于作者四十歲左右。　②融释:融化消释,此指唐順之與茅坤文學見解的差異會隨著時間而慢慢消失,無須在此贅述。　③"至如"三句:今本茅坤文集中不見此說法。有說:富有道理。　④"鹿門所見於吾者"三句:殆:不確實判斷詞,"大概"之意。故吾:以前的我。槁形灰心之吾:指官場受累而返歸故里時期心灰意冷的作者,大概指陽羡山讀書十載這一段時間。此三句是唐順之自敘其文章思想轉變之語。《重

刊荊川先生文集》卷五《答顧東橋少宰》載："僕迂戇無能人也,過不自量,嘗從諸友人學為古文詩歌,追琢刻鏤,亦且數年。然材既不近,雙牽於多病,遂不成而罷去。及屏居山林,自幸尚有餘日,將以遊心六籍,究賢聖之述作,鑒古今之沿革,以進其識而淑諸身,又牽於多病,輒復罷去。既無一成,則惟欲逃虛息影,以從事於莊生所謂墮體黜聰以為世間一支離之人,耕食鑿飲以畢此生。"　⑤委:江河的下游。源委:指事物的始末。　⑥文莫猶人,躬行未得:語見《論語·述而》:"子曰:'文,莫吾猶人也。躬行君子,則吾未之有得。'"此系唐順之自謙語,言自己文章水準不如別人,創作實踐中亦沒有多大實績。　⑦"雖其繩墨佈置"八句:繩墨:木匠墨斗和墨線,此處代指為文之法則。奇:反常的陌生化表達手法。正:慣見表達手法。奇正:語出劉勰《文心雕龍·知音》"四觀奇正"。獨立物表:不為事物表象所惑,即超然於物之表象。隻眼:慧眼。⑧呻吟:創作時邊寫邊低聲吟詠,以求文章音韻和美、文勢通達。煙火酸餡習氣:俗氣,指缺乏真知酌見的裝腔拿勢之文章風格。　⑨專專:致力於。或謂衍一"專"字。⑩婆子舌頭語:太婆的口頭語言,指文章索然無味。　⑪陶彭澤:陶淵明,曾官彭澤令,故曰陶彭澤。彭澤:今江西九江彭澤縣。較:計較,考量。　⑫沈約(441—513年):南朝梁詩人、文學家、史學家。　⑬緔縛:指受到某種束縛。齷齪:謹慎而拘於小節,受到束縛。　⑭勦(chāo):剽竊、抄襲。　⑮蓋頭竊尾:掩住頭,遮住尾,形容模仿不自然,醜態百出的樣子。　⑯莊農:莊稼漢。大賈:鉅買富戶。　⑰精光:指"真精神與千古不磨之見"。枵(xiāo):中心虛空的樹根與樹幹,指空虛無物。　⑱"歐陽永叔所見"句:宋歐陽修《新唐書》卷六十三《志》第四十七《藝文一》:"至唐始分為四類,曰經、史、子、集。而藏書之盛,莫盛於開元,其著錄者,五萬三千九百一十五卷,而唐之學者自為之書者,又二萬八千四百六十九卷。嗚呼,可謂盛矣!……然凋零磨滅,亦不可勝數……今著於篇,有其名而亡其書者,十蓋五六也,可不惜哉。"　⑲"鹿門東歸後"五句:鹿門東歸:指茅坤仕任廣西兵備僉事、大名兵備副史後被讒罷官,於嘉靖三十四年(1555年)東歸故里。待使節西上:指嘉靖三十四年至三十九年間唐順之由浙江至江蘇掃蕩倭寇這一時間段。　⑳毛穎:即毛筆,韓愈曾作《毛穎傳》。端溪:廣東端溪所產之硯為"端硯"。　㉑"而鹿門之文方將日進"二句:日進:與日俱進,指文章水準日漸提高。與古人為徒:指師法古人(特指唐宋散文)。徒:一類、同類。未艾:沒有停止。艾:停止。　㉒老耄(mào):七八十歲或八九十歲,泛指老人。

延伸思考

简要分析思考唐顺之所谓"本色"的含义,其与明代戏剧所谈本色有何异同。

答吕姜山

● 汤显祖

汤显祖(1550—1616 年),字义仍,号海若,又号若士,别署清远道人,临川(今属江西)人。明代著名戏曲作家。传见《明史》卷二百三十。

吕姜山(1560 年—?),名胤昌,号玉绳,浙江余姚人,与汤显祖于万历十一年(1583 年)同中进士,《曲品》作者吕天成之父。吕姜山曾将自己对汤显祖《牡丹亭》改编本与吴江沈璟所作《唱曲当知》寄与汤显祖,故汤显祖《答凌初成》一文云:"不佞《牡丹亭》记,大受吕玉绳改窜,云便吴歌。不佞哑然笑曰:昔有人嫌摩诘之冬景芭蕉,割蕉加梅,冬则冬矣,然非王摩诘冬景也。其中骀荡淫夷,转在笔墨之外耳。"《答吕姜山》即汤显祖对《唱曲当知》的评论,借此阐述其戏剧理论主张。

《答吕姜山》反映出了汤显祖为代表的临川派与吴江派戏曲理论的分歧。吴江派主张戏曲创作应当恪守格律,做到"合律依腔",便于吟唱;语言当"僻好本色",体现个性化特征。汤显祖认为,戏曲创作不能按照严格的格律,因为"按字摸声,即有窒滞迸拽之苦,恐不成句",影响情感的抒发表达。因此,他对曲律的基本态度"或有丽词俊音"亦可用之,但这是在"意、趣、神、色""四者到时"的前提条件下自然为之,表明其并不绝对反对曲律。在汤显祖看来,"意、趣、神、色"是构成剧本最重要的因素,戏曲的抒情特质也正是通过这四者才得以显现。"主情"正是汤显祖为代表的临川派戏曲理论的核心所在,他认为,"人生而有情""世总为情""性生诗歌""因情成梦,因梦成戏",因而抒发人生情感便成为戏曲艺术的本质特征。

寄吴中曲論良是①。"唱曲當知,作曲不盡當知也。"此語大可軒渠②。凡文以意、趣、神、色為主③,四者到時,或有麗詞俊音可用,爾時能一一顧九宮四聲否④?如必按字摸聲,即有窒滯迸拽之苦,恐不能成句矣⑤。弟雖郡住,一歲不再謁有司⑥。異地同心,惟與兒輩時作硯溪之想⑦。

——選自《湯顯祖集·詩文集》卷四十七

注释

①寄吴中曲論良是:吳中:因呂姜山居浙江余姚,故曰吳中。良是:好與對。

②軒渠:渠,通"舉"。軒渠:孩童舉手聳肩欲就父母狀,以示有意見商榷。《後漢書·薊子訓傳》有"軒渠笑悅"之語,後形容笑悅貌。　③凡文以意、趣、神、色為主:意:情意。趣:風趣。神:風神,自然灵气。色:文采,艺术风貌。這是湯顯祖對文學構成的認識。　④九宮四聲:宮:古代五聲即宮、商、角、徵、羽五聲(加上變徵、變羽為七聲)之一。元明戲曲中以宮聲為主的曲牌總稱"宮",有仙侶宮、南呂宮、中呂宮、黃鐘宮、正宮之別;以其他各聲為主的曲牌總稱"調",如商調、角調等。九宮:明代常用的仙呂宮、南呂宮、中呂宮、黃鐘宮、正宮等五宮,以及大石調、雙調、商調及越調等四調,合稱為九宮;九宮後來又成為各種宮調的泛稱。四聲:指字的平、上、去、入四聲。　⑤窒滯:阻塞不暢。迸拽:鬆散拉遝,行文勉強。　⑥謁:拜訪。有司:官吏。　⑦磻溪:一名璜河,陝西省寶雞市東南,相傳呂尚垂釣遇文王處。

延伸思考

分析思考汤显祖戏曲理论与阳明心学、李贽童心说的联系。

南词叙录(选录)

●徐　渭

徐渭(1521—1593 年),字文长,一字文清,号青藤道士、天池山人,别署田水月,山阴(浙江绍兴)人。著有《徐文长集》三十卷,《逸稿》二十四卷,杂剧《四声猿》,戏曲理论《南词叙录》等。传见《明史》卷二百八十八。

《南词叙录》是目前所知最早研究宋元南戏及明初戏文的专著,附有当时演出的剧本目录,撰于嘉靖二十三年(1544 年)。至明代中叶,南戏在创作与演出方面趋于成熟,出现了"荆""刘""拜""杀"及《琵琶记》等曲目。彼时戏曲界流行"重北轻南"的倾向,以为南戏"徒取其畸农、市女顺口可歌而已"。徐渭对此颇为不满,认为"北杂剧有《点鬼簿》,院本有《乐府杂录》,曲选有《太平乐府》,记载详也。惟南戏无人选集,亦无表其名目者,予尝惜之",故徐渭撰著《南词叙录》。

《南词叙录》表现了徐渭戏剧美学思想。全书由"叙""录"两部分组成。"叙"论述了南戏产生的源流发展、风格特征、音韵、声律、风格、作家作品、术语及方言俚语等;"录"记录了当时宋元南戏剧目。选文主要表现了徐渭戏曲美学如下思想:

第一,徐渭简述了词曲韵律由简至繁的历史。受此影响,南戏发展至晚期，"尽入宫调"，非常强调声韵格律，徐渭对此感到"益为可厌"。他认为，南戏发于民间，以"永嘉杂戏"为其源，"即村坊小曲而为之，本无宫调，徒取其畸农、市女顺口可歌而已"。因此，其韵律自然和谐，并没有刻意师范诸如九宫、十二律、二十一调等。故此，他反对南戏创作中的唯律论，讥刺唯律论乃"无知妄作"。

第二，在创作手法上，他反对以时文入曲，反对曲文中掉书袋，反对雅化的宾白，反对用故事作对子，这些手法只会导致"其文而晦"，与戏曲"本取于感发人心，歌之使奴、童、妇、女皆喻，乃为得体"的戏曲艺术本体审美特性相悖。他指出，上述弊端的形成，实系曲艺作家"才情欠少"，故不免于"辏补成篇"。

第三，就戏曲艺术的审美风格而言，徐渭认为当以本色为贵。其所谓"本色"风格，"文既不可，俗又不可，自有一种妙处，要在人领解妙悟，未可言传"。即审美风格趣味既不可过雅，亦不可过俗，雅俗得当，反映出明代文艺的雅俗互化审美特征与市井、精英文化两者的相得益彰。

今南九宫不知出於何人[①]，意亦國初教坊人所為[②]，最為無稽可笑。夫古之樂府，皆叶宫調[③]；唐之律詩、絕句，悉可絃詠[④]，如"渭城朝雨"演為三疊是也[⑤]。至唐末，患其間有虛聲難尋，遂實之以字，號長短句[⑥]，如李太白《憶秦娥》《清平樂》，白樂天《長相思》，已開其端矣；五代轉繁[⑦]，考之《尊前》《花間》諸集可見[⑧]；逮宋，則又引而伸之，至一腔數十百字，而古意頗微。徽宗朝[⑨]，周、柳諸子[⑩]，以此貫彼，號曰"側犯"、"二犯"、"三犯"、"四犯"[⑪]，轉輾波蕩，非復唐人之舊。晚宋而時文、叫吼，盡入宫調，益為可厭。"永嘉雜劇"興[⑫]，則又即村坊小曲而為之，本無宫調，亦罕節奏，徒取其畸農、市女順口可歌而已[⑬]，諺所謂"隨心令"者，即其技歟？間有一二叶音律，終不可以例其餘，烏有所謂九宫？必欲窮其宫調，則當自唐、宋詞中別出十二律、二十一調[⑭]，方合古意。是九宫者，亦烏足以盡之？多見其無知妄作也。

以時文為南曲，元末、國初未有也，其弊起於《香囊記》[⑮]。《香囊》乃宜興老生員邵文明作[⑯]，習《詩經》，專學杜詩，遂以二書語句匀入曲中，賓白亦是文語，又好用故事作對子，最為害事。夫曲本取於感發人心，歌之使奴、童、婦、女皆喻，乃為得體；經、子之談，以之為詩且不可，況此等耶？直以才情欠少,未免牽補成篇。吾意與其文而晦,曷若俗而鄙之易曉也。

填詞如作唐詩,文既不可,俗又不可,自有一種妙處,要在人領解妙悟,未可言傳。名士中有作者,為予誦之,予曰:"齊、梁長短句詩,非曲子。何也?"其詞麗而晦。

——選自《中國古典戲曲論著集成·南詞敘錄》

注释

①南九宮:即仙侶宮、南呂宮、中呂宮、黃鐘宮、正宮、大石調、雙調、商調、越調,謂曰九宮或南北九宮。　②教坊:古代管理宮庭音樂的官署,唐代始設立,專管雅樂以外的音樂、歌唱、舞蹈、雜技、百戲的教習、排練、演出等。高宗時設教坊於禁內,其官隸屬太常;玄宗開元二年設內教坊於蓬萊宮殿,京都又設左右二教坊,以中官為教坊史,不隸屬于太常。明代改為教坊司,隸屬禮部。清雍正時始廢。　③叶(xié):同"協",合,協調。宮商:我國歷代稱宮、商、角、變徵、徵、羽、變羽為七聲;其中,以任何一聲為主均可構成一種"調式"。凡以宮為主的調式稱"宮";以其他各聲為主的則稱為"調";"宮""調"統稱"宮調"。　④悉可絃詠:用樂器演奏、歌唱。絃:弦樂器,泛指樂器。　⑤"渭城朝雨"演為三疊:《東坡志林》:"舊傳《陽關》三疊。然今世歌者,每句再疊而已;若通一首言之,又是四疊,皆非是也。或每句三唱,以應三疊之說,則叢然無復節奏。余在密州,有文勛長官以事至密,自云得古本《陽關》,其聲宛轉凄斷,不類向之所聞,每句再唱,而第一句不疊,乃知唐本三疊蓋如此。及在黃州,偶得樂天《對酒》詩云:'相逢且莫推辭醉,聽唱《陽關》第四聲。'註云:'第四聲,勸君更盡一杯酒是也。'以此驗之,若一句再疊,則此句為第五聲,今為第四聲,則第一句不疊審矣。"⑥長短句:宋代胡仔《苕溪漁隱叢話》:"唐初歌辭,多是五言詩,或七言詩,初無長短句。自中葉以後,至五代,漸變成長短句。及本朝,則盡為此體。"長短句由於句式靈活,更適合入樂。　⑦轉繁:漸趨繁富。　⑧《尊前》:為詞總集名,共二卷,五代或宋初人選錄唐五代作家三十余人詞二百餘首編輯而成。《花間》:亦詞總集名,共十卷,五代後蜀趙崇祚選晚唐五代作家十八人共五百首詞編輯而成,是最早的詞集。　⑨徽宗:即北宋末代皇帝趙佶(1082—1135年),自創"瘦金體"書法,兼善詩詞、繪畫。⑩周:即周邦彥。柳:柳永。　⑪"側犯"、"二犯"、"三犯"、"四犯":明東山釣史《九宮譜定總論》:"犯者割此曲而合於彼之謂也。"清周祥鈺《大成曲譜論例》:"詞家標新領異,以各宮牌名匯而成曲,俗稱犯調。"張端義《貴耳集》:"自宣、政間,周美成、柳耆卿出,自製樂章,有曰'側犯''尾犯''花犯''玲瓏四犯'。"《詞源》:"崇寧立大晟府,命

周美成諸人討論古音,審定古調……而美成諸人又復增慢曲、引、近,或移宮換羽為三犯、四犯之曲。"詞中犯調,即取各種不同宮調之聲合成一曲,使宮商相犯以增加樂曲的變化。詞所犯的為聲調,曲則是割裂詞句。犯調實則豐富了詞曲的音律,反映了宮調由簡至繁的内在發展狀況。　⑫永嘉:即溫州。永嘉雜劇:即溫州雜劇。明祝允明《猥談》:"南戲出於宣和之後,南渡之際,謂之'溫州雜劇'。"　⑬"則又即村坊小曲而為之"五句:即:就著。畸農:即田間鄉農。　⑭十二律:指黄鐘、大吕、太簇、夾鐘、姑冼(xiǎn)、仲吕、蕤(ruí)賓、林鐘、夷則、南吕、無射(yì)、應鐘,古人以對應十二地支及十二月。十二律又分陽六為律,陰六為吕。姜夔《大樂議》:"八十四調者,其實則有黄鐘、大吕、夾鐘、鐘吕、林鐘、夷則、無射七律之宮、商而已。"七律乘三聲,為二十一調。

⑮《香囊記》:傳奇劇本,明代邵璨作,以宋金戰爭為背景,演繹張九成兄弟、夫妻在離亂中堅守忠孝節義,終歸於團圓的俗套故事。　⑯生員:明清時指經本省各級考試入府、州、縣學者為生員,俗稱秀才,亦稱諸生。邵文明:即邵璨,宜興人,生卒年不詳。

延伸思考

徐渭為什么要選輯《南词叙录》?请从明朝时期中国文化的地域分野与地域文化身份的自我确认角度进行分析。

雪涛阁集序

●袁宏道

袁宏道(1568—1610年),字中郎,又字无学,号石公,湖广公安人(今湖北公安县)。明代著名文学家、文艺理论家。与弟袁中道、兄袁宗道合称"公安三袁",为"公安派"领袖。他的思想深受李贽童心说及彼时盛行的心学、禅学影响。著有《袁中郎集》四十卷,另有《觞政》《瓶花斋杂录》《明文隽》等。传见《明史》卷二百八十八《文苑》四。

该文是为友人江盈科《雪涛阁集》所写序言,表达了如下文学观点:

第一,提出文学因时而变的观点,批评了前后七子的拟古倾向。他指出,文学的不断变革,是文学自身矛盾的运动所决定的,每一种新的文学法则,都是在批判旧的法则中产生的,但新的东西随着时代的发展又会成为旧的东西,难免走向其反面,陷入僵化,成为文学发展的阻力,于是引出更新的法则来取代它,此所谓"因于敝而成于过"。袁宏道还说"代有升降,而法不相沿,各极其变,各穷其趣"(《叙小修诗》),"世道改变,文亦因之;今之不必摹古者,亦势也"(《与江进之》)。都是强调文学的发展、变革。这一看法比以往的人只从外部因素的影响来解释文学发展的原因要深刻得多,闪烁着辩证的思想光辉。

第二,关于文学独抒性灵的问题。在该文中,他赞扬江进之的文章"信腕信口,皆成律度",即由于是随心所欲、发自真情的表达,自然符合文章的法则。

第三,针对江进之诗文中近俚俗、近滑稽的缺点做了辩解。这实际上是针对有人评价公安三袁作品的毛病而发。信腕信口、独抒性灵自然是很好的意见,但在实际的创作中,公安三袁包括其同道,多有此毛病。

文之不能不古而今也,时使之也①。妍媸之質,不逐目而逐時②。是故草木之無情也,而輭紅鶴翎,不能不改觀於左紫溪緋③。唯識時之士為能隄其隤而通其所必變④。夫古有古之時,今有今之時,襲古人語言之迹而冒以為古,是處嚴冬而襲夏之葛者也⑤。

騷之不襲雅也,雅之體窮於怨,不騷不足以寄也⑥。後之人有擬而為之者,終不肖也,何也?彼直求騷於騷之中也⑦。至蘇、李述別及《十九》等篇,騷之音節體致皆變矣,然不謂之真騷不可也。古之為詩者,有泛寄之情,無直書之事;而其為文也,有直書之事,無泛寄之情;故詩虛而文實。晉、唐以後,為詩者,有贈別,有敍事;為文者,有辨說,有論敍。架空而言,不必有其事與其人,是詩之體已不虛,而文之體已不能實矣。古人之法,顧安可概哉⑧?夫法因於敝而成於過者也⑨。矯六朝駢麗釘餖之習者⑩,以流麗勝,釘餖者,固流麗之因也。然其過在輕纖,盛唐諸人以闊大矯之⑪;已闊矣,又因闊而生莽,是故續盛唐者,以情實矯之⑫;已實矣,又因實而生俚,是故續中唐者,以奇僻矯之;然奇則其境必狹,而僻則務為不根以相勝⑬,故詩之道,至晚唐而益小。有宋歐、蘇輩出,大變晚習,於物無所不收,於法無所不有,於情無所不暢,於境無所不取,滔滔莽莽,有若江河⑭。今之人,徒見宋之不唐法,而不知宋因唐而有法者也。如淡非濃,而濃實因於淡。然其弊至以文為詩,流而為理學,流而為歌訣,流而為偈誦,詩之弊,又有不可勝言者矣⑮。

近代文人,始為復古之說以勝之⑯。夫復古是已,然至以剿襲為復古,句比字擬,務為牽合,棄目前之景,撫腐濫之辭;有才者詘於法,而不敢自伸其才⑰，無才者拾一二浮泛之語，幫湊成詩。智者牽於習，而愚者樂其易，一倡億和，優人騶從⑱，共談雅道。吁！詩至此，抑可羞哉！夫即詩而文之為弊，蓋可知矣⑲。

余與進之遊吳以來⑳，每會必以詩文相勵，務矯今代蹈襲之風㉑。進之才高識遠，信腕信口，皆成律度，其言今人之所不能言與其所不敢言者。或曰：進之文超逸爽朗，言切而旨遠，其為一代才人無疑。詩窮新極變，物無遁情，然中或有一二語，近平近俚近俳㉒，何也？余曰：此進之矯枉之作，以為不如是不足矯浮泛之弊，而闊時人之目也。然在古亦有之，有以平而傳者，如"睫在眼前人不見"之類是也㉓；有以俚而傳者，如"一百饒一下，打汝九十九"之類是也㉔；有以俳而傳者，如"迫窘詰曲幾窮哉"之類是也㉕。古今文人為詩所困，故逸士輩出，為脫其粘而釋其縛㉖。不然，古之才人何所不足，何至取一二淺易之語，不能自捨，以取世嗤哉？執是以觀進之詩，其為大家無疑矣。詩凡若干卷，文凡若干卷。編成，進之自題曰《雪濤閣集》。而石公袁子為之敘。

——選自鍾伯敬增定本《袁中郎全集》卷一

注释

①"文之不能不古而今也"二句：意思是文章不得不從古代發展到現在，這是時代造成的。　②"妍媸之質"二句：物之美醜，雖不以人的眼睛為轉移，但必隨著時代的變化而變化。　③"是故"三句：鞓（tìng）紅、鶴翎、左紫、溪緋，皆牡丹品種名。這裏以牡丹品種的變化為例說明"文之不能不古而今也，時使之也"的道理。　④"唯識時之士"句：隄：通"堤"。隤：通"潰"。隄其隤：這裏是防止事物崩潰的意思。《易·繫辭下》："窮則變，變則通，通則久"，事物的發展，積久必生弊，有識之士懂得窮則必變的道理，故以變革來維繫它的長久，防止它的崩潰。　⑤葛：單衣。是處嚴冬而襲夏之葛者也：這裏諷刺作為現代人偏要模仿古代語言，好比嚴冬時節穿夏天單衣。　⑥"騷之不襲雅也"三句：這是說騷體之所以不因襲大小雅的原因，所謂"雅之體窮於怨"，意即雅體表達怨情的能力已到極限，故不變為騷，則不足以抒發哀怨。　⑦"直求騷於騷之中"：意謂擬古者不懂得變通的道理，只是局限在對《離騷》的固定體式的機械模擬之中來學《離騷》，因而始終無法超越。　⑧顧：然而。概：一概而論。"古人之法"二句：意謂古人作詩作文，哪里有固定不變的法則呢？　⑨"夫法"句：一種新的法度

211

是出於糾正舊法弊病的需要而產生的,因此說它"因於敝"。敝:舊,壞。而新法在矯枉之中難免過正,從而發生新的偏頗,於是它的生命也就結束了,因此說它"成於過"。成:指生命之完結。過:過分,偏頗。　⑩飣餖:原指陳列食物而不食,韓愈《南山詩》即有"或如臨食案,肴核紛飣餖",後用以比喻寫文章堆砌辭藻而不顧內容的習氣。⑪輕纖:輕浮、纖巧,此指齊梁以來的綺靡、萎弱的文風。唐諸人以闊大矯之:指唐人提倡的漢魏風骨。　⑫情實:謂詩中的描寫質實而明確。　⑬不根:指發言無根據,如樹木之無根柢。《漢書·嚴助傳》:"(東方)朔(枚)皋不根持論。"　⑭滔滔莽莽,有若江河:這裏是形容歐陽修、蘇軾等人的文風。　⑮然其弊至以文為詩:指理學。宋代道學家邵雍等人以詩談理學。偈誦:僧人表達佛理或頌佛功德的詩歌。按:偈也為詩,只是專門闡發佛理。　⑯近代文人,始為復古之說以勝之:指李夢陽、何景明等前七子提出的"文必秦漢,詩必盛唐"的復古文學主張。　⑰"有才者詘於法"二句:指有才者受到法則的限制,不敢表現出自己獨特的創作個性。　⑱"智者牽於習"四句:牽於習:拘牽於積習。優人:俳優之人,此指模仿者。騶從:貴者出行時隨從的騎卒,這裏指眾多的亦步亦趨者。四句大意是智者受到法則的限制不肯創新,而愚者樂於接受現成的規矩,於是一倡百和,競相模仿。　⑲"夫即詩而文之為弊"二句:意謂從詩的情況來推想時文的弊病,自然也就可以知道了。　⑳余與進之遊吳以來:進之,即江盈科。江盈科(1553—1605年):字進之,號綠蘿山人,湖廣桃源人。萬曆進士,官至四川提學副使。所著除《雪濤閣集》外,還有《明十六種小傳》。袁宏道萬曆二十三年為吳縣縣令,所謂"游吳"指此。　㉑"每會必以詩文相勵"二句:在吳縣,袁宏道與江盈科嘗有過往來,並互相商討矯正擬古時弊的事。　㉒平:平直。俚:鄙俗。俳:戲謔。近平近俚近俳:這是指江進之詩中的毛病。　㉓睫在眼前人不見:"睫"原作"睡",據杜牧詩改。杜牧《登池州九峰樓寄張祜》:"睫在眼前長不見,道非身外更何求。"　㉔一百饒一下:盧仝《寄男抱孫》:"他日吾歸家,家人若彈糾。一百放一下,打汝九十九。"　㉕迫窘詰曲幾窮哉:出自東方朔《柏梁詩》。　㉖為脫其粘而釋其縛:謂解脫束縛,使人從舊法中解脫出來。

延伸思考

袁宏道"性靈"內涵說與明代市民文化及市民審美趣味有何關係?

诗归序

◉ 钟　惺

　　钟惺(1574—1624年)，字伯敬，一作景伯，号退谷，别号退庵，亦称止公居士、晚知居士，湖广竟陵(今湖北天门)人。《明史》卷二八八《文苑》四有传。

　　《诗归序》表达了对明代前后七子复古行径的批判与不满，表现了钟惺竟陵派诗学的基本理论主张。钟惺复古诗学的独特之处在于：

　　1."势有穷而必变"。古诗法本身并不是亘古不变的，故"作诗者之意兴，虑无不代求其高。高者，取异于途径耳。夫途径者，不能不异者也"。即强调了对古诗法的借鉴、变革与超越，而不能死守陈法。

　　2.突出创作主体的精神。认为诗文的"气运"在于精神，"真诗者，精神所为也"，"精神者，不能不同者也。然其变无穷也"。钟惺所谓"精神"，即"孤怀""孤诣"，"察其幽情单绪，孤行静寄于喧杂之中；而乃以其虚怀定力，独往冥游于寥廓之外"的"性灵"。"性灵"的特点在于厚与灵的结合，如其所说，"期在必厚，厚出于灵"，"诗至于厚而无余事矣。然从古未有无灵心而能为诗者。厚出于灵，而灵者不能即厚"。"性灵"说提出的目的在于，以"灵"补七子之不足，以"厚"纠三袁之疵论。为此，竟陵派进一步提出"灵""厚"结合之道：一是"冥心放怀，期在必厚"；二是"保此灵心，方可读书养气，以求其厚"；三是"处于阔之地，日游于阔之乡，而后不觉入于厚中"。

　　選古人詩，而命曰《詩歸》①。非謂古人之詩，以吾所選為歸，庶幾見吾所選者，以古人為歸也。引古人之精神，以接後人之心目，使其心目有所止焉，如是而已矣。昭明選古詩②，人遂以其所選者為古詩，因而名古詩曰選體。唐人之古詩曰唐選。嗚呼！非惟古詩亡，幾併古詩之名而亡之矣。何者？人歸之也。選者之權力，能使人歸，又能使古詩之名與實俱徇之③。吾其敢易言選哉。

　　嘗試論之：詩文氣運，不能不代趨而下④。而作詩者之意興，慮無不代求其高⑤。高者，取異於途徑耳。夫途徑者，不能不異者也，然其變有窮也⑥。精神者，不能不同者也，然其變無窮也。操其有窮者以求變，而欲以其異與氣運爭，吾以為能為異，而終不能為高。其究途徑窮，而異者與之俱窮,不亦愈勞而愈遠乎？此不求古人真詩之過也。

　　今非無學古者,大要取古人之極膚極狹極熟,便於口手者,以為古人在是⑦。使捷者矯之⑧,必於古人外,自為一人之詩以為異,要其異,又皆同乎古人之險且僻者,不則其俚者也⑨,則何以服學古者之心！無以服其心,而又堅其說以告人曰:千變萬化不出古人。問其所為古人,則又向之極膚極狹極熟者也。世真不知有古人矣！

　　惺與同邑譚子元春憂之⑩。內省諸心,不敢先有所謂學古不學古者,而第求古人真詩所在。真詩者,精神所為也。察其幽情單緒,孤行靜寄於喧雜之中,而乃以其虛懷定力,獨往冥遊於寥廓之外。如訪者之幾於一逢,求者之幸於一獲,入者之欣於一至。不敢謂吾之說,非即向者千變萬化不出古人之說,而特不敢以膚者狹者熟者塞之也。

　　書成,自古逸至隋⑪,凡十五卷,曰《古詩歸》。初唐五卷,盛唐十九卷,中唐八卷,晚唐四卷,凡三十六卷,曰《唐詩歸》。取而覆之,見古人詩久傳者,反若今人新作詩。見己所評古人語,如看他人語。倉卒中,古今人我,心目為之一易,而茫無所止者,其故何也？正吾與古人之精神,遠近前後於此中,而若使人不得不有所止者也。

　　　　　　　　　　　　　　——選自明天啟刻本《隱秀軒集·文晨集》

注释

　　①《詩歸》:鍾惺與譚元春合編詩歌選本。有明一代有文學復古的傳統,反映在熱衷於選編各種前代詩文選本,並以之為玩味、模擬的對象。《古詩歸》本著“彼取我刪,彼刪我取”的原則來輯編,因此一方面取得較大影響,如朱彝尊《明詩綜》稱:“《詩歸》既出,紙貴一時,正如摩登伽女之淫咒,聞者皆為所攝。”錢謙益《列朝詩集》則云:“《古今詩歸》盛行於世,承學之士,家置一編,奉之如尼父之刪定。”但另一方面,由於刻意標新立異而刪詩無度,故而《四庫全書總目提要》云:“是書凡古詩十五卷,唐詩三十六卷,大旨以纖詭幽渺為宗,點逗一二新雋字句,矜為玄妙……於連篇之詩,隨意割裂,古來詩法,於是盡亡。至於古詩字句,多隨意竄改。……朱彝尊詩話謂是書乃其鄉人托名。今觀二人所作,其門徑不過如是,殆彝尊曲為之詞也。”　②昭明選古詩:蕭統纂《文選》凡六十卷,因當時尚無律詩,故其中第十九至三十一卷所選詩曰古詩。③徇:順從、跟從。　④氣運:氣數時運。代趨而下:隨著時代的變化而變得越來越衰

弱。　⑤慮無不代求其高：思慮期待一代超過一代。　⑥途徑：即創作的方法、法式。其變有窮也：指創作的法式終有窮盡之時。　⑦在是：在於這一點上，即以"古人之極膚極狹極熟，便於口手者"為師法古詩之要義所在，此暗諷前後七子的復古行為。⑧使捷者矯之：使善走捷徑的人來矯正該弊病，此處指主張"不拘格調，獨抒性靈"的公安派。　⑨則：這樣。俚：變得俚俗。不則其俚者也：如果不這樣（同乎古人之險且僻者）那麼其就只好趨於俚俗了。　⑩譚子元春：譚元春（1586—1631年），字友夏，竟陵人，天啟七年（1627年）鄉試第一，時鍾惺已逝。傳見《明史》卷二百八十八《文苑》四。　⑪自古逸至隋：古逸，先秦時未收錄之詩。

延伸思考

谈谈公安三袁"性灵"说与竟陵派"性灵"说的区别。

序山歌

●冯梦龙

　　冯梦龙（1574—1646年），明代戏曲家、通俗文学家，字犹龙，别署聋子犹、顾曲散人、墨憨斋主人、姑苏词奴等，南直隶苏州府长洲县（今江苏苏州）人。冯梦龙在小说、戏曲、文艺理论上都做出了卓越贡献。小说方面，他搜集、编辑与整理了《喻世明言》（旧题《古今小说》）、《警世通言》、《醒世恒言》，改写小说《平妖传》《新列国志》，编辑过《古今谭概》《情史》等笔记故事等；民歌方面，他搜集、整理过《挂枝儿》《山歌》两种民歌集；戏曲方面，他改定《精忠旗》《酒家佣》等曲本，编纂散曲集《太霞新奏》，并且创作了《双雄记》和《万事足》两部剧本。

　　明清时代，市民阶层得到壮大，市井文化飞速发展，从而形成了自己独有的审美趣味：正统的封建礼教文化追求正名定分的虚情伪肃之旨趣，精英文化追求超尘脱俗、游心自然之雅趣，市井文化则形成了迥然相异的语俚情真之俗趣，并深刻影响着文人文学，以至于引起诸如李梦阳、何景明等批评家的关注。

　　雅俗互化，以雅化俗，以俗化雅，是古代文学发展的重要方式。以李贽、汤显祖、袁氏三兄弟等为首的明代文人，强调学习借鉴市井俚俗文学以解放深受儒家诗学精神桎梏的文人文学，因此举起"性灵""童心""主情"等旗帜。冯梦龙与上述诸家交谊甚深，受其影响亦远，并通过搜集、整理、编纂民间话本、民歌等方式呼应着李贽、汤显祖、袁氏三兄弟的诗文观念。

本文是冯梦龙为其民歌集《山歌》所写序言，意在阐明山歌系"民间性情之响"，与孔子当初删定诗书时存录桑间濮上这一类民歌一样具有"情真而不可废也"的文学史意义，并且点明了山歌与假诗文相比较具有"虽俚而情真"的审美情趣，以及"发名教之伪药"的价值意义。

書契以來，代有歌謠，太史所陳，並稱風雅，尚矣①。自楚騷唐律，爭妍競暢，而民間性情之響，遂不得列於詩壇，於是別之曰山歌，言田夫野豎矢口寄興之所為，薦紳學士家不道也②。唯詩壇不列，薦紳學士不道，而歌之權愈輕，歌者之心亦愈淺③。今所盛行者，皆私情譜耳④。雖然，桑間、濮上⑤，國風刺之，尼父錄焉，以是為情真而不可廢也⑥。山歌雖俚甚矣，獨非鄭、衛之遺歟？且今雖季世⑦，而但有假詩文，無假山歌，則以山歌不與詩文爭名，故不屑假。苟其不屑假，而吾藉以存真，不亦可乎？抑今人想見上古之陳於太史者如彼，而近代之留於民間者如此，倘亦論世之林云爾。若夫借男女之真情，發名教之偽藥，其功於《掛枝兒》等⑧，故錄《掛枝兒》而次及《山歌》⑨。

——選自明崇禎刻本《山歌》

注释

①書契：文字。太史所陳：即古代設置樂府機構，采風制樂之事，見《禮記·王制》"命太師陳詩以觀民風。"尚：久遠。　②野豎：村野孩童。薦紳：即"搢紳"，古代高級官吏的裝束，代指官宦之士。　③權：權勢，指歌者的身份地位。歌之權愈輕，歌者之心亦愈淺：歌者地位越卑微，所歌之情越淺俗。　④譜：抄錄。　⑤桑間、濮上：指濮水之上、桑間之中的淫靡之風，馮夢龍認為是情真意切之風。按《禮記·樂記》云："桑間濮上之音，亡國之音也。"　⑥尼父：孔子，字仲尼，故尊稱為尼父。　⑦季世：一段歷史或朝代的末期。　⑧名教：指強調正名定分的封建禮教。偽藥：虛偽的教化之樂。若夫借男女之真情，發名教之偽藥：借男女之真情來揭露封建禮教的虛偽性。《掛枝兒》：亦名《童癡一弄》，系馮夢龍所編的別一部民歌集，內容多為封建禮教下的男女愛情生活。　⑨《山歌》：馮夢龍所輯錄的民歌集，又名《童癡二弄》。其中卷一至卷九為山歌，收錄吳歌356首；卷十為24首桐城時興歌。

延伸思考

　　分析思考以山歌为代表的民间文学具有什么特征,在中国文学发展史中有何地位。

第八章　清　代

读第五才子书法（节选）

◉金圣叹

金圣叹（1608—1661年），本姓张，原名采，字若采，又名喟，号圣叹。吴县人。曾冒金人瑞名应科试，故亦名人瑞。好谈《易》，又学佛，名书斋为"唱经堂"，人称唱经先生。顺治十八年（1661年），金圣叹卷入"哭庙案"，同年七月被判"斩立决"。金圣叹的评点著作还有《天下才子必读书》《唐才子书》《杜诗解》等，另有《沉吟楼诗选》和杂著多种。

金圣叹丰富和完善了我国小说的评点传统，他通过序书、研究"读法"以及采用总批、夹批、眉批等灵活多样的方式，批评、研究和评点古典小说，对当时和后世的小说评论产生了深远的影响。

金圣叹认为人物性格的典型性和鲜明性决定小说的价值和生命。他喜欢《水浒传》的原因就在于它"三十六个人便有三十六样出身，三十六样面孔，三十六样性格"，又说"独有《水浒传》，只是看不厌，无非为他把一百八个人性格都写出来"，又说"《水浒》所叙，叙一百八人，人有其性情，人有其气质，人有其形状，人有其声口"。

金圣叹还看到了"以文运事"的史传文学和"因文生事"的小说创作之间的本质区别。史传文学必须照顾史实，把既有的人物和事件表现出来，而小说创作是"顺着笔性去"，按照生活规律和内在逻辑来写，相对而言，作者所受约束较少。

大凡讀書，先要曉得作書之人，是何心胸。如《史記》，須是太史公一肚皮宿怨發揮出來，所以他於遊俠、貨殖傳，特地着精神。乃至其餘諸記傳中,凡遇揮金殺人之事,他便嘖嘖賞歎不置。一部《史記》,只是"緩急人所時有"六個字,是他一生著書旨意。《水滸傳》却不然,施耐庵本無一肚皮宿怨要發揮出來,只是飽暖無事,又值心閑,不免伸紙弄筆,尋個題目,寫出自家許多錦心繡口①,故其是非皆不謬於聖人。後來人不知,却於《水滸》上加忠義字,遂並比於史公發憤著書一例,正是使不得。

《水滸傳》有大段正經處,只是把宋江深惡痛絕,使人見之,真有犬彘不食之恨②。後來人却是不曉得。

《水滸傳》獨惡宋江,亦是殲厥渠魁之意③,其餘便饒恕了。

或問:施耐庵尋題目寫出自家錦心繡口,題目盡有,何苦定要寫此一事?答曰:只是貪他三十六個人便有三十六樣出身,三十六樣面孔,三十六樣性格,中間便結撰得來。

或問:題目如《西遊》、《三國》如何?答曰:這個都不好。《三國》人物事體說話太多了,筆下拖不動,蹉不轉④,分明如官府傳話奴才,只是把小人聲口替得這句出來,其實何曾自敢添減一字。《西遊》又太無脚地了⑤,只是逐段捏捏撮撮,譬如大年夜放煙火,一陣一陣過,中間全沒貫串,便使人讀之,處處可住。

《水滸傳》不是輕易下筆,只看宋江出名⑥,直在第十七回,便知他胸中已算過百十來遍。若使輕易下筆,必要第一回就寫宋江,文字便一直帳,無擒放。

某嘗道《水滸》勝似《史記》,人都不肯信,殊不知某却不是亂說。其實《史記》是以文運事,《水滸》是因文生事。以文運事,是先有事生成如此如此,却要算計出一篇文字來,雖是史公高才,也畢竟是吃苦事。因文生事即不然,只是順着筆性去,削高補低都由我。

《水滸傳》寫一百八個人性格,真是一百八樣。若別一部書,任他寫一千個人,也只是一樣;便只寫得兩個人,也只是一樣。

《宣和遺事》具載三十六人姓名⑦,可見三十六人是實有。只是七十回中許多事蹟,須知都是作書人憑空造謊出來⑧。如今却因讀此七十回,反把三十六個人物都認得了,任憑提起一個,都似舊時熟識,文字有氣力如此。

《水滸傳》只是寫人粗鹵處,便有許多寫法。如魯達粗鹵是性急,史進粗鹵是少年任氣,李逵粗鹵是蠻,武松粗鹵是豪傑不受羈靮⑨,阮小七粗鹵是悲憤無說處,焦挺粗鹵是氣質不好。

看來作文,全要胸中先有緣故。若有緣故時,便隨手所觸,都成妙筆;若無緣故時,直是無動手處,便作得來,也是嚼蠟。

吾最恨人家子弟,凡遇讀書,都不理會文字,只記得若干事蹟,便算讀過一部書了。雖《國策》、《史記》都作事蹟搬過去,何況《水滸傳》。

——選自曹方人等標點《金聖歎全集》(一)

注释

①錦心繡口:柳宗元《乞巧文》:"駢四儷六,錦心繡口。"比喻優美的文思,華麗的詞藻。 ②犬彘:狗和豬。 ③殲厥渠魁:滅其元首。語出《尚書·胤征》:"殲厥渠魁,脅從罔治。"孔傳:"渠,大。魁,帥也。" ④趐(xué):折回,旋轉。 ⑤無脚地:不著邊際,沒有著落。腳地,方言,屋裏或屋外空餘的地方。 ⑥出名:此指名字出現在小說中。 ⑦《宣和遺事》:又名《大宋宣和遺事》,產生於宋、元之間,作者無可考。分前後二集或作四集,記述北宋衰亡、高宗南遷的史事和傳說。該書已具梁山故事的雛形,敍述了宋江等三十六人嘯聚江湖的經過。魯迅《中國小說史略》評此書"近講史而非口談,近小說而無捏合"。 ⑧造謊:虛構臆想。 ⑨羈靮(dí):馬絡頭和韁繩,指馭馬之物,喻束縛。語出《禮記·檀弓下》:"如皆守社稷,則孰執羈靮而從?"

延伸思考

1.金圣叹论述水浒人物典型性和性格的鲜明性有何价值和意义?

2.如何理解"以文运事"和"因文生事"?

闲情偶寄(节选)

●李　渔

李渔(1611—1679年?),字笠鸿,一字谪凡,号湖上笠翁、无徒,又署笠道人、随庵主人、新亭客樵、觉世稗官等,浙江兰溪人。入清后绝意仕进,家设戏班,到处巡演,积累了丰富的戏曲创作和演出经验。著有《笠翁十种曲》、小说《十二楼》等。《国朝耆献类征》初编卷四二六有传。

《闲情偶寄》的《词曲部》由六个部分组成:《结构第一》《词采第二》《音律第三》《宾白第四》《科诨第五》《格局第六》。它们包括整个戏曲剧本创作的艺术构思、角色塑造,演出的角色安排、科白的运用、场次调度等诸多重要理论问题和演出实践问题,其系统性和实践性大大超出了前人。

李渔的戏曲理论首重"结构"。他说的"结构"指戏曲创作构思和剧本内部联接。"立主脑"就是要求剧本的主题思想必须突出,剧本必须围绕主要人物和事件来展开。在戏曲的词采和宾白方面,李渔主张贵浅显、重机趣、戒浮泛、忌填塞、求肖似。戏曲主要是面对市民等社会的中下层受众,所以语言浅显是非常必要的,但也不能粗俗僻陋。

結構第一

填詞一道,文人之末技也,然能抑而為此,猶覺愈于馳馬試劍,縱酒呼盧[①]。孔子有言:"不有博弈者乎? 為之,猶賢乎已[②]。"博弈雖戲具,猶賢於"飽食終日,無所用心";填詞雖小道,不又賢于博奕乎? 吾謂技無大小,貴在能精;才乏纖洪,利于善用。能精善用,雖寸長尺短,亦可成名,否則才誇八斗[③],胸號五車[④],為文僅稱點鬼之談[⑤],著書惟供覆瓿之用,雖多,亦奚以為! 填詞一道,非特文人工此者足以成名,即前代帝王,亦有以本朝詞曲擅長,遂能不泯其國事者。請歷言之:高則誠、王實甫諸人,元之名士也,舍填詞一無表見。使兩人不撰《西廂》《琵琶》,則沿至今日,誰復知其姓字? 是則誠、實甫之傳,《琵琶》《西廂》傳之也。湯若士,明之才人也,詩文尺牘,盡有可觀,而其膾炙人口者,不在尺牘詩文,而在《還魂》一劇。使若士不草《還魂》,則當日之若士,已雖有而若無,況後代乎? 是若士之傳,《還魂》傳之也。此人以填詞而得名者也。歷朝文字之盛,其名各有所歸,漢史、唐詩、宋文、元曲,此世人口頭語也。《漢書》《史記》,千古不磨,尚矣。唐則詩人濟濟,宋有文士蹌蹌,宜其鼎足文壇,為三代後之三代也。元有天下,非特政刑禮樂,一無可宗,即語言文學之末,圖書翰墨之微,亦少概見。使非崇尚詞曲,得《琵琶》《西廂》以及《元人百種》諸書傳于後代[⑥],則當日之元,亦與五代、金、遼同其泯滅焉,能附三朝驥尾而掛學士文人之齒頰哉[⑦]! 此帝王國事以填詞而得名者也。由是觀之,填詞非末技,乃與史傳詩文同源而異派者也。近日雅慕此道,刻欲追踪元人、配饗若士者盡多,而究竟作家寥寥,未聞絕唱。其故維何? 止因詞曲一道,但有前書堪讀,並無成法可宗,暗室無燈,有眼皆同瞽目,無怪乎覓途不得,問津無人,半途而廢者居多,差毫釐而謬千里者,亦復不少也。嘗怪天地之間有一種文字,即有一種文字之法脈準繩,載之於書者,不異耳提面命。獨于填詞製曲之事,非但略而未詳,亦且置之不道。揣摩其故,殆有三焉:一則為此理甚難,非可言傳,止堪意會。想入雲霄之際,作者神魂飛越,如在夢中,不至終篇,不能返魂收魂。談真則易,說夢為難,非不欲傳,不能傳也。若是則誠異誠難,誠為不可道矣。吾謂此等至理,皆言最上一乘[8],非填詞之學節節皆如是也,豈可為精者難言,而矗者亦置弗道乎!一則為填詞之理,變幻不常,言當如是,又有不當如是者。如填生、旦之詞,貴于莊雅,製淨、丑之曲,務帶詼諧,此理之常也。乃忽遇風流放佚之生、旦,反覺莊雅為非;作迂腐不情之淨、丑,轉以詼諧為忌。諸如此類者,悉難膠柱。恐以一定之陳言,誤泥古拘方之作者,是以寧為闕疑,不生蛇足[9]。若是,則此種變幻之理,不獨詞曲為然,帖括詩文皆若是也,豈有執死法為文,而能見賞于人,相傳於後者乎?一則為從來名士以詩賦見重者十之九,以詞曲相傳者猶不及什一,蓋千百人一見者也。凡有能此者,悉皆剖腹藏珠,務求自祕,謂此法無人授我,我豈獨肯傳人!使家家製曲,戶戶填詞,則無論《白雪》盈車,《陽春》徧世,淘金選玉者未必不使後來居上,而覺糠秕在前;且使周郎漸出,顧曲者多攻出瑕疵,令前人無可藏拙,是自為后羿而教出無數逄蒙,環執干戈而害我也[10],不如仍仿前人緘口不提之為是。吾揣摩不傳之故,雖三者並列,竊恐此意居多。以我論之:文章者,天下之公器[11],非我之所能私;是非者,千古之定評,豈人之所能倒!不若出我所有,公之於人,收天下後世之名賢悉為同調。勝我者,我師之,仍不失為起予之高足;類我者,我友之,亦不媿為攻玉之他山。持此為心,遂不覺以生平底裏,和盤托出。並前人已傳之書,亦為取長棄短,別出瑕瑜,使人知所從違,而不為誦讀所誤。知我罪我,憐我殺我,悉聽世人,不復能顧其後矣。但恐我所言者,自以為是,而未必果是;人所趨者,我以為非而未必盡非。但矢一字之公,可謝千秋之罰。意元人可作,當必賞予[12]。

填詞首重音律,而予獨先結構者,以音律有書可考,其理彰明較著。自《中原音韻》一出[13],則陰陽平仄,畫有塍區,如舟行水中,車推岸上,稍知率由者[14],雖欲故犯而不能矣。《嘯餘》、《九宮》二譜一出[15],則葫蘆有樣,粉本昭然⑯。前人呼製曲為填詞。填者,布也,猶棋枰之中,畫有定格,見一格布一子,止有黑白之分,從無出入之弊。彼用韻而我叶之,彼不用韻而我縱橫流蕩之。至于引商刻羽,戞玉敲金,雖曰神而明之,匪可言喻,亦由勉強而臻自然,蓋遵守成法之化境也。至于結構二字,則在引商刻羽之先,拈韻抽毫之始。如造物之賦形,當其精血初凝,胞胎未就,先為製定全形,使點血而具五官百骸之勢。倘先無成局,而由頂及踵,逐段滋生,則人之一身,當有無數斷續之痕,而血氣為之中阻矣。工師建宅亦然,基址初平,間架未立,先籌何處建廳,何方開戶,棟需何木,梁用何材,必俟成局了然,始可揮斤運斧。倘造成一架,而後再籌一架,則便于前者不便于後,勢必改而就之,未成先毀,猶之築舍道旁,兼數宅之匠資,不足供一廳一堂之用矣。故作傳奇者,不宜卒急拈毫。袖手于前,始能疾書于後。有奇事,方有奇文。未有命題不佳,而能出其錦心,揚為繡口者也。嘗讀時髦所撰,惜其慘澹經營,用心良苦,而不得被管絃、副優孟者,非審音協律之難,而結構全部規模之未善也。

　　詞采似屬可緩,而亦置音律之前者,以有才、技之分也。文詞稍勝者即號才人;音律極精者,終為藝士。師曠止能審樂⑰,不能作樂;龜年但能度詞⑱,不能製詞;使與作樂制詞者同堂,吾知必居末席矣。事有極細而亦不可不嚴者,此類是也。

立主腦

　　古人作文,一篇定有一篇之主腦。主腦非他,即作者立言之本意也。傳奇亦然。一本戲中有無數人名,究竟俱屬陪賓;原其初心,止為一人而設。即此一人之身,自始至終,離合悲歡,中具無限情由,無窮關目,究竟俱屬衍文;原其初心,又止為一事而設。此一人一事,即作傳奇之主腦也。然必此一人一事果然奇特,實在可傳而後傳之,則不媿傳奇之目,而其人其事與作者姓名皆千古矣。如一部《琵琶》止為蔡伯喈一人,而蔡伯喈一人,又止為"重婚牛府"一事,其餘枝節皆從此一事而生:二親之遭凶,五娘之盡孝,拐兒之騙財匿書,張太公之疏財仗義,皆由於此,是"重婚牛府"四字,即作《琵琶記》之主腦也。……餘劇皆然,不能悉指。後人作傳奇,但知為一人而作,不知為一事而作,盡此一人所行之事,逐節鋪陳,有如散金碎玉,以作零齣則可,謂之全本,則為斷線之珠,無梁之屋,作者茫然無緒,觀者寂然無聲,無怪乎有識梨園望之而却走也。此語未經提破,故犯者孔多,而今而後,吾知鮮矣。

詞采第二

曲與詩餘,同是一種文字。古今刻本中,詩餘能佳而曲不能盡佳者,詩餘可選而曲不可選也。詩餘最短,每篇不過數十字,作者雖多,入選者不多,棄短取長,是以但見其美。曲文最長,每折必須數曲,每部必須數十折,非八斗長才,不能始終如一,微疵偶見者有之,瑕瑜並陳者有之,尚有踴躍於前,懈馳於後,不得已而為狗尾續貂者亦有之。演者觀者既存此曲,只得取其所長,恕其所短,首尾並錄,無一部而刪去數折,止存數折,一出而抹去數曲,止存數曲之理。此戲曲不能盡佳,有為數折可取而挈帶全篇,一曲可取而挈帶全折,使瓦缶與金石齊鳴者,職是故也。予謂既工此道,當如畫士之傳真,閨女之刺繡,一筆稍差,便慮神情不似;一針偶缺,即防花鳥變形。使全部傳奇之曲,得似詩餘選本如《花間》、《草堂》諸集[19],首首有可珍之句,句句有可寶之字,則不媿填詞之名,無論必傳,即傳之千萬年,亦非徼幸而得者矣。吾于古曲之中取其全本不懈、多瑜鮮瑕者,惟《西廂》能之。《琵琶》則如漢高用兵[20],勝敗不一,其得一勝而王者,命也,非戰之力也。《荊》、《劉》、《拜》、《殺》之傳,則全賴音律,文章一道,置之不論可矣。

賓白第四

自來作傳奇者,止重填詞,視賓白為末着。常有"白雪陽春"其調而"巴人下里"其言者,予竊怪之。原其所以輕此之故,殆有說焉。元以填詞擅長,名人所作,北曲多而南曲少。北曲之介白者[21],每折不過數言,即抹去賓白而止閱填詞,亦皆一氣呵成,無有斷續,似並此數言亦可略而不備者。由是觀之,則初時止有填詞,其介白之文,未必不係後來添設。在元人,則以當時所重不在於此,是以輕之。後來之人,又謂元人尚在不重,我輩工此何為!遂不覺日輕一日,而竟置此道於不講也。予則不然。嘗謂曲之有白,就文字論之,則猶經文之於傳注;就物理論之,則如棟樑之於榱桷;就人身論之,則如肢體之於血脈;非但不可相無,且覺稍有不稱,即因此賤彼,竟作無用觀者。故知賓白一道，當與曲文等視。有最得意之曲文，即當有最得意之賓白。但使筆酣墨飽，其勢自能相生。常有因得一句好白而引起無限曲情，又有因填一首好詞而生出無窮話柄者，是文與文自相觸發，我止樂觀厥成，無所容其思議。此係作文恒情，不得幽渺其說而作化境觀也。

語求肖似

文字之最豪宕，最風雅，作之最健人脾胃者，莫過填詞一種。若無此種，幾於悶殺才人，困死豪傑。予生憂患之中，處落魄之境，自幼至長，自長至老，總無一刻舒眉。惟于製曲填詞之頃，非但鬱藉以舒，慍為之解，且嘗僭作兩間最樂之人㉒，覺富貴榮華，其受用不過如此，未有真境之為所欲為，能出幻境縱橫之上者：我欲做官，則頃刻之間便臻榮貴；我欲致仕，則轉盼之際又入山林；我欲作人間才子，即為杜甫、李白之後身；我欲娶絕代佳人，即作王嬙、西施之元配；我欲成仙作佛，則西天蓬島即在硯池筆架之前；我欲盡孝輸忠，則君治親年㉓，可躋堯、舜、彭篯之上㉔。非若他種文字，欲作寓言，必須遠引曲譬，醞藉包含，十分牢騷，還須留住六七分；八斗才學，止可使出二三升，稍欠和平，略施縱送，即謂失風人之旨，犯佻達之嫌。求為家絃戶誦者，難矣。填詞一家，則惟恐其蓄而不言，言之不盡。是則是矣，須知暢所欲言，亦非易事。言者，心之聲也，欲代此一人立言，先宜代此一人立心，若非夢往神遊，何謂設身處地？ 無論立心端正者，我當設身處地，代生端正之想；即遇立心邪僻者，我亦當舍經從權，暫為邪僻之思。務使心曲隱微，隨口唾出，說一人，肖一人，勿使雷同，弗使浮泛，若《水滸傳》之敘事，吳道子之寫生㉕，斯稱此道中之絕技。果能若此，即欲不傳，其可得乎？

——選自《中國古典戲曲論著集成》本《閒情偶寄》

注釋

①呼盧：古時博戲名，用木制骰子五枚，每枚兩面，一面塗黑，畫牛犢；一面塗白，畫雉。一擲五子皆黑者為盧，為最勝采。呼，為博戲時呼喊之聲。 ②"孔子有言"三句：《論語·陽貨》："子曰：飽食終日，無所用心，難矣哉！ 不有博弈者乎？ 為之，猶賢乎已。"弈，下棋；博，有賭注的棋局。孔子認為，即便博弈也比不動腦筋，閑著沒事可

取。　③才誇八斗：無名氏《釋常談·八斗之才》："文章多,謂之八斗之才。謝靈運嘗曰：天下才有一石,曹子建獨佔八斗,我得一斗,天下共分一斗。"　④胸號五車：《莊子·天下》："惠施多方,其書五車。"後用五車形容學識淵博。　⑤點鬼：語出張鷟《朝野僉載》："時楊(炯)之為文,好以古人姓名連用……號為點鬼簿。"後用"點鬼簿"譏刺詩文濫用古人掌故或堆砌故實。　⑥《元人百種》：即《元人百種曲》,又名《元曲選》,明人臧懋循編。　⑦三朝：指漢、唐、宋。驥尾：《史記·伯夷列傳》："顏淵雖篤學,附驥尾而行更顯。"喻得人之助。　⑧最上一乘：佛教本分大、小乘,禪宗興起後,自謂超越大、小乘,號最上乘。　⑨蛇足：畫蛇添足,此寓言出自《戰國策·齊策二》。

⑩"是自為后羿"兩句：《孟子·離婁下》："逢蒙學射於羿,盡羿之道。思天下惟羿為愈己,於是殺羿。"羿,即后羿,又稱夷羿。　⑪天下之公器：《莊子·天運》："名,公器也,不可多取。"　⑫貰(shì)：原諒,赦免。　⑬《中原音韻》：元周德清著,二卷。根據元代北曲用韻,分十九部。首倡"平分陰陽,入派三聲"之說。　⑭率由：遵循,沿用。

⑮《嘯餘》：即《嘯餘譜》,明程明善編。程明善,號玉川,新安人。《九宮》：即《南九宮譜》,南曲譜,明沈璟編。沈璟,字伯英,晚字聃和,號寧庵,別號詞隱,吳江人。

⑯粉本：夏文彥《圖繪寶鑒》卷一："古人畫稿謂之粉本。"　⑰師曠：春秋晉國著名的樂師,善辨音律。　⑱龜年：李龜年,唐玄宗時樂師,曾在梨園供職。　⑲《花間》：《花間集》,後蜀趙崇祚編。《草堂》：《草堂詩餘》,南宋何士信編。　⑳漢高：漢高祖劉邦。

㉑介白：介,猶言科,劇本里關於動作、效果、表情的指示。白,戲曲中的說白。

㉒兩間：天地之間。　㉓親年：父母的年歲。　㉔彭籛(jiān)：即彭祖,古代傳說中的長壽者,姓籛,名鏗。　㉕吳道子：唐著名畫家,擅畫人物、山水,對後世影響很大。

延伸思考

1. 李渔所说"结构"的内涵是什么?

2. 《闲情偶寄》在中国戏曲理论中价值和地位如何?

姜斋诗话（节选）

●王夫之

王夫之(1619—1692年),字而农,号姜斋,别名有卖姜翁、夕堂老汉等二十余个,衡阳人。明亡,绝意仕进,于衡阳石船山筑土室以居,世称船山先生。王夫之著述甚丰,后人辑有《船山遗书》。文学批评论著有《姜斋诗话》《古近体诗评选》等。传见《清史稿》卷四八六《儒林传》。

　　《姜斋诗话》是王夫之的论诗专著。内容包括《诗绎》一卷,以《诗经》为研究对象;《夕堂永日绪论》一卷,分内外两编,其中内编论诗;《南窗漫记》一卷,记与师友交游和论诗之语。

　　王夫之对情、景在诗歌创作中的作用和地位颇有研究,他认为情、景虽有主客观之分,但往往是情景相生,相辅相成,所谓"情景虽有在心在物之分,而景生情,情生景,哀乐之触,荣悴之迎,互藏其宅",诗歌创作中,情和景往往互相触发,启迪诗人的灵感和兴会。王夫之还结合具体作家作品,分析了"情景名为二,而实不可离"的道理。优秀的作品"情中有景,景中有情",让人感到"妙合无垠"。

　　王夫之在诗歌审美意象的创造论上提出了"现量说"。"现量"原为佛教认识论范畴,王夫之把它借用过来发展成一个美学范畴。"现量说"的提出,体现出王夫之对审美活动本质以及特征的深入思考与独特理解。

　　"詩可以興,可以觀,可以群,可以怨[①]。"盡矣。辨漢、魏、唐、宋之雅俗得失以此,讀《三百篇》者必此也。"可以"云者,隨所"以"而皆"可"也。於所興而可觀,其興也深;於所觀而可興,其觀也審。以其群者而怨,怨愈不忘;以其怨者而群,群乃益摯。出於四情之外,以生起四情;遊於四情之中,情無所窒。作者用一致之思,讀者各以其情而自得。故《關雎》,興也;康王晏朝,而即為冰鑒[②]。"訏謨定命,遠猷辰告",觀也;謝安欣賞,而增其遐心[③]。人情之遊也無涯,而各以其情遇,斯所貴於有詩。是故延年不如康樂[④],而宋、唐之所繇升降也。謝疊山、虞道園之說詩[⑤],井畫而根掘之,惡足知此!

　　"采采芣苢",意在言先,亦在言後,從容涵泳,自然生其氣象。即五言中,《十九首》猶有得此意者,陶令差能仿佛,下此絕矣。"采菊東籬下,悠然見南山","眾鳥欣有託,吾亦愛吾廬",非韋應物"兵衛森畫戟,燕寢凝清香"所得而問津也。

　　"昔我往矣,楊柳依依;今我來思,雨雪霏霏。"以樂景寫哀,以哀景寫樂,一倍增其哀樂。知此,則"影靜千官裏,心蘇七校前",與"唯有終南山色在,晴明依舊滿長安",情之深淺宏隘見矣。況孟郊之乍笑而心迷,乍啼而魂喪者乎?

　　唐人《少年行》云[⑥]:"白馬金鞍從武皇,旌旗十萬獵長楊。樓頭少婦鳴箏坐,遙見飛塵入建章。"想知少婦遙望之情,以自矜得意,此善於取影者也。"春日遲遲,卉木萋萋;倉庚喈喈,采蘩祁祁。執訊獲醜,薄言還歸。赫赫南仲,玁狁于夷⑦。"其妙正在此。訓詁家不能領悟,謂婦方采蘩而見歸師,旨趣索然矣。建旌旗,舉矛戟,車馬喧闐,凱樂競奏之下,倉庚何能不驚飛,而尚聞其喈喈?六師在道⑧,雖曰勿擾,采蘩之婦亦何事暴面於三軍之側邪⑨?征人歸矣,度其婦方采蘩,而聞歸師之凱旋。故遲遲之日,萋萋之草,鳥鳴之和,皆為助喜。而南仲之功,震於閨閣,室家之欣幸,遙想其然,而征人之意得可知矣。乃以此而稱南仲,又影中取影,曲盡人情之極至者也。

興在有意無意之間,比亦不容雕刻。關情者景,自與情相為珀芥也。情景雖有在心在物之分,而景生情,情生景,哀樂之觸,榮悴之迎,互藏其宅。天情物理,可哀而可樂,用之無窮,流而不滯,窮且滯者不知爾。"吳楚東南坼,乾坤日夜浮。"乍讀之若雄豪,然而適與"親朋無一字,老病有孤舟"相為融浹⑩。當知"倬彼雲漢",頌作人者增其輝光,憂旱甚者益其炎赫⑪,無適而無不適也。唐末人不能及此,為玉合底蓋之說⑫,孟郊、溫庭筠分為二壘,天與物其能為爾疆分乎⑬?

(卷一《詩繹》)

興、觀、群、怨,詩盡於是矣。經生家析《鹿鳴》、《嘉魚》為群,《柏舟》、《小弁》為怨,小人一往之喜怒耳,何足以言詩?"可以"云者,隨所"以"而皆"可"也。《詩三百篇》而下,唯《十九首》能然。李杜亦髣髴遇之,然其能俾人隨觸而皆可,亦不數數也。又下或一可焉,或無一可者。故許渾允為惡詩,王僧孺、庾肩吾及宋人皆爾。

無論詩歌與長行文字,俱以意為主。意猶帥也。無帥之兵,謂之烏合⑭。李、杜所以稱大家者,無意之詩,十不得一二也。煙雲泉石,花鳥苔林,金鋪錦帳,寓意則靈。若齊、梁綺語,宋人搏合成句之出處(原註:"宋人論詩,字字求出處。"),役心向彼掇索,而不恤己情之所自發,此之謂小家數,總在圈繢中求活計也⑮。

把定一題、一人、一事、一物,於其上求形模,求比似,求詞采,求故實,如鈍斧子劈櫟柞,皮屑紛霏,何嘗動得一絲紋理?以意為主,勢次之。勢者,意中之神理也。唯謝康樂為能取勢,宛轉屈伸以求盡其意,意已盡則止,殆無剩語,夭矯連蜷,煙雲繚繞,乃真龍,非畫龍也。

"僧敲月下門"[16],祇是妄想揣摩,如說他人夢,縱令形容酷似,何嘗毫髮關心?知然者,以其沈吟"推""敲"二字,就他作想也。若即景會心,則或推或敲,必居其一,因景因情,自然靈妙,何勞擬議哉?"長河落日圓"[17],初無定景:"隔水問樵夫"[18],初非想得,則禪家所謂現量也[19]。

古詩無定體,似可任筆為之,不知自有天然不可越之榘矱。故李于鱗謂唐無五古詩,言亦近是;無即不無,但百不得一二而已。所謂榘矱者,意不枝,詞不蕩,曲折而無痕,戌削而不競之謂。若于鱗所云無古詩,又唯無其形埒字句與其粗豪之氣耳。不爾,則"子房未虎嘯"及《玉華宮》二詩,乃李、杜集中霸氣滅盡和平溫厚之意者,何以獨入其選中?

情景名為二,而實不可離。神於詩者,妙合無垠。巧者則有情中景,景中情。景中情者,如"長安一片月"[20],自然是孤棲憶遠之情;"影靜千官裏"[21],自然是喜達行在之情[22]。情中景尤難曲寫,如"詩成珠玉在揮毫"[23],寫出才人翰墨淋漓、自心欣賞之景。凡此類,知者遇之;非然,亦鶻突看過[24],作等閒語耳。

有大景,有小景,有大景中小景。"柳葉開時任好風"、"花覆千官淑景移",及"風正一帆懸"、"青靄入看無",皆以小景傳大景之神。若"江流天地外,山色有無中"、"江山如有待,花柳更無私",張皇使大,反令落拓不親。宋人所喜,偏在此而不在彼。近唯文徵仲《齋宿》等詩,能解此妙。

情語能以轉折為含蓄者,唯杜陵居勝,"清渭無情極,愁時獨向東","柔艣輕鷗外,含悽覺汝賢"之類是也。此又與"忽聞歌古調,歸思欲霑巾"更進一格,益使風力遒上。

含情而能達,會景而生心,體物而得神,則自有靈通之句,參化工之妙。若但於句求巧,則性情先為外蕩,生意索然矣。"松陵體"永墮小乘者,以無句不巧也。然皮、陸二子差有興會,猶堪諷詠。若韓退之以險韻、奇字、古句、方言矜其餖輳之巧,巧誠巧矣,而於心情興會一無所涉,適可為酒令而已。黃魯直、米元章益墮此障中。近則王觺菴承其下游,不恤才情,別尋蹊徑,良可惜也。

(卷二《夕堂永日緒論·內編》)
——選自戴鴻森《薑齋詩話箋注》

注释

①"詩可以興"四句：語出《論語·陽貨》。　②"故《關雎》，興也"四句：毛傳釋"關關雎鳩，在河之洲"兩句："興也。"康王，西周國王，成王之子。《魯詩》認為《關雎》是刺康王之作，王先謙《詩三家義集疏》亦贊同此說："魯說曰：周衰而詩作，蓋康王時也。康王德缺于房，大臣刺晏，故詩作。"冰鑒，鏡子。　③"訏謨定命"五句：訏謨，遠大的謀劃。定命，制定的命令。遠猷，長久的規劃。辰告，按時公告。語出《詩·大雅·抑》。謝安(320—385年)，字安石，東晉名士，陳郡陽夏(今河南太康)人，孝武帝時位至宰相。《世說新語·文學》："謝公(安)因子弟集聚，問：'《毛詩》何句最佳?'遏(謝玄)稱曰：'昔我往矣，楊柳依依；今我來思，雨雪霏霏。'公曰：'訏謨定命，遠猷辰告。'謂此句偏有雅人深致。"　④延年：顏延之(384—456年)，劉宋詩人。康樂：謝靈運(385—433年)，劉宋詩人，主要成就是山水詩。二人與鮑照合稱"元嘉三大家"。

⑤謝疊山：謝枋得(1226—1289年)，信州弋陽人，南宋遺民詩人。有《詩傳注疏》《澗泉二先生選唐詩》等。虞道園：虞集(1272—1348年)，祖籍仁壽，元學者、文人，有《道園學古錄》。　⑥《少年行》：王昌齡诗作，又名《青樓曲》。　⑦"春日遲遲"八句：語出《詩·小雅·出車》。倉庚，黃鶯的別名。祁祁，茂盛貌。訊，敵人的首領。醜，指眾敵。南仲，周朝的大將。玁狁(xiǎn yǔn)，我國古代北方少數民族，又稱葷允、葷粥、獯鬻、薰育、嚴允等。　⑧六師：周天子所統六軍，一萬二千五百人為軍。　⑨三軍：古指前、中、後三軍，三軍又代指軍隊。　⑩"吳楚東南坼"五句：語出杜甫《登岳陽樓》。坼(chè)，裂開。　⑪"當知"三句：倬(zhuō)彼雲漢，一見《詩·大雅·棫樸》，舊注以為頌周文王。又見《詩·大雅·雲漢》，舊注憂念旱災。倬，明亮高大的樣子。作人，任用和造就人才。　⑫玉合底蓋：《唐詩紀事》卷四十六載劉昭禹論詩："覓句若掘得玉合子，底必有蓋，但精心求之，必獲其寶。"謂一聯之中，上下兩句必須諧和。合，通"盒"。劉昭禹，唐末五代人，字休明，桂陽人。　⑬鬮(jiū)分：以抓鬮方式區分。

⑭"無論詩歌與長行文字"五句：杜牧《答莊充書》："凡為文以意為主，以氣為輔，以辭采章句為之兵衛。"烏合，形容人群沒有嚴密組織而臨時湊合，如群鳥暫時聚合。

⑮圈繢中求活計：意思是局限在很小的範圍內尋找出路。圈繢，圈套。　⑯僧敲月下門：語出賈島《題李凝幽居》。據《劉賓客嘉話錄》載：賈島斟酌"推""敲"二字，衝撞了當時的京兆尹韓愈。韓愈以為作"敲"字佳，二人遂定交，傳為詩壇佳話。　⑰長河落日圓：語出王維《使至塞上》。　⑱隔水問樵夫：語出王維《終南山》。　⑲現量(liáng)：梵語，因明學用語。現量指感官對事物的直接反映，猶言直覺。　⑳長安一

片月:語出李白《子夜吳歌·秋歌》。　㉑影靜千官裏:語出杜甫《喜達行在所》之三。
㉒行在:皇帝離京外巡,其臨時居所稱行在。　㉓詩成珠玉在揮毫:語出杜甫《奉和賈至舍人早朝大明宮》。　㉔鶻突:糊塗,不明事理。

延伸思考

　　1.王夫之情景相生理论对文学创作有何启发和价值?

　　2.如何理解"景中情""情中景"的内在联系?

原诗(节选)

◉叶　燮

　　叶燮(1627—1703年),字星期,号巳畦,晚年寓居吴县横山,世称横山先生,江苏苏州府吴江(今江苏苏州吴江区)人。康熙九年(1670年)进士,官宝应知县。有《巳畦文集》二十卷、《诗集》十卷、《原诗》内外篇一卷。《清史稿》卷四八四《文苑传》有传,附赵执信传后。

　　叶燮以"原诗"作为论著名称,试图探究诗歌的本源和创作的规律,而不是盲目鼓吹宗唐宗宋。叶燮论诗,有较为明确的历史观念,"诗有源必有流,有本必达末;又有因流而溯源,循末以返本。其学无穷,其理日出",突出强调"诗之为道,未有一日不相续相禅而或息"的变化演进观。

　　叶燮指出,为诗之本,首先要弄清诗歌的主客观方面,客观方面就是诗歌表现的内容,即理、事、情;主观方面就是诗人的才、胆、识、力等主观要素。所谓"文章者,所以表天地万物之情状也",理、事、情即"天地万物之情状"的具体内容,此三言者足以穷尽万有之变态。

　　叶燮认为才、胆、识、力是诗人能力和成就的决定因素,"凡形形色色,音声状貌,无不待于此而为之发宣昭著","以在我之四,衡在物之三,合而为作者之文章"。叶燮特别强调"识"的重要,"四者无缓急,而要在先之以识"。只有见识卓越,才能够发现对象在理、事、情上的特别之处。

　　詩始於《三百篇》,而規模體具於漢。自是而魏,而六朝、三唐,歷宋、元、明,以至昭代,上下三千餘年間,詩之質文體裁格律聲調辭句,遞升降不同。而要之,詩有源必有流,有本必達末;又有因流而溯源,循末以返本。其學無窮,其理日出。乃知詩之為道,未有一日不相續相禪而或息者也[①]。

但就一時而論,有盛必有衰;綜千古而論,則盛而必至於衰,又必自衰而復盛。非在前者之必居於盛,後者之必居於衰也。乃近代論詩者,則曰:《三百篇》尚矣;五言必建安、黃初;其餘諸體,必唐之初、盛而後可。非是者,必斥焉。如明李夢陽不讀唐以後書;李攀龍謂"唐無古詩",又謂"陳子昂以其古詩為古詩,弗取也"。自若輩之論出,天下從而和之,推為詩家正宗,家弦而戶習。習之既久,乃有起而掊之,矯而反之者,誠是也;然又往往溺於偏畸之私說。其說勝,則出乎陳腐而入乎頗僻,不勝,則兩敝。而詩道遂淪而不可救。由稱詩之人,才短力弱,識又矇焉而不知所衷。既不能知詩之源流本末正變盛衰,互為循環;並不能辨古今作者之心思才力深淺高下長短;孰為沿為革,孰為創為因,孰為流弊而衰,孰為救衰而盛,一一剖析而縷分之,兼綜而條貫之。徒自詡矜張,為郛廓隔膜之談,以欺人而自欺也。於是百喙爭鳴,互自標榜,膠固一偏,剿獵成說。後生小子,耳食者多,是非淆而性情汩。不能不三歎于風雅之日衰也!

……

且夫《風》、《雅》之有正有變,其正變係乎時,謂政治、風俗之由得而失、由隆而污。此以時言詩;時有變而詩因之。時變而失正,詩變而仍不失其正,故有盛無衰,詩之源也。吾言後代之詩,有正有變,其正變係乎詩,謂體格、聲調、命意、措辭、新故升降之不同。此以詩言時;詩遞變而時隨之。故有漢、魏、六朝、唐、宋、元、明之互為盛衰,惟變以救正之衰,故遞衰遞盛,詩之流也。從其源而論,如百川之發源,各異其所從出,雖萬派而皆朝宗於海,無弗同也。從其流而論,如河流之經行天下,而忽播為九河;河分九而俱朝宗於海,則亦無弗同也。

歷考漢魏以來之詩,循其源流升降,不得謂正為源而長盛,變為流而始衰。惟正有漸衰,故變能啟盛。如建安之詩正矣,盛矣;相沿久而流於衰,後之人力大者大變,力小者小變。六朝諸詩人,間能小變,而不能獨開生面。唐初沿其卑靡浮豔之習,句櫛字比,非古非律,詩之極衰也。而陋者必曰:此詩之相沿至正也。不知實正之積弊而衰也。迨開寶諸詩人,始一大變。彼陋者亦曰:此詩之至正也。不知實因正之至衰變而為至盛也。盛唐諸詩人,惟能不為建安之古詩,吾乃謂唐有古詩。若必摹漢魏之聲調字句,此漢魏有詩,而唐無古詩矣。

（內篇上）

　　自開闢以來,天地之大,古今之變,萬匯之賾②,日星河嶽,賦物象形,兵刑禮樂,飲食男女,於以發為文章,形為詩賦,其道萬千。余得以三語蔽之:曰理、曰事、曰情,不出乎此而已。然則,詩文一道,豈有定法哉! 先揆乎其理;揆之於理而不謬,則理得。次徵諸事;徵之於事而不悖,則事得。終絜諸情;絜之於情而可通,則情得。三者得而不可易,則自然之法立。故法者,當乎理,確乎事,酌乎情,為三者之平準,而無所自為法也。故謂之曰"虛名"。又法者,國家之所謂律也。自古之五刑宅就以至於今③,法亦密矣。然豈無所憑而為法哉! 不過揆度於事、理、情三者之輕重大小上下,以為五服五章④、刑賞生殺之等威、差別,於是事理情當於法之中。人見法而適愜其事理情之用,故又謂之曰"定位"。

　　曰理、曰事、曰情三語,大而乾坤以之定位,日月以之運行,以至一草一木一飛一走,三者缺一,則不成物。文章者,所以表天地萬物之情狀也。然具是三者,又有總而持之,條而貫之者,曰氣。事、理、情之所為用,氣為之用也。譬之一木一草,其能發生者,理也。其既發生,則事也。既發生之後,夭矯滋植,情狀萬千,咸有自得之趣,則情也。苟無氣以行之,能若是乎? 又如合抱之木,百尺干霄,纖葉微柯以萬計,同時而發,無有絲毫異同,是氣之為也。苟斷其根,則氣盡而立萎。此時理、事、情俱無從施矣。吾故曰:三者藉氣而行者也。得是三者,而氣鼓行於其間,絪縕磅礴,隨其自然,所至即為法,此天地萬象之至文也。豈先有法以馭是氣者哉! 不然,天地之生萬物,舍其自然流行之氣,一切以法繩之,夭矯飛走,紛紛於形體之萬殊,不敢過於法,不敢不及於法,將不勝其勞,乾坤亦幾乎息矣。

　　曰理、曰事、曰情,此三言者足以窮盡萬有之變態。凡形形色色,音聲狀貌,舉不能越乎此。此舉在物者而為言,而無一物之或能去此者也。曰才、曰膽、曰識、曰力,此四言者所以窮盡此心之神明。凡形形色色,音聲狀貌,無不待於此而為之發宣昭著。此舉在我者而為言,而無一不如此心以出之者也。以在我之四,衡在物之三,合而為作者之文章。大之經緯天地,細而一動一植,詠歎謳吟,俱不能離是而為言者矣。

　　在物者前已論悉之。在我者雖有天分之不齊,要無不可以人力充之。其優於天者,四者具足,而才獨外見,則群稱其才;而不知其才之不能無所憑而獨見也。其歉乎天者,才見不足,人皆曰才之歉也,不可勉強也;不知有識以居乎才之先。識為體而才為用,若不足於才,當先研精推求乎其識。人惟中藏無識,則理事情錯陳於前,而渾然茫然,是非可否,妍媸黑白,悉眩惑而不能辨,安望其敷而出之為才乎!文章之能事,實始乎此。今夫詩,彼無識者,既不能知古來作者之意,並不自知其何所興感觸發而為詩。或亦聞古今詩家之論,所謂體裁、格力、聲調、興會等語,不過影響於耳,含糊於心,附會於口;而眼光從無着處,腕力從無措處。即歷代之詩陳於前,何所抉擇?何所適從?人言是,則是之;人言非,則非之。夫非必謂人言之不可憑也,而彼先不能得我心之是非而是非之,又安能知人言之是非而是非之也!

大約才、識、膽、力,四者交相為濟。苟一有所歉,則不可登作者之壇。四者無緩急,而要在先之以識。使無識,則三者俱無所託。無識而有膽,則為妄、為鹵莽、為無知,其言背理叛道,蔑如也;無識而有才,雖議論縱橫,思致揮霍,而是非淆亂,黑白顛倒,才反為累矣;無識而有力,則堅僻妄誕之辭,足以誤人而惑世,為害甚烈。若在騷壇,均為風雅之罪人。惟有識,則能知所從,知所奮,知所決,而後才與膽力,皆確然有以自信,舉世非之,舉世譽之,而不為其所搖。安有隨人之是非以為是非者哉!其胸中之愉快自足,寧獨在詩文一道已也!然人安能盡生而具絕人之姿,何得易言有識!其道宜如《大學》之始於"格物"。誦讀古人詩書,一一以理事情格之,則前後中邊,左右向背,形形色色,殊類萬態,無不可得;不使有毫髮之罅而物得以乘我焉。如以文為戰,而進無堅城,退無橫陣矣。若舍其在我者,而徒日勞於章句誦讀,不過剿襲依傍,摹擬窺伺之術,以自躋於作者之林,則吾不得而知之矣!

(內篇下)

陳熟、生新,二者於義為對待。對待之義,自太極生兩儀以後,無事無物不然:日月、寒暑、晝夜,以及人事之萬有——生死、貴賤、貧富、高卑、上下、長短、遠近、新舊、大小、香臭、深淺、明暗,種種兩端,不可枚舉。大約對待之兩端,各有美有惡,非美惡有所偏於一者也。其間惟生死、貴賤、貧富、香臭,人皆美生而惡死,美香而惡臭,美富貴而惡貧賤。然逢、比之盡忠[5],死何嘗不美!江總之白首[6],生何嘗不惡!幽蘭得糞而肥,臭以成美。海木生香則萎[⑦]，香反為惡。富貴有時而可惡，貧賤有時而見美，尤易以明，即莊生所云"其成也毀，其毀也成"之義[⑧]。對待之美惡，果有常主乎！生熟、新舊二義，以凡事物參之：器用以商、周為寶，是舊勝新；美人以新知為佳，是新勝舊；肉食以熟為美者也，果食以生為美者也。反是則兩惡。推之詩，獨不然乎！舒寫胸襟，發揮景物，境皆獨得，意自天成，能令人永言三歎，尋味不窮，忘其為熟，轉益見新，無適而不可也。若五內空如，毫無寄託，以剿襲浮辭為熟，搜尋險怪為生，均為風雅所擯。論文亦有順、逆二義，並可與此參觀發明矣。

　　"作诗者在抒写性情。"此語夫人能知之，夫人能言之，而未盡夫人能然之者矣。"作詩有性情必有面目"。此不但未盡夫人能然之，並未盡夫人能知之而言之者也。如杜甫之詩，隨舉其一篇，篇舉其一句，無處不可見其憂國愛君，憫時傷亂，遭顛沛而不苟，處窮約而不濫，崎嶇兵戈盜賊之地，而以山川景物友朋盃酒抒憤陶情：此杜甫之面目也。我一讀之，甫之面目躍然於前。讀其詩一日，一日與之對；讀其詩終身，日日與之對也。故可慕可樂而可敬也。舉韓愈之一篇一句，無處不可見其骨相稜嶒，俯視一切；進則不能容於朝，退又不肯獨善於野，疾惡甚嚴，愛才若渴：此韓愈之面目也。舉蘇軾之一篇一句，無處不可見其淩空如天馬，遊戲如飛仙，風流儒雅，無入不得，好善而樂與，嬉笑怒罵，四時之氣皆備：此蘇軾之面目也。此外諸大家，雖所就各有差別，而面目無不於詩見之。其中有全見者，有半見者。如陶潛、李白之詩，皆全見面目。王維五言則面目見，七言則面目不見。此外面目可見不可見，分數多寡，各各不同，然未有全不可見者。讀古人詩，以此推之，無不得也。余嘗於近代一二聞人，展其詩卷，自始自終，亦未嘗不工；乃讀之數過，卒未能覩其面目何若，竊不敢謂作者如是也。

　　詩是心聲，不可違心而出，亦不能違心而出。功名之士，決不能為泉石淡泊之音；輕浮之子，必不能為敦龐大雅之響。故陶潛多素心之語，李白有遺世之句，杜甫興"廣廈萬間"之願，蘇軾師"四海弟昆"之言。凡如此類，皆應聲而出。其心如日月，其詩如日月之光。隨其光之所至，即日月見焉。故每詩以人見，人又以詩見。使其人其心不然，勉強造作，而為欺人欺世之語；能欺一人一時，決不能欺天下後世。究之閱其全帙，其陋必呈。其人既陋，其氣必荼，安能振其辭乎！故不取諸中心而浮慕著作，必無是理也。

（外篇上）

作詩文有意逞博，便非佳處。猶主人勉強徧處請生客，客雖滿坐，主人無自在受用處。多讀古人書，多見古人，猶主人啟戶，客自到門，自然賓主水乳，究不知誰主誰賓。此是真讀書人，真作手。若有意逞博，搦管時翻書抽帙，搜求新事、新字句，以此炫長，此貧兒稱貸營生，終非己物，徒見蹳踏耳。

學詩者，不可忽略古人，亦不可附會古人。忽略古人，麤心浮氣，僅獵古人皮毛。要知古人之意，有不在言者；古人之言，有藏於不見者；古人之字句，有側見者，有反見者。此可以忽略涉之者乎？不可附會古人，如古人用字句，亦有不可學者，亦有不妨自我為之者。不可學者：即《三百篇》中極奧僻字，與《尚書》、《殷盤》、《周誥》中字義⑨，豈必盡可入後人之詩！古人或偶用一字，未必盡有精義；而吠聲之徒，遂有無窮訓詁以附會之，反非古人之心矣。不妨自我為之者：如漢、魏詩之字句，未必盡出於漢、魏，而唐及宋、元，等而下之，又可知矣。今人偶用一字，必曰本之昔人。昔人又推而上之，必有作始之人；彼作始之人，復何所本乎？不過揆之理、事、情，切而可，通而無礙，斯用之矣。昔人可創之於前，我獨不可創於後乎？古之人有行之者，文則司馬遷，詩則韓愈是也。苟乖於理、事、情，是謂不通，不通則杜撰，杜撰則斷然不可。苟不然者，自我作古，何不可之有！若腐儒區區之見，句束而字縛之，援引以附會古人，反失古人之真矣。（外篇下）

——選自霍松林校注本《原詩》

注释

①相續相禪：前後連續、銜接和遞進。禪，此指詩道的演進。　②賾（zé）：幽深難見。　③五刑：古以墨、劓、剕（刖）、宮、大辟為五刑，從夏代開始確立，西周時寫入《呂刑》。後世五刑為笞、杖、徒、流、死，最初見於隋《開皇律》。　④五服五章：《尚書·皋陶謨》："天命有德，五服五章哉。"偽孔安國傳："五服，天子、諸侯、卿、大夫、士之服也，尊卑彩章各異，所以命有德。"　⑤逢、比：夏代關龍逢和商代的比干的合稱。夏桀為無道，以妖言惑眾將關龍逢殺害。比干，商紂叔父。商紂淫樂，比干強諫，商紂將他剖腹挖心。　⑥江總（519—594年）：南朝詩人，字總持，濟陽考城（今河南蘭考）人。歷仕梁、陳、隋三朝、陳時官至尚書令，人稱"江令"。張溥《漢魏六朝百三家集題辭·江

令君集》:"後主狎客,江總持居首,國亡主辱,竟逃明刑,開府隋朝,眉壽無恙。《春秋》惡佞人,有厚福若是者哉!"江總不顧亡國之恥,陳亡仕隋。 ⑦海木:一種外來植物名,有香味。海,指來自海外的物種。 ⑧其成也毀,其毀也成:《莊子·齊物論》:"其分也,成也;其成也,毀也。凡物無成與毀,復通為一。"謂世上萬物都是因緣具足,合和而成,強分彼此,毫無意義。 ⑨《殷盤》:指《尚書》中的《盤庚》,《周誥》:指《尚書》中《大誥》《康誥》,字句極為艱深晦澀。

延伸思考

1.叶燮所说诗歌的客观方面包括哪些内容,相互关系如何?

2.在诗歌的主观方面,叶燮为何强调"识"的统摄作用?

带经堂诗话(节选)

◉王士禛

王士禛(1634—1711年),字子真,一字贻上,号阮亭,别号渔洋山人,山东新城(今山东桓台)人。初名士禛,避雍正讳改名士正,乾隆年间赐改名士禛。顺治十五年(1658年)进士,由扬州司理累官刑部尚书。康熙四十三年(1704年)致仕。门人张宗柟综采王氏各书论诗之语,编为《带经堂诗话》三十卷。《清史稿》卷二六六有传。

王士禛是神韵说的主要倡导者和实践者,其理论主张影响整个清代前期诗坛,时间长达一百年之久。王士禛论诗有一个发展变化的过程,但神韵说是他诗论的核心。"神韵"最早用来论画,唐人张彦远《历代名画记》卷一云"至于鬼神人物,须神韵而后全",意谓人物要生动传神,画家要把握人物的灵魂气韵。钟嵘、严羽、徐祯卿及《二十四诗品》或重韵味兴趣,或表彰清远冲澹、含蓄蕴藉、自然天真的艺术境界,这都对神韵说具有启发作用。

王士禛"神韵"说的内涵相当丰富,不能简单说成是不着边际的空疏之说。王氏云"夫诗之道,有根柢焉,有兴会焉","根柢原于学问,兴会发于性情",认为"根柢"和"兴会"实为两途,很难兼擅。一个诗人既有"兴会",又有"根柢",自然能成名成家。

……大抵古人詩畫,只取興會神到,若刻舟緣木求之,失其指矣。(《池北偶談》)

司空表聖作《詩品》①，凡二十四，有謂"沖澹"者，曰："遇之匪深，即之愈稀。"有謂"自然"者，曰："俯拾即是，不取諸鄰。"有謂"清奇"者，曰："神出古異，澹不可收。"是品之最上者。（《蠶尾文》）

表聖論詩，有二十四品，予最喜"不著一字，盡得風流"八字②。又云："采采流水，蓬蓬遠春③。"二語形容詩境亦絕妙，正與戴容州"藍田日暖，良玉生煙"八字同旨④。（《香祖筆記》）

夫詩之道，有根柢焉，有興會焉，二者率不可得兼。鏡中之象，水中之月，相中之色，羚羊掛角，無跡可求⑤，此興會也。本之《風》、《雅》以導其源，泝之楚《騷》、漢魏樂府詩以達其流，博之九經、三史、諸子以窮其變，此根柢也。根柢原于學問，興會發於性情。於斯二者兼之，又幹以風骨，潤以丹青，諧以金石，故能銜華佩實，大放厥詞，自名一家。（《漁洋文》）

嚴滄浪以禪喻詩，余深契其說，而五言尤為近之。如王裴《輞川絕句》，字字入禪。他如"雨中山果落，燈下草蟲鳴"，"明月松間照，清泉石上流"，以及太白"卻下水精廉，玲瓏望秋月"，常建"松際露微月，清光猶為君"，浩然"樵子暗相失，草蟲寒不聞"，劉眘虛"時有落花至，遠隨流水香"，妙諦微言，與世尊拈花，迦葉微笑，等無差別。通其解者，可語上乘。（《蠶尾續文》）

近人言詩，好立門戶，某者為唐，某者為宋，李、杜、蘇、黃強分畛域，如蠻觸氏之鬪於蝸角⑥，而不自知其陋也。唐詩三百年，一盛於開元，再盛於元和。退之《琴操》上追三代。李觀之言曰："孟郊五言，其有高處，在古無上，其平處下顧二謝⑦。"李翱亦云："蘇屬國、李都尉、建安諸子、南朝二謝，郊皆能兼其體而有之⑧。"今人號為學唐詩者，語以退之《琴操》、東野五言，能舉其目者蓋寡矣。歐、梅、蘇、黃諸家，其才力學識皆足凌跨百代，使俛首而為掇拾吞剝，禿屑俗下之調，彼遽不能耶？其亦有所不為耶！（《漁洋文》）

問：作詩學力與性情必兼具而後愉快，愚意以為學力深始能見性情，若不多讀書、多貫穿，而遽言性情，則開後學油腔滑調、信口成章之惡習矣。近時風氣頹波，唯夫子一言以為砥柱。

司空表聖云："不著一字，盡得風流。"此性情之說也；揚子雲云"讀千賦則能賦"⑨，此學問之說也。二者相輔而行，不可偏廢。若無性情而侈言學

問,則昔人有譏點鬼簿、獺祭魚者矣[10]。學力深始能見性情,此一語是造微破的之論。(《漁洋文》)

——選自夏閎校點《帶經堂詩話》

注释

①司空表聖作《詩品》:《詩品》又稱《二十四詩品》。關於該書作者,陳尚君、汪湧豪曾提出質疑。 ②"不著一字,尽得风流"兩句:语出《詩品·含蓄》。 ③"采采流水,蓬蓬远春"兩句:语出《詩品·纖穠》。 ④"正與戴容州"句:戴容州,戴叔倫(732—789年)字幼公;又作名融,字叔倫,潤州金壇(今镇江市金坛县)人。曾任容州刺史,被稱為戴容州。司空圖《與極浦書》:"戴容州云:'詩家之景,如藍田日暖,良玉生煙,可望而不可置於眉睫之前也'。"藍田,县名,在今陝西。 ⑤"鏡中之象"五句:语出嚴羽《滄浪詩話·詩辨》。 ⑥蠻觸氏之鬪於蝸角:《莊子·則陽》:"有國于蝸之左角者,曰觸氏;有國於蝸之右角者,曰蠻氏。時相與爭地而戰,伏屍數萬,逐北,旬有五日而後反。"後常指不顾大局,為小事而鬪爭。 ⑦"李觀之言曰"五句:李觀(766—794年),字元賓,吳郡(今江蘇蘇州)人。韓愈同年進士。有《李元賓文編》。李觀評孟郊語,見李翱《薦所知于徐州張僕射書》引錄,《韻語陽秋》误为李翱語,誤。二謝:謝靈運、謝朓,又称大小谢。 ⑧"李翱亦云"三句:引語出自李翱文《薦所知于徐州張僕射書》。蘇屬國,指蘇武,因曾官典属国。李都尉,李陵,因曾拜騎都尉。 ⑨揚子雲云:見前《文心雕龍·知音》註釋。 ⑩點鬼簿:指詩文濫用古人姓名或堆砌典故。獺祭魚:省作"獺祭",宋吳炯《五總志》:"唐李商隱為文,多檢閱書史,鱗次堆集左右,時謂為獺祭魚。"指剪裁古书,拼凑成文。

延伸思考

1.王士禛神韵说产生的背景是什么?有何局限性?

2.王士禛学力与性情兼济为用的诗论有何价值?

答沈大宗伯论诗书

◉袁 枚

袁枚(1716—1797年),字子才,号简斋,晚号随园老人,浙江钱塘人。乾隆四年(1739年)进士,选庶吉士。辞官后,在江宁小仓山筑随园。著有

《小仓山房文集》三十卷、《诗集》三十一卷、《外集》七卷、《随园诗话》十六卷、《补遗》八卷。《清史稿》卷四八五有传。

袁枚论诗,力主"性灵"。袁枚反对以翁方纲为代表、堆垛典故为诗的考据派,同时对以沈德潜为代表的"格调说"也深致不满。本文主要观点是:

一、在学习前代文学方面,主张转益多师,反对迷信唐诗。沈德潜以格调论诗,对唐诗顶礼膜拜,对宋诗却不屑一顾,因此他的宗唐观带有盲目性。袁枚则认为,唐诗本身就有新变,唐诗有似宋者,宋诗也有似唐者,因此"诗有工拙而无古今","未必古人皆工,今人皆拙",因此学古不宜故步自封。

二、袁枚认为对诗歌创作有决定意义的是诗人"性情",即所谓"性情遭际,人人有我在焉,不可貌古人而袭之,畏古人而拘之","天籁一日不断,则人籁一日不绝",既要善"学",又要善"变"。任何人想"禁其不变",都是不可取的。

三、对传统儒家诗教持保留态度,主张创作风格的多样化。他反对排斥艳体情诗,主张抒写真情实感。

先生誚浙詩,謂沿宋習敗唐風者,自樊榭為厲階①。枚,浙人也,亦雅憎浙詩。樊榭短于七古,凡集中此體,數典而已②,索索然寡真氣,先生非之甚當。然其近體清妙,於近今少偶。先生詩論粹然,尚復何說。然鄙意有未盡同者,敢質之左右。

嘗謂詩有工拙而無今古。自葛天氏之歌至今日③,皆有工有拙,未必古人皆工,今人皆拙。即《三百篇》中頗有未工不必學者,不徒漢、晉、唐、宋也;今人詩有極工極宜學者,亦不徒漢、晉、唐、宋也。然格律莫備於古,學者宗師,自有淵源。至於性情遭遇,人人有我在焉,不可貌古人而襲之,畏古人而拘之也。今之鶯花,豈古之鶯花乎?然而不得謂今無鶯花也。今之絲竹,豈古之絲竹乎?然而不得謂今無絲竹也。天籟一日不斷,則人籟一日不絕。孟子曰:"今之樂猶古之樂④。"樂即詩也。唐人學漢、魏變漢、魏,宋學唐變唐,其變也,非有心於變也,乃不得不變也。使不變,則不足以為唐,不足以為宋也。子孫之貌,莫不本於祖父,然變而美者有之,變而醜者有之,若必禁其不變,則雖造物有所不能。先生許唐人之變漢、魏,而獨不許宋人之變唐,惑也。且先生亦知唐人之自變其詩,與宋人無與乎?初、盛一變，中、晚再變，至皮、陸二家已浸淫乎宋氏矣⑤。風會所趨，聰明所極，有不期其然而然者。故枚嘗謂變堯、舜者，湯、武也；然學堯、舜者，莫善於湯、武，莫不善於燕噲⑥。變唐詩者，宋、元也；然學唐詩者，莫善於宋、元，莫不善於明七子。何也？當變而變，其相傳者心也；當變而不變，其拘守者迹也。鸚鵡能言而不能得其所以言，夫非以迹乎哉！

大抵古之人先讀書而後作詩，後之人先立門戶而後作詩。唐宋分界之說，宋、元無有，明初亦無有，成、弘後始有之⑦。其時議禮講學皆立門戶，以為名高。七子狃于此習，遂皮傅盛唐，搤腕自矜⑧，殊為寡識。然而牧齋之排之⑨，則又已甚。何也？七子未嘗無佳詩，即公安、竟陵亦然⑩。使掩姓氏，偶舉其詞，未必牧齋不嘉與。又或使七子湮沉無名，則牧齋必搜訪而存之無疑也。惟其有意於摩壘奪幟，乃不暇平心公論，此亦門戶之見，先生不喜樊榭詩，而選則存之，所見過牧齋遠矣。

至所云詩貴溫柔，不可說盡，又必關係人倫日用。此數語有褒衣大袑氣象⑪，僕口不敢非先生，而心不敢是先生。何也？孔子之言，戴經不足據也⑫，惟《論語》為足據。子曰"可以興，可以群"，此指含蓄者言之，如《柏舟》《中谷》是也⑬。曰"可以觀，可以怨"，此指說盡者言之，如"豔妻煽方處""投畀豺虎"之類是也⑭。曰"邇之事父，遠之事君"，此詩之有關係者也。曰"多識於鳥獸草木之名"，此詩之無關係者也。僕讀詩常折衷於孔子，故持論不得不小異于先生，計必不以為僭。

——選自乾隆刻本《小倉山房文集》

注释

①"先生誚浙詩"三句：先生，指沈德潛（1673—1769 年），晚年官至內閣學士兼禮部侍郎，故袁枚的答信題目以"大宗伯"相稱。樊榭，厲鶚（1692—1752 年），清中期浙詩派的代表人物。厲階，禍端。　②數典：歷舉典故。沈德潛《清詩別裁集》稱厲鶚"學問淹洽，尤熟精兩宋典實"。　③葛天氏之歌：見《文心雕龍·明詩》註釋。　④今之樂猶古之樂：語出《孟子·梁惠王下》"今之樂猶古之樂也"。　⑤皮、陸：指晚唐文人皮日休、陸龜蒙。　⑥燕噲：《史記·燕昭公世家》載燕王噲，學堯讓許由，屬國于燕相子之，三年，國大亂。　⑦成、弘：成化，明憲宗年號，公元 1465—1487 年。弘治：明孝宗年號，公元 1488—1505 年。　⑧搤腕：搤同"扼"，表示情緒亢奮。　⑨牧齋：錢

謙益(1583—1664年),字受之,號牧齋,常熟人。明萬曆三十八進士,官至禮部尚書,後降清。　⑩公安、竟陵:指明代公安派、竟陵派。　⑪褒衣大袑(shào):褒衣,寬大之衣。大袑,大褲襠。袑,褲子的上半部,俗稱褲襠。　⑫戴經:西漢戴聖刪戴德《大戴禮》四十六篇為《小戴禮》,即《禮記》。"溫柔敦厚,詩教也"出自《禮記·經解》篇,故袁枚稱"戴經不足據"。　⑬《柏舟》:《詩經·邶風》中的一篇。《中谷》:即《中谷有蓷》,《詩經·王風》中的一篇。　⑭豔妻煽方處:《詩經·小雅·十月之交》中的詩句。豔妻指周幽王后褒姒。煽,熾盛。此句意謂,婆妾得寵勢盛,居於要位。投畀豺虎:《詩經·小雅·巷伯》中的詩句,謂將欲進讒的人,丟去餵食豺虎。

延伸思考

1.清代宗唐宗宋之争的背景和实质是什么?
2.袁枚论诗较为圆融,但和他的创作实践存在较大差距,请试作分析。

复鲁絜非书

●姚　鼐

姚鼐(1732—1815年),字姬传,一字梦谷,世称惜抱先生,安徽桐城人。乾隆二十八年(1763年)进士,选庶吉士,改礼部主事,任山东、湖南乡试考官,后任《四库全书》纂修官。辞官后,在钟山、紫阳等书院讲学长达四十余年。姚鼐著述丰富,有《惜抱轩文集》二十卷、《惜抱轩诗集》二十卷,编选《古文辞类纂》四十八卷,还存有杂著多种。《清史稿》卷四百八十五有传。

阴阳和刚柔本是中国古代哲学的一对范畴,是对自然宇宙中相反相成的两个方面的抽象概括。《易·说卦传》:"分阴分阳,迭用柔刚。"刘勰《文心雕龙》已用阴阳刚柔论文,皎然《诗式》又以此对诗歌风格进行细致的分析。古人论文,大凡将雄浑、劲健、豪放、壮伟等归为阳刚一类,将修洁、淡雅、高远、婉丽归为阴柔一类,这类似于美学上所谓的壮美和柔美之分。

姚鼐在理论上继承既往大家的成就,在此基础上对古文风格的成因和表现有比较准确和精彩的表述,理论贡献较大。姚鼐认为,阴柔、阳刚之分不能绝对化,阳刚中有阴柔,阴柔中有阳刚,两者可以相济为用。姚鼐更称赏阳刚之美,所谓"文之雄伟而劲直者,必遗于温深而徐婉,温深徐婉之才不易得也。然其尤难得者,必在乎天下之雄才也"(《海愚诗钞序》)。但姚鼐本人的创作风格更近阴柔一类。

桐城姚鼐頓首，絜非先生足下①。相知恨少，晚遇先生。接其人知為君子矣，讀其文非君子不能也。往與程魚門、周書昌嘗論古今才士②，惟為古文者最少，苟為之，必傑士也，況為之專且善如先生乎！辱書引義謙而見推過當，非所敢任。鼐自幼迄衰，獲侍賢人長者為師友，剟取見聞，加臆度為說，非真知文能為文也，奚辱命之哉？蓋虛懷樂取者，君子之心；而誦所得以正於君子，亦鄙陋之志也。

鼐聞天地之道，陰陽剛柔而已。文者，天地之精英，而陰陽剛柔之發也。惟聖人之言，統二氣之會而弗偏，然而《易》、《詩》、《書》、《論語》所載，亦間有可以剛柔分矣。值其時其人，告語之體各有宜也③。自諸子而降，其為文無弗有偏者。其得於陽與剛之美者，則其文如霆，如電，如長風之出谷，如崇山峻崖，如決大川，如奔騏驥；其光也，如杲日④，如火，如金鏐鐵⑤，其於人也，如馮高視遠⑥，如君而朝萬眾，如鼓萬勇士而戰之。其得於陰與柔之美者，則其文如升初日，如清風，如雲，如霞，如煙，如幽林曲澗，如淪，如漾，如珠玉之輝，如鴻鵠之鳴而入寥廓；其於人也，漻乎其如歎，邈乎其如有思，暖乎其如喜，愀乎其如悲。觀其文，諷其音，則為文者之性情形狀舉以殊焉。且夫陰陽剛柔，其本二端，造物者糅而氣有多寡進紺，則品次億萬，以至於不可窮，萬物生焉。故曰：一陰一陽之為道。夫文之多變，亦若是已。糅而偏勝可也，偏勝之極，一有一絕無，與夫剛不足為剛，柔不足為柔者，皆不可以言文。今夫野人孺子聞樂，以為聲歌絃管之會爾；苟善樂者聞之，則五音十二律⑦，必有一當接於耳而分矣。夫論文者，豈異於是乎？宋朝歐陽、曾公之文⑧，其才皆偏於柔之美者也。歐公能取異己者之長而時濟之，曾公能避所短而不犯。觀先生之文，殆近於二公焉。抑人之學文，其功力所能至者，陳理義必明當，佈置取捨繁簡廉肉不失法⑨，吐辭雅馴，不蕪而已。古今至此者，蓋不數數得，然尚非文之至；文之至者，通乎神明，人力不及施也。先生以為然乎？

惠寄之文，刻本固當見與⑩，抄本謹封還。然抄本不能勝刻者。諸體中書、疏、贈序為上，記事之文次之，論辨又次之。鼐亦竊識數語於其間，未必當也。《梅崖集》果有逾人處⑪，恨不識其人。郎君令甥⑫，皆美才未易量，聽所好恣為之，勿拘其途可也。於所寄文，輒妄評說，勿罪勿罪。秋暑惟體中安否？千萬自愛。七月朔日⑬。

——選自嘉慶本《惜抱軒文集》卷六

注释

①絜非:魯九皋(1732—1794年),原名仕驥,字絜非,號山木,新城(今江西黎川)人。乾隆三十六年(1771年)進士,官山西夏縣知縣。始學于朱仕琇,後又從姚鼐學古文。有《山木集》四卷。《清史稿》卷四八五有傳。 ②程魚門:程晉芳,初名鋌鑅,字魚門,號蕺園,歙縣(今屬安徽)人,徙江都(今江蘇揚州)。乾隆十七年(1752年)進士,任翰林院編修。學經義于程廷祚,學古文于劉大櫆,又與袁枚等人唱和。《清史稿》卷四八五有傳。周書昌:周永年(1730—1791年),字書昌,歷城(今屬山東濟南)人。乾隆三十六年(1771年)進士,官編修。家富藏書,學識淹博,但不著述。 ③告語之體:說話和表達的方式。 ④杲日:語出《詩經·衛風·伯兮》:"杲杲出日。"杲,明亮的太陽。 ⑤鏐(liú)鐵:純美的黃金。《爾雅·釋器》郭璞注"鏐即紫磨金"。⑥馮:同"憑"。 ⑦五音:指宮、商、角、徵、羽五個音階。十二律:指黃鐘、大呂、太簇、夾鐘、姑洗、仲呂、蕤賓、林鐘、夷則、南呂、無射、應鐘等十二調。 ⑧歐陽、曾公:指歐陽修和曾鞏。 ⑨廉肉:古代音樂術語,指樂聲的高亢激越與婉轉圓潤。《禮記·樂記》:"使其曲直、繁瘠、廉肉、節奏足以感動人之善心而已矣。"孔穎達疏:"廉謂廉棱,肉謂肥滿。"此指文章的瘦勁和豐腴。 ⑩見與:同"見惠",感謝別人贈送的謙詞。⑪《梅崖集》:朱仕琇撰。朱仕琇(1715—1780年),字斐瞻,號梅厓,一作梅崖,建寧(今屬福建)人。乾隆十三年(1748年)進士,選庶吉士,出知夏津縣,改福甯府教授,歸主鼇峰書院。長於古文。有《梅崖居士集》三十卷,外集八卷。《清史稿》卷四八五有傳。 ⑫令甥:指魯絜非之甥陳用光(1768—1835年),字碩士,新城(今屬江西)人。嘉慶六年(1801年)進士,官至禮部侍郎。為姚鼐門生。著有《太乙舟文集》八卷。《清史稿》卷四八五有傳。 ⑬朔日:陰曆每月初一為朔日。

延伸思考

1.姚鼐文论在桐城派中的地位和影响如何?

2.姚鼐用阳刚和阴柔区分散文风格有何积极意义和不足之处?

艺 概

◉刘熙载

《艺概》是清代学者刘熙载的杂著。刘熙载（1813—1881 年），字伯简，号融斋，晚号寤崖子。江苏兴化人，道光二十四年（1844 年）进士。曾官至广东提学使，主讲上海龙门书院。于经学、音韵学、算学有较深入的研究，旁及文艺。著有《古桐书屋六种》《古桐书屋续刻三种》。

《艺概》含《文概》《诗概》《赋概》《词曲概》《书概》《经义概》六卷，分别论述文、诗、赋、词、书法及八股文等艺术与文类的历史流变、体制特征、方法技巧，并点评重要作家作品。

首先，强调艺术创作的独创性及作家的个性特征，反对因袭模拟，如《文概》云："周秦诸子文，虽纯驳不同，皆有个自家在内。后世为文者，于彼于此，左顾右盼，以求当众人之意，亦宜诸子所深耻欤！"

其次，强调作家个人修养与作品的联系，如《诗概》说："诗品出于人品。人品惼款朴忠者最上，超然高举、诛茅力耕者次之，送往劳来、从俗富贵者无讥焉。"《书概》说："书，如也。如其学，如其才，如其志，总之曰，如其人而已矣。"作家见识的重要性，《文概》说："文以识为主，认题立意，非识之高卓精审，无以中要。才、学、识三者，识为尤重，岂独作史然耶！"前人虽已有涉及，但《艺概》将诗、词、文、书法等联系起来看，显示出他独特的艺术鉴赏力。

再次，论艺术创作各种问题，时有精辟见解，如关于议论文："明理之文，大要有二，曰：阐前人所已发，扩前人所未发。"论诗的语言修辞："常语易，奇语难，此诗之初关也；奇语易，常语难，此诗之重关也。香山用常得奇，此境良非易到。"

《艺概》评论历代作家作品，三言两语，极中肯綮。如评孟子文："孟子之文，至简至易，如舟师执柁，中流自在，而推移费力者不觉自屈。龟山杨氏论孟子千变万化，只说从心上来，可谓探本之言。"评陶渊明诗："陶诗'吾亦爱吾庐'，我亦具物之情也；'良苗亦怀新'，物亦具我之情也。"评唐宋诗："唐诗以情韵气格胜。宋苏、黄皆以意胜，唯彼胸襟与手法俱高，故不以精能伤浑雅焉。"均可见作者的艺术修养和真知灼见。全书渗透着艺术辩证法，发微抉隐，不枝不蔓，议论简当精切，一语中的。

藝者,道之形也。學者兼通六藝,尚矣。次則文章名類,各舉一端,莫不為藝,即莫不當根極於道。顧或謂藝之條緒綦繁,言藝者非至詳不足以備道。雖然,欲極其詳,詳有極乎!若舉此以概乎彼,舉少以概乎多,亦何必殫竭無餘,始足以明指要乎!是故余平昔言藝,好言其概,今復於存者輯之,以名其名也。莊子取"概乎皆嘗有聞",太史公歎"文辭不少概見",聞、見皆以"概"為言,非限於一曲也。蓋得其大意,則小缺為無傷,且觸類引伸,安知顯缺者非即隱備者哉!抑聞之《大戴記》曰:"通道必簡。""概"之云者,知為"簡"而已矣。至果為通道與否,則存乎人之所見。余初不敢意必於其間焉。

同治癸酉仲春,興化劉熙載融齋自敍

卷一　文概

《六經》,文之範圍也。聖人之旨,於經觀其大備,其深博無涯涘,乃《文心雕龍》所謂"百家騰躍,終入環內"者也①。

有道理之家,有義理之家,有事理之家,有情理之家;"四家"說見劉劭《人物志》。文之本領,祇此四者盡之,然孰非經所統攝者乎?

九流皆托始於《六經》,觀《漢書‧藝文志》可知其概。左氏之時,有《六經》未有各家,然其書中所取義,已不能有純無雜。揚子雲謂之"品藻"②,其意微矣。

《春秋》"文見於此,起義在彼"。左氏窺此秘,故其文虛實互藏,兩在不測③。

"微而顯"、"志而晦"、"婉而成章"、"盡而不汙"、"懲惡而勸善"④。左氏釋經有此五體。其實左氏敍事,亦處處皆本此意。

《左氏》敍事,紛者整之,孤者輔之,板者活之,直者婉之,俗者雅之,枯者腴之。剪裁運化之方,斯為大備。

劉知幾《史通》謂《左傳》"其言簡而要,其事詳而博"。余謂百世史家,類不出乎此法⑤。《後漢書》稱荀悅《漢紀》"辭約事詳",《新唐書》以"文省事增"為尚,其知之矣。

"煩而不整"、"俗而不典"、"書不實錄"、"賞罰不中"、"文不勝質",史家謂之五難⑥。評《左氏》者借是說以反觀之,亦可知其眾美兼擅矣。

杜元凱序《左傳》曰："其文緩。"呂東萊謂："文章從容委曲而意獨至，惟《左氏》所載當時君臣之言為然。蓋緣聖人余澤未遠，涵養自別，故其辭氣不迫如此。"此可為元凱下一注腳。蓋"緩"乃無矜無躁，不是弛而不嚴也⑦。

文得元氣便厚。《左氏》雖說衰世事，卻尚有許多元氣在。

學《左氏》者，當先意法，而後氣象。氣象所長在雍容爾雅，然亦有因當時文勝之習而騎重以肖之者。後人必沾沾求似，恐失之嘽緩侈靡矣⑧。

蕭穎士《與韋述書》云："於《穀梁》師其簡，於《公羊》得其覈⑨。"二語意皆明白。惟言"於《左氏》取其文"，"文"字要善認，當知孤質非文，浮豔亦非文也。

《左氏》敘戰之將勝者，必先"有戒懼之意"。如韓原秦穆之言、城濮晉文之言、邲楚莊之言皆是也。不勝者反此。觀指睹歸⑩，故文貴於所以然處著筆。

《左傳》善用密，《國策》善用疏。《國策》之章法、筆法，奇矣，若論字句之精嚴，則左公允推獨步⑪。

《左氏》與史遷同一多愛⑫，故於《六經》之旨均不無出入。若論不動聲色，則左于馬加一等矣。

"馳騁田獵，令人心發狂。"以左氏之才之學，而文必"範我馳驅"⑬，其識慮遠矣。

《國語》，《周》、《魯》多掌故，《齊》多制，《晉》、《越》多謀。其文有甚厚、甚精處，亦有剪裁疏漏處，讀者宜別而取之。

柳柳州嘗作《非國語》，然自序其書，稱《國語》文"深閎傑異"，其《與韋中立書》，謂"參之《國語》，以博其趣"。則《國語》之懿⑭，亦可見矣。

《公》、《穀》二傳，解義皆推見至隱，非好學深思不能有是。至傳聞有異，疑信並存，正其不敢過而廢之之意⑮。

《公》、《穀》兩家善讀《春秋》本經：輕讀、重讀、緩讀、急讀，讀不同而義以別矣。《莊子·逸篇》："仲尼讀《春秋》，老聃踞竈觚而聽⑯。"雖屬寓言，亦可為《春秋》尚讀之證。

《左氏》尚禮，故文；《公羊》尚智，故通；《穀梁》尚義，故正。

《公羊》堂廡較大⑰，《穀梁》指歸較正，《左氏》堂廡更大於《公羊》，而指歸往往不及《穀梁》。

《檀弓》語少意密，顯言直言所難盡者，但以句中之眼、文外之致含藏之，已使人自得其實，是何神境？

《左氏》森嚴，文瞻而義明，人之盡也。《檀弓》渾化，語疏而情密，天之全也[18]。

文之自然無若《檀弓》，刻畫無若《考工》、《公》、《穀》。

《檀弓》誠愨順至，《考工》樸屬微至[19]。

《問喪》一篇，纏綿悽愴，與《三年問》皆為《戴記》中之至文。《三年問》大要出於《荀子》。知《問喪》之傳亦必古矣。

《家語》非劉向校定之遺，亦非王肅、孔猛所能托。大抵儒家會集記載而成書，是以有純有駁，在讀者自辨之耳。

《家語》好處，可即以《家語》中一言評之，曰："篤雅有節[20]。"

《家語》之文，純者可几《檀弓》，雜者甚或不及《孔叢子》。

《國策》疵弊，曾子固《戰國策目錄序》盡之矣。抑蘇老泉《諫論》曰："蘇秦、張儀，吾取其術，不取其心。"蓋嘗推此意以觀之，如魯仲連之不帝秦，正矣。然自稱為人排患、釋難、解紛亂，其非無術可知。然則讀書者亦顧所用何如耳，使用之不善，亦何讀而可哉！

戰國說士之言，其用意類能先立地步，故得如善攻者使人不能守，善守者使人不能攻也。不然，專於措辭求奇，雖復可驚可喜，不免脆而易敗[21]。

文之快者每不沈，沈者每不快[22]。《國策》乃沈而快。文之雋者每不雄，雄者每不雋，《國策》乃雄而雋。

《國策》明快無如虞卿之折樓緩，慷慨無如荊卿之辭燕丹。

《國策》文有兩種：一堅明約束，賈生得之；一沈郁頓挫，司馬子長得之。

杜詩《義鶻行》云："斗上捩孤影。"一"斗"字，形容鶻之奇變極矣。文家用筆得"斗"字訣，便能一落千丈，一飛沖天。《國策》其尤易見者。

韓子曰："孟氏醇乎醇。"程子曰："孟子儘雄辯。"韓對荀、揚言之，程對孔、顏言之也。

《孟子》之文，至簡至易，如舟師執柁，中流自在，而推移費力者不覺自屈。龜山楊氏論《孟子》千變萬化，只說從心上來，可謂探本之言。

《孟子》之文，百變而不離其宗，然此亦諸子所同。其度越諸子處[23]，乃在析義至精,不惟用法至密也。

集義養氣,是孟子本領。不從事於此,而學《孟子》之文,得無象之然乎[24]?

荀子明"六藝"之歸,其學分之足了數大儒[25]。其尊孔子,黜異端,貴王賤霸,猶孟子志也。讀者不能擇取之,而必過疵之,亦惑矣。

孟子之時,孔道已將不著,況荀子時乎!荀子矯世之枉,雖立言之意時或過激,然非自知明而通道篤者不能。

《易傳》言"智崇禮卑"[26]。荀卿立言不能皆粹,然大要在禮智之間。

屈子《離騷》之旨,只"百爾所思,不如我所之"二語,足以括之[27]。"百爾",如女嬃、靈氛、巫咸皆是。

太史公《屈原傳》贊曰:"悲其志。"又曰:"未嘗不垂涕想見其為人。""志"也,"為人"也,論屈子辭者,其斯為觀其深哉!

《孟子》曰:"《小弁》之怨,親親也。親親,仁也。"夫忠臣之事君,孝子之事親,一也。屈子《離騷》若經孟子論定,必深有取焉。

"文麗用寡",揚雄以之稱相如,然不可以之稱屈原。蓋屈之辭,能使讀者興起盡忠疾邪之意,便是用不寡也。

國手置棋,觀者迷離,置者明白。《離騷》之文似之。不善讀者,疑為于此於彼,恍惚無定,不知只由自己眼低。

蘇老泉謂"詩人優柔,騷人清深",其實清深中正復有優柔意。

古人意在筆先,故得舉止閒暇;後人意在筆後,故至手腳忙亂。杜元凱稱《左氏》"其文緩",曹子桓稱屈原"優遊緩節","緩",豈易及者乎!

《莊子》文看似胡說亂說,骨裏卻儘有分數。彼固自謂倡狂妄行而蹈乎大方也,學者何不從蹈大方處求之?

《莊子》寓真於誕,寓實于玄,於此見寓言之妙。

《莊子》文法斷續之妙,如《逍遙遊》忽說鵬、忽說蜩與鷽鳩、斥鷃,是為斷;下乃接之曰"此大小之辨也",則上文之斷處皆續矣,而下文宋榮子、許由、接輿、惠子諸斷處,亦無不續矣。

文有合兩篇為關鍵者。《莊子·逍遙遊》"小知不及大知,小年不及大年",讀者初不覺意注何處,直至《齊物論》"天下莫大於秋毫之末"四句,始見前語正預為此處翻轉地耳。

文之神妙，莫過於能飛。《莊子》之言鵬曰"怒而飛"，今觀其文，無端而來，無端而去，殆得"飛"之機者㉘。烏知非鵬之學為周耶?

《莊子·齊物論》"大塊噫氣，其名為風"一段，體物入微。與之神似者，《考工記》後柳州文中亦間有之。

意出塵外，怪生筆端。莊子之文，可以是評之。其根極則《天下篇》已自道矣，曰："充實不可以已。"㉙

老年之文多平淡。《莊子》書中有莊子將死一段，其為晚年之作無疑，然其文一何諔詭之甚㉚。

《莊子》是跳過法，《離騷》是回抱法，《國策》是獨辟法，《左傳》、《史記》是兩寄法。

有路可走，卒歸於無路可走，如屈子所謂登高吾不說，入下吾不能是也；無路可走，卒歸於有路可走，如《莊子》所謂"今子有五石之瓠，何不慮以為大樽而浮於江湖"，"今子有大樹，何不樹之於無何有之鄉、廣莫之野"是也。而二子之書之全旨，亦可以此概之。

柳子厚《辯列子》云："其文辭類《莊子》，而尤為質厚，少為作，好文者可廢耶?"案：《列子》實為《莊子》所宗本，其辭之諔詭，時或甚於《莊子》，惟其氣不似《莊子》放縱耳。

文章蹊徑好尚，自《莊》《列》出而一變，佛書入中國又一變，《世說新語》成書又一變。此諸書，人鮮不讀，讀鮮不嗜，往往與之俱化。惟涉而不溺，役之而不為所役，是在卓爾之大雅矣㉛。

文家於《莊》《列》外，喜稱《楞嚴》《淨名》二經，識者知二經乃似《關尹子》，而不近《莊》《列》。蓋二經筆法有前無卻，《莊》《列》俱有曲致，而莊尤縹緲奇變，乃如風行水上，自然成文也。

《韓非》鋒穎太銳。《莊子·天下》篇稱老子道術所戒曰："銳則挫矣。"惜乎! 非能作《解老》、《喻老》而不鑒之也。至其書大端之得失，太史公業已言之。

《管子》用法術而本源未為失正，如"上服度則六親多固，四維張則君令行"㉜。此等語豈申、韓所能道!

周、秦間諸子之文，雖純駁不同，皆有個自家在內。後世為文者，於彼於此，左顧右盼，以求當眾人之意㉝，宜亦諸子所深恥與!

敍事之學,須貫《六經》、九流之旨;敍事之筆,須備五行、四時之氣。"維其有之,是以似之",弗可易矣。

大書特書,牽連得書,敍事本此二法,便可推擴不窮。

敍事有寓理,有寓情,有寓氣,有寓識,無寓則如偶人矣。

敍事有主意,如傳之有經也。主意定,則先此者為先經,後此者為後經,依此者為依經,錯此者為錯經。

敍事有特敍,有類敍,有正敍,有帶敍,有實敍,有借敍,有詳敍,有約敍,有順敍,有倒敍,有連敍,有截敍,有預敍,有補敍,有跨敍,有插敍,有原敍,有推敍,種種不同。惟能線索在手,則錯綜變化,惟吾所施。

敍事要有尺寸,有斤兩,有剪裁,有位置,有精神。

論事調諧,敍事調澀,左氏每成片引人言,是以論入敍,故覺諧多澀少也。

史莫要於表微,無論紀事纂言,其中皆須有表微意在。

——選自袁津琥注《藝概注稿》

注释

①語見劉勰《文心雕龍·宗經》。意思是說後世各種文體的產生,歸根結底還是落入《六經》的範圍。 ②語見西漢揚雄《法言·重黎》。意思是"品第善惡,藻餙其事"。 ③兩在不測:是說左氏的文章(虛實)兩種都存在,令人難以窺測。 ④意思是說《左傳》在解釋《春秋》一書時,注意使它隱微的地方變得顯露,明白的地方含蓄;需要婉飾的地方又能語句順暢,需要描寫詳盡的地方又不能汙曲;既能懲戒罪惡又能鼓勵良善。 ⑤類:皆。 ⑥史書的寫作困難表現在五個方面:材料煩雜而不整齊,語句鄙俗而不典雅,敍述不能做到根據事實加以記錄,獎賞和懲罰不能做到不偏不倚,文章的形式和内容不能相匹配。 ⑦弛而不嚴:意思是說文章結構鬆弛而不嚴密。 ⑧嘽緩:連綿詞,指柔和舒緩。侈靡:連綿詞本是大的意思,這裏用來形容空架子。 ⑨覈通核。 ⑩觀指睹歸:觀其旨趣歸依。 ⑪獨步:獨自漫步,以喻無人能並,獨一無二。 ⑫多愛:宋司馬光《集注》:"《史記》敍事,但美其長,不貶其短,故曰多愛。" ⑬範我馳驅:這裏是說約束自己的才情,避免肆意發揮。 ⑭嫭:《說文》:"嫭久而美也。" ⑮過而廢之:意思是說因為存在錯誤就廢棄它。 ⑯觚:本是一種飲酒器,此指邊角、棱角。 ⑰堂廡:廡:堂廡:本指正常及四周的廊屋,這裏是指作品的意

境和規模。 ⑱天下之全也：猶言天然渾成。 ⑲誠愨顺至：愨顺(què qí)：意思是說真誠、樸質到極點了。樸屬微至：意思是說結合緊密到極點了。 ⑳篤雅有節：厚重典雅有禮節。 ㉑脆而易敗：指論證薄弱而難以成立。 ㉒沈：即沉，這裏指深沉。 ㉓度越：超越。 ㉔得無象之然乎：語見唐韓愈《送高閑上人序》，意思是說該不會僅得其皮相。 ㉕學分：學養、天分。了：瞭解、明瞭。此似指《荀子》卷三《非十二子》篇中對當時各家學派的總結和批評。 ㉖智崇禮卑：指智慧崇高而禮節謙卑。 ㉗"百爾所思，不如我所之"：是說你們思考的再多，都不如我親自前往。 ㉘機：玄機。 ㉙"充實不可以已"：是說充溢而沒有止境。 ㉚諔詭：諔(chù)詭：奇幻。 ㉛化：融化，置身其中。"涉而不溺，役之而不為所役"句：意思是說涉獵而不陷溺於其中、役使它而不被它所役使。卓爾之大雅：指超群出眾的大才。 ㉜房玄齡注："服，行也。上行禮度，則六親各得其所，故能感恩而結固之。" ㉝當：迎合。

延伸思考

1.刘熙载《艺概·文概》中所谓"文"的内涵与外延是什么？

2.刘熙载《艺概》所显示的"言其概"的论述思路与方法是什么？

白雨斋词话·自序

⊙陈廷焯

《白雨斋词话》是晚清著名词家陈廷焯的词话著作。陈廷焯(1853—1892年)，字亦峰，又字伯与，原名世琨。丹徒(今江苏省镇江市丹徒区)人，光绪十四年(1888年)举人。清光绪十七年(1891年)撰写《白雨斋词话》，手稿本原为十卷，后由其父陈铁峰审定删成八卷，光绪二十年(1894年)由其门人许正诗等刊行。

针对清词轻佻浮滑风尚，陈廷焯提出自己的创作宗旨，阐述自成体系的论词主张。唐圭璋称《白雨斋词话》"盖以所选之《词则》为基础，历评唐末温、韦至与他同时的庄、谭词作之优劣。上下千年，尽收笔底，力纠朱彝尊《词综》'备而不精'、张惠言《词选》'精而不备'之偏。以温厚为体，沉郁为用，广开词域，阐述详瞻，为世所称。惜天不永年，未获与朱(祖谋)、况(周颐)切磋，创制更多鸿著，以惠后学。"

本书基本上持常州派主张，但在某些具体论断上有自己的意见。其论词强调"感兴""寄托"，认为"寄托不厚，感人不深"(《自序》)，"托喻不深，树义不厚,不足以言兴"(《词话》卷六);突出阐发情意忠厚和风格沉郁,主张"诚能本诸忠厚,而出以沉郁,豪放亦可,婉约亦可"(卷一)。所谓"忠厚",即词"以温厚和平为本"(卷八);所谓"沉郁",即措语"以沉郁顿挫为正"(卷八),使之"意在笔先,神余言外"(卷一)。而比兴寄托、忠厚、沉郁三者是贯串为一的,"感慨时事,发为诗歌,便已力据上游。特不宜说破,只可用比兴体,即比兴中亦须含蓄不露,斯为沉郁,斯为忠厚"(卷二)。同时,强调"入门之始,先辨雅俗"(卷七),力避"俚俗"(卷六)。全书通过具体评论历代词人和词论,较详尽地阐述了上述基本观点。

倚聲之學①,千有余年,作者代出;顧能上溯風騷,與為表裏,自唐迄今,合者無幾。竊以聲音之道,關乎性情,通乎造化,小其文者不能達其義,竟其委者未獲泝其原。揆厥所由,其失有六:飄風驟雨,不可終朝,促管繁絃,絕無余蘊②,失之一也。美人香草,貌託靈修,蝶雨梨雲,指陳瑣屑③,失之二也。雕鏤物類,探討蟲魚,穿鑿愈工,風雅愈遠④,失之三也。慘慽懰悽,寂寥蕭索,感寓不當,慮歎徒勞⑤,失之四也。交際未深,謬稱契合,頌揚失實,遑恤譏評⑥,失之五也。情非蘇、竇,亦感迴文,慧拾孟、韓,轉相鬬韻⑦,失之六也。作者愈漓,議者益左。竹垞《詞綜》,可備覽觀,未嘗為探本之論;紅友《詞律》⑧,僅求諧適,不足語正始之原。下此則務取穠麗,矜言該博。大雅日非,繁聲競作,性情散失,莫可究極。夫人心不能無所感,有感不能無所寄;寄託不厚,感人不深;厚而不鬱,感其所感,不能感其所不感⑨。伊古詞章,不外比興。《谷風》陰雨,猶自期以同心⑩,攘詬忍尤,卒不改乎此度⑪,為一室之悲歌,下千年之血淚,所感者深且遠也。後人之感,感于文不若感于詩,感於詩不若感於詞,詩有韻,文無韻,詞可按節尋聲,詩不能盡被絃管。飛卿、端己,首發其端;周、秦、姜、史、張、王⑫,曲竟其緒。而要皆發源於風雅,推本於《騷》《辯》⑬,故其情長,其味永,其為言也哀以思,其感人也深以婉。嗣是六百余年,沿其波流,喪厥宗旨。張氏《詞選》,不得已為矯枉過正之舉,規模雖隘,門墻自高,循是以尋,墜緒未遠。而當世知之者鮮,好之者尤鮮矣。蕭齋岑寂⑭,撰《詞話》十卷,本諸風騷,正其情性,溫厚以為體,沈鬱以為用⑮,引以千端,衷諸壹是。非好與古人為難,獨成壹家言,亦有所大不得已於中,為斯詣綿延一線。暇日寄意之作,附錄一二,非敢抗美昔賢,存以自鏡而已。

光绪十七年除夕,丹徒陈廷焯。

——選自光緒刻本《白雨齋詞話》

注释

①倚聲:就是填詞。唱歌要依樂曲的聲調;填詞要依聲調的曲譜填入字句,所以叫做倚聲。　②飄風驟雨四句:是說作品的風格一味粗豪,而沒有餘意,指蘇軾、辛棄疾一派而言。《老子》:"故飄風不終朝,驟雨不終日。"　③美人香草四句:是說作品的風格婉轉曲折,不能表達明白的意思,指《花間》一派而言。屈原《離騷》用"美人香草"比君子,又用"靈修"一辭指君王。蝶雨梨雲:是說香味的詞句。　④雕鏤物類四句:是指"詠物"的詞,南宋末年和清代初年這類作品很多,作家宋代有姜夔、王沂孫,清代有朱彝尊、厲鶚等。　⑤慘憾憯悽四句:指頹廢悲哀一類作品。憯悽,感傷。同音慘。　⑥交際未深四句:指應酬諛頌一類作品。　⑦情非蘇、竇四句:指專求形式精巧而缺乏內容的作品。　⑧紅友《詞律》:清初萬樹,字紅友,著《詞律》二十卷。　⑨厚而不鬱三句:是說作品寄託感情原要深厚,但表達這深厚的感情,不應太顯露,太顯露則讀者只限于所感得到的而不能有言外餘意。　⑩《谷風》陰雨二句:《詩經·邶風·谷風》:"習習谷風,以陰以雨。黽勉同心,不宜有怒。"　⑪攘詬忍尤二句:《楚辭·離騷》:"忍尤而攘詬。"忍受他人的責罵。"攘"是"含"的意思,"詬"同"詬"。又《離騷》:"不撫壯而棄穢兮,何不改乎此度也。"　⑫周、秦、姜、史、張、王:周邦彥、姜夔、史達祖、張炎、王沂孫。　⑬《騷》《辯》:《離騷》《九辯》。　⑭蕭齋:梁蕭子雲嘗以飛白書蕭字於建業寺壁,寺毀壁存,後人取入南徐海榴堂中。唐李約載壁字歸洛陽,構大廈以覆之,稱為蕭齋。後以此作為對自己屋舍的謙稱,猶言敝寓、寒舍。　⑮溫厚以為體二句:說詞的創作,本意要溫厚,而表達要沈鬱,不可淺露。

延伸思考

1.陈廷焯所论的"词之六失"是什么?

2.陈廷焯论词所凸显词本体是什么?

论小说与群治之关系

● 梁启超

　　《论小说与群治之关系》是近代维新派代表人物、思想家、学者梁启超的著名论著。梁启超（1873—1929 年），字卓如，一字任甫，号任公，又号饮冰室主人、饮冰子、哀时客、中国之新民、自由斋主人。广东新会人，清光绪举人，和其师康有为一起，倡导变法维新，并称"康梁"。曾倡导文体改良的"诗界革命"和"小说界革命"等。其著作合编为《饮冰室合集》。

　　梁启超等在日本横滨附设于《新民丛报》创办《新小说》，成为当时影响最大的文学刊物。在 1902 年《新小说》创刊号上，梁启超发表《论小说与群治之关系》一文，阐述了小说必须改革的主张，致力于推动小说成为改良社会的有力工具。

　　正如本文标题所言，文章讨论的是小说与民众以及社会治理的关系。本文提出的主要观点是：第一，小说具有巨大作用，关乎国家的一切，最重要的是关乎国民的改造，即新人的问题；第二，小说具有导人于虚幻之境和感动人的力量，这是小说作为文学最上乘的原因；第三，小说具有"熏浸刺提"四种特殊的力量；第四，提倡新小说，革除旧小说。为了宣传，梁启超过分高估了小说的地位和作用。

　　欲新一國之民，不可不先新一國之小說。故欲新道德，必新小說；欲新宗教，必新小說；欲新政治，必新小說；欲新風俗，必新小說；欲新學藝，必新小說；乃至欲新人心，欲新人格，必新小說。何以故？小說有不可思議之力支配人道故。

　　吾今且發一問：人類之普通性，何以嗜他書不如其嗜小說？答者必曰：以其淺而易解故，以其樂而多趣故。是固然。雖然，未足以盡其情也。文之淺而易解者，不必小說；尋常婦孺之函劄，官樣之文牘，亦非有艱深難讀者存也，顧誰則嗜之？不寧惟是。彼高才贍學之士，能讀《墳》《典》《索》《邱》①，能注蟲魚草木，彼其視淵古之文與平易之文，應無所擇，而何以獨嗜小說？是第一說有所未盡也。小說之以賞心樂事為目的者固多②，然此等顧不甚為世所重，其最受歡迎者，則必其可驚可愕可悲可感，讀之而生出無量噩夢,抹出無量眼淚者也。夫使以欲樂故而嗜此也,而何為偏取此反比例之物而自苦也? 是第二說有所未盡也。吾冥思之,窮鞫之③,殆有兩因:凡人之性,常非能以現境界而自滿足者也。而此蠢蠢軀殼,其所能觸能受之境界,又頑狹短局而至有限也。故常欲於其直接以觸以受之外,而間接有所觸有所受,所謂身外之身、世界外之世界也。此等識想,不獨利根眾生有之,即鈍根眾生亦有焉。而導其根器④,使日趨於鈍,日趨於利者,其力量無大於小說。小說者,常導人游於他境界,而變換其常觸常受之空氣者也。此其一。人之恒情,於其所懷抱之想像,所經閱之境界,往往有行之不知,習矣不察者。無論為哀為樂,為怨為怒,為戀為駭,為憂為慚,常若知其然而不知其所以然。欲摹寫其情狀,而心不能自喻,口不能自宣,筆不能自傳。有人焉,和盤托出,徹底而發靈之,則拍案叫絕曰:"善哉善哉! 如是如是!"所謂"夫子言之,於我心有戚戚焉"⑤,感人之深,莫此為甚。此其二。此二者,實文章之真諦,筆舌之能事。苟能批此窾、導此竅⑥,則無論為何等之文,皆足以移人。而諸文之中能極其妙而神其技者,莫小說若。故曰:小說為文學之最上乘也! 由前之說,則理想派小說尚焉;由後之說,則寫實派小說尚焉。小說種目雖多,未有能出此兩派範圍外者也。

抑小說之支配人道也,復有四種力:一曰熏。熏也者,如入雲煙中而為其所烘,如近墨朱處而為其所染,《楞伽經》所謂"迷智為識,轉識成智"者,皆恃此力。人之讀一小說也,不知不覺之間,而眼識為之迷漾,而腦筋為之搖颺,而神經為之營注;今日變一二焉,明日變一二焉,剎那剎那,相斷相續,久之而此小說之境界,遂入其靈臺而據之⑦,成為一特別之原質之種子⑧。有此種子故,他日又更有所觸所受者,旦旦而熏之,種子愈盛,而又以之熏他人,故此種子遂可以徧世界。一切器世間、有情世間之所以成所以住⑨,皆此為因緣也。而小說則巍巍焉具此威德以操縱眾生者也。二曰浸。熏以空間言,故其力之大小,存其界之廣狹;浸以時間言,故其力之大小,存其界之長短。浸也者,入而與之俱化者也。人之讀一小說也,往往既終卷後,數日或數旬而終不能释然。讀《紅樓》竟者,必有餘戀,有餘悲;讀《水滸》竟者,必有餘快,有餘怒。何也? 浸之力使然也。等是佳作也,而其卷帙愈繁、事實愈多者,則其浸人也亦愈甚;如酒焉,作十日飲,則作百日醉。我佛從菩提樹下起⑩,便說偌大一部《華嚴》⑪,正以此也。三曰刺。刺也者,刺激之義也。熏浸之力利用漸[12],刺之力利用頓[13]。熏浸之力,在使感受者不覺;刺之力,在使感受者驟覺。刺也者,能入于一刹那頃,忽起異感而不能自制者也。我本藹然和也,乃讀林沖雪天三限,武松飛雲浦一厄,何以忽然髮指? 我本愉然樂也,乃讀晴雯出大觀園、黛玉死瀟湘館,何以忽然淚流? 我本蕭然莊也,乃讀實甫之《琴心》、《酬簡》,東塘之《眠香》、《訪翠》,何以忽然情動? 若是者,皆所謂刺激也。大抵腦筋愈敏之人,則其受刺激力也愈速且劇。而要之必以其書所含刺激力之大小為比例。禪宗之一棒一喝[14],皆利用此刺激力以度人者也。此力之為用也,文字不如語言。然語言力所被,不能廣不能久也,於是不得不乞靈於文字。在文字中,則文言不如其俗語,莊論不如其寓言,故具此力最大者,非小說末由。四曰提。前三者之力,自外而灌之使入;提之力,自內而脫之使出,實佛法之最上乘也。凡讀小說者,必常若自化其身焉,入於書中,而為其書之主人翁。讀《野叟曝言》者[15],必自擬文素臣。讀《石頭記》者,必自擬賈寶玉。讀《花月痕》者[16],必自擬韓荷生若韋癡珠。讀"梁山泊"者,必自擬黑旋風若花和尚。雖讀者自辯其無是心焉,吾不信也。夫既化其身以入書中矣,則當其讀此書時,此身已非我有,截然去此界以入於彼界,所謂華嚴樓閣,帝網重重[17],一毛孔中,萬億蓮花[18],一彈指頃[19],百千浩劫,文字移人,至此而極。然則吾書中主人翁而華盛頓,則讀者將化身為華盛頓,主人翁而拿破崙,則讀者將化身為拿破崙,主人翁而釋迦、孔子,則讀者將化身為釋迦、孔子,有斷然也。度世之不二法門[20],豈有過此? 此四力者,可以盧牟一世[21],亭毒群倫[22],教主之所以能立教門,政治家所以能組織政黨,莫不賴是。文家能得其一,則為文豪,能兼其四,則為文聖。有此四力而用之於善,則可以福億兆人;有此四力而用之於惡,則可以毒萬千載。而此四力所最易寄者惟小說。可愛哉小說! 可畏哉小說!

小說之為體,其易入人也既如彼,其為用之易感人也又如此,故人類之普通性,嗜他文不如其嗜小說,此殆心理學自然之作用,非人力之所得而易也。此又天下萬國凡有血氣者莫不皆然,非直吾赤縣神州之民也。夫既已嗜之矣,且遍嗜之矣,則小說之在一羣也,既已如空氣如菽粟,欲避不得避,欲屏不得屏,而日日相與呼吸之餐嚼之矣。于此其空氣而苟含有穢質也,其菽粟而苟含有毒性也,則其人之食息於此間者,必憔悴,必萎病,必慘死,必墮落,此不待蓍龜而決也㉓。於此而不潔淨其空氣,不別擇其菽粟,則雖日餌以參苓㉔,日施以刀圭㉕,而此羣中人之老病死苦,終不可得救。知此義,則吾中國群治腐敗之總根原,可以識矣。吾中國人狀元宰相之思想何自來乎?小說也。吾中國人佳人才子之思想何自來乎?小說也。吾中國人江湖盜賊之思想何自來乎?小說也。吾中國人妖巫狐鬼之思想何自來乎?小說也。若是者,豈嘗有人焉提其耳而誨之,傳諸缽而授之也?而下自屠爨販卒、嫗娃童稚,上至大人先生、高才碩學,凡此諸思想,必居一於是,莫或使之,若或使之,蓋百數十種小說之力直接間接以毒人,如此其甚也。(原註:即有不好讀小說者,而此等小說,既已漸漬社會,成為風氣。其未出胎也,固已承此遺傳焉。其既入世也,又復受此感染焉。雖有賢智,亦不以自拔,故謂之間接。)今我國民惑堪輿㉖,惑相命,惑卜筮,惑祈禳,因風水而阻止鐵路,阻止開礦,爭墳墓而闔族械鬥,殺人如草,因迎神賽會,而歲耗百萬金錢,廢時生事,消耗國力者,曰惟小說之故。今我國民慕科第若膻㉗,趨爵祿若鶩,奴顏婢膝,寡廉鮮恥,惟思以十年螢雪,暮夜苞苴㉘,易其歸驕妻妾、武斷鄉曲一日之快,遂至名節大防,掃地以盡者,曰惟小說之故。今我國民輕棄信義,權謀詭詐,雲翻雨覆,苛刻涼薄,馴至盡人皆機心,舉國皆荊棘者,曰惟小說之故。今我國民輕薄無行,沈溺聲色,綣戀牀第,纏綿歌泣於春花秋月,銷磨其少壯活潑之氣;青年子弟,自十五歲至三十歲,惟以多情多感多愁多病為一大事業,兒女情多,風雲氣少,甚者為傷風敗俗之行,毒徧社會,曰惟小說之故。今我國民,綠林豪傑,遍地皆是,日日有桃園之拜,處處為梁山之盟,所謂"大碗酒,大塊肉,分秤稱金銀,論套穿衣服"等思想,充塞於下等社會之腦中,遂成為哥老、大刀等會㉙,卒至有如義和拳者起,淪陷京國,啟召外戎,曰惟小說之故。嗚呼!小說之陷溺人羣,乃至如是,乃至如是!大聖鴻哲數萬言諄誨之而不足者,華士坊賈一二書敗壞之而有餘。斯事既愈為大雅君子所不屑道,則愈不得不專歸於華士坊賈之手。而其性質其位置,又如空氣然,如菽粟然,為一社會中不可得避不可得屏之物,於是華士坊賈,遂至握一國之主權而操縱之矣。嗚呼!使長此而終古也,則吾國前途尚可問耶,尚可問耶!故今日欲改良羣治,必自小說界革命始;欲新民,必自新小說始。

——選自中华书局版《饮冰室全集》

注释

①《墳》《典》《索》《邱》：即《左傳》所云三墳、五典、八索、九邱。這裏泛指先秦古籍。　②賞心：心情歡暢。　③窮鞫：鞫，窮。窮鞫即窮究事理之意。　④根器：佛家語，指修道者的能力。　⑤戚戚：心情激動。　⑥批此竅、導此竅：批，擊；竅，空。這句的意思是打動人的心靈，啟發人的情性。　⑦靈臺：心。《莊子·庚桑楚》"不可內於靈台"。　⑧種子：佛家語阿來耶識，有生一切染淨諸法之功能，與草木之種子相似，故謂此種功能為種子。　⑨一切器世間句：佛家語，亦云器世界，謂一切眾生之居住世界。　⑩菩提樹：植物名，梵語華缽羅。　⑪《華嚴》：佛經語，詳稱《大方廣佛華嚴經》。　⑫漸：《摩訶止觀》："漸名次第，由淺及深。"　⑬頓：《大乘義章》："自有眾生藉淺階遠，佛為漸說；或有眾生一越解大，佛為頓說。"　⑭禪宗：佛教宗派名，以達摩入華為初祖，至神秀、慧能，禪分南北。　⑮《野叟曝言》：長篇小說，清代夏敬渠作。　⑯《花月痕》：長篇小說，題"眠鶴主人編次"，實為清代魏秀仁作。　⑰帝網重重：《大方廣佛嚴經》："蒲賽安如來所有境界，如天帝網，於中布列。"　⑱一毛孔中：《維摩詰所說經》："以四大海誰入一毛孔。"　⑲一彈指頃：《法苑珠林》："二十念為一瞬，二十瞬名一彈指。"　⑳度世：度，渡、出。度世，出世。　㉑盧牟：《淮南子·要略》："盧牟六合，混沌萬物。"　㉒亨毒：养育，化育。　㉓蓍龜：蓍(shī)，草名。蓍龜為古人用占卜之具。　㉔參苓：參，人參。苓，一種藥草。　㉕刀圭：量藥之具。　㉖堪輿：相地術，俗稱看風水。　㉗慕科第若膻：膻，羊臭。這句用羊臭比喻慕科第。　㉘暮夜苞苴：苞苴，賄賂。暮夜苞苴，這句即私下送賄之意。　㉙哥老：會堂名，起興於太平天國革命以前。

延伸思考

1.梁启超论小说的功能是什么？

2.梁启超所论"今日欲改良群治，必自小说界革命始；欲新民，必自新小说始"的学理逻辑是什么？

人间词话

●王国维

《人间词话》是近现代学术大师王国维的学术名著。王国维（1877—1927年），字伯隅，又字静安，号观堂，又号永观，又号人间，谥忠悫。浙江省嘉兴市海宁盐官镇人,清末秀才。其在文学、美学、史学、哲学、古文字学、考古学等各方面成就卓著,著有《人间词话》《曲录》《观堂集林》等。

《人间词话》的理论核心是"境界"说。一是关于"境界"的美学特征。王国维总结了古代诗学中有关意境的论述,认为"境界"具有"言外之味,弦外之响",一如宋代严羽所说的"兴趣"、清代王士禛所说的"神韵",皆体现出"言有尽而意无穷"的美学特色。二是指出"境界""意境"具有真实自然之美:"大家之作,其言情也必沁人心脾,其写景也必豁人耳目。其辞脱口而出,无矫揉妆束之态。以其所见者真,所知者深也。诗词皆然。持此以衡古今之作者,可无大误矣","能写真景物、真感情者,谓之有境界。否则谓之无境界"。不仅要求作品内容方面的情景之真,而且要求艺术表现方面自然传神,造语平淡,尽弃人为造作的痕迹。唯有如此,作品方能具有"不隔"的自然真切之美。"不隔"的思想吸纳了西方重视艺术直觉作用的美学思想的影响,同时更是与中国古代文艺美学思想,如钟嵘的"直寻"、司空图的"直致"、严羽的"妙悟"、王夫之的"现量"、王士禛的"神韵"等理论一脉相承。三是分境界为"有我之境"和"无我之境"。王国维说:"有我之境,以我观物,故物皆着我之色彩;无我之境,以我观物,故不知何者为我,何者为物。古人为词,写有我之境者多,然未始不能写无我之境,此在豪杰之士能自树立耳。"王国维引用西方美学思想中有关优美与壮美的区分,概括说明这两种境界的基本形态的美学特点:"无我之境,人惟于静中得之。有我之境,于由动之静时得之。故一优美,一宏壮也。"

总之,《人间词话》对以意境为中心的中国古典文艺美学思想进行了全面总结,同时又体现出西方美学思想渗透影响的明显痕迹,因而标志着中国古代文学理论进行现代转换的开端。

一

詞以境界為最上[①]。有境界則自成高格[②],自有名句。五代北宋之詞所以獨絕者在此。

二

有造境,有寫境[③],此理想與寫實二派之所由分。然二者頗難分別。因大詩人所造之境,必合乎自然,所寫之境,亦必鄰於理想故也。

三

有有我之境,有無我之境。"淚眼問花花不語,亂紅飛過秋千去"[④]。

"可堪孤館閉春寒,杜鵑聲裏斜陽暮"⑤,有我之境也。"采菊東籬下,悠然見南山"⑥。"寒波澹澹起,白鳥悠悠下"⑦。無我之境也。有我之境,以我觀物,故物皆著我之色彩。無我之境,以物觀物,故不知何者為我,何者為物。古人為詞,寫有我之境者為多,然未始不能寫無我之境,此在豪傑之士能自樹立耳。

四

無我之境,人惟於靜中得之。有我之境,於由動之靜時得之。故一優美,一宏壯也⑧。

五

自然中之物,互相關係,互相限制。然其寫之于文學及美術中也,必遺其關係、限制之處。故雖寫實家,亦理想家也。又雖如何虛構之境,其材料必求之于自然,而其構造,亦必從自然之法律。故雖理想家,亦寫實家也。

六

境非獨謂景物也。喜怒哀樂,亦人心中之一境界。故能寫真景物、真感情者,謂之有境界。否則謂之無境界。

七

"紅杏枝頭春意鬧"⑨。著一"鬧"字,而境界全出。"雲破月來花弄影"⑩。著一"弄"字,而境界全出矣。

八

境界有大小,不以是而分優劣。"細雨魚兒出,微風燕子斜"⑪。何遽不若"落日照大旗,馬鳴風蕭蕭"⑫。"寶簾閑掛小銀鉤"⑬,何遽不若"霧失樓臺,月迷津渡"也?

九

《嚴滄浪詩話》謂:"盛唐諸公,唯在興趣。羚羊掛角,無跡可求。故其妙處,透澈玲瓏,不可湊泊。如空中之音、相中之色、水中之影、鏡中之象,言有盡而意無窮。"余謂北宋以前之詞,亦復如是。然滄浪所謂興趣,阮亭所謂神韻⑭,猶不過道其面目;不若鄙人拈出"境界"二字為探其本也。

……

十六

詞人者,不失其赤子之心者也。故生於深宮之中,長於婦人之手,是後主為人君所短處,亦即為詞人所長處。

十七

客觀之詩人,不可不多閱世。閱世愈深,則材料愈豐富,愈變化,《水滸傳》《紅樓夢》之作者是也。主觀之詩人,不必多閱世。閱世愈淺,則性情愈真,李後主是也。

十八

尼采謂:"一切文學,余愛以血書者。"後主之詞,真所謂以血書者也。宋道君皇帝《燕山亭》詞亦略似之。然道君不過自道身世之戚,後主則儼有釋迦、基督擔荷人類罪惡之意,其大小固不同矣。

……

二十六

古今之成大事業、大學問者,必經過三種之境界:"昨夜西風凋碧樹,獨上高樓,望盡天涯路[15]。"此第一境也。"衣帶漸寬終不悔,為伊消得人憔悴[16]。"此第二境也。"眾裏尋他千百度,回頭驀見,那人正在燈火闌珊處[17]。"此第三境也。此等語皆非大詞人不能道。然遽以此意解釋諸詞,恐為晏、歐諸公所不許也。

……

四十

問"隔"與"不隔"之別,曰:陶、謝之詩不隔,延年則稍隔矣。東坡之詩不隔,山谷則稍隔矣。"池塘生春草"[18]、"空梁落燕泥"等二句[19],妙處唯在不隔。詞亦如是。即以一人一詞論,如歐陽公《少年游》詠春草上半闋云:"闌幹十二獨凭春,晴碧遠連雲。千里萬里,二月三月,行色苦愁人。"語語都在目前,便是不隔。至云:"謝家池上,江淹浦畔。"則隔矣。白石《翠樓吟》:"此地,宜有詞仙,擁素雲黃鶴,與君遊戲。玉梯凝望久,歎芳草、萋萋千里。"便是不隔。至"酒祓清愁,花消英氣[20]。"則隔矣。然南宋詞雖不隔處,比之前人,自有淺深厚薄之別。

四十一

"生年不滿百,常懷千歲憂。晝短苦夜長,何不秉燭遊[21]?""服食求神仙,多為藥所誤。不如飲美酒,被服紈與素。"寫情如此,方為不隔[22]。"采菊東籬下,悠然見南山。山氣日夕佳,飛鳥相與還[23]。""天似穹廬,籠蓋四野。天蒼蒼,野茫茫,風吹草低見牛羊[24]。"寫景如此,方為不隔。

四十二

古今詞人格調之高,無如白石。惜不於意境上用力,故覺無言外之味,弦外之響,終不能與於第一流之作者也。

四十三

南宋詞人,白石有格而無情,劍南有氣而乏韻,其堪與北宋人頡頏者,唯一幼安耳。近人祖南宋而祧北宋,以南宋之詞可學,北宋不可學也。學南宋者,不祖白石,則祖夢窗,以白石、夢窗可學,幼安不可學也。學幼安者,率祖其粗獷滑稽,以其粗獷滑稽處可學,佳處不可學也。幼安之佳處,在有性情,有境界。即以氣象論,亦有"傍素波干青雲"之概。寧後世齷齪小生所可擬耶?

四十四

東坡之詞曠,稼軒之詞豪。無二人之胸襟而學其詞,猶東施之效捧心也。

四十五

讀東坡、稼軒詞,須觀其雅量高致,有伯夷、柳下惠之風。白石雖似蟬蛻塵埃,然終不免局促轅下。

四十六

蘇、辛詞中之狂,白石猶不失為狷,若夢窗、梅溪、玉田、草窗、中麓輩,面目不同,同歸於鄉願而已。

四十七

稼軒中秋飲酒達旦,用《天問》體作《木蘭花慢》以送月,曰:"可憐今夕月,向何處,去悠悠? 是別有人間,那邊才見,光景東頭。"詞人想像,直悟月輪繞地之理,與科學家密合,可謂神悟。

四十八

周介存謂:"梅溪詞中喜用'偷'字,足以定其品格。"劉融齋謂:"周旨蕩而史意貪。"此二語令人解頤。

四十九

介存謂:"夢窗詞之佳者,如水光雲影,搖盪綠波,撫玩無極,迫尋已遠。"余覽《夢窗甲乙丙丁稿》中,實無足當此者。有之,其"隔江人在雨聲中，晚風菰葉生秋怨"二語乎？

五十

夢窗之詞，余得取其詞中之一語以評之曰："映夢窗，凌亂碧。"玉田之詞，余得取其詞中之一語以評之曰："玉老田荒。"

五十一

"明月照積雪"^㉕、"大江流日夜"^㉖、"中天懸明月"^㉗、"黃河落日圓"^㉘，此種境界，可謂千古壯觀。求之於詞，唯納蘭容若塞上之作，如《長相思》之"夜深千帳燈"^㉙、《如夢令》之"萬帳穹廬人醉，星影搖搖欲墜"差近之^㉚。

五十二

納蘭容若以自然之眼觀物，以自然之舌言情。此由初入中原，未染漢人風氣，故能真切如此。北宋以來，一人而已。

五十三

陸放翁跋《花間集》，謂："唐季五代，詩愈卑，而倚聲輒簡古可愛。能此不能彼，未可以理推也。"《提要》駁之，謂："猶能舉七十斤者，舉百斤則蹶，舉五十斤則運掉自如。"其言甚辨。然謂詞必易於詩，余未敢信。善乎陳臥子之言曰^㉛："宋人不知詩而強作詩，故終宋之世無詩。然其歡愉愁苦之致，動於中而不能抑者，類發于詩餘，故其所造獨工。"五代詞之所以獨勝，亦以此也。

五十四

四言敝而有楚辭，楚辭敝而有五言，五言敝而有七言，古詩敝而有律絕，律絕敝而有詞。蓋文體通行既久，染指遂多，自成習套。豪傑之士，亦難於其中自出新意，故遁而作他體，以自解脫。一切文體所以始盛終衰者，皆由於此。故謂文學後不如前，余未敢信。但就一體論，則此說固無以易也。

五十五

詩之三百篇、十九首，詞之五代、北宋，皆無題也。非無題也，詩詞中之意，不能以題盡之也。自《花庵》《草堂》每調立題，並古人無題之詞亦為之作題。如觀一幅佳山水，而即曰此某山某河，可乎？詩有題而詩亡，詞有題而詞亡。然中材之士，鮮能知此而自振拔者矣。

五十六

大家之作，其言情也必沁人心脾，其寫景也必豁人耳目。其詞脫口而出，無嬌揉妝束之態。以其所見者真，所知者深也。詩詞皆然。持此以衡古今之作者，可無大誤矣。

五十七

人能於詩詞中不為美刺投贈之篇，不使隸事之句，不用粉飾之字，則於此道已過半矣。

五十八

以《長恨歌》之壯采，而所隸之事，只“小玉雙成”四字，才有餘也。梅村歌行㉜，則非隸不辦。白、吳優劣㉝，即於此見。不獨作詩為然，填詞家亦不可不知也！

五十九

近體詩體制，以五七言絕句為最尊，律詩次之，排律最下。蓋此體於寄興言情，兩無所當，殆有均之駢體文耳。詞中小令如絕句，長調似律詩，若長調之《百字令》、《沁園春》等，則近於排律矣。

六十

詩人對宇宙人生，須入乎其內，又須出乎其外。入乎其內，故能寫之；出乎其外，故能觀之。入乎其內，故有生氣；出乎其外，故有高致。美成能入而不能出，白石以降，於此二事皆未夢見。

六十一

詩人必有輕視外物之意，故能以奴僕命風月。又必有重視外物之意，故能與花草共憂樂。

六十二

“昔為倡家女，今為蕩子婦。蕩子行不歸，空牀難獨守㉞。”“何不策高足，先據要路津？無為久貧賤，轗軻長苦辛㉟。”可謂淫鄙之尤。然無視為淫詞、鄙詞者，以其真也。五代、北宋之大詞人亦然，非無淫詞，讀之者但覺其親切動人；非無鄙詞，但覺其精力彌滿。可知淫詞與鄙詞之病，非淫與鄙之病，而游詞之病也。“豈不爾思，室是遠而。”而子曰：“未之思也，夫何遠之有？”惡其游也。

六十三

"枯藤老樹昏鴉,小橋流水平沙,古道西風瘦馬。夕陽西下,斷腸人在天涯。"此元人馬東籬《天淨沙》小令也㊱。寥寥數語,深得唐人絕句妙境。有元一代詞家,皆不能辦此也。

六十四

白仁甫《秋夜梧桐雨》劇㊲,沈雄悲壯,為元曲冠冕。然所作《天籟詞》,粗淺之甚,不足為稼軒奴隸。豈創者易工而因者難巧歟?抑人各有能有不能也?讀者觀歐、秦之詩遠不如詞,足透此中消息。

——選自徐调孚、王幼安校《蕙风词话·人间词话》

注释

①境界:王國維美學話語中的核心概念,所指的是由主觀思想感情和客觀景物交融而成的詩歌世界。其特點是描述如畫,意蘊豐富,啟發讀者的聯想和想象,有著超越具體形象的更廣的藝術空間。　②高格:高尚的品格,上品。　③有造境,有寫境:造境,通過想象虛構而創造的藝術世界;寫境,通過模仿現實自然而創作的藝術世界。④"淚眼"二句:引自歐陽修《蝶戀花》"庭院深深深幾許"。　⑤"可堪"二句:引自秦觀《踏莎行》"霧失樓臺"。　⑥"采菊"二句:引自陶潛《飲酒二十首之五》"結廬在人境"。　⑦"寒波"二句:引自元好問《穎亭留別》。　⑧"故一"二句:此說又見王國維《叔本華之哲學及其教育學說》:美之中又有優美與壯美之別。今有一物,令人忘利害之關係,而玩之而不厭者,謂之曰優美之感情。若其物不利於吾人之意志,而意志為之破裂,唯由知識冥想其理念者,謂之曰壯美之感情。　⑨"紅杏"句:引自宋祁《玉樓春》"東城漸覺風光好"。　⑩"雲破"句:引自張先《天仙子》"水調數聲持酒聽"。⑪"細雨"二句:引自杜甫《水檻遣心二首》之一:去郭軒楹敞,無村眺望賒。澄江平少岸,幽樹晚多花。細雨魚兒出,微風燕子斜。城中十萬戶,此地兩三家。　⑫"落日"二句:杜甫《後出塞五首》之二:朝進東門營,暮上河陽橋。落日照大旗,馬鳴風蕭蕭。平沙列萬幕,部伍各見招。中天懸明月,令嚴夜寂寥。悲笳數聲動,壯士慘不驕。借問大將誰,恐是霍嫖姚。　⑬"寶簾"句:引自秦觀《浣溪沙》"漠漠輕寒上小樓"。⑭阮亭:清代王士禛(1634—1711年),為康熙年間詩壇領袖。　⑮"昨夜"二句:引自晏殊《蝶戀花》"檻菊愁煙蘭泣露"。　⑯"衣帶"二句:引自柳永《鳳棲梧》"佇倚危樓風細細"。　⑰"眾裏"三句:引自辛棄疾《青玉案·元夕》。　⑱謝靈運《登池上樓》:潛虯媚幽姿,飛鴻響遠音。薄霄愧雲浮,棲川怍淵沈。進德智所拙,退耕力不任。徇祿

反窮海,臥痾對空林。衾枕昧節候,褰開暫窺臨。傾耳聆波瀾,舉目眺嶇嶔。初景革緒風,新陽改故陰。池塘生春草,園柳變鳴禽。祁祁傷豳歌,萋萋感楚吟。索居易永久,離群難處心,持操豈獨佔,無悶征在今。　⑲薛道衡《昔昔鹽》:垂柳覆金堤,靡蕪葉復齊。水溢芙蓉沼,花飛桃李蹊。采桑秦氏女,織錦竇家妻。關山別蕩子,風月守空閨。恒斂千金笑,長垂雙玉啼。盤龍隨鏡隱,彩鳳逐帷低。飛魂同夜鵲,倦寢憶晨雞。暗牖懸蛛網,空梁落燕泥。前年過代北,今歲往遼西。一去無消息,那能惜馬蹄。　⑳姜夔《翠樓吟》:月冷龍沙,塵清虎落,今年漢酺初賜。新翻胡部曲,聽氈幕、元戎歌吹。層樓高峙。看檻曲縈紅,簷牙飛翠。人姝麗。粉香吹下,夜寒風細。此地。宜有詞仙,擁素雲黃鶴,與君遊戲。玉梯凝望久,歎芳草、萋萋千里。天涯情味。仗酒祓清愁,花銷英氣。西山外。晚來還卷,一簾秋霽。　㉑《古詩十九首》第十五:生年不滿百,常懷千歲憂。晝短苦夜長,何不秉燭游,為樂當及時,何能待來茲。愚者愛惜費,但為後世嗤。仙人王子喬,難可與等期。　㉒《古詩十九首》第十三:驅車上東門,遙望郭北墓。白楊何蕭蕭,松柏夾廣路。下有陳死人,杳杳即長暮。潛寐黃泉下,千載永不寤。浩浩陰陽移,年命如朝露。人生忽如寄,壽無金石固。萬歲更相送,聖賢莫能度。服食求神仙,多為藥所誤。不如飲美酒,被服紈與素。　㉓陶潛《飲酒詩》其五:結廬在人境,而無車馬喧。問君何能爾? 心遠地自偏。采菊東籬下,悠然見南山。山氣日夕佳,飛鳥相與還。此中有真意,欲辨已忘言。　㉔斛律金《敕勒歌》:敕勒川,陰川下。天似穹廬,籠蓋四野。天蒼蒼,野茫茫,風吹草低見牛羊。　㉕謝靈運《歲暮》:殷憂不能寐,苦此夜難頹。明月照積雪,朔風勁且哀。運往無淹物,年逝覺已催。　㉖謝朓《暫使下都夜發新林至京邑贈同僚》:大江流日夜,客心悲未央。徒念關山近,終知反路長。秋河曙耿耿,寒渚夜蒼蒼。引顧見京室,宮雉正相望。金波麗鳷鵲,玉繩低建章。驅車鼎門外,思見昭丘陽。馳暉不可接,何況隔兩鄉? 風雲有鳥路,江漢限無梁,常恐鷹隼擊,時菊委嚴霜。寄言蔚羅者,寥廓已高翔。　㉗杜甫《後出塞》(之二):朝進東門營,暮上河陽橋。落日照大旗,馬鳴風蕭蕭。平沙列萬幕,部伍各見招。中天懸明月,令嚴夜寂寥。悲笳數聲動,壯士慘不驕。借問大將誰? 恐是霍嫖姚。　㉘王維《使至塞上》:單車欲問邊,屬國過居延。征蓬出漢塞,歸雁入胡天。大漠孤煙直,長河落日圓。蕭關逢候騎,都護在燕然。　㉙納蘭性德《長相思》:山一程,水一程。身向榆關那畔行,夜深千帳燈。風一更,雪一更。聒碎鄉心夢不成,故園無此聲。　㉚納蘭性德《如夢令》:萬帳穹廬人醉,星影搖搖欲墜。歸夢隔狼河,又被河聲攪碎。還睡,還睡。解道醒來無味。　㉛陳臥子:陳子龍(1608—1647年),初名陳介,字人中,更字臥子,又字懋中,號軼符、海士,晚年自號大樽。南直隸松江華亭(今上海市松江區)人,明朝末年大臣、學者、民族英雄。　㉜梅村:吳偉業(1609—1672年),字駿公,號梅村,別署鹿樵生、灌隱主人、大雲道人,江蘇太倉人。明末清初著名詩人,與錢謙益、龔鼎孳並稱"江左三大家",為婁東詩派開創者。　㉝白、吳優劣:指白居易和吳偉業之間的好壞差異。　㉞"昔為倡家女"四句:見《古詩十九首》第二。　㉟"何不策高足"四句:見《古詩十九首》第四。　㊱馬東籬:马致远(約1250—1324年),号东篱,大都(今北京)人,元代戏曲作家、散曲家、散文家。　㊲白仁甫:白樸(1226—約1306年),原名恒,字仁甫,後改名樸,字太素,號蘭穀,汴梁(今河南開封)人,晚歲寓居金陵(今江蘇南京),終身未仕。元代著名的雜劇作家,代表作主要有《唐明皇秋夜梧桐雨》《裴少俊牆頭馬上》《董秀英花月東牆記》等。

延伸思考

1.王国维理论话语中的境界指的是什么?

2.为什么说王国维文艺思想标志着中国古代文论的现代转换?

修订后记

  自 2015 年本书出版之后,部分高校将其选作本科生和研究生教材或参考书,这使编者受到很大鼓励。部分高校同仁和使用教材的学生给我们反馈了不少意见,既肯定了本书的优点,也指出了书中存在的一些问题。本书编者在使用过程中也陆续发现了一些问题。感谢重庆大学出版社提出对本书修订再版,正好给我们提供了改正先前错误和不当的机会;感谢原编者的辛勤劳动和大力支持;感谢同仁和同学们提出的宝贵意见。

  本次修订主要做了以下工作:一是调整、补充元典材料,如将先秦《易传》部分补选了《坤文言》,大大扩充了《系辞》内容,汉代部分增加了王充《论衡·超奇》篇,使元典材料较第一版更丰富、充实;二是对"题解""注释""延伸思考"进行了必要的修改和补充;三是统一格式,将正文材料中所有注释序号统一放置在句中、句末的标点符号之前,将原题目上的注释序号统一删掉;四是对全书再次仔细校对,改正了在语言表达、标点符号等方面的错误。

  由于时间紧迫及便于更好统一体例,此次修订工作由原书主编之一、现西南民族大学中国语言文学学院李凯教授独立承担,四川大学曹顺庆教授审阅。

曹顺庆 李 凯

二〇二一年七月十七日